游泳者

THE SWIMMER

JOHN CHEEVER

約翰·齊佛——著　余國芳——譯

【編者的話】

一部經典，一記不散的響雷！

約翰．齊佛是自海明威以降，廣受讚譽的二十世紀最偉大、最具影響力的小說家。他是瑞蒙．卡佛極力推崇、亦師亦友的文學前輩，也是村上春樹喜愛的西方短篇小說家。然而在臺灣，這個作家卻未獲得深耕，尤其他的作品是如此呼應我們現代人存在的迷惘與空缺。

讀約翰．齊佛的作品，你會發現文學療癒人心的力量，如同這位作家所說的：「激勵人，為心懷愛意的人指引——若有機會，還能改變你的世界。」

齊佛的小說語言及敘事觀點有一股魔力，不是炫技，也不懷刻意，是一種渾然發自真實人生的深度與力度。那些故事總是帶你自由進入別人家的門內，那可能是一座豪華的宅邸，也可能是一間破舊小屋，但等到你再離開那戶人家大門時，你會領悟到，原來沒有誰的生活不是千瘡百孔；這時，你將會願意再重新審視自己心中的傷與愁。在齊佛的筆下，人生從來不是什麼冒險，但總是一股讓人受困、無可抵禦的巨流。

木馬文學這次所出版的，即是譯自第一次繁體中文正式授權的《約翰．齊佛短篇小說自選集》（*The Stories of John Cheever*）。此書收錄六十一則短篇，皆為約翰．齊佛一生的短篇傑作，不僅榮獲「普立茲小說獎」以及「美國國家書評獎」，更受到名家如菲利普．羅斯及約翰．厄普代克等人推崇。

這六十一篇，木馬文學將分成三部出版，它們所呼應的是這個時代的人心與無常的關係：第一部是《離婚季節》，第二部為《告訴我他是誰》，第三部則是《游泳者》。此三部曲由作者依創作年代編列而成，皆曾發表於《紐約客》。這三部曲自選集不但堪稱經典，更是讀著們在心中，一記久久不散的響雷！

【推薦序】

當我們談到齊佛時，我們在談什麼？

文／楊澤（名作家、詩人、資深媒體人）

齊佛（John Cheever），生於一九一二年，癌逝於八二年，是美國短篇小說史上的一個里程碑。美國短篇小說的寫作向來表現亮眼。也許是新大陸特殊風土人情所致，這種兼顧輕重，虛實，雅俗，同時可以天真，又可以三兩句就滄桑世故得不得了的文類，竟與美國人脾胃十分相宜。從十九世紀中的愛倫坡，霍桑，馬克．吐溫以來，新人輩出，呈現一枝獨秀的狀態，論格局論成就，絕不比長篇小說遜色。

上述十九世紀三大黑馬／獨行俠（American maverick）外，二十世紀證實是美國短篇小說的世紀。前有詹姆斯，歐亨利（人稱「短篇小說之王」），安德森，中有費茲傑羅，海明威，福克納，韋爾蒂（Eudora Welty），後有歐康納，卡佛，比蒂。但清點起來，歷來為臺灣讀者熟悉的美國作家清單上，你不免納悶，獨不見齊佛這咖，這可算得上是個不大不小的遺憾吧。

大器晚成的齊佛

卡在二戰，齊佛入行稍晚，第一篇小說刊出，人已過三十，卻仍趕得上和《紐約客》第一代傳奇主編羅斯論交（Harold Ross，主持編務長達二十五年以上），和納博科夫一起在上頭發表作品。齊佛回憶說：

那時的紐約市區閃動著粼粼波光，街角文具店的收音機裡聽得到班尼・古德曼（Benny Goodman）的四重奏，每個人頭上幾乎都戴著一頂帽子；這裡也看得到最後一代的老菸槍，他們習慣一早用咳嗽聲把世界吵醒，習慣在雞尾酒派對喝到掛，習慣跳「克里夫蘭的小雞」之類的老式舞步，習慣乘船去歐洲……（見《離婚季節》〈作者序〉）

戰後四、五十年代美國，傳聞中是夜不閉戶的太平盛世，過來人齊佛因知之甚詳，下筆十分輕快，懷舊而不戀舊，夫子自道下，反倒有絲微妙的調侃在。事實上，早在四七年，齊佛於《紐約客》發表名篇〈大收音機〉（The Enormous Radio），一炮而紅，就明白預告了世道人心的大轉折。〈大收音機〉的故事中人吉姆和艾琳，一對住在紐約蘇頓街區（Sutton Place）公寓大廈十二樓的小夫妻，素以品位不俗自居，日常除了出門聽音樂會，也愛在家中收聽古典樂。有一天，他倆發現家中收音機老舊不靈了，汰舊換新，新送到的收音機卻雜訊不斷，找不到昔日的古典樂電臺，且一步步將他們引入一個不可思議的世界。

這造型乍見便帶幾分詭異的新款收音機，原來是一具頻率敏感，敏銳得不得了的「怪物」，雜訊不斷，是因為它透過電梯來往，可以直接和大樓所有樓層房間有所感應連結，小夫妻處在它的影響底下，遂被迫繪聲繪影地聽見，其他住戶的種種八卦，甚至是駭人聽聞的私事……「啊，不要，我不要，」艾琳喊著：「人生太可怕了，太齷齪了，太糟糕了。好在我們從來不是這樣的，對吧，親愛的？不對嗎？我的意思是，我們都一直那麼好，那麼正常，那麼深愛著彼此……我們有兩個孩子，兩個好漂亮的孩子。我們的人生一點都不齷齪，對吧，親愛的……我們好幸福，對不對……」。但小人物「偶開天眼覷紅塵」的結果，在齊佛筆下，只能以「可憐身是眼中人」作結。

比起當年，今天讀者置身電視機，電腦，iPad，手機的世界，相信更能理解此一收音機怪獸到底代表什麼（如果見怪不怪，代表早被吞入此巨怪肚中而不自知）。二戰後，都市紅塵高樓林立，大眾文明來勢洶洶，帶來新奇，也帶來混亂，中產普通人的日常生活看似不起波瀾，其實危機四伏，世道人心隱隱然，惶惶然的那股騷動，正好活生生被齊佛的一支妙筆捕捉下來。

美國郊區的契訶夫

齊佛其人其文，可談面向甚多，這篇短文大抵只好談一事，也就是，齊佛當年之所以被譽為「美國郊區的契訶夫」的歷史背景，順此帶出另一有趣話題，即齊佛與卡佛——另一有「美國契訶夫」美名的短篇聖手——哥倆好中間那層承接關係。中國文壇早在七〇年代即介紹齊佛，但譯名不一，有寫成「契弗」，也有「契佛」，臺灣譯者余國芳改作「齊佛」，更響亮，也更有趣味。明眼人一看便知，本文標題有意與卡佛代表作——也是臺灣文青的口頭禪，「當我們談到愛情時，我們在談什麼」——略作唱和，搏君一粲。

戰後紐約，從工業城市逐漸轉向服務業城市，使得城鄉起了莫大變化，進而宣告所謂都會郊區（metropolitan area）的誕生。大規模土地開發，新市鎮與衛星城的建設，很快讓紐約市的界線裡裡外外變模糊起來，〈大收音機〉中的吉姆和艾琳最想做的，就是逃離塵囂，搬到「上上城」西徹斯特郡（Westchester County）去。城郊自然環境佳，新建市街也許缺乏美國本土的建築特色，卻可滿足大眾對獨立住宅的大量需求，不出一、二十年，先是長島，接著是西徹斯特郡，人口增長都以百萬計。

大家記得，費茲傑羅二〇年代出版《大亨小傳》，寫的是長島高級住宅區，其中西蛋，東蛋，固然都是虛擬地名，但前者確實多新富如蓋茨比，後者則以舊地主階級為主。如今地氣西移，帶有濃濃中上階級品位氣質的西徹斯特郡身價看漲，後來居上，成了不少紐約人當年最愛。

容我稍事離題，六〇年代初，白先勇寫出短篇〈安樂鄉的一日〉，安樂鄉（Pleasantville）即座落此郡。七〇後，不少重量級臺灣小說家，批評家，如劉大任，郭松棻，李渝，莊信正等，紛紛卜居於此，作家木心亦曾自市區北上，在郭家作客。八〇年代中，我住揚客市（Yonkers），正是此郡最南端，與曼哈頓交界之處，日常每見密集往返的直達大巴，上書 Express Yourself to New York 幾個大字，不免莞爾（express 一語雙關，兼用紐約人熟知的 Expose Yourself to Art 典故）。諸友星散，紐約繁華夢易碎，此是一例。

酒鬼懺情錄

齊佛另一名篇〈游泳者〉（The Swimmer，六四年《紐約客》發表），便是以此「上上城」為背景寫成。男主角奈迪，人過中年，酒鬼一枚，正晾在好友家游泳池畔小歇，試圖從昨晚與死黨的狂歡宿醉恢復過來，突然心血來潮，決定一路游回自己家。方法：從這一家的泳池游到下一家，就像下城酒鬼最愛的「串酒吧」慣技（bar-hopping）那般。

事後證明，在每個熟人家的停留點，奈迪還有他的朋友，都忘不了酒，從沒忘記時時給自己來上那麼一杯。我們一開始看著，愛朋友，愛面子的奈迪四處串門子，意氣風發，風頭甚健，所到之處盡是笑臉迎人，全是他在過去人生全盛時期建立的老巢舊穴，大有「馬照跑，舞照跳」，人生的趴梯盛宴一刻不能停的fu。但漸漸的，我們發覺事有蹊蹺，奈迪的人生，不管朋友，事業，家庭，也許不盡然是表面那麼回事。最終證明，奈迪早已瀕臨家破人亡的絕境。

美國人之嗜酒成性，成癮（烈酒，liquor，alcohol，而不是 wine），可說歷史久遠。酒吧到處林立，匿名戒酒會（alcoholic anonymous），戒酒中心（rehab center）亦然，這不是一天兩天的事。移民性格，清教舊道德，加上美國夢從來難圓，上述三大因素是關鍵，但五、六〇年代以降，美國全境，從東到西，從北到南，都會郊區普遍崛起，不啻火上加油，對此投下一顆震撼彈。我指的是，美國郊區生活環境固然舒適穩定，對尋求安家立業的普通人有其吸引力，骨子裡卻無聊得很。

美國人調侃他們的郊區為「無何有之鄉」（suburban nowhere land），郊區顯非哲學家海德格所嚮往的「詩意的棲居之地」。美國郊區素以單調著稱，往往給人有「文明荒原」的聯想，鋪天蓋地而來，其驚人雷同的人工性與同質性，堪稱人類史上一大奇觀。一代代的美國人生長，俯仰其中，每有窒息之感，烈酒因此成了他們生活的一個合理出口。隨著時間過去，酒味也就益發成了美國文學及文化中，我味，世味，人生味的核心。

以郊區為背景的小說與電影後來蔚為大國，嗜酒，愛寫酒的齊佛是關鍵，而此篇則是關鍵中的關鍵。事後證明，我們被酒鬼奈迪裹挾走完的這趟超現實之旅，充滿了象徵意味。以四季喻人生，齊佛安排讓奈廸浪子回家，一路走來，偏偏是從仲夏到嚴冬，從富足到潦倒，從中上階級下滑到中下，進一步掉落社會最底端，遍嚐世情冷暖，人生起落的滄桑之旅。如果對照齊佛的私生活，說此篇是他的酒鬼懺情錄亦無不可。

卡佛的偶像，不動聲色的詩人

另一酒鬼小說家卡佛，小齊佛整整兩輪，曾提起七三年和齊佛同在愛荷華寫作班教書時的一段妙事。有天，他在房裡坐，一小老頭冒冒失失闖進來，要求借一杯威士忌喝。卡佛說，等他一看是偶像齊佛，他嚇壞了，只好囁嚅回答，威士忌沒了，只剩伏特加，您要不要？齊佛此刻酒癮上身，當然照單全收，他倆也因此論交，結成莫逆。

嗜酒的美國文人其實不勝枚舉。人生及創作與酒宛如結了不解緣，因之變爛酒鬼而提前結束者，除了較早的歐亨利和費茲傑羅，就這裡說的兩位「酒肉穿腸過」的大羅漢，寒山拾得般的一對寶。酒鬼卡佛只活了五十，和他「大哥」相較，足足少了二十載，這當然是因為，同樣愛喝酒，愛寫美式郊區的無何有之鄉，同樣垂憐眾生，凝視普通人的日常，但齊佛有幸活在稍早文學雜誌與閱讀公眾仍是大寫的年代，每篇稿費輒以百金計，卡佛就沒那幸運了。

猶如契訶夫，齊佛與卡佛都是，不動聲色的詩人，抒情家，也是眼冷心暖的社會觀察家；猶如契訶夫，他倆寫的從不是，那些冒險奮戰，勇於與人生周旋的英雄人物，而是隨波逐流，陷入生活難題，絕境中的普通人。卡佛晚年成名後，多次示人以他獨得的契氏心法：他說「短篇小說更接近詩歌，而不是長篇小說，短篇是像詩歌一樣，一行行建構起來的」；他又說「對大多數人而言，人生不是什麼冒險，而是一股莫之能禦的洪流」。聽他說這些，早在墓裡躺平，躺直了的齊佛，應該會默默點頭稱善吧。

【導讀】

我們為什麼讀齊佛

文／何致和（作家）

苦苦等待兩年，繼《離婚季節》、《告訴我他是誰》之後，隨著短篇小說集《游泳者》的出版，齊佛在六十六歲那年自選的六十一篇短篇小說，總算全部到齊了。

這些齊佛自選的作品，創作時間介於三十四歲到六十歲之間，雖是舊作結集，卻一舉奪下一九七九年的普立茲小說獎。此獎向來是長篇小說的天下，在超過百年的漫長歷史中，能以短篇小說集得獎的作家可能不超過十人，可見齊佛這部選集的重量。不只如此，這部自選集在兩年之後以平裝本形式出版，又贏得該年美國國家圖書獎，使齊佛這部小說選集成為繼福克納的《寓言》與凱薩琳・安・波特（Katherine Anne Porter）的短篇作品集之後，史上第三部同時摘下普立茲獎與美國國家圖書獎桂冠的小說強作。

如此犀利銳不可擋的選集，收錄的各篇作品創作時間雖跨越四分之一個世紀，卻有一個共同點——這些故事最初都是發表在《紐約客》雜誌上。《紐約客》在美國文學史上有悠久光輝的傳統，自一九二五年創刊開始，便以極優沃的稿酬供養過沙林傑、納博科夫、菲利普・羅斯、厄普代克、艾莉絲・孟若等二十世紀極受尊崇的小說家，就連日本的村上春樹也是此雜誌常客。對絕大多數作家而言，一旦作品發表在《紐約客》，就像登上文學的名人堂，可以與上述這些名家並列。可想而知，想蒙獲《紐約客》編輯青睞的難度，可能比得文學獎還要困難。

儘管競爭激烈，齊佛卻能長期在《紐約客》發表作品，時間超過二十五年以上，不禁讓人想起同樣長期供稿給美國另一本著名刊物《君子雜誌》的瑞蒙・卡佛。自一九七一年起，卡佛替《君子雜誌》寫了大量文章，只不過最後與他的編輯利許（Gorden Lish）交惡，關係只維持了十年。這段淵源經常為人樂道，但比起齊佛和《紐約客》的交情，就可說是「小佛」見「大佛」了。

或許是珍惜與《紐約客》的這段情誼，齊佛決定這部自選集作品的目次，完全依照在《紐約客》發表的時間排序。原文六十一篇小說已厚達七百頁，翻譯成中文後頁數更為增加，因此中文版編輯才把這部選集切成三本，以每年一本的間隔遞次出版。這是因應出版現實的權宜之舉，卻意外讓中文讀者能清楚看見不同時期的齊佛。《離婚季節》是齊佛四十二歲以前的作品，《告訴我他是誰》是四十至五十歲的齊佛，而這本剛出版的《游泳者》，則是齊佛五十歲到六十歲的樣貌。三本選集，正好依次呈現了齊佛不同人生階段的作品風格。

如果你恰好是齊佛的讀者，過去兩年又認真讀過齊佛的《離婚季節》和《告訴我他是誰》，並折服於那一個又一個接連而來、如此準確、精巧和一針見血直戳重點的故事，那麼在這次的《游泳者》中，你將會見到和之前不太一樣的齊佛。五十歲後的他雖不能說是完全脫胎換骨，但作品明顯更加大開大闔，你會看到更多更多的故事，像怕來不及說完似的，被密密塞進同一個篇幅有限的短篇之中。同樣長度的敘事時間，比過去講述了更多的故事，使得小說的節奏也飛快了起來，充滿強烈動感。

齊佛一直在捕捉人生中各式各樣「不穩定」的關係，年輕時代的他，靈魂比別人更早蒼老，喜歡用略帶灰色又詼諧的筆調告訴我們幸福只不過是一個短暫的幻象。五十歲以後的齊佛，似乎更加關注這世上各種不美滿的狀態，而且目光變得更加銳利，能輕易穿透一般人眼中的美滿表象，直揭人物焦躁、不安和有所欠缺的內心。這部分的表現齊佛寫得和過去一樣精采，在此無需贅述。

值得一說的是，齊佛在年過半百之後，似乎對性愛和情慾流露更多興趣。在《游泳者》中，我們看到一個又一個和性慾有關的故事：極富名望與地位的老作家，突然陷入性渴望而無法自拔；太太和孩子離家度假，性慾卻趁虛而入，讓獨留家中的丈夫難以抵禦；一家企業的小股東，因在公司撞見辦公室姦情而勾起情慾，變成像貓狗一樣發春；一名人妻參加裸體劇團徵試，卻完全激活了性的意識，讓自己的丈夫無法招架……齊佛大量描寫性慾活動的樣貌，尤其是發生在中年男子身上的性慾，這些性慾的共同點是：猛暴強烈、突如其來、難以抵擋。敘事性文類推動故事進行的基本要素是「衝突」，但在齊佛後期的短篇小說中，經常可見「性慾」取代了這個傳統要素，讓人物在好端端什麼問題都沒有的情況下，也可以因為慾念的突然產生而引發各式各樣的行動與後果。

和性慾方面的表現一樣精采的是齊佛搞笑的能力。他在前兩冊中譯本選集已展露詼諧和戲謔長才，到了《游泳者》更毫不客氣表明自己才是真正的冷面笑匠。他讓一個人的肚子開口說話，讓飛機上鄰座的高冷女子變成自己的妻子，而從兒子視角描寫父親的〈重逢〉，更是一篇從親情災難中提煉出來的幽默小品。

性愛和幽默都是能讓故事具有吸引力的元素，如果把這兩個元素加在一起，戲劇效果當然就更加巨大。〈阿提米斯，誠實的鑿井工〉就是這類代表作，齊佛不但混合了幽默和性慾，還融入了當年國際政治美蘇對峙的冷戰氛圍，讓政治的複雜算計與愛情的簡單與純真形成強烈對比，成為《游泳者》中最精采的一篇。

作家筆耕一生，到耆老之年出版作品選集，可說是件榮耀尊貴之事。齊佛雖自謙有些作品原本難登大雅之堂，卻因列入這部選集而沾光鍍金，但不容否認他每篇小說確實都有可觀之處。齊佛相信敘事性的虛構小說能幫助我們了解彼此，以及認識這個混沌不清的世界，因此他戮力篤行，終生捍衛文學的敘事性，我們才得以看到一個又一個精采的故事，並且在這些故事中，看見一個又一個在現實世界中渺小但靈魂卻巨大的人物。這正是我們為什麼要讀齊佛的原因。

目錄

形形色色不會再出現的人事物

一

美女在橄欖球場上，普林斯頓隊正對上達特茅斯。她在人群後來回穿梭，大約是場邊的範圍。她似乎沒有情人，沒有玩伴，但是大家都認識她。大家都在叫她的名字（芙洛莉），大家都喜歡看到她，她停下來和朋友說話的時候，有個男人伸手往她背心上一搭，就這輕輕的一搭（儘管天氣晴朗，球場綠草如茵），他的神情立刻若有所思地深沉起來，彷彿感覺到了不朽的渴望。她的頭髮深金色，她把一縷鬈髮拉到眼睛面前，從縫隙中往外窺探。她的鼻子短了些，但是另有一種感性高貴的氣質，她的手臂和腿很圓潤，但沒有女人味，她喜歡瞇著那雙紫羅蘭色的眼睛看東西。球賽上半場，沒有得分紀錄，達特茅斯把球踢出了界外。荒謬的一踢，球筆直踢進她的懷裡。她接球的姿勢非常完美；就像本來就選定她來接這個球似的，在那一秒的時間裡她穩穩地站著，微笑、鞠躬，接受所有人的注目，然後姿態笨拙又不失嫵媚地把球拋了回去。場子裡出現了一些掌聲。大家的注意力很快就從芙洛莉轉回到球場上，一瞬間，她跪倒在地上，雙手掩面，似乎是因為承受不住剛才的刺激和興奮。她顯得很羞怯。有人開了一罐啤酒遞給她，她站起來，再度沿著邊線慢慢走著，走出了我的小說世界，因為我從此再沒見過她。

二

馬龍・白蘭度所有的角色。

三

對於美國景觀風貌各種輕侮的描述，破屋子、廢車場、汙染的河流、胡亂搭建的農舍、廢棄的小型高爾夫球場、沙漠、難看的廣告牌、醜陋的油井架、病懨懨的榆樹林、腐蝕的農地、俗不可耐的加油站、骯髒的汽車旅館、靠燭光照明的小茶館、堆聚成河的啤酒罐，這些並非（或許在感覺上是）我們文化的廢墟，但卻是暫時性的營地，也是我們，你我，將來文明的前哨站。

四

所有如下的這類場景：「克萊瑞莎走進房間然後＿＿＿＿＿＿＿＿＿＿＿＿＿＿＿。」諸如此類露骨的性交場面描述，我們怎麼能夠用那些千斤頂、扳手輪軸罩、螺絲帽，把至高無上的肉體生活，描寫得像是在更換破輪胎似的？

五

酗酒的人。舉例說明：麥迪遜大道上一間廣告公司辦公室的窗簾拉了起來，X先生，我們的主角，在處理一個新品牌威士忌的企劃案。他辦公桌右手邊的製圖臺上有一堆美術部門送來的建議書。他們建議用王者之尊的皇冠作為品牌標籤。提供的廣告畫面是貴族在豪華門廊上喝品牌威士忌。X先生對這個畫面並不滿意，他仔細研究另一張美國拓荒者的水彩畫。林中潺潺的溪流是多麼的清涼、悅耳。溪水向著默默無語的野地訴說著，一角的藍天只見幾隻傳信鴿。在前景的一塊石頭上有個精壯的年輕人，穿著皮衣，戴著浣熊毛皮帽，就著石壺大口喝著威士忌。這個畫面令X先生有些莫名地傷感，他接著看下一個提案，畫面表現的是一個享受威士忌的人；這人參加一家人的聚會，屋子裡有名流士紳，有過氣的女演員，有美國某位總統的姪孫女，有窮酸的無聊漢，有刻薄無趣的文學評論家。大夥圍著一瓶超大的麥酒站著。這個畫面更令X覺得噁心。他再看最後一張圖，一對盛裝的年輕男女站在中世紀的城樓上（那遠方的燈火是西耶納市的塔樓？）互相舉杯敬酒，這畫面的意思肯定是在勾引人掏錢買下這瓶物超所值的美酒，及其中難以言喻的英勇。

X先生不滿意。他離開製圖臺，走向自己的辦公桌。他身材瘦高，看不太出實際的年齡，雖然歲月已經擄獲了他的眼袋和脖子，而後者更像是進行大地測量時所劃開來的裂縫。有一道深得就像刀疤似的刻痕，從脖子左邊斜斜地裂到右邊，裂紋上頭還有數不清的枝節分叉，那畫面著實難堪。

但是最顯歲月的是他的眼睛。那就像沙地上並存的兩股潮汐，得意與悲傷，情欲和念想，在他暗沉鬆垮的皮膚上蝕刻出了極其撒野的紋路。他的眼睛也許是因為用望遠鏡看織女星看得太累了，也或許是在昏暗的燈光下讀濟慈的詩文讀得太累了，他的眼神總有些卑微和不潔的感覺。從這些細節教你不得不相信他是個上了年紀的男人，突然他非常優雅地垂下左邊的肩膀，扯開絲質襯衫的袖口，這動作儼然又像是個十八、九歲的年輕人。他看了看義大利製的日曆手錶。現在是上午十點。他的辦公室有隔音設備，安靜無聲。窗外街道上的噪音只隱約透進來一些。他看著他的公事包，上面全是英國、法國、義大利和西班牙日曬雨淋的痕跡。他正處在情緒極端焦慮的痛苦掙扎之中，甚至連辦公室牆壁的顏色（灰黃和灰藍）也像遮羞布似的在掩飾他有如火山洪水般的苦楚。他似乎到了生死交關的一刻，到了非洩不可的一刻，就要發作了。他的頭，他的肩膀，他的手開始顫抖。他打開公事包，取出一瓶黑麥威士忌，跪下來，乾渴地一飲而盡。

他的情況當然愈來愈糟，在此我們不妨再添加最後一個場景。他被公司開除之後，準備到克里夫蘭另外找工作，有關他的缺點壞話似乎還沒有傳到那兒。他在克里夫蘭的郊區做了些安排，為家人租了間屋子。現在他們就在車站等候他的好消息。他漂亮的太太，三個孩子，兩隻狗，全部都來迎接他們的老爸了。郊區此時已近黃昏。承受了太多挫折不順的這一家人，沒了生活上的享受和承諾——新汽車和新腳踏車——卻發現了與獲得物質毫不相干的一種哀傷卻十分堅定的情感。在對老爸複雜的，釐不清的愛意中，他們領悟到了命運所能帶來的悸動。火車出現了。剎車鏈發出柔和的金色火花，火車的速度減慢，停了下來。全家人緊張到了近乎虛脫的程度。七個男人兩個女人下了火車，可是老爸呢？兩個列車長合力攙扶他走下車扶梯。他的帽子、領帶、短大衣都不見了，右眼被人打黑，公事包卻仍緊緊夾在他的腋下。沒有一個人說話，也沒有一個人哭泣，大家把他塞進車子就開走了，車子開出了我們的視線，開出了我們所可以關注的範圍。他們就這樣走掉了，男的女的，所有這些貪杯酗酒的人，在人生的道路上啊，投向我們的光亮是那麼地稀少。

六

順便我們也來談談最近小說中很夯的一個主題，同性戀者。這不就到了我們該接納性向上不拘一格的時候了嗎？這次的場景是在七月四日下午，海威特的沙灘上。州長的妻子狄馬爾太太和兒子蘭道，到沙灘一處僻靜的小灣野餐，沙丘那邊仍然望得見俱樂部上飄揚的美國國旗。男孩十六歲，體格很棒，皮膚泛著青春的金黃色，在孤單寂寞的母親眼裡，他真是美到了極致，美到令她害怕。過去十年，州長的心思全放在他那位聰慧美麗的執行祕書身上，完全忽略了她。狄馬爾太太以卓越無比的寬容，默默承受著這個日常的傷痛。她當然愛她的兒子。在他身上看不見一絲一毫她丈夫的模樣。她覺得他具備了她娘家那邊最優秀的一些特質，他瘦長的腳型，細柔的髮質這類血統標記，錯不了的。他的肩膀寬正。他的體格結實。他朝著大海扔石頭的時候，吸引她的不是他扔石頭的力氣，而是他的動作，石頭從他手裡拋出去時他手臂完美無瑕的弧度，彷彿他的每一個動作都是環環相扣，無懈可擊。她就像戀愛中的女人，極端任性又不講理，她只希望跟他在一起的這個午後不要結束。當然她不敢奢求永遠，她只願一天的時間能夠再加多幾個小時。她衰老的手指撫摸著她的珍珠項鍊，愛戀著它大海般的光彩，如果把它配戴在他金黃色的肌膚上不知會有多麼好看。

他有點悶。他寧可跟他那些同年齡的男女混在一起，可是母親一直支持他、保護他，有她的陪伴才有安全感。她是屹立不搖的保護者。她對校長和學校大部分的老師都極具影響力。離岸的海面上有風帆賽的船隊，他也有過短暫想要加入其中的念頭，卻拒絕了團隊的邀請。他不諳水性，又沒有自信，所以還是選擇和母親一起待在沙灘上。他對於競爭性的遊戲特別膽小，對於組織性強的社團也是，彷彿這一類的東西隱藏著一股粉碎他的力量；為什麼會這樣？難道他是個懦夫，真是這樣嗎？難道說有人天生就是懦夫，就好像黑或白也是天生註定的？是不是他的母親管得太多；是不是她對他太過保護，以至於讓他變得懦弱，不太正常了？但是他太清楚她心裡的痛楚，在她找到別的朋友之前他如何能棄她於不顧呢？

他痛苦地想著父親。他一直試著去了解、去愛他的父親，可是所有的努力都徒勞無功。他們父子原定的釣魚行程因為麻州州長的不速到訪而取消。在棒球場上，信差送來一張字條，說他父親沒辦法趕來了。一次，他從梨子樹上一頭栽下，摔斷了手臂，父親說，假如不是因為人在華盛頓，否則一定會趕到醫院來看他的。他拿著釣竿練習拋竿，藉著一次又一次的苦練，他以為或許就能投其所好，受到父親的器重，但是父親根本沒時間來稱讚他。失望的力量何其強大，他感覺得到。這份情緒纏繞著他就像一大片的能量，問題是這麼大的能量，卻沒有任何輪子可以駕馭，也沒有任何石頭可以推動。這些負面的想法從他的姿勢就看得出來。他的肩膀往下垮著。他的神情青澀落寞，他母親把他叫到身邊。

他依著她，坐在她腳邊的沙灘上，她用手指梳理著他的金髮。然後她做了一件十分離譜的事。事情發生得實在太快，叫人來不及別開視線，我們都看到了，她把自己的珍珠項鍊解下來套在他金黃色的脖子上。「你看多亮眼哪。」她說，她的動作強橫霸道得就像是把鐵鐐銬在囚犯的腳脛。

他們走了。消失了。他們就像前面提到的克萊瑞莎和酒鬼一樣，無足輕重，不值一提。

七

準備結尾——所謂準備結尾的意思，就是說，今天下午（要去看牙醫和理髮），我得好好研究一下我那位作家老友洛登．布萊克的寫作生涯。為了方便起見，我們可以把他的作品分成四個階段。第一個階段是寫道德批判的雜文軼事，他八成寫過了上百篇，不斷證明我們絕大多數的行為都是有罪的。接下來，就大家記憶所及，就是這將近十年的勢利眼階段，在這段時間裡他筆下的人物角色沒有一個年薪少於六萬五千美金的。他背得出格羅頓學校每一個教職員的名字，二一俱樂部裡每一個酒保的名字。他文章中的角色，個個都有畢恭畢敬的僕役們照顧得無微不至。但是你去他家吃晚飯的時候，就會發現他所有的椅子都得靠鐵絲綁著，裝煎蛋的盤子是破的，門把一拉就會掉到你手裡，要是想沖馬桶，你得把水箱蓋子打開，捲起袖子，把手臂伸進又冷又生鏽的水裡才能操控水閥。等到這段勢利眼階段結束之後，他就開始犯下我之前提到過的第四項錯誤，也就是說前進到了他的浪漫期，在這個階段他寫的有：〈馬維歐．達菲的項鍊〉（為紀念在山路上分娩的往事）、〈羅蕾萊號船難〉、〈特洛伊國王〉、〈維納斯失落的裙帶〉等等，族繁不及備載。這段時期他病得厲害，力不從心的情況更嚴重。他作品中的角色就像我所說的，什麼樣的都有。在他的書裡隨處可見酒鬼，不堪入目的美國風貌，還有馬龍．白蘭度的癡肥。你可能會說這人已經迷失，不知道怎麼去喚醒天賦於生命的芳香醇美了：海水、燃燒鐵杉木的薰香、女人的乳房。你可以說，他已經把內耳室破壞了，我們只聽得到惡龍的尾巴在枯葉上磨蹭的噪音。我從來沒喜歡過他，但是他是我的同事兼酒友，當我在基次布赫（Kitzhuhel）的家裡聽到他快要死的消息，我立刻開車到因斯布魯克（Innsbruck），搭上開往威尼斯的快車，他當時就住在那裡。時序深秋。寒冷亮麗。大運河畔上了封條的宮殿，蕭瑟、俗麗、過氣，就像那些參加黑森州（Hesse）皇家婚禮的王公貴族們憔悴無神的面孔。他住在運河支流邊上的小客棧裡。逢到漲潮時，接待處整個淹水，我必須得踩著臨時的踏板才上得了樓梯。我給他帶了一瓶杜林的琴酒，和一包奧地利的香菸，可惜他根本無法消受，這是我在他床邊一張上了漆的椅子（破的）坐下來時發現的。「我還有腦子，」他說。「我還有幹勁。整個故事都有了。你聽著！」

「是。」我說。

「開始是這樣的，」他說，他的音量隨他的敘述也跟著改變了。「午夜時分火車在喀區巴赫停了下來。」他說，他看著我，他要確定我真正接收到了這一個強而有力的詩意景象。

「是。」我說。

「前往維也納的旅客繼續他們的旅程，」他拉開嗓門滔滔不絕地往下說，「要去巴都亞的還得等上一個小時。為了大家方便，車站一直對外開放而且開著暖氣，還有一間供應酒和咖啡的小酒吧。那是三月裡的一個大雪夜，三個陌生人在小酒吧閒聊起來。第一個人是個禿頂的高個子，穿著一件長到腳踝的貂皮襯裡大衣。第二個是個很漂亮的的美國女人，她要到易維亞參加她獨子的喪禮，他在爬山的時候出了意外。第三個是一個披著黑披肩，滿頭白髮，胖胖的義大利婦人，酒吧的服務生對她特別尊敬。他為她斟酒的時候，很廉價的酒，還深深地一鞠躬，尊稱她『女王陛下』。那天雪崩的警示已很早就張貼出來……」這時他的頭忽然往枕頭上一靠，死了。想不到啊，這段話竟然是他的臨終遺言，而這些臨終的遺言，我想大概是說故事的人的執念吧，否則單憑這大雪紛飛的虛構山口和這三個旅人，哪裡夠格頌揚我們周遭渾渾噩噩，有如一場大夢似的大千世界呢？

奇美拉[1]

我年少時常常去看馬戲團表演，馬戲團裡有一個組合叫做雙胞胎特雷維索——瑪莉亞和羅西塔。羅西塔總是用自己的頭頂在瑪莉亞的頭上，兩人就這樣頭頂對頭頂的滿場飛。瑪莉亞，由於這份吃重的訓練，發展出肌肉發達的兩條短腿，和走路滑稽的樣子，每次只要看見我老婆從我身邊走開，我就會想到瑪莉亞・特雷維索。我老婆是個大塊頭。她是鮑森上校的五個女兒之一，鮑森上校是卡文・柯立芝的朋友。他去過白宮七次，我老婆有一個繡著愛字的心形枕頭，好像就是柯立芝夫人的作品，要不也是她曾經用過的東西。我和我老婆的婚姻非常不幸福不快樂，可是我們有三個漂亮的孩子，所以我們努力湊合著過。該做的事我都會做，跟一般人沒兩樣，其中一件就是伺候我老婆在床上早餐。我很賣力地為她做一頓好吃的早餐，有時候確實可以改善她的性情，一般來說她的性情十分可怕。不久前的一天早上，我才端上餐盤，她就兩手摀著臉哭起來。我看著餐盤，看是哪裡不對了。很棒的早餐：兩顆熟透的白煮蛋，一片丹麥牌的培根，一杯摻了琴酒的可口可樂，全是她愛吃的。我從來沒學過怎麼煎培根。白煮蛋看上去很不錯，盤子也都很乾淨，於是我問她怎麼了。她把手從眼睛上移開，臉上全是淚水，兩眼無神。她說，用標準的鮑森家鄉口音：「我受不了，我再也無法忍受每天都由一個穿著內衣全身毛茸茸的男人進來送早餐了。」

我沖了澡穿好衣服去上班，但直到那天晚上回家我發現事情毫無好轉的跡象；她還在為我早上的那副樣子生氣。

我多半都在後院的碳烤架上做晚餐。席娜不喜歡烹飪，我也不喜歡，但是在戶外做料理很愉快，我喜歡照料炭火。我們的鄰居，利佛摩爾先生及柯瓦克先生也很常在戶外燒菜。利佛摩爾先生戴著大廚的帽子和一條上面寫著「報上你的酒名來」的圍裙，他還有一塊寫著危險，男人燒菜中的牌子。我和柯瓦克先生都不穿戴燒飯的服飾，但我覺得我們比較認真。科瓦克先生曾經煮過一隻羊腿，有一回還煮過一隻小火雞。那天晚上我們吃漢堡，我注意到席娜好像沒胃口。孩子們吃得津津有味，只是一吃完就開溜，或許他們已經有了快要吵架的預感。他們溜進房間去看電視。他們的預感還真沒錯。席娜先發難。

「你太不顧別人的感受了，」她開罵。「你從來沒替我著想。」

「對不起，親愛的。」我說。「漢堡不好吃是吧？」她喝著不摻水的琴酒，我不想吵架。

「跟漢堡無關，我已經習慣了你煮的那些垃圾。晚餐吃什麼對我根本就不重要。我已經習慣給什麼就吃什麼。只是你整個的態度太不像話。」

「我怎麼了，親愛的？」我總是叫她親愛的，希望能讓她回心轉意。

「你怎麼了？你怎麼了？」她的聲音抬高，她的面孔通紅，她站起來，杵在我前面，吼道：「你

1　Chimera希臘語意思是母山羊，是希臘神話中的噴火怪物，上半身是獅子，中間部分是山羊，尾部是蟒蛇，呼吸時（山羊頭）會噴火。

怎麼了，你毀了我的人生。」

「我不明白我怎麼毀了你的人生。」我說。「我猜想你大概是對人生失望吧。很多人是這麼想的，我覺得你不該全怪在婚姻上。我也有很多想做沒做的事，比如我想去爬馬特洪峰，但我不會因此怪罪別人。」

「你。爬馬特洪峰。哈。你連華盛頓紀念碑都爬不上去。起碼我還爬過。我的企圖心很大。我很可能成為一個企業女強人、電視撰稿者、政客、演員。我甚至有可能成為國會議員！」

「我不知道你想要當國會議員。」我說。

「你的問題就在這裡。你從來不會想到我。你從來不會想到我可以做什麼。你毀了我的人生！」

她上樓進她的房間鎖上門。

她的失望既真且痛，我知道，雖然我以為我給了她所應許的一切。但太多承諾都是假的，沒能實現，這令她痛苦，而那些承諾皆是鮑森上校答應的，只是上校死了。她的姊妹沒有一個婚姻幸福，至於不幸福到什麼程度，直到那天晚上我才驚覺。我的意思是，之前我從來沒有仔細整理過。莉拉，大姊，她的老公死在於懸崖散步時，當時他們夫婦倆就走在赫德遜河邊的懸崖上。警方盤問過她。整個家族，包括我在內，都對警方的懷疑大為不滿，但是，有沒有可能她只稍微地推了他那麼一下下？史黛拉，二姊，嫁給一個酒鬼，最後順理成章地把自己喝死了。史黛拉很任性又不知檢點，會不會因為她的行為更加速了他的死亡？潔西卡的老公神祕淹死在喬治湖裡，當時夫婦倆在一家汽車旅館住宿，夜晚在湖裡游泳。而蘿拉的老公死於一場假車禍，當時開車的是蘿拉。她們全是女殺手嗎，我不禁懷疑，這門婚事是不是讓我投入了一個無藥可救的殺手家族？不能成為國會議員這件事會不會就此構成她要我性命的大計畫？我不認為。我的死活，還不如溫柔、愛情、真心誠意來得重要；這些才是世上最美好的東西。

第二天吃午餐的時候，有個公司裡的人對我說他在派對上認識了一名叫萊兒．史密斯的女孩，她是個妓女。我要的當然不是這個，但我想要重新認識自己，對於纏綿溫柔的需求十分強烈。我們在餐館前道別後，我再回頭進去，於電話簿上找尋萊兒．史密斯的電話，看是否能來個約會。照明用的那盞燈泡壞了，電話簿上的字看起來模糊不清，很吃力。我總算找到了她的名字，正巧位在那一頁最暗的位置，加上書頁的縫線卡在那裡，我沒辦法看清楚上面的號碼。是不是我的視力變差了？是不是該配副眼鏡，還是純粹因為光線太暗的緣故？這是不是諷刺啊，一個想找妓女的男人竟連電話簿上的字都沒辦法看清楚？我的腦袋不斷像鴨子般的上下晃動，我發現編號的部分我看得見，於是我劃亮一根火柴讀著上頭的號碼。點著的火柴從我手上掉到了電話簿上，燒了起來。我趕緊吹熄它，結果反而燒得更旺，我只好用兩隻手來滅火。我的直覺反應就是轉過頭朝四周看，看有沒有引起人家的注意，果然有，那是一個很高，很瘦，頭戴塑膠帽套，身穿藍色透明雨衣的男人。他的樣子可把我嚇著了。他似乎代表著某種良知，但也或許是罪惡。我回到辦公室，這通電話就此再沒打過。

那天晚上，我在洗碗的時候，聽見席娜在廚房門口對我說話。我轉身看見她站在那裡，手握著我的長刃刮鬍刀。（我鬍子特厚，得用摺疊式的長刃刮鬍刀。）「這種東西你最好不要隨手亂放。」她咆哮。「你要是知道愛惜自己，就別把這種東西隨手亂放。這世界上有太多像我這樣受苦受難的女人想要把你宰了……」我不是害怕。是什麼呢？我不知道。是困惑，強烈的困惑，還有一些奇怪的，溫柔的感覺，對可憐的席娜。

她上樓了，我繼續洗碗，一面想著，像這種場景，在我住的這條街上，是否是司空見慣的日常。但是，上帝啊，上帝，我多麼多麼想要一點點的愛，溫柔、溫順、幽默、甜蜜、仁慈啊。碗洗好了，我走出後門，走到屋外。暮色中，利佛摩爾先生拿著噴槍在替他草坪上的黃斑染色。科瓦克先生在煮兩隻嫩雞。這樣弔詭的世界不是我開創的，卻偏偏給我碰上了，真是運氣，而我也只能從這些院子看透人生，我看著周圍的場景，甚至連危險，男人燒菜中的那塊牌子也不放過。我實心實意地看著。空氣中有音樂聲，經常如此，這音樂聲更加提升了我想要看美女的欲望。這時忽然起了一陣風，下雨的風勢，有一股濃厚的森林氣息——雖然在我這部分的世界裡完全沒有森林——在院子裡迅速地擴張開來。這氣息令我興奮，我有了青春愉快的感覺。我想起我穿著運動衫，乾淨的純棉褲子。我走過家裡涼爽的廳堂，那是我成長的地方。夏天，敞開的門外綠意盎然，窗戶上掛著綠金相間的窗簾。我不太會想起我的青春年少，但這會兒似乎又重溫了。甚至，因為自我意識的覺醒，我的心也跟著大膽地年輕起來。利佛摩爾家的電視傳出華爾滋的舞曲。那肯定是在做除臭劑、束腰帶、女性刮毛刀的廣告。幽暗的氣氛是那麼地優美。音樂聲漸漸消失，森林的氣息仍然濃烈。我看見她踏上草地，投入我的懷中。

她的名字叫奧嘉。我沒辦法改變她的名字，一如我沒辦法改變她其他的特徵。她是不存在的，我知道，她不過就是個無聊的白日夢而已。我不糊塗。我想像著雙贏的模樣，同時攀登馬洪峰，和坐頭等艙出海到歐洲。我幻想出奧嘉可能也是出於同樣的需求，想要柔情或者逃避吧。但，和我其他白日夢不同的是，她是具體的，有所本的。她很美，當然。在這種情況下，誰會去發想一個老潑婦呢？她的長髮，又黑又直。橢圓形的臉龐，橄欖色的肌膚，只可惜在暮色中我看不清她的五官面容。她剛剛搭火車從加州過來。她來不是為了幫我，而是要我幫她。她需要保護，她要躲開她的丈夫，他威嚇她跟蹤她。她需要愛、力量與指點。我把她攬在懷裡，陶醉於她的魅力和溫暖之中。她哭著說著她的丈夫，我知道他的樣子。我現在就看得見他。他是個軍官。他的脖子上有很多疤痕，是一次激烈的戰事中遺留下來的。紅臉，黃頭髮。緊身的軍服上有著雙排的彩虹勳章。他的呼吸有威士忌和牙膏的氣味。有她相依相伴令我太高興了，我想著，並沒有很認真，真會有這麼好的事情嗎？利佛摩爾先生，在替草坪染色的那位，會像我一樣有這麼一位美麗的朋友嗎？還有科瓦克先生？會像我們這麼親密地互吐苦水嗎？宇宙間是不是本來就有這種仁慈的平衡在對應我們的需求？開始下雨了。該放她走了，我們花了好長好甜蜜的時間說再見。我回廚房的時候，通體溼透。

星期三晚上我總是帶我老婆先去村子裡的中國餐館吃飯，再去看電影。我們點了兩人份的家庭餐，一大半都是我老婆吃的。她是大胃王。她會搆過桌面一把抓起我的蛋捲，把整盤烤鴨掃到她的盤子裡，再搶走我的幸運小餅乾，等到全部吃完，她嘆一口氣說：「唔，你還真能吃。」每個星期三的中午我會在城裡大吃一頓，這樣到晚上就不會餓。星期三的午餐我都吃小牛肝，培根之類的，把肚子填得十分飽。

那天晚上我一踏進餐館，就覺得會看見奧嘉。我並不知道她會回來，也沒想過她會回來。只是因為我不只一次夢見馬特洪峰的峰頂，所以她的出現或許也不無可能吧？我心情大好，充滿期待。我很高興我穿了新西裝，而且理了髮。我希望她看到我最好的樣子，我希望在明亮的燈光下看到她，別老是在那種昏暗的雨夜裡。忽然我注意到餐館的背景音樂跟利佛摩爾家電視機裡播送的是同樣的曲子，沉靜優美的華爾滋，我想這或許又是一個騙局，音樂的騙局——騙取我的回憶，就像我被下雨的氣息蒙騙了，讓我以為我還年輕。

奧嘉根本不在。我的慰藉沒了。我立刻覺得絕望、落寞、無精打采。我發現席娜噴著嘴唇，挑釁地瞪著我，就像在看我敢不敢碰那盤滑蛋蝦仁。我要的是奧嘉，我的念力似乎又重建了她的真實感。我這樣熾烈的欲望，這樣渴望的一樣東西怎麼可能是虛幻的？音樂只是一個巧合罷了。我再度振作起來，愉悅地環顧四周，期盼著她隨時會在下一秒出現，但始終沒有。

我想她不會在電影院出現，我知道她不喜歡看電影，不過我還是覺得那天晚上我會看見她。我不要欺騙自己，我要把話說清楚；我知道她是虛幻的，但她似乎具有某種約定好了的時間，次序，和計畫，而最最重要的一點就是我需要她。我老婆上床睡覺之後，我坐在浴缸邊緣看報。我老婆不喜歡我坐在廚房或者客廳裡，所以我就待在浴室，浴室裡的燈光很亮。在我看報的時候，奧嘉進來了。這裡沒有華爾滋，沒有下雨，啥也沒有，除了我的寂寞。「啊，我親愛的，」我說，「我以為我會在餐館見到你。」她講了一句不想見到我老婆之類的話。接著就坐下來，坐在我身邊，我摟著她，我們聊著她的各種打算。她在找一間公寓。眼前她暫住在廉價的小旅館裡，一時還找不到工作。「可惜你不會打字和速記。」我記得自己這麼對她說。「先上學補習一下吧……我來看看有沒有其他辦法。有時候會有接待員的空缺。這個工作你可以勝任吧？我可捨不得讓你去餐館當衣帽間的小姐。不行，我不許的。這段空檔我寧願由我來給你薪水……」

我老婆一把推開浴室的門。女人的髮捲，根本就像染草劑和那些可笑的標示牌，這些髮捲對我來說是一種提醒，提醒我必須找一些更嚴肅更有內容的東西來討論。簡單來說，我老婆戴了那麼多像準備開戰似的髮捲，任何人想要與她親近溫存，大概一隻眼睛就保不住了。「你在自言自語啊？」她大吼。「整個街坊鄰居全聽見啦。他們會當你是瘋子白癡。你把我吵醒。我正好睡的時候你把我吵醒，你明知道我剛睡著要是被吵醒，就再也睡不著啦。」她走到藥物櫃拿了一粒安眠藥。「你要是想跟自己說話，」她說，「就上閣樓去。」她回臥室鎖上房門。

幾天之後，那晚我在後院料理漢堡，看見南邊似乎起了幾朵雨雲。我想這可是好兆頭。我很想知道奧嘉的消息。洗完了碗盤我走到後門廊守著。其實不算門廊，只是在垃圾桶上方多了四層臺階的一個木頭小平臺。利佛摩爾先生也站在他們家的門廊上，科瓦克先生也是，我不知道他們兩個是不是像我一樣也在等待他們的奇美拉。假如，比方說，我走過去問利佛摩爾先生，他的那位是金髮還是黑髮，他會懂我的意思嗎？這瞬間我真想脫口而出。華爾滋的舞曲開始了，就在音樂聲逐漸淡去的時刻她奔上了臺階。

噢，這晚她好開心！她找到工作了。這事我知道，因為這份工作是我幫她找的。在我上班的同棟大樓裡擔任接待員。我不知道的是她租了一間公寓。其實也稱不上是公寓，不過是一間附帶傢俱，廚房和浴室的套房而已。這倒也不錯，因為她所有的傢俱都在加州。她問我是否願意過去看看她的公寓？現在就去？我們可以搭夜車然後在那邊過夜。我說我願意，不過我先得回屋子看一下我的孩子們。我上樓走到孩子們的房間。他們睡得很熟。席娜早就把她的房門上鎖了。我走進浴室洗手，在臉盆上看到一張便條紙，是我的大女兒貝蒂安寫的。「辛愛的爸爸，」她寫著，「不要離開我們。」

這真真假假的巧合毫無意義。孩子們根本不會知道我的妄念。後門廊，在她們清澈的眼裡，是空的，沒有人的。這張字條只是反應出他們把我的不快樂看得一清二楚。但是現在奧嘉在後門廊等著。我能感受到她等得有些不耐煩，從她不斷晃著兩條修長的腿，不斷看著手錶（那是畢業禮物）和不斷抽著菸的樣子看得出來，不過我似乎被孩子們的溫情喊話給釘住了。我動不了。我記得不久前帶最小的兒子到村子裡參加遊行。那是鄉下地方兄弟會的年度大遊行。有兩組穿制服的樂隊和六七團的兄弟會員。參加遊行的兄弟多半是一些基層的職工，如郵局辦事員，理髮師之類的，我猜想。我當時的態度應該不是因為天氣的緣故，我記得很清楚那天天氣晴朗涼爽，只是遊行給我一種很嚴肅很陰鬱的感覺，就好像站在絞架山上似的。我看著遊行隊伍裡的那些面孔，酗酒的刻痕，過勞的蝕痕，一成不變的失望印痕，彷彿這場遊行的意義就在證明生活是無可抗逆的妥協。音樂很吵很熱鬧，但那些臉孔和那些軀體全都是妥協者的臉孔和軀體。我記得當時我墊起腳尖，往隊伍的最後面張望，想要找到一個面貌可親的人一解我心中的鬱悶。沒有，一個也沒有。現在我坐在浴室裡，彷彿在參加遊行。我似乎第一次體會到他們的早知道——撕心裂肺地想要逃脫卻被一聲溫情的懇求給釘住了。我奔下樓，她已經走了。沒有一個美女肯長久為誰等候。她只是虛構的，而我喚不回她了，事實無法改變，就像她的手錶是份畢業禮物，而她的名字就叫奧嘉。

奧嘉整整一個星期沒再出現，儘管席娜依舊面目可憎，然而在潑婦似的席娜，和我創造幻影美女的能力之間似乎有一種關聯，一種比率。每天晚上八點，利佛摩爾家的電視必定播送優雅慢沉的華爾滋，我每天晚上也一定會走出去。她再露面是在十天後。科瓦克先生在院子裡燒菜。利佛摩爾先生在染草坪。音樂聲逐漸變小的時候她出現了。有些變化。她頭低低的。怎麼回事？她走上臺階，我發現她喝過酒。而且醉著。我摟她入懷的時候她哭了。我撫摸著她柔軟的黑髮，能抱著她護著她就是百分百的快樂，不管發生了什麼。她向我傾吐一切。她跟辦公室一個男的出去。他把她灌醉，勾引她。她羞愧到第二天早上不敢去上班，一直待在酒吧裡。後來，仗著醉意，她去公司找那個痞子理論，那場面十分難看，最後她被開除了。她背叛了我，她對我說。她太不愛惜自己。我給她新生的機會，她卻辜負了我。我在傻笑，因為她的依賴，她依偎在我懷裡的熱情。我告訴她沒有關係，我會替她另外找一份工作，也會幫她付房租。我原諒她，她答應明天晚上再來。

第二天晚上我急匆匆地衝到外面，離八點還早得很，她沒來。她不是有心的。我知道。她不會故意失約。她肯定又出了麻煩，我該怎麼幫她呢？我怎麼傳話給他呢？我好像知道她住的地方。我熟悉那裡的氣味、燈光、複製的梵谷畫、茶几上香菸的灼痕，但即便如此，那房間並不存在，我也找不到啊。我也起心動念打算去鄰近的那些酒吧找尋她，只是我還不至於那麼瘋狂。第二天晚上我繼續等她。她沒來，我不生氣，我只是擔心，因為，畢竟，她還是個毫無防衛能力的孩子。隔天晚上，下雨了，我知道她不會來，因為她沒有雨衣。她跟我說過。下一晚是星期六，我想她大概會延到星期一才來了，因為週末的火車和公車班次亂得很。這個想法挺合理的，我篤定她星期一一定會來，結果還是沒有，我感到無比的失望和失落。星期四她回來了。還是一樣的時間；我聽見同樣的華爾滋舞曲。即使隔著院子，她還沒走進門廊，我也看得出她搖搖晃晃的，走得很不穩。她的長髮蓬亂，衣衫不整，手錶也不見了。我，基於某種原因吧，問起她的手錶，她竟完全記不得了。我摟著她，她向我訴說事情的經過。那個痞子又來找她。她不但讓他進門；還讓他住了進來。他待了三天，他們開了一個派對招待他的幾個朋友。那派對喧鬧到很晚，房東太太叫來警察，警察搜查之後把奧嘉帶走，關進牢裡，罪名是利用住處作不道德的勾當。在聽審之前她在女子看守所住了三天。好心的法官判她緩刑。現在她打算回加州，回到她老公身邊。她認定她跟他是半斤八兩；他們倆是一路的貨色。他給她匯了錢，她準備搭夜車回去。我試圖說服她留下來重新生活。我願意繼續資助她，我願意無條件地幫她。當時我拚命地搖著她的肩膀，我記得很清楚。我記得我對她大聲地吼：「你不能走！你不能走！你是我的全部。你要是走了，只能證明我的幻想再怎麼光明正大也只不過綺夢一場。你不能走！你不能拋下我啊！」

「你給我住嘴，別在那裡自說自話了。」我老婆在看電視的房間裡咆哮，就在那剎那，一個念頭閃過：既然我捏造出了奧嘉，難道就不能再捏造別人嗎——黑眼珠的金髮美女、有著凝脂般玉肌的俏麗紅髮美女、多愁善感的褐髮美女、舞者、歌手、寂寞的家庭主婦？高的、矮的、悲傷的、長髮及腰的、眼睛又黑又大的、瞇瞇眼的、紫羅蘭色眼珠的，各式各樣，各個年齡的美女，通通可以屬於我。奧嘉的走不就意味著讓出位子給其他人嗎？

海邊的房子

每年一到夏天，我們就會在海邊租一棟屋子，帶著貓、狗、孩子，以及廚師，趁天黑前到達一個陌生的地方。前往海邊的旅程自有它特殊的興奮和刺激，這個習慣行之有年，誠如我們在夢中的感受，我們覺得自己就像移民或遊子，就算不是旅人，至少也有屬於旅人的敏銳。我從不對我們租的屋子做任何調查，不管是有著塔樓的木頭城堡，古老繁複的建築，遍布玫瑰花的史塔福郡別墅，或是，海上天光隱沒時，幽幽現身的南方老宅院。當你從隔壁鄰居手中拿到了被海水鏽蝕的鑰匙。當你打開門鎖，踏進一個也許很明亮也許暗沉的門廳，假期便於焉開始，能夠過上一個月的無憂無慮。但是另外還有一種，相當於，甚至是勝過這份快樂的感覺是，從這一刻開始你就一腳踩進別人家的生活裡了。租屋的事宜我都是直接和仲介交涉，我完全不認識那些屋主是誰，然而他們留在屋子裡的，屬於他們身體和情緒方面的能量確實令人驚奇。當然生活中的故事是看不到的，也不會無端地顯露出來，但有趣的是，它們會忠實地被記錄在磨損的踢腳板、房間的味道、家具及畫作的品味上面。我們租下來的這些屋子各有不同的氣候，一如海灘上變化多端的天氣。有時候一條親和力十足的長廊，就能令我們感受到這裡的單純開朗。這裡的屋主是非常快樂的，在我們租下他們的沙灘和小船的同時，也一併租下了他們的快樂。有時候那地方的氣候好像很神祕，一直到八月我們離開那裡的時候仍舊很神祕。比方說，我們一直很想知道樓梯間那幅仕女圖裡的女人究竟是誰？那蛙鏡是誰的，維吉妮亞．吳爾芙的那一整套作品是誰的？瓷器櫃子裡那本《芬妮希爾》[2]是誰藏的？誰在彈西洋古箏？誰睡在搖籃裡？替浴盆腳架的四隻腳爪上了紅色瓷漆的女人是誰？她當下是什麼樣的情況？

孩子和狗兒跑去沙灘了，我們把行李都搬進屋子裡，遊走在稠密的，屬於陌生人的史跡當中。那皮革短馬褲是誰的，是誰把墨水（或者血漬）灑在地毯上？膳食櫃的玻璃是誰打破的？當你看到臥室的書櫃裡全是《婚姻生活的快樂》、《幸福婚姻性生活指南》、《性生活美滿的權利》、《夫妻性生活幸福大全》之類的書時會作何感想？我們聽見窗外澎拜的海水；它不斷沖打著這塊崖壁，大海的韻律在屋子的泥灰和木料之間不斷傳送著，於是我們全家到沙灘上會合了。這本來就是我們的目的。而矗立在崖壁上，現在亮著燈火的我們這棟房子，也屬於這些屹立不搖的映像之一。當你在林間小溪釣魚，踩到了一大片野薄荷，那散發出來的香氣就是這一天的精華所在。當你走在巴拉丁諾山上，對於古蹟和日常的生活都感到無聊厭煩，忽然看見一隻貓頭鷹從塞提米烏斯．塞維魯的宮殿廢墟飛了出來，頓時那一天，嘈雜煩囂的城市就變得有意義了。當你躺在床上，點起香菸，紅紅的火光照亮了身畔的臂膀、乳房和大腿的時候，周圍的世界似乎跟著轉了起來。這些映像就像餘燼，保存著我們最美好的感受。在剛剛踏上沙灘的那一刻，那些感受似乎又死灰復燃了。天黑後，我們調一杯酒，把孩子們送上床睡覺，然後在飄著別人家香皂味的陌生房間裡做愛。用盡所有手段驅走原來的屋主，保障我們在這裡的主權。但是到了半夜，感覺上並沒有風，陽臺的門卻碰地打開了，我太太半夢半醒說：「啊，他們怎麼回來了？他們怎麼回來了？他們掉了什麼東西啦？」

在住過的房子當中最令我難忘的一棟是布羅德密爾，我們照平常白天的時間抵達那裡。那是棟白色的大房子，矗立在向南的山崖上，海岸外就是大海。我從住在花園對面的一位南方太太手裡拿到了鑰匙，打開門走入一個有著弧形樓梯的門廳。屋主，葛林伍德一家人，好像當天剛剛離開，甚至有可能前一分鐘才走的。花瓶裡還插著花，菸灰缸裡還留著菸蒂，餐桌上還有一隻喝過的水杯。我們把旅行箱拎到屋子裡，叫孩子們到沙灘上去玩，我站在客廳等候我老婆。空氣中似乎仍舊滯留著葛林伍德一家人突然離開的失序和混亂。我能感覺到他們的匆忙和不甘願，他們似乎並不想把這房子租出去。客廳有看海的觀景窗，在暮色中這地方顯得單調乏味，甚至沉悶。我開亮檯燈，燈光十分暗淡，我猜想葛林伍德先生八成是個極度節儉又小器的人。不管他曾經歷過什麼，我似乎都能感覺到他無所不在的力量。書架上有他十年前參加賽船贏得的獎盃。架上的書大部分是文學協會的選集。我取下一本維多利亞女王的傳記，書皮很僵硬，我猜想根本沒人看過。這本書後面藏了一支空的威士忌酒瓶。家具質地不錯，品味很好，只是在這個房間我總覺得不開心或者說不自在。角落有一臺直立式的鋼琴，我彈了幾個鍵試試，但音卻不準，接著再打開鋼琴凳，看看有沒有樂譜。的確有幾張樂譜，還有兩支空酒瓶。他為什麼不像我們那樣把空瓶子處理掉呢？難道他是個神隱的酒客？這會不會就是這個房間顯得了無生氣的原因？他是不是已經能夠做到打開酒瓶蓋不出半點聲音？而且還學會了酒杯稍微傾斜不讓威士忌灑出來的高難度技巧？我老婆拎著一支空的旅行箱進來

2 別名 Fanny Hill，原初書名為 Memoirs Of a Woman Of Pleasure，一七四八年在倫敦發行，號稱史上第一本情色小說，作者是 John Clelan。

了，我把箱子提到閣樓上。房子這個部分倒是很整齊乾淨。所有的工具和油漆塗料都貼著標籤，各就各位一絲不亂，這裡的整潔，完全不像客廳，處處傳達著真誠。想必他花費不少時間在這個閣樓上。天色漸漸暗了，我去沙灘和老婆孩子們會合。

海水一波波，白色的浪潮線就像一條長長的動脈，不斷湧向海岸的盡頭。我們站著，我和我老婆，輕輕摟著彼此，在海灘上我們不都像情侶一樣嗎？美麗的孕婦挽著俊俏的丈夫，光著兩條老腿的老夫老妻，年輕的帥哥美女望著海洋，祈求的不也是男歡女愛的浪漫愛情嗎？天黑該上床睡覺了，我說故事給小兒子聽。他睡在朝東，向著燈塔的一間房裡，這房間感覺很愉快，燈塔的光遠遠從窗口透進來。忽然我注意到牆角壁板上有什麼東西，好像是線頭或者蜘蛛，我蹲下來看個仔細。有人在上面寫了幾個字，是一隻小手寫的：「我爸爸是一隻老鼠。我爸爸是一隻老鼠。」我親吻兒子道晚安，我們安穩地睡了。

星期天天氣非常好，我精神抖擻地醒來，趁早餐前四處走走，我在一株紫杉木後面又發現了一個暗藏酒瓶的地方，於是，之前在客廳裡那種沉悶的感覺回來了，甚至像是絕望透頂的感覺。我對這位葛林伍德先生擔心又好奇。他的麻煩不是一點點，是躲都躲不掉的。我很想進村子去問問他的情形，但是這種好奇似乎不太道德。那天稍後，我在襯衫抽屜裡發現他的一張照片。相片框的玻璃已經碎了。他穿著空軍少校的制服，長臉，很浪漫的型。我很欣賞他的英俊，就如同我很欣賞他的帆船賽獎盃，只是這兩樣好處並不能療癒這屋子裡的沉悶。我不喜歡這裡，而這似乎也影響到我的脾氣。後來我教大兒子用捲軸釣魚時，他老是把釣線纏在一起，輪軸裡全是沙子，我們為此吵了一架。午餐後，我們開車到船塢，屋主的帆船存放在那兒。我向老闆問起那艘帆船，他哈哈大笑。那船已有五年沒下過水，船身全都四分五裂了。這真是致命的失望，我倒沒有氣惱葛林伍德先生是個大騙子，其實他是；我只當他是因為手頭拮据不得已而為之的一個男人，我同情他。那晚我在客廳看書，注意到沙發墊硬硬的。我把手伸到墊子底下，發現有三本日光浴的雜誌。雜誌上有很多男女光著身子只穿鞋子的照片。我把雜誌扔進火爐，點了根火柴準備燒掉它，可是雜誌的紙張都包了膜，燒得很慢。我幹嘛要這麼氣憤呢，我真不明白；我幹嘛要對這個酗酒又寂寞的男人這麼關注？樓上走廊氣味很難聞，也許是哪隻沒教養的貓留下來的，也或許是排水管堵住了，但對我而言，這臭味就像是一場劇烈爭吵之後的剩餘，苦澀。我睡得很不好。

星期一下雨。那天早上孩子們在烘焙餅乾。我在沙灘散步。下午我們參觀當地的博物館，博物館裡有一隻填充孔雀、一頂德國的帶刺頭盔、一大堆炸彈碎片、蝴蝶標本和一些老照片。博物館屋頂上的雨聲聽得非常清楚。星期一晚上，我做了一個奇怪的夢，我夢見我搭乘哥倫布號前往拿坡里，我跟一個老頭同一間客艙。這老頭從來沒出現過，可是他的行李雜物一直堆在下鋪。一頂油膩的呢帽，一把壞掉的雨傘，一本小說和一瓶軟便劑。我想喝酒。我並不酗酒，可是在夢裡，我是個身心各方面都備受折磨的男人。我上去酒吧間。酒吧打烊了。酒保還在，正在鎖收銀機，所有的酒瓶已蓋上了棉布套。我請求他讓我進去，他說他已經花了十個鐘頭打掃客房，他要去睡覺了。我問他可不可以賣一瓶酒給我，他說不行。酒保是義大利人，於是，我略施小計，騙他說我買酒不是為我自己而是為了我的女兒。他的態度立刻轉變。要真是為了我的女兒，他很樂意幫忙，而且得找一瓶特別漂亮的，他在吧臺東翻西找的找出了一整瓶酒，瓶子是天鵝形狀的。我跟他說我女兒不喜歡這個，她想要喝琴酒，最後他總算拿出一瓶琴酒，要了我一萬里拉。醒來之後，我感覺我好像做了一個屬於葛林伍德先生的夢。

星期三我們來了第一位訪客。懷特賽太太，就是那位我們向她拿鑰匙的南方太太。下午五點她按門鈴，帶了一盒草莓送給我們。她的女兒，瑪莉李，一個十二歲左右的小女孩跟著她一起。懷特賽太太極致的端莊，她女兒瑪莉李卻是過分的濃妝，修眉毛、抹眼影，整張臉五顏六色。我猜想她是太閒了。我熱烈歡迎懷特賽太太，因為我有太多關於葛林伍德先生的問題想要問她。「這樓梯好漂亮，對吧？」她走進門廳說。「他們是為了女兒的婚禮建造的。那時候桃樂絲只有四歲，他們就幻想她以後穿著白紗站在窗口把鮮花拋向所有來參加婚禮的賓客。」我畢恭畢敬地請懷德賽太太進客廳，給她倒了杯雪利酒。「我們很高興你們來，奧格登先生。」她說。「又能夠看到孩子們在沙灘上跑來跑去真好。說實在我們真的很懷念葛林伍德一家人。他們人真好，一直以來他們的屋子從沒出租過。這是第一次，他們全家離開這片沙灘。啊，他太愛布羅德密爾了。這裡是他的喜樂和驕傲啊。我簡直無法想像他離開了這裡該怎麼過。」假如葛林伍德這家人是那麼的好，那個隱藏版的酒徒又是誰呢，我疑惑。「葛林伍德先生是做什麼的？」我藉著走去再幫她倒酒的時候佯裝不經意地問。「他是做合成纖維方面的，」她說。「不過我認為他很想換個更有趣的工作。」這似乎是個暗示，踩對方向了。「你是說他在找工作？」我問得飛快。「這很難說，我不太敢確定。」她回答。

你可能會覺得她是個嫻靜的女人，像橋下的流水平靜無波，但在我的眼裡她可不是這麼簡單，她應該是社區裡的利牙，有時說不定還會分泌一些毒液出來。或許因為她遭受到的痛苦和失意太多（懷特賽先生已經過世，而且沒留下什麼錢），以至於在生命的河流裡，她只能悲戚地坐在岸邊，眼看著其他人奔流向大海。我的感覺就是，在她動聽悅耳的聲音底下我探測到了一股腐蝕性的酸澀。另外，她總共喝了五杯雪利酒。

她準備告辭了。她嘆口氣站起來。「我好高興有這個機會來向你們致意，」她說。「又能看到孩子們在沙灘上跑來跑去真好，葛林伍德一家子都是好人，他們也有他們的難處。我說我想念他們，但是我沒法說我喜歡聽見他們吵架，去年夏天他們每天晚上吵。啊，他老是說那些話！按你們的說法就是所謂的矛盾。」她眼珠子一轉，轉向瑪莉李，似乎在暗示她還想再多說兩句。「白天太熱，我喜歡晚上到花園幹活，他們一吵架我就出不了門，有時候我還必須得關上門窗才行。我實在不應該告訴你這些，可這是事實，紙包不住火，對吧？」她站起來走向門廳。「誠如我說的，這樓梯是為了他們女兒的婚禮建造的，可憐的桃樂絲卻是在市政大樓結的婚，懷著八個月的身孕嫁給了一個修車技工。好高興你們來住這兒。走吧，瑪莉李。」

我達到了目的，就某種意義上來說。她驗證了這棟屋子的沉悶。可為什麼我又像之前那樣，為了這個希望見到女兒快樂結婚的男人感動不已呢？我彷彿可以看見樓梯造好的時候，他們站在樓梯間的樣子。桃樂絲在地板上玩耍。夫妻倆攬著彼此，笑瞇瞇地望著拱形的觀景窗，望見了永遠的幸福和美滿。結果呢，所有的一切都沒了，簡單的願望，結局為什麼竟是一場災難？

早上又下起雨來，廚子突然說她住紐約的姊姊快死了，她必須趕回去。據我所知她並沒有接到任何信件或電話，但我還是開車送她到機場，讓她走了。我勉強回到這棟房子。我討厭這棟房子。我找到一副塑膠跳棋，我試著教我兒子玩跳棋，結果以吵架收場。另外兩個孩子躺在床上看漫畫。我看每個人都不順眼，為了大家好，我決定再一兩天就先回紐約。我騙老婆說公司有急事，第二天一早她送我去機場。飛機起飛，離開布羅德密爾的沉悶感覺真好。紐約晴朗炎熱，感覺和味道上都像仲夏。我在辦公室待到很晚，然後順路到中央車站附近一間酒吧。葛林伍德進來的時候我才剛到沒幾分鐘。他浪漫多情的容貌已經崩壞，但是我從襯衫抽屜裡的那張照片一眼就認出是他。他點了一杯馬丁尼和一杯水，一口就喝乾了它，彷彿這就是他進來的目的。

你一眼就能看出他是曼哈頓市中心那些薪水階級的遊魂，夢想著在馬德里、都柏林或是克里夫蘭謀一份新差事。他的頭髮服貼光滑。他的臉紅得厲害，很像是在棒球場或是賽馬場上的曬傷，再看他手抖的樣子，你就知道那臉紅是因為酒精。酒保認識他，兩人聊了一會，酒保走去收銀機那邊收帳，葛林伍德先生落單了。他有感覺。從他臉上看得出來。他感覺到他落單了。時間已經很晚，快車的班次全都開走了，剩下來的人就是隨波浮沉的——遊魂。我的意思是，天曉得他們打哪來又往哪去。這些穿戴光鮮亮麗的人士待在這裡，營造出四海兄弟，一團和氣的氛圍，彼此間卻誰也不跟誰說話。這些人一個個都在文學協會精選集後面，在鋼琴凳子裡面藏著酒瓶。我想上前對葛林伍德做自我介紹，想想還是作罷。我硬生生地占了他心愛的屋子，他肯定對我有敵意。我無法看透他的人生事件簿，但我能猜到其中漂泊起伏的況味。他老爸在他小時候可能就死了或者走了。父親從缺是看得出來的，在刻劃我們人生的臉上會留下一些記號。他有可能由母親或姑姑帶大，他上過州立大學，主修的（我猜）是一般行銷。二戰時期可能在負責營區販賣部的業務。戰後過得並不順心。他失去了女兒、房子、妻子的愛及對事業的興趣，只是所有的失去都和他的痛苦及困惑都扯不上關係。真正的原因始終藏在他心裡，瞞著他自己，瞞著我，瞞著所有的人。也因此使得火車站周邊的酒吧在這個時刻顯得分外神祕。「蠢。」他對著酒保說。「蠢啊。你以為你有辦法用時間來把我這酒變得好喝嗎？」

這是醜態出現的第一個訊號，往後可就醜態畢露了。他會變得非常刻薄卑劣。無論胖瘦、脾氣好壞、年輕年老，所有的遊魂都會。到最後，他們飄飄蕩蕩地回了家，他們怪門房沒禮貌，怪老婆亂花錢，怪一頭霧水的孩子們不知感恩，然後衣服也不脫的倒在客房的床上呼呼大睡。但困擾我的並不是這個映像，而是他站在嶄新的樓梯間，幻想著看見女兒穿著婚紗站在樓梯口的模樣。我們終究沒有說話，我不認識他，他所有的失去都與我無關，我心中的感受異常強烈，今晚我不想孤單一個人，所以我找了公司裡一個俗不可耐的女人共度。第二天早上，我搭飛機回到海邊，天還在下雨，我老婆在廚房水槽邊洗鍋子。我宿醉未消，我覺得自己墮落、罪惡、骯髒。我想或許游泳會好些，我問老婆我的泳褲在哪裡。

「不知道塞到哪裡去了，」她火大的說。「礙手礙腳的不知道踢到哪裡去了。你溼答答的就把它留在臥室地毯上，我把它掛在浴室裡。」

「它不在浴室裡。」我說。

「反正在哪裡就是了，」她說。「餐廳的飯桌上你找過沒？」

「你給我聽著，」我說。「我不明白你為什麼把我的游泳褲說得像是會滿屋子閒逛似的，會喝酒、放屁、講黃色笑話。我只不過是在問一條清白無辜的泳褲而已。」我打了個噴嚏，等著她像平常那樣的大罵我，她居然什麼話也沒說。「還有一樣東西我找不到，」我說，「就是我的手帕。」

「擤在衛生紙上。」她說。

「我不要擤在衛生紙上，」我說。我的音量肯定升高了，因為我聽見懷特賽太太在叫瑪莉李進屋子，還關上了窗戶。

「天哪，這個早上你真是煩得要死。」我老婆說。

「我已經煩了六年。」我說。

我叫了計程車去機場，搭下午的班機回紐約。我們結婚十二年，婚前談戀愛兩年，總共在一起十四年，我從此不再見她。

這篇東西是在另一棟海邊的屋子裡寫的，我跟我另一任老婆到了那裡。我坐在一張看不出是哪個時期也沒任何美感的椅子上。椅墊有一股霉味。菸灰缸是從羅馬精品店偷來的。我喝的威士忌酒杯之前裝過果凍。我寫作的餐桌瘸了一條腿。檯燈光很暗。瑪格姮，我的老婆，正在染髮。她把頭髮染成橘色，而且每隔一星期就得染一次。天氣霧濛濛，我們住的地方靠近一條用浮筒作標記的海峽，這裡跟其他虔誠的小村莊一樣，星期天早上可以聽見好多鐘聲。聲音有高，有低，還有像是從海底發出來的。瑪格姮要我幫她拿眼鏡，我靜悄悄地走上了門廊。小屋的燈光投射在濛濛的霧裡，給人一種實體的幻覺，就好像我有可能撞上一道光束似的。海岸彎彎曲曲，我能看見其他鬼魅般的小屋發出來的燈光，屋子裡的人們正營造著真實的喜樂或悲傷，留待八月的房客或是來年上門的旅人。我們彼此真的如此親近嗎？我們非要把自己的負擔強加到陌生人的身上嗎？我們痛苦的感受真是躲不掉避不開了嗎？「我的眼鏡，我的眼鏡啊！」瑪格姮吼著。「我到底要對你說多少次才拿過來啊？」我把眼鏡拿去給她，等她做完頭髮，我們就睡了。半夜，前廊的門飛了開來，而我的前妻，我那溫柔的第一任老婆已不在我身邊問著：「他們怎麼回來了？他們掉了什麼東西啦？」

橋上的天使

你或許在洛克斐洛中心看見過我母親穿著溜冰鞋在冰上輕快地踩著舞步，滑來滑去。她現在七十八歲，精神十足，穿著紅絲絨的連身衣和一條很短的外搭裙。她的緊身褲顏色鮮艷，她戴著眼鏡，白頭髮上綁一條紅絲帶，她的舞伴是滑冰場的服務員。我不明白為什麼我對於她滑冰這件事那麼在意，反正就是很在意。到了冬天那幾個月份我總是儘量避開街坊鄰居，我從來不在溜冰場周邊的餐館吃午餐。有一次我經過那兒，一個完全不認識的陌生人挽住我的胳膊，指著我母親，說：「你看那個瘋婆子。」我尷尬到了極點。其實我應該感激她才對，她自己找樂子是在減輕我的負擔，但是我真心希望她能夠迷上其他一些不這麼顯眼的消遣。每每看到那些優雅端莊的老太太們插花泡茶的時候，我就想到我的母親，妝扮得像個衣帽間的女服務生，在這世界第三大都市的正中央，跟溜冰場的員工在冰上兜來轉去。

我母親學會花式溜冰是在新英格蘭聖伯托夫的一個小村莊，就是我們的家鄉，溜冰是她戀舊的表現。她愈老，愈想念她逝去的青春年華和舊時的家園。她是個堅強的女人，你可以想像得到，她守成、固執。有一年夏天我安排她飛去托雷多拜訪幾個朋友。我開車送她到紐瓦克機場。她對機場的候機室很看不慣，候機室裡亮閃閃的廣告，拱形的天花板，傷感的離別場面陪襯的竟是震天價響的探戈舞曲。她幾乎找不到一丁點有趣或是有美感的東西，跟聖伯托夫的火車站比較起來，這離別的氛圍真是太奇怪了。飛機延誤了一個小時，我們坐在候機室裡。母親看起來蒼老疲倦。我們候了半小時，她開始出現明顯的呼吸困難。一隻手巴在胸口，用力地喘，一副很痛苦的樣子。她滿臉起疹子似的通紅。我假裝沒看到。播報可以登機了，她忽然站起來大聲說：「我要回家！要是我現在突然死了，我可不要死在一架飛行器裡。」我退了機票，開車送她回到她的公寓，我從來沒向她或是任何人提起過這次的發病，她這種莫名其妙，或者說神經過敏，害怕死在空難裡的想法，只是我洞見的第一個徵兆。隨著年紀愈來愈大，她更加害怕那些有的沒的，她的行為表現也愈來愈怪異，就好像世界的分界線似乎改變了，變得愈來愈不能理解。

我在寫稿這段時間，經常要飛來飛去。我的業務在羅馬、紐約、舊金山和洛杉磯。有時候一個月要在這些城市來回好幾次。我喜歡飛行。我喜歡在高海拔的地方看天空的白光。我喜歡所有向東的航線，因為你可以從各個港口看見黑夜鋪天蓋地地挪移著，當你手錶上加州的時間是四點鐘的時候，加登城裡的家庭主婦們這會兒剛才吃完晚飯正在清洗碗盤，飛機上，空中小姐正在送上第二輪的飲料。當飛行快結束的時候，空氣混濁了。你人也疲乏了。座位上金色的線頭刮著你的臉頰，這時忽然有了短暫的淒楚感，一種陰鬱的，沒來由的疏離感。當然在旅途中同行的人有很棒的，也有很無趣的，不過在這樣高緯度的地方我們遇到的人仍以謙和有禮的居多。那位從北極來的老太太，為的是要送一罐牛腳凍給她住在巴黎的姊妹，她旁邊那位男士是在經銷假皮做的鞋襯。在這黑漆漆的夜晚，在往西飛的飛機上，越過了大分水嶺，離洛杉磯仍有一個小時的路程，還不到降落的時候。在這個高度，我們下方的房子、城市、人群是看不見的，不過我倒是看到了很特別的一個景象，一長條的光，就像沿著海岸一路燃燒著的光。在這一帶並沒有任何海岸，這光不像來自沙漠、斷崖，或山脈，以它的明暗度，及現在這樣的速度和高度來看，有點像是一個新生成的世界。這似乎在暗示我的無知，我老了，我無能再去了解日常所見的事物。這種感覺很愉快，因為它完全免除了遺憾，不再鑽牛角尖，這些事就留待我的兒孫們去傷腦筋吧。

我喜歡飛行，誠如我說的，我完全沒有我母親的那種焦慮。承襲她堅決、頑固，以及整套銀質餐具，和她的一些怪癖的，是我老哥——她的最愛。記得有一晚，我老哥，我已有一年多沒到見他，來電話問說可不可以過來吃晚飯。我當然熱誠歡迎。我們住在公寓的十一樓，七點半，他從大廳打電話上來要我下去。我想他八成有什麼私事要跟我談，我們在大廳見了面，他跟著我一起進電梯上樓。電梯門一闔上，他就露出我在母親身上看到過同樣的恐懼症狀。他額頭猛冒汗，喘得像個賽跑選手。

「這是怎麼了？」我問。

「我怕電梯。」他悲慘地說。

「你怕什麼呢？」

「我怕這棟樓會塌了。」

我哈哈大笑，很殘忍，我想。他幻想紐約整排樓房像推柱子似的撞來撞去、全部倒塌的情形實在太好笑了。在我們倆的心裡永遠存著妒忌較勁的意味，就算不說也知道，他賺的錢比我多，他有的東西比我多，他老是瞧不起我、壓制我，令我難堪。但是同時，在我們倆關係的最底層，在精神榮耀這方面，我覺得我才是居於領導者的地位。他是長兄，他是最受寵的，看著他在電梯裡的那副可憐相，我覺得他只是我可憐的，煩惱重重的老哥啊。他在走廊停下來，先鎮定一下自己，一面解釋他受這種恐懼症之苦已有一年多的時間。他說，他在看精神科的醫師。我覺得那好像對他沒什麼效果。他一踏出電梯立刻恢復正常，但我注意到他一直避開窗戶。離開的時候，我陪他到走廊。我很好奇。電梯上來了，他轉向我說：「我看我還是走樓梯吧。」我帶他到樓梯口，我們慢慢地走下十一樓。他緊緊抓著欄杆。我們在大廳說再見，我搭電梯上樓，我把他害怕這棟大樓會倒塌的事情告訴我太太。她覺得奇怪又難過，我也一樣，不過同時也覺得好好笑。

一個月後，事情變得一點也不好笑了，他上班的公司搬到了一棟新大樓的第五十層樓，他必須辭職。我不知道他給的辭職理由是什麼。過了六個月他才找到另一份工作，辦公室在三樓。有一回，一個冬日的黃昏，我在麥迪遜大道和五十九街口看到他。看他的外表就是一個充滿智慧、神采奕奕，穿著如一個入時的都市人。我心裡想著，和他一起等著過馬路的人裡面，是否也有人跟他一樣深受這種荒謬的幻覺之苦，在他們的幻覺裡，這條街可能是一條滔滔洪流，迎面而來的計程車都是由死神在駕駛著。

他在地面上相當正常。我和我太太帶著孩子們到他位在紐澤西的家裡度週末，他看起來健康正常。我沒過問他的恐懼症。星期天下午我們開車回紐約。接近喬治華盛頓大橋的時候，我看見一陣暴風雨掃過城市。我們一上橋，強風狂吹著我們的車子，我幾乎連方向盤都把持不住。我真的覺得整座大橋都在搖晃。開到一半的時候，我覺得路面開始崩解了。我並沒有看到任何崩塌的現象，但我還是認定下一秒橋面就會裂成兩半，橋上一長串的假日車潮就要全部捲入下方的黑水之中。這個幻覺中的災難可怕到了一個極點。我兩腿發軟，甚至踩剎車的力氣都沒有。緊接著我開始呼吸困難。只能張開嘴巴拚命地喘氣，好像只有這樣才能吸進一點點空氣。我的血壓也不對了，我覺得眼前發黑。恐懼在我身上總是會持續一段時間才過去，恐懼到達最高點的時候，身心就會啟動一種機制，自動產生新的力量。車子駛過大橋的中心點之後，我的痛苦恐懼逐漸消失了。我太太和孩子們都在專心欣賞這場暴風雨，好像完全沒有注意到我剛才的發作。我一方面害怕大橋會崩塌一方面也害怕他們發現我的恐慌。

我回想那個週末，是不是有什麼事故才會引起我突然會害怕喬治華盛頓大橋在暴風雨中崩塌的想法，那個週末假期很愉快，就算再怎麼誇張的挑剔，也找不出任何一點緊張或焦慮的原因。接下來的一個星期，我必須開車去阿爾巴尼，那天天氣很好，晴朗無風，但是我第一次受打擊的記憶猶新；我挨著哈德遜河東岸，一路往北繞路從特洛伊的方向走，因為我發現那兒有一座輕而易舉就能開過去的老式小橋。換句話，我這一繞道，就得多開十五、二十哩左右的路程，為了一些無形荒謬的障礙而繞遠路，真是很丟臉的事。於是我照原路開回阿爾巴尼，第二天早上我去看家庭醫生，告訴他關於我害怕橋梁的事。

他哈哈大笑。「你啊，你們這些人啊，」他輕蔑地說。「你要想辦法自我克制啊。」

「可是我母親害怕飛機，」我說。「我老哥討厭電梯。」

「你母親已經年過七十，」他說，「她是我認識的人裡面最了不起的一個女人。我不會把這種事情跟她扯在一起。你需要的就是多一點膽量。」

他的答覆只有這麼一句話，我請他幫忙轉介心理分析專家。心理分析不是他的醫學領域，他說，那只是浪費我的時間和金錢，不過基於醫生的職責，他還是給了我一位精神科醫師的姓名和地址，那位醫師說我對橋梁的恐懼是一種深層焦慮的外在表現，他說我應該做全套的檢查分析。我一來沒有時間，二來沒有錢，最重要的，對於這位醫師的治療方法沒有信心，我不放心把自己交到他手裡，便含糊地蒙混了過去。

痛苦顯然也是有真有假，我的痛苦似是而非，可是我怎麼會知道我的痛苦到底是輕是重呢？在我青春年少的歲月裡，當然有痛苦也有歡樂，會不會就是因為那些過往的反彈造成了我現在的懼高症？想到人生竟然被一些隱匿的障礙左右著，真的令我難以接受。我決定聽從家庭醫生的勸告，反求諸己，自己來解決。這個星期我必須去一趟艾德懷德，我刻意不搭巴士也不搭計程車，我親自開車過去。在羅伯甘迺迪大橋上我幾乎完全失去知覺。到了機場，我點一杯咖啡，我的手抖得把咖啡都潑在了櫃臺上。我旁邊的客人帶趣地說我八成一宿沒睡。我怎麼能告訴他說我其實很早就上床睡覺，人清醒得不得了，我抖是因為我害怕過橋？

那天下午我飛去洛杉磯。降落的時候我手錶上的時間是半夜一點。加州的時間是十點。我很累，搭計程車到我經常住的旅館，我睡不著。旅館窗外有一座年輕女子的雕像，這是拉斯維加夜總會的廣告手法。她在光束中緩慢的旋轉著。凌晨兩點，燈光滅了，她卻無休無止地轉了一整夜。我從來沒見她停下來過，那一晚，我一直在想他們究竟什麼時候給她的發條上油和刷洗她的肩膀。我覺得我有點喜歡她，因為我們兩個都沒法休息，我不知道她有沒有家人，或許有一位星媽吧，或許還有一個開市內公車西皮科線只求溫飽的老爸？對街有一家餐館，我看著一個披著黑貂披肩，喝醉酒的女人被帶上車。她兩次幾乎摔倒。敞開的店門投射出來的燈光、深夜、她醉酒的模樣，她身旁那個男人的關心焦慮所造就出來的這個場景，令我覺得十分寂寥。忽然有兩輛車像賽車似的從日落大道疾駛而來，在號誌燈前，就在我的窗子底下，緊急剎車。車子裡各走出三個人，雙方開始鬥毆。可以清楚聽見骨頭和關節受到重擊的聲音。號誌燈亮了，他們立刻上車，繼續奔馳。這打鬥，就如同我在飛機上看到的光圈一樣，也像是一個新生世界的記號，只是這個場面多了份野蠻及混亂。這讓我想起了星期四要去舊金山的事，原本計畫要在柏克萊午餐。這表示我得穿過舊金山—奧克蘭海灣大橋，我特別提醒自己來回改坐計程車，把原先在舊金山租的車留在旅館的車庫裡。我再度理性面對自己，尋找害怕橋梁會崩塌的理由。我會不會是心性錯亂的受害者？我的人生一直放蕩隨興、漫不經心、及時行樂，會不會這裡面藏著什麼祕密，須得由一位專家來提撥？會不會這所有的歡樂在我只是欺騙和逃避，其實我是真心愛著我那穿著溜冰裝的老媽？

凌晨三點看著日落大道，我覺得我對橋梁的恐懼是因為我害怕世界會改變，而我硬是要把這愚昧的恐懼隱藏起來的緣故。我可以從容鎮定的沿著克里夫蘭和托雷多的郊外開過去，經過波蘭熱狗的家鄉、水牛城漢堡包的攤位、廢車場、整齊劃一的連棟屋。星期天下午我要在好萊塢大道享受散步的樂趣。我要在栽滿棕櫚樹的杜赫尼大道上欣賞黃昏的天空，那些披頭散髮的棕櫚樹就好像一排排溼漉漉的拖把。德盧斯和西塞內卡也很迷人，如果名不符實，不看就是了。舊金山和帕洛奧多之間的危險公路絕對會令循規蹈矩的人望之卻步。聖佩德羅沿岸也是。而那些橋梁的高度也是這條浮誇道路上我最無法忽略和掌控的一個環節。事實上，我討厭高速公路和水牛城漢堡包。外來的棕櫚樹和連棟屋也令我心情沮喪。特價車廂不停播放的音樂更令我生氣。那些熟悉的老地標沒了令我痛心，看到朋友們苦悶酗酒令我難過，奸詐的心機令我厭惡。而這一切就在我到達橋梁的最高點時忽然看清楚了，忽然領悟到我對現代生活中最深沉最痛苦的感受，領悟到我內心真正追求的是一個生動、簡單、平和的世界。

我當然沒有辦法改造日落大道，既然沒法改造，那我當然就沒辦法開車駛過舊金山—奧克蘭大橋。我該怎麼辦呢？回去聖伯托夫，穿上夾克外套，在消防隊裡玩紙牌？村子裡只有一座小橋，你拿起石頭隨便一扔就能扔到對岸。

星期六我從舊金山回到家，發現女兒放學回來度週末。星期天早上，她要我開車送她去紐澤西的教會學校，她就在那兒上課。她必須趕去做九點的彌撒，七點多一點我們離開市區的住家。一路上我們有說有笑，到了喬治華盛頓大橋，我上了橋，當時根本忘了我有全身發軟這回事。這次完全沒有任何心理準備，突如其來的情況發作了。我兩條腿虛弱到一點力氣也沒有，我拚命大喘氣，我覺得視線已經模糊不清。在這同時，我又打定主意不讓女兒發現這些症狀。我變換車道，我抖得一塌糊塗。我女兒似乎真的沒發現。我把她準時送到學校，親吻道別，然後開車回家。我當然必須得再過一次喬治華盛頓大橋，我決定往北從尼亞克過塔本濟大橋。記憶中這座橋坡度比較緩和而且起落點都在岸上。車子開在西岸的林蔭大道上，我想肯定是缺氧的關係，於是我打開所有的車窗。新鮮空氣似乎是有些幫助，可惜只有短暫的一下子而已。我可以感覺到我的現實存在感逐漸在消退。路邊和車子本身好像不再是實體，而是夢境。在這附近我有幾個朋友，我很想停車向他們要一杯喝的，現在早上九點剛過，這麼早就去人家裡要酒喝，理由是為了害怕過橋，這未免也太尷尬了吧。或許找個人說說話會舒服一些，我停在加油站，加了些汽油，可是那位服務員惜字如金，一副愛睏的樣子，我沒辦法向他解釋我們的對話是攸關生死的大事。這時候我已經上了快速道路，我想著萬一過不了橋我還能有什麼其他的選擇。打電話給我太太，叫她設法幫我脫困，可是我們之間的關係牽扯到太多的自尊和面子問題，公開承認這種蠢事是會危及婚姻幸福的啊。我可以打電話給相熟的修車廠，請他們派個人過來開車送我回家。我可以把車停下來等到下午一點鐘，等酒吧開門，灌飽威士忌，可是我身上的錢全花在加汽油上了。最後我決定碰運氣，直接上橋。

所有的症狀全部回籠，而且變本加厲。我的肺像是遭到重擊，一點空氣也沒有了。我無法保持平衡，車子偏過來側過去，我只好開到路邊拉起手剎車。我淒苦無助到了一個極點。如果我是因為戀愛、生病，或者豪飲大醉，那似乎還比較威風些。我想起我老哥在電梯裡那張土灰色、汗涔涔的臉孔，想起我那老媽，穿著紅裙，靠在溜冰場服務員的臂彎裡，優雅地抬起一條腿。我們三個彷彿背負了某種不光彩的，悲劇性的過去，所以不得不和其他我們的同類區隔開來。我的人生完了，再也回不去了，所有我愛的一切——大膽、開朗、好強好勝。再也回不去了。我會住進縣立醫院的精神病房，我會在病房裡一直不斷地呼喊橋要塌了，全世界的橋都要塌了。

忽然一個年輕女孩打開車門鑽了進來。「我沒想到橋上會有人肯讓我搭車。」她說。她拎著一隻紙盒樣的手提箱，還有，請相信我，還有一把裝在破防水套裡的小豎琴。她淺褐色的直髮梳理得好順，就像金色披肩似的披在她的肩上。她的臉圓潤可親。

「你要搭便車？」我問。

「對。」

「像你這樣年紀的女孩搭便車太危險了吧？」

「不會啊。」

「你常常旅行？」

「經常。我會唱一點歌。我在一些咖啡館裡演唱。」

「你唱什麼？」

「啊，民謠，大部分。還有一些很老的曲子──普賽爾[3]和杜蘭[4]的作品，不過絕大部分還是民謠。……『我給我的愛一隻沒有骨頭的雞／我跟我的愛講一個沒有止境的故事／我給我的愛一個不會哭泣的小孩[5]。』」

她把我唱過了一座橋，一座實用、耐久、美輪美奐，由許多才智出眾的人設計出來，讓我的旅程變得簡單便捷的大橋，橋下赫德遜河的河水迷人又寧靜。所有的一切都回來了──大膽、開朗、好強好勝。我們到達東岸的收費站，她的歌剛好唱完，她謝過我，說聲再見就下車了。我主動說不管她要去哪裡我都願意送她過去，她搖搖頭走了，我駛入城市，駛入一個重新恢復過來的世界，美好極了。回到家，我衝動的想要打電話給我老哥，告訴他剛才發生的事，說不定他也有機會碰到電梯天使，但是那一把豎琴，就這一個小小的細節，嚇阻了我犯傻可笑的衝動，我沒有打電話。

我真的很想說我相信上帝的慈恩助我解決了我的焦慮，但我也相信我不可以濫用這份好運，所以我還是規避喬治華盛頓大橋，儘管我可以輕鬆自如地駛過羅伯甘迺迪大橋和塔本濟大橋。我老哥還是害怕電梯，我老媽，雖然身體愈來愈僵硬，還是照樣在冰上不停地轉，轉，轉。

准將和高爾夫寡婦

我是作家，我並不想每天早上睜開眼就得大聲呼喊：「啊呀，我的果戈里、契訶夫、薩克雷、狄更斯啊，好好一個防空洞何必要用四隻石膏做的小鴨，一隻水盆和三個長鬍子戴紅頭套的小矮人來做裝飾？」誠如我所說，我不要用這樣的方式展開我的一日之晨，但我難免也會想到不知道死去的那些人會怎麼想。總之防空洞就是我家景觀的一部分，就像長在防空洞上頭的山毛櫸和馬栗子樹一樣。從我寫作的位置就看得見。那是帕斯登家建造的，矗立在跟我們家相連的一畝地上。隆起在一層薄薄的草皮底下，很像是某種尷尬的生理現象，我想帕斯登太太添加的那些雕塑品或許就在緩和這個觀感吧。她是個蒼白無力的女人。她在陽臺上坐著，在客廳裡坐著，在哪裡都是坐著，她好像在修練，在抬高身價。遞給她一杯茶，她會說：「啊，這些杯子就像去年我捐給救世軍的那一套。」帶她看新蓋的游泳池，她會拍一下腳踝，說：「這大概就是你們餵飽那些大蚊子的地方吧。」

3　Henry Purcell，一六五九到一六九五，英國作曲家。

4　John Dowland，一五六三到一六二六，英國文藝復興晚期作曲家、歌手，魯特琴演奏家。

5　〈I Gave My Love A Cherry〉，十五世紀英國傳統民謠。

遞給她一張椅子，她會說：「啊呀，這是我繼承狄蘭西祖母家那幾張安妮皇后御用座椅的複製品。」這些尖銳比什麼都還揪心，似乎在暗示黑夜太漫長，她的子女很不孝，她的婚姻也不順遂。二十年前，她就有高爾夫寡婦[6]的稱號，她的態度舉止或許是因為這緣故。她經常穿著黑色的喪服，不明究裡的陌生人，看見她穿著一身黑上火車，八成以為帕斯登先生死了，事實上帕斯登先生離死還遠得很。他神氣十足的在草嶺高爾夫俱樂部的更衣間裡走來走去地嚷著：「炸掉古巴！炸掉柏林！給他們扔一枚小小的核子彈，叫他們知道誰才是老大。」他是俱樂部更衣間裡輕步兵團的准將，時不時就要對俄國、捷克、南斯拉夫、中國宣戰。

事情就從某個秋天的下午開始。這麼多世紀以來，究竟有誰能夠把秋日的美形容得透徹清楚呢？你可以假裝沒見過秋天，或者，沒見過像這樣的秋天。漫過草坪的亮麗陽光就像一整年最耀眼的燈光。附近哪裡在焚燒落葉，撲鼻的煙氣，帶著阿摩尼亞的酸味，秋天來了。無垠的藍天像皮鼓面似的把整個天空繃得平整服貼。一個黃昏，帕斯登太太出了家門，停下腳步欣賞著十月的華彩。這一日是宣導傳染性肝炎的日子。帕斯登太太帶著十六個人的名字，一紮文宣品，一本收據。她的工作就是走訪鄰近一帶的住戶和收款。她的家位在一處坡地上，上車前她看了看坡下的那些房屋。就她所知，每一戶人家都在做著複雜又互補的慈善事業，每一戶的屋頂都意味著慈悲心。巴康太太參與腦疾服務，譚艾克太太輔導心理衛生，特查太太服務盲人，郝勒威太太關心耳鼻喉科的疾病。川普勒太太針對肺炎，薩克里夫太太是畸形兒親子基金會的會員，克雷文太太負責癌症，吉克森太太關心腎臟。惠利特太太帶領節育聯盟，萊爾森太太專注關節炎，更遠一些可以看見艾莎．利特頓家的石板屋頂，一看便知是痛風的代表。

帕斯登太太對於這分挨家挨戶的工作抱著死心塌地的誠意。這是她的運命；她的人生。她的母親過去也幹這一行，甚至她的外婆當年就在為天花和未婚媽媽們募款。帕斯登太太事先已經給大部分的街坊鄰居打過電話。這些人也都樂意在家裡等候她。她從沒有過類似百科全書推銷員吃閉門羹的經驗。捐款要比前一年更踴躍，這錢，當然不是她的，只是捐獻箱裡塞滿大額支票的感覺令人興奮。黃昏後，她在薩克里夫家裡歇歇腳，喝一杯威士忌蘇打。她在他們家待到天黑才回家去給她先生做晚飯。「我幫肝炎基金會募到了一百六十塊錢。」他一進門，她就興奮地對他說。「名單上的人幾乎全收齊了，除了布雷文和弗拉納根兩家。我明天一早就要交出捐獻箱，你可不可以趁我作飯的這段時間幫我跑一趟？」

「我不認識弗拉納根。」查理．帕斯登說。

「誰也不認識他們，可是去年他們捐了十塊錢。」

他很累，業務方面的事情令他煩心，看到他老婆在烤盤上烤豬排等於是這乏味一天的另一種延伸。他很高興能夠趁這個機會開著敞篷車上山，說不定布雷文夫婦會請他喝一杯呢。不料布雷文他們出去了；女傭給他一個塞了支票的信封就把門關上。他把車開轉到弗拉納根家的車道，一面想著，到底有沒有見過弗拉納根夫婦。這名字給他很大的鼓舞，因為他始終覺得他跟愛爾蘭人特別對味。前門有一塊玻璃框，透過這個玻璃框他看見玄關有個紅頭髮，體態很豐滿的女人在插花。

「傳染性肝炎。」他熱心地喊著。

---

6 Golf Widow，意指丈夫迷戀高爾夫球，太太只能獨守空閨。

她先仔細地對著鏡子照了照，再轉身踩著小碎步走向門口。「啊，請進。」她說。細聲細氣的小女孩聲音。她當然不是小女孩，他看得出來。她的頭髮是染過的，褪色的青春，看起來已經接近四十，只是她就像那種巴著青春尾巴不肯放手的女人，一舉一動還像個八歲的小美女。「你太太剛才打過電話。」她一字一頓地說，完全就像個小孩子。「我不確定我現在有沒有現金。我是說，有沒有錢。不過如果你可以等一會兒，我簽一張支票給你，看我可不可以找到支票簿。你進來客廳好嗎，那兒比較舒服？」

他瞧見客廳裡的爐火已點燃，所有的一切都做好了飲酒歇息的準備，他，就像流浪漢一樣，對於這樣的安逸舒適反應非常敏銳。弗拉納根先生呢？他想著。火車誤點了？在樓上更衣？沖澡？客廳盡頭有一張堆滿文件紙張的書桌，她胡亂地翻著，一面發出小女孩無奈的哀嘆聲。「真抱歉讓你久等了。」她說，「你要不要喝點酒？自己來好嗎？東西都在桌上。」

「弗拉納根先生搭哪班車？」

「弗拉納根先生不在家。」她說。她的聲音忽然就沉了下來。「弗拉納根先生已經離開六個星期了……」

「好，我喝一杯，你也陪我喝一杯吧。」

「要幫我調得淡一些啊。」

「坐下來，」他說，「先喝一杯，待會兒再去找支票簿。找東西最好的辦法就是放輕鬆。」

總而言之，他們喝了六杯。她毫不猶豫地把她自己和她目前的處境說了個夠。弗拉納根先生是製造塑膠壓舌板的廠商。他跑遍世界各地。她不喜歡旅行。坐飛機她會頭暈，那年夏天她在東京，早餐居然給她吃生魚片，她立馬直飛回家。她和她先生本來住在紐約，她在紐約有很多朋友，可是弗拉納根先生認為戰時住鄉下比較安全。她寧願危險活著也不要死於寂寞無聊之中。她沒有小孩；在這裡也沒有朋友。「我見過你的，之前，」她極度害羞地說，拍了拍他的膝蓋。「我看見你在星期天遛狗，看見你開著敞篷車經過……」

想著這個寂寞的女人坐在窗口的樣子觸動了他，雖然更觸動他的是她的豐滿，他知道所謂的豐滿並非身體的主要部分，也沒有任何生產功能。它只不過是骨架上一些增生的軟墊。既然知道它在整個天平上的卑微地位，那麼，為什麼在他生命中的這一刻，卻打算要把靈魂出賣給這一層豐滿呢？起初當她傾吐一個寂寞女人的心聲時他還不明就裡，等到喝完了第六杯之後，他伸出手臂攬著她，提議說他們不妨上樓去找找她的支票簿吧。

「我從來沒這麼做過。」事後，他準備離去時，她說。她的聲音激動得發抖，他覺得很可愛。他毫不懷疑她告白的真實性，雖然這種話他聽過上百遍。「我從來沒這麼做過。」每當她們把衣衫抖落白皙的肩膀時，總是會這麼說。

「我從來沒這麼做過。」每當她們在旅館的走廊等電梯時，總是會這麼說。「我從來沒這麼做過。」每當她們又斟上一杯威士忌時，總是會這麼說。「我從來沒這麼做過。」每當當她們把絲襪穿起來的時候，總是會這麼說。在海上，在火車上，在山上的度假飯店裡，她們總是會這麼說。「我從來沒這麼做過。」

「你去哪裡啦？」他回到家，帕斯登太太不高興地說。「都十一點多了。」

「我跟弗拉納根他們喝了點酒。」

「她跟我說他去了德國。」

「他突然回來了。」

查理在廚房吃了些晚餐，走進電視間看新聞。「炸死他們！」他吼著。「給他們吃顆核子彈！讓他們知道誰才是老大！」上床後他難以入睡。他先想到在外地讀大學的一雙兒女。他愛他們。這個字的意思只有在他們的身上他才真正懂得。然後是打一場假想的九洞高爾夫，選擇他的差點、球桿、姿勢、對手、天氣狀況，但是業務上的煩擾使得果嶺變得黯然失色。他的錢全都綁在拿騷的飯店，俄亥俄州的陶藝工廠和窗戶洗潔精上面，現在到了利多出盡的時候。煩惱不斷，他乾脆下床，點起一根菸，走到窗口。星光下他看到樹上的葉子已經凋零。夏天他曾經試圖挽救，光禿的樹林讓他想起了他的彩票，就像樹葉一樣，還躺在貝蒙特和薩拉托加附近的排水溝裡。楓樹和梣樹，山毛櫸和榆樹，贏面百分百的是第四組的三號，贏面五五波的是第三組的六號，再一個準贏的是第八組的二號。放學的孩子們就會踩著這些屬於他的落葉回家。他肆無忌憚地想著弗拉納根太太，計畫著下次要在哪裡見面，要做些什麼。人生難得有真正忘記一切的藥方，他為什麼要躲開呢？縱使這帖藥不怎麼高明？

新的征服欲對於查理始終有神奇的影響力。他突然變得很慷慨，很體諒，很幽默，很輕鬆，對貓、狗、陌生人都很健談，很有同情心。當然，每天晚上帕斯登太太仍舊是一副悶悶不樂的樣子等著他回家，他對她夠好的了，他想著，伺候她二十五年了，現在幾乎只要溫柔的碰她一下，她就會說：「啊呀。好痛，我在花園裡碰傷了。」晚上兩個人在一起的時候，她總是表現出個性上最惡劣的一面；別有居心。「你知道吧，」她說，「瑪莉．奎斯泰打牌的時候作弊。」她的批評令他覺得很不是滋味。如果這是失望的間接表現，他已經不為所動了。

他和弗拉納根太太約在市區午餐，兩人一起度過一個下午。出了旅館，弗拉納根太太停在陳列香水的攤位前。她說她喜歡香水，她扭動肩膀，喚他「小皮猴」。從她小女孩的樣子和真誠的口氣，他想，顯然是有備而來，不過他還是買了一瓶香水給她。第二次再見面，她看中櫥窗裡一件睡袍，他也買了。第三次見面，她到手了一支絲質的陽傘。在餐館等著跟她第四次約會的時候，他希望她別開口要珠寶，他的私房錢所剩無幾了。她約定跟他見面的時間是一點，他愜意地沉浸在調味料，琴酒的香味和紅色地毯的氛圍中。她習慣遲到，一點半，他點了第二杯酒。一點四十五分，他看見他的服務生在跟另外一個服務生咬耳朵，講悄悄話，大笑，還朝著查理這邊點頭。這是第一次出現她放他鴿子的暗示。她是誰啊，她以為她是誰啊？竟然可以這麼對他？她不過是個寂寞難耐的家庭主婦罷了；充其量不過如此而已。兩點，他點了午餐。他徹底被打敗。最近這幾年他的感情生活都是些不光彩的一夜情，但是沒了這些，他的人生根本難以忍受。

在市區的餐館裡，一點到兩點中間，似乎是固定被放鴿子的時間——這個心靈的無人地帶，我們不分彼此地分享著這裡的一草一木，甚或是老鼠洞，毫無防備地卸下了心防。那個服務生知道，查理周遭其他桌上的談笑聲折磨著他的心情。他的失望節節升高，他就像一個坐在旗竿頂上的人，在這個擁擠的房間裡他孤單的感覺愈來愈大，愈來愈大。忽然他看見鏡子裡自己臃腫的形象，巴在腦袋瓜上的灰髮就像風流之後的殘餘，厚重的身軀倒有點像消防隊的聖誕老人，啤酒肚就像塞了

一、兩個凱利太太家的二手沙發墊。他推開桌子，走向大廳的電話亭。

「您的午餐有什麼問題嗎，先生？」服務生問他。

她接的電話，用她最小女孩的口氣說：「我們不能再這樣下去了。我想了又想，我們不能再這樣了。並不是因為我不想，你是個很強的男子漢，是我的良心不許我。」

「今天晚上我可以過來當面談談嗎？」

「這……」她說。

「我從車站直接過來。」

「那你可以幫我一個忙嗎。」

「什麼事？」

「今晚我們見面再談。不過，請你把車停在屋子後面，從後門進來。我不希望聽見那些閒言閒語的。你要記住過去我從來沒這麼做過。」

當然，她說的沒錯，他想著。她有她的尊嚴要維護。她的尊嚴，他想著，那麼的幼稚，那麼的尊貴！午後開車穿過新罕普夏的工業小城，他想著，有時候你會在河邊一條巷弄或是車道上，看見穿著桌布的小孩，坐在破板凳上，對著一地的雜草，煤渣和幾隻皮包骨的小雞揮動著權杖。他們那份鐵錚錚的尊嚴令人感動；他覺得弗拉納根太太正是這一類。

那天晚上她讓他從後門進到屋裡，客廳裡的光景依舊。爐火在燃燒，她為他斟上酒，他覺得和她在一起彷彿肩膀上的千斤重擔都卸了下來。她在他懷裡扭扭捏捏，欲拒還迎地挑逗他，忽然她輕巧地走過房間去照鏡子。「我要先拿到好處。」她說。

「什麼好處？」

「你猜。」

「我沒辦法給你錢。我不是有錢人，你知道的。」

「啊呀，誰說我要錢了。」她真的生氣。

「那是要什麼呢？」

「你帶在身上的。」

「我的手錶不值錢，我的袖釦也是銅製的。」

「不是這些。」

「那是什麼？」

「你先答應給我，我才要告訴你。」

他把她推開，他哪裡會這麼容易上當。「我要先知道你究竟要什麼我才能答應你。」

「很小很小的東西。」

「多小？」

「非常小。小到不行。」

「拜託告訴我到底是什麼。」他一把把她摟在懷裡，這一刻他才覺得真正做回了原來的自己：嚴正、強悍、聰明、冷靜。

「你先答應我才要說。」

「我不能。」

「那就走開，」她說。「走開，永遠永遠都別再回來。」

她的口氣太孩子氣，一點都沒有發號施令的威勢，對他卻很管用。他怎麼能就這樣兩手空空的回家，家裡只能面對他那磨刀霍霍的老婆？只能坐著等待另外一次機會，另外一個人？

「拜託告訴我吧。」

「答應。」

「我答應。」

「我要，」她說，「你家防空洞的鑰匙。」

這個要求像大鐵鎚似的擊倒了他，突然令他覺得全身上下每一處都承受著不可承受的怒火。所有他對她這個人的溫柔評價——把她比做一個統領小雞的女孩——這一刻都猛烈地向他倒打一耙。這件事想必她從一開始就上心了，在她初次點燃爐火，搞丟了支票簿，倒酒給他喝的時候。這個要求重創了他的欲望，但不過是瞬息之間吧，因為現在她回到了他的懷抱中，她的手指來回上下地在他肋骨的位置游移，嘴裡不斷說著：「好可怕，好可怕，好可怕的小老鼠住到查理的家裡來了。」他對她的欲念開始跛腳了，就好像腿窩上被重重敲了一記。可是在他漿糊似的腦袋裡卻看見自己乾渴的皮膚已經醜態畢露。他哪有辦法改造自己身上的骨頭和肌力來配合這個新的世界啊；哪有辦法命令自己貪婪奔放的肉體去管什麼政治、地理、浩劫、災變啊？她的胸前圓圓潤潤，又香又軟，他把鑰匙從鑰匙環解了下來。一小塊的金屬，只有半吋長，暖暖的，是他手上的溫度，這一小塊真正的救世法寶，抵禦世界末日的最佳防護，落入了她的領口。

帕斯登家的防空洞在那年春天完工。他們原本希望保密；至少儘量保持低調；但是他們家車道上卡車，堆土機進進出出，早就昭告了所有人。工程花費三萬兩千美元，防空洞裡有兩間化學廁所，一個氧氣站，一間圖書館，館內書籍由一位哥倫比亞的教授統籌，囊括了勵志、幽默、心靈各個領域。洞內存放了足夠維持三個月的存糧，和好幾箱的烈酒。帕斯登太太特意買了石膏鴨子、小水盆和幾個矮子公仔，企圖用這些東西來淡化院子裡這塊隆起來的土堆；希望因此別太顯眼，起碼她自己比較能夠接受。在這麼優美的景緻裡多出這麼一個龐然大物，似乎意味著全世界的人口至少會死掉一大半的感覺，她發現，即便上頭蓋了草皮，一樣無法與藍天白雲協調。她總是喜歡把屋子靠這一邊的窗簾拉上，這天下午窗簾又拉上了，她正在以琴酒招待主教。

主教意外到訪。她的牧師電話通知她說主教就在附近，準備親自來謝謝她對教會的奉獻，問說可不可以現在帶他過來？她連忙準備茶點、換衣服，他們按門鈴的時候她剛好趕到門廳。

「您好，主教大人。」她說。「您請進，主教大人。您喝茶吧，主教大人──或者，喝杯酒，主教大人？」

「一杯馬丁尼吧。」主教說。

主教的聲音清晰，很有磁性。他體格魁梧，頭髮烏黑，他的嘴很大，嘴巴四周圍著一圈土黃色的皺皮，眼睛大而無神，她覺得，很像那種嗑藥的人。「請容我告退一會兒，主教大人……」

主教要喝雞尾酒的要求使她感到困惑；查理就老是愛喝混調的酒。冰塊掉到了餐具間的地上，她把一品脫左右的琴酒倒進調酒器，為了中和酒的濃度，她加了很多苦艾。

「拉蓋特先生對我說你對教區的奉獻不遺餘力。」主教接了酒說。

「我只是很盡心。」帕斯登太太說。

「你有兩個孩子。」

「是的。莎莉就讀史密斯學院。卡基就讀柯蓋德。這屋子現在變得好空啊。他們都是由老主教堅振的。湯姆林森主教。」

「啊，是的。」主教說。「啊，是的。」

主教的蒞臨令她誠惶誠恐。她很想把氣氛弄得輕鬆自然些；她很希望在自己的客廳裡表現得自在真實。她一直處在緊張不舒服的情緒中，有時候甚至在開會的時候也會受到這種情緒的攻擊。她坐在收摺椅上，感覺自己好像跪趴在地上，拚命在撿拾自己的碎片，努力想要用一些美德把一地的碎片牢牢地黏接起來，好比說，我是良母，我是賢妻。

「兩位是老朋友？」她問主教。

「不是！」主教大聲否定。

「主教只是開車經過。」教區牧師有氣無力的說。

「我可以看看你的花園嗎？」主教問。

他端起那杯馬丁尼，跟隨他從側門走到陽臺。帕斯登太太對園藝雖然很有熱誠，花園的景觀卻令人失望。盛開的花季幾乎已經褪盡；除了菊花別無看頭。「我真希望你在春天來看，尤其是春末夏初的時候。」她說。「開得最早的就是星花木蘭。再來是櫻花和梅花。等到它們開過之後，就是小杜鵑、月桂，和山杜鵑。紫藤底下我還有黃色的鬱金香。我的丁香花是白色的。」

「我看到你們有防空洞。」主教說。

「是的。」她被那些鴨子和小矮人出賣了。「是的，我們有，不過那真的不值一看。這個花床全部都是山谷百合，全部都是。至於玫瑰，我覺得用來切花比妝點花園更好看，所以我把玫瑰都種在屋子後面。邊界上種的是野草莓。甜美香醇。」

「這防空洞蓋好很久了？」

「春天蓋好的。」帕斯登太太說。「那個樹籬是木梨花。那邊是我們的小沙拉園。有萵苣和各種香草。這一類的。」

「我很想看看防空洞。」主教說。

她受傷了——這個傷可以一路回溯到她小時候，她的創傷是在她發現說好要在下雨天來找她的那些朋友沒有來，她發現她們喜歡的不是她而是吃她的餅乾和霸占她的玩具。對於自私，她從來不會給以好臉色，他們走過小水盆和小鴨子的時候她皺起眉頭。戴著紅頭套的小矮人垂眼看著他們三個，她用掛在脖子上的鑰匙開了防火門。

「太迷人了。」主教說。「太迷人了。啊，居然還有圖書館。」

「是。」她說。「這裡的書選有幽默的、心靈的，和勵志的。」

「就教會來說，這是一個典型不符規格的建物。」主教說，「地下室，或者說這個地窖的聖壇空間太小了。幾乎沒有祈禱救贖的地方——容我做一些補充，我指的是各個宗派。有些教堂也有地下室，而且非常寬敞。不過我不便再耽擱你太多的時間。」他大步穿過草坪走回屋子，把雞尾酒杯放在陽臺的矮牆上，並為她祝禱。

她心情沉重地坐在陽臺的臺階上，看著他們的車子開走。她懷疑他來的目的不在誇獎，而是來管區挑選聖所，但她的懷疑會不會是大不敬？有沒有可能他利用這種方式來宣揚聖蹟？現代生活中的負荷——即便現在到處散發塑膠味——但仍舊受制於上帝，家和國。負擔重，又不穩定，她似乎聽到基金會有些撐不住了。她這輩子對於神職的神聖始終深信不疑，如果這份信念為真，那為什麼她看到主教時沒有立刻向他展示她的防空洞呢？而如果他真的相信復活與來生，那為什麼他還會需要防空洞呢？

電話鈴響了，她強打精神接聽。電話那頭是碧翠絲，這個女人每隔兩天來帕斯登家打掃一次。「我是碧翠絲，帕斯登太太。」她說，「有件事我想你應該知道一下。你知道，我不愛說閒話的。我不像阿黛，她到處跟人說那個誰和誰都不同床睡覺了，那個誰的字紙簍裡有六支空的威士忌酒瓶，還有那個誰的雞尾酒派對一個人也沒來。我才不像阿黛。我不愛說閒話，你是知道的，帕斯登太太。可有件事我覺得你應該知道一下。今天我去弗拉納根太太那裡打掃，她給我看一支鑰匙，她說那是你們家防空洞的鑰匙，是你先生給她的。我不知道這是真是假，不過我覺得你應該知道一下。」

「謝謝你，碧翠絲。」

他在外面搞七捻三，敗壞她的名聲，無視於她的愛心，但她從來沒想過他會在他們為世界末日做準備的這件大事上背叛她。她把主教喝剩的雞尾酒倒進杯子裡。她討厭琴酒的味道，可是層出不窮的麻煩事像病痛似的不斷加重，琴酒似乎可以沖淡它，即便令她病情更加嚴重。外面，天色很暗，風向變了，開始下雨。她該怎麼辦？她不能回去找媽媽。媽媽沒有防空洞。她不能祈求指引。主教的世俗氣降低了上帝的溫馨。對於老公愚蠢又不知檢點的行為，她真是百思不解，只有拚命地喝酒。於是她想到了那個晚上，那個驚魂之夜——他們同意讓艾妲姑姑和勞夫叔叔燒死，在她犧牲了她三歲姪子，他犧牲了他五歲外甥的性命之後；他們兩個就像兇手同謀，甚至連老媽的恩惠都不顧。

查理進來的時候她已醉得差不多了。「不管是哪個地下洞穴，我都沒辦法和那個弗拉納根太太在裡面待上兩個星期。」她說。

「你在說什麼啊？」

「我帶主教去看防空洞，他——」

「什麼主教？主教到這裡來做什麼？」

「別打岔，聽我把話說完。弗拉納根太太有我們家防空洞的鑰匙，是你給她的。」

「誰告訴你的？」

「弗拉納根太太，」她說，「有我們家防空洞的鑰匙，是你給她的。」

他冒雨走去車庫，車庫的門把他的手指夾到了。他氣急敗壞地把車子熄了火，等著化油器排氣的時間，在車頭燈光下，面對他的是所有家居生活中的浪費和糟蹋，這些東西日積月累的全堆在這個車庫裡。盡是些破損的庭院家具和電動工具，一堆破銅爛鐵。車子發動了，他全速衝出車道，第一個路口就闖了紅燈，簡直像在玩命。他不管。全速衝上山坡，他使勁地抓著方向盤，就彷彿他的兩隻手已經掐住了她那肥得可笑的脖子。她損傷的是他兩個孩子的面子和心靈。是他的孩子，是他最愛的孩子，她損害了他們。

他在門口停住車子。屋子亮著燈光，聞得到木柴的煙氣，但是，非常安靜，透過玻璃格子窺看，看不到一個人影，也聽不見任何聲音，除了雨聲。他試了試門，鎖著。他用拳頭敲門。過了好半晌她才出現，從客廳走過來，他猜想她八成睡著了。她穿著他買給她的睡袍，一路整理著頭髮。她一開門，他就擠了進去，大吼：「你為什麼這麼做？你為什麼做出這麼笨的事情？」

「我不知道你在講什麼呀？」

「你為什麼告訴我老婆說你有鑰匙？」

「我沒告訴你老婆。」

「那你告訴了誰？」

「我誰也沒說啊。」

她扭動著肩膀，低頭看著拖鞋尖。很像那些說謊成性的傢伙，她對於說真話特別地慎重，看她身體傳達出來的一些訊號就知道她是在說謊。他知道他沒辦法叫她吐出真話，就算再用力搖她也沒辦法把她的真話搖出來，再者，就算她招認了，對他也沒好處。

「去給我倒一杯喝的。」他說。

「我覺得你還是走吧，待會再來，等你舒服些的時候。」她說。

「我累了，」他說。「我累了。天啊，我累啦。一整天我都沒坐下來過。」

他走進客廳，自己動手倒了一杯威士忌。他看著自己黑乎乎的兩隻手，漫長的一天下來，因為上下火車，抓扶手、門把、拿報紙文件。他照鏡子，他的頭髮都淋溼了。他走出客廳，穿過書房到樓下的浴室。她發出一點聲音，有點像是驚叫。他打開浴室的門，發現面對面的對上了一個一絲不掛的陌生人。

他關上門，一陣山雨欲來前的平靜。是她率先打破沉默。「我不知道他是誰，我一直想叫他走……我知道你在想什麼，我不在乎。說到底，這是我的房子，我又沒邀請你，你是不請自來的，我不必事事都要向你解釋。」

「走開，」他說。「快走開，不然我就擰斷你的脖子。」

他冒著大雨開回家。進到屋裡，他聽見廚房裡鍋鏟的聲音，也聞到飯菜的味道。他想這若非表示這顆星球上有活物的第一個跡象，就該是最後的一個跡象了。晚報在客廳裡，他抖了抖報紙，大聲吼著：「給他們吃顆核子彈！叫他們知道誰才是老大！」然後，他一屁股坐進椅子裡，溫柔地問道：「親愛的上帝，這究竟要到什麼時候才會結束啊？」

「我就在等你這句話。」帕斯登太太從餐具間走出來沉穩的說。「等這句話我已經等了三個月了。你把袖釦和領帶釦針賣掉的時候我就覺得不對了。當時我還不知道是怎麼回事。後來，你簽了防空洞的契約，卻一毛錢也不付，我才開始看出一點眉目。你是希望世界末日，對吧？對吧，查理，對吧？我其實一直都知道，只是不肯承認罷了，太殘忍了——可是世事多變，每天都另一副模樣。」她走過他身邊，從門廳走上樓。「煎鍋裡有漢堡，」她說，「烤箱裡有馬鈴薯。想吃綠色蔬菜，就把吃剩的青花菜熱一熱。我要給孩子們打電話了。」

現在的旅行速度太快，快到我們最多只能記得幾個地名而已。想要冥想空談大概只有搭慢車才能勉強配合得上。這段故事其餘部分都是我母親敘述的，她的信一路追到基茲布赫，我有時候會待在那兒。「過去六個星期變化很大，」她寫道，「我都不知道該從哪說起了。首先，帕斯登他們一家走了，我的意思就是走了。他因為重竊盜罪關進牢裡服刑兩年。莎莉離開學校在梅西百貨公司上班，那個男孩現在還在找工作，我聽說。他跟他母親住在布隆克斯。有人說他們靠家庭救濟金過日子。聽說查理在一年前把他母親留給他的錢全花光了，他們只好舉債度日。銀行拿走了他們全部的家當，他們就搬到坦斯福，住在那邊的汽車旅館裡。之後他們不停地換旅館，開著租來的車子，欠債也不還。最先找上他們的就是汽車旅館和租車行的人。他們的房子後來是由一戶姓威洛比的好人家買了下來。弗拉納根夫婦離婚了。還記得她嗎？她總是撐一把絲質的小洋傘在自家花園裡晃來晃去。他沒給她簽什麼協議書之類的。有人在西中央公園看見她，很冷的夜晚她只穿著一件單薄的外套。可是她沒回來。很奇怪。上個星期四她回來了。才吃完午餐沒多久開始下雪了。你老媽真是個老瓜呆，對於暴風雪我永遠覺得是個奇蹟。我有好多事情要做，可是我決定啥也不做，就站在窗口，看下雪。天好黑好黑。一層細薄乾爽的雪像一大片白光似的，很快遮掩了一切。就在這時候我看見弗拉納根太太走上了大街。她八成是搭兩點三十三分的火車，從車站那邊走過來的。我想如果她連計程車都坐不起，那肯定是沒錢了，你說是吧？她穿得不夠暖，蹬著高跟鞋，沒穿膠鞋套。她走過大街，直接穿過帕斯登家的草坪，我的意思是那以前是帕斯登家的草坪，直接走到他們的防空洞，站在那兒看著它。我不知道她心裡在想什麼，那個防空洞，你知道吧，看起來真有點像個墳頭，而她就像來弔唁的人，站在那兒，雪落在她的頭上、肩膀上，那情景令我難過得很，想到她和帕斯登這家人根本就不熟啊。這時威洛比太太來電話了，她說有個陌生女人站在防空洞前面，問我知不知道她是誰，我說我知道，是以前住在山坡上的弗拉納根太太，她接著問我那她該怎麼辦，我說依我看就請她離開吧。於是威洛比太太就派女傭過去，我看見女傭在叫弗拉納根太太離開，過了一會，弗拉納根太太就在風雪中走回車站去了。」

世界的觀想

這篇東西是在另一個海岸的海濱別墅裡寫的。我旁邊的桌上有琴酒和威士忌酒杯的印痕。牆上是一幅彩色版畫，一隻穿著絲衣裳，戴著花帽子和白手套的貓咪。空氣有股霉味，我覺得挺好聞的，如船艙底的積水和陸地上的風。潮水洶湧，斷崖下的海水用力衝擊著船身，艙門、錨鍊震動得好厲害，連我桌上的檯燈都被震得跳了起來。我在忙亂好一陣子後，獨自一人到這裡充電休息，一個星期六下，我在園子裡挖土。挖到一兩呎深的地方發現一隻圓形的，很像裝鞋油的罐頭。我用刀子敲開來看。裡面有一小塊油布，油布包著一張格子簿上撕下來的紙，上面寫著：「我，尼爾·賈格斯壯，發誓，如果我到二十五歲還不能成為格里布魯克鄉村俱樂部的會員，我就上吊自盡。」我知道二十年前附近這一帶曾經是農地，我猜當時某個農家子弟遠眺格里布魯克的綠色高爾夫球道，立下了這個誓言，並且把它埋在地下。我很感動，我向來如此，被這些流露真情的斷簡殘篇所感動。這張紙條，就像一股愛的激流，讓我愈陷愈深，在那天的午後。

天空蔚藍。藍得就像一首歌。我剛剛除完草，空氣裡漫著青草味。此情此景令我想起青春年少時候的純愛與誓言。賽跑之後讓自己攤在跑道邊的青草地上，喘著大氣，擁抱當時校舍草坪的那種熱情，真可以發誓一輩子都不會消退。在緬懷這些祥和溫馨的點滴時，我注意到黑蟻打敗了紅蟻，正在把螞蟻的屍身帶離現場。一隻知更鳥飛過，兩隻松鴉在後面追著牠。一隻貓守在醋栗樹叢裡盯著一隻麻雀。一對黃鸝鳥互相啄來啄去的掠過，然後我看見，離我大約一呎左右，一條銅斑蛇蠕動著，露出牠最後一截陰森森的蛇皮。我當時的感受不是害怕，也不是恐怖；只是對於突如其來，可能發生卻毫無防備的另類死亡十分震驚。牠有致命的毒液，就像地表小溪中的流水擋也擋不住，我根本沒有考慮的空間。我立刻衝回屋裡拿獵槍，很不幸的，碰上了我的狗，那隻看到槍就害怕的母狗。一看到槍，她立刻哀嚎，直覺和焦慮毫不留情的開始折磨她。她的哀吠聲驚動了我的第二隻狗，這隻標準的獵狗連蹦帶跳地衝下樓，準備去叼野兔或小鳥了。有這兩隻狗跟著，一隻快活地吠，一隻恐懼地吠，我回到園子剛好趕上看見那條毒蛇消失在石牆裡。

事情過後我開車到村子裡買了些牧草種子，再上27號國道的超市，買一些我老婆交代的糕點。我覺得現在星期六下午上超市最好帶著照相機。我們的語言是傳統的沒錯，那是經過多少世紀交流的累積。只是那些糕點的形狀，已經完全不是我以前在麵包店裡看到的傳統模樣了。我們一共排了六、七個人，就因為一個老頭拿著一張好長的明細單。越過他的肩膀我看到單子上寫著：

六顆雞蛋
開胃前菜

他見我在看他的明細單，馬上像個精明謹慎的牌搭子似的，把那張單子壓在胸口。突然超市播放的音樂從抒情歌換成恰恰，我旁邊一個女人有點難為情地動起肩膀跟著音樂踩了幾步。「這位女士，請你跳舞好嗎？」我問。她長得十分樸實，可是我一展開雙臂，她立刻迎上來，我們跳了一兩分鐘。你絕對看得出她超愛跳舞，只是那副長相，她的機會應該不多。這時她臉紅了，非常的紅，她離開了我的懷抱，走向玻璃櫥櫃，研究著櫃子裡的波士頓派。我覺得我們這一步走得很對，很正向。買好糕點，開車回家的路上我極其興奮。在艾爾瓦巷的拐角，一名警員示意我停車，等遊行隊伍過去。最先走過來的是個年輕女孩，穿著靴子和刻意強調美腿的短褲。她的鼻子超大，頭上戴一頂毛皮高帽子，手裡揮舞著鋁製的指揮棒。她後面跟著另一個女孩，這女孩的大腿更加粗壯，走路的時候骨盤往前凸出，脊柱側彎得完全走了樣。她戴著一副多焦眼鏡，她似乎被自己突出的骨盤折騰得很累。走在最後面一排的是一群男孩，演奏著「陸軍軍歌」。他們既沒有帶旗幟，也沒有任何宗旨或目的，整個隊伍顯得十分可笑。我一路大笑著回家。

我老婆卻很哀傷。

「怎麼了，親愛的？」我問。

「我有一種奇怪的感覺，我覺得我很像電視情境喜劇裡的一個角色。」她說。「我的意思是，我長得不錯，我穿得不錯，我有討人喜歡的孩子，可是我就是有這種可怕的感覺，一點都不假，我可以被任何人取代。我就是有這種可怕的感覺，我隨時都可以被人家幹掉。」我老婆經常悲傷，她的悲傷不是真的悲傷，她難過也不是真的有什麼了不得的難過。她這叫無病呻吟，我告訴她說她這種不切實際的悲傷也許是人類痛苦系列中的一個新類型，這個說法並沒有給她帶來安慰。噢，有時候我真的想要離開她。我相信沒有她沒有孩子我也可以過活，沒有朋友我也可以過得很好，但是我離不開草坪和花園，我離不開我親手油漆、修理過的陽臺及紗窗，我無法割捨我親手鋪設的那條位在側門和玫瑰園中間，迂迴曲折的紅磚道。所以，鍊住我的鎖鏈是用這些草皮和油漆鑄造出來的，只要有它們在的一天，就可以把我綑綁，到死為止。不過這一刻我很感謝我太太的說法，她的陳述至少表示她外在的生活是一場質感不差的美夢。我天馬行空地想到了超市、毒蛇、鞋油盒子裡的字條。相較於那些東西，我的狂想具有複式簿記的確鑿性，有借有貸。想到我們外在的生活是一場質感不差的美夢，我很開心，在夢裡我們可以找到我們堅持的一些美德。我進入屋子，發現女清潔工一面抽著偷來的埃及香菸，一面在拚湊字紙簍裡撕碎的信件。

那天晚上我們到格里布魯克俱樂部吃晚餐。我查看會員名單，尋找尼爾．賈格斯壯的名字，沒找到，我不知道他會不會真的上吊自盡了。何必呢？又不是什麼大事。葬儀社社長，百萬富翁的獨生女葛拉琪．馬斯特在跟平基．湯森跳舞。平基為了操控股票市場願意交出五萬塊保釋金，一手交錢，一手交貨。我和蜜莉．薩克利夫跳了一套組曲。曲目是〈雨〉、〈恆河上的月光〉、〈紅紅的知更鳥跳啊跳〉、〈五呎兩〉、〈眼兒藍〉、〈早晨的卡羅萊納〉，和〈阿拉伯酋長〉。我們似乎是在社交凝聚的墳頭上跳舞。儘管場景不斷在革新，嶄新的一天，嶄新的世界又在哪裡呢？第二套組曲是〈來自巴利斯提納的麗娜〉、〈我是永遠的小泡泡〉、〈路易斯維爾盧〉、〈微微笑〉，再又是〈紅紅的知更鳥〉。最後這首歌讓所有的人都雀躍起來，而我卻看見對著樂器吹得口沫橫飛的樂手們不斷在搖頭，顯然對於我們怪模怪樣的動作十分不以為然。蜜莉回到她的座位上，我靠門邊站著，不明白為什麼看到人們在樂曲進入尾聲，雙雙對對離開舞池的時候，我的心會起伏得這麼厲害。起伏得就像在沙灘上，當人們忙著收拾離去，我看見懸崖的陰影落在了水面與沙灘上，在這溫柔別離的時刻，我看見了生命本身的能量與輕率。

時間，我以為，是很狠的，絕不給袖手旁觀的人一丁點的特權，最後，待在豪華大酒店（雅典）大廳裡只剩下一對大聲說著洋涇濱法語的夫婦，就是我們兩個了。原先我們待的僻靜角落，在盆栽棕櫚樹後面的位置已經被別人占去，我們只好另覓其他不礙眼的觀察位置。當時我想要鑑定的，不是連串既成的事實，而是一個本質。一種偶發的，無法解釋的，能夠產生興奮或失望的撞擊。我想要做的就是認證我的夢，在這樣一個前後矛盾，毫無章法的世界裡，那些夢的合理性。這些想法完全沒有影響我的情緒，我跳舞、喝酒，在吧臺扯淡到將近一點，我們才回家。我打開電視看廣告，跟白天看到的幾乎完全一樣，非常好笑。有個年輕女性，帶著娃娃腔問：「你受不了皮草大衣溼了的氣味嗎？一件五萬塊錢的黑貂披肩碰上了暴風雨，那味道比一隻穿過沼澤追狐狸的老獵狗身上的味道還要難聞。再沒有比淋溼的貂皮更難聞的味道了。即使一點薄霧也能使小羊、袋鼯、麝香貓、樹鼯，還有其他一些比較廉價，耐用的皮草，臭氣沖天，就像動物園裡空氣很糟的獅子館一樣。別讓自己難為情，焦慮，就請你在穿上皮草之前先使用少量的伊利克臭……」她就是屬於夢世界裡的，在把她關掉之前我對著她說。我在月光下睡著了，夢見了一座島。

我和另外幾個男人一起，好像是乘船到達那兒的。我記得我好像曬傷了，摸摸下巴，感覺鬍渣已有三、四天的長度。這座島在太平洋裡。空氣中有一股難聞的油耗味，是接近中國海岸的徵兆。靠岸時是下午三點，我們無事可做。在街上閒晃。這地方就算不是被美軍占領，也該是美軍的一個補給站，因為窗戶上好多的標示都寫著不太正確的英文。一間東方人開的理髮店招牌上寫著：「軍隊理髮」。許多店鋪都陳列著仿冒的美國威士忌。他們把威士忌拚成了「威基」。因為無事可做，我們逛進了在地的博物館。博物館裡有弓箭、原始的魚鉤、面具、鼓。從博物館出來後我們上餐館點餐。我努力地用本地話表達，令我驚訝的是，這似乎不費吹灰之力。我好像在上岸之前就已經學會了這裡的語言。我清楚記得當服務生來招呼的時候，我完整說出一整個句子。我說：「Porpozec ciebie nie prosze dorzanin albo zyolpocz ciwego.[7]」服務生笑嘻嘻地稱讚我。我醒了。夢裡的這句話使得夢境中的陽光島嶼、居民、博物館都變得真實鮮活起來。我十分想念當地人的安靜友善，和他們輕鬆自在的生活步調。

星期天在一連串的雞尾酒派對中順利愉快的度過，那天晚上我又做了一個夢。我夢見我在南塔可特，我們偶爾租來度假的別墅裡，我站在臥室的窗口，沿著蜿蜒的沙灘望向南邊。更細，更白，更美的海灘我都看過，但每當我看到這片弧形的黃色沙灘，總覺得在我的凝視下，它會對我透露一些什麼。多雲的天際，灰色的海水。這天是星期天，我不明白我為什麼知道這天是星期天。時間不早了，我聽見客棧傳來擺設杯盤的美妙聲音，家家戶戶也在準備上桌吃星期天的晚餐了。這時我看見一個身影在沙灘上走著。很像是一個牧師或是主教。他握著權杖，穿戴著奉獻彌撒的頭冠、斗篷、法衣和聖袍。鑲了金的袍帶很重，時不時還被海風吹掀起來。他臉上刮得很乾淨。只是黯淡的光線看不清他的五官。他看見我站在窗口，舉起手大聲呼喚：「Porpozec ciebie nie prosze dorzanin albo zyolpocz ciwego.」然後他便沿著沙灘匆匆而去，他把那根權杖當拐杖似的在地上點著，他的腳步被全身重量級的行頭拖累著。他走過了我的窗口，消失在遮斷海岸線的斷崖那邊。

---

7 類似斯拉夫和波蘭語的發音，但僅僅類似而已。大意是指：生命中美好的事物何其多，何必非要去尋找那些不存在的東西。

我星期一上班，星期二凌晨四點左右從夢中醒來，我夢見我在踢觸身橄欖球。我在贏的那一隊。比數是六比十八。星期天下午的一場友誼賽，與賽的都不是什麼高手，場地是某個人家的草坪。球員們的太太女兒都在場邊看球，草地上有桌椅和飲料。最後一個關鍵球是打帶跑的迂迴戰，觸地得分的時候，一個名叫海倫．法莫的金髮大妞站起來，帶領所有的女人組成啦啦隊大聲歡呼。「拉，拉，拉，」她們喊著。「Porpozec ciebie nie prosze dorzanin albo zyolpocz ciwego. 拉，拉，拉。」

我發現這句話毫無違和感。這正是我所要的。男人的不服輸不就是渴望發現嗎？這句話不斷地重複讓我有一種發現的興奮感。夢裡我在贏的那一隊，這件事令我很開心，我開開心心地下樓吃早餐，但是我們的廚房，天哪，全然不比夢境。粉紅色的牆壁、白冷的燈光、嵌入式的電視機（做禱告用的）、人造的假盆栽，這一切使我泛起了思念夢境的愁緒，我太太把筆和魔術白板遞給我的時候——平常我們都在這塊板子上寫出自己想要吃的餐點，這次我寫的是，「Porpozec ciebie nie prosze dorzanin albo zyolpocz ciwego.」她哈哈大笑，問我那是什麼意思。我把這個句子重複念了一次，這確實是我唯一想要說的，她開始哭泣。我在她怨懟的淚眼中看出來，我應該好好休息。赫倫醫生過來給我開了鎮靜劑，那天下午我搭機飛往弗羅里達。

現在時間很晚了。我喝了杯牛奶吃了一顆安眠藥。夢裡我看見一個美女跪在麥田裡。一頭淺褐色秀髮豐厚蓬鬆，她的裙子也一樣。她的衣著似乎很老氣，好像不是我這個時代的，我不知道我怎麼會對一個穿著有如我祖母那時候的陌生女子感覺如此親切。不過她看起來是那麼地真實，比四哩外的大邁阿密國道還要真實，比薩拉索塔的後街小巷還要真實。我沒有問她是誰。我知道她會怎麼答。就在我轉身離開之前她微笑著開口說話了。「Porpozec ciebie……」她開始了。接著，不知道是因為失望而清醒，還是因為雨打棕櫚的聲音把我吵醒。我想著農夫聽見了這雨聲，或許會舒展一下瘦痛的筋骨，露出笑臉，感覺著雨水落在他的萵苣和包心菜上，落在他的乾草堆和麥稈上，落在他的白蘿蔔和玉蜀黍上的感覺。我想著被雨聲喚醒的修水管師傅也露出了笑容，他看著雨中的世界，想到所有的下水道排水溝在雨水中都會變得清潔溜溜，排放順暢。直角的排水溝，歪七八扭的排水溝，堵塞生鏽的排水溝，所有排水溝裡的汙水都稀哩嘩啦地排進了大海。這雨或許也會吵醒某個老太太，她想起那本狄更斯的董貝父子是不是還留在花園裡？她的披肩呢？那些椅子有沒有遮蓋好？我知道這雨聲還會把情侶們吵醒，它似乎別具一種魔力，能叫他們用力地投入彼此懷抱。於是我在床上坐起來，大聲地對自己說：「勇猛！愛情！美德！憐憫！卓越！仁慈！智慧！美麗！」這些字眼似乎囊括了地球的色彩，當我誦念之際，我覺得我的希望不斷地上升、上升，直到我心滿意足，直到我與這個夜晚融為一體。

重逢

最後一次見到父親是在中央車站。當時我正要從祖母住的阿第隆達克山區前往母親在鱈魚角租下的別墅，我寫信給父親說我在轉車的時候會在紐約停留一個半小時，問他要不要一起吃午飯。他的祕書回信說當天中午他會在詢問處跟我見面，十二點整我看見他從人群中走來。他對我來說是個陌生人，母親三年前跟他離婚，從那以後我再沒見過他，但是一看到他，我立刻感覺他就是我的父親，是我的血我的肉，我的未來我的劫數。我知道我長大以後多多少少都會像他，我會在他的限度內籌謀規劃。他高大、好看，我真的很高興能再見到他。他拍著我的背，握著我的手。「嗨，查理。」他說。「嗨，兒子。我很想帶你去我的俱樂部，可惜在六十幾街，你要趕著搭車，我看我們就在附近隨便吃吧。」他一手攬著我，我就像我媽在聞玫瑰花香似的聞著他身上的味道。那是各種味道的混合，很濃，有威士忌、刮鬍水、鞋油、毛織品，還有成熟的男人味。我真希望有人看到我們倆在一起。我甚至希望拍個照。我要把我們團聚的畫面記錄下來。

我們走出車站，走到小巷裡的一家餐館。時間還早，店裡空蕩蕩的。酒保在跟一個小快遞起爭執，廚房門邊站著一個年紀很大，穿紅外套的服務生。我們坐下來，父親大聲叫喊服務生。「服務生！」他喊著。「小弟！跑堂的！就是你啊！[8]」他的大聲吆喝在這空蕩蕩的餐館裡特別的不對味。「可以過來招呼我們一下嗎？」他喊著。「快點啊。」接著他拍了拍手。這個舉動引起了服務生的注意，他慢吞吞地走了過來。

「你在對我拍手嗎？」他問。

「冷靜，冷靜，大師傅。[9]」我父親說。「如果不是太過分——如果不算超越正常職責的要求，我們想要來兩杯金普森雞尾酒。」

「我不喜歡人家拍手叫我。」服務生說。

「我應該把口哨帶來，」我父親說。「我有一支專門吹給耳朵不好的老服務生聽的口哨。好啦，請你拿出小本子和鉛筆，好好記一下：兩杯金普森雞尾酒。跟著我念一遍：兩杯金普森雞尾酒。」

「我看你最好還是去別的地方喝吧。」服務生平靜地說。

「啊，」我父親說，「這是我聽過最最棒的一個建議。走，查理，我們快離開這個鬼地方。」

我跟著父親離開這家餐館換到另外一家。這次他不再那麼猖狂。我們點的酒上來了，他問了好多棒球季的事。然後他拿餐刀敲著空酒杯的邊緣，又開始大聲嚷嚷。「小弟！服務員！跑堂的！就你啊！勞駕再給我們來兩杯一樣的。」

「這孩子幾歲？」服務生問。

「這個，」我父親說，「干你屁事。」

---

8 這裡的服務員、小弟、跑堂的，原文分別是塞爾維亞語、法語，及義大利語。

9 原文為法文，Sommelier，指品酒或調酒師。

「對不起，先生，」服務生說，「這孩子最多只能喝一杯酒。」

「啊，我告訴你一個好消息，」我父親說。「我有個非常有趣的消息要告訴你。這裡可不是紐約唯一的一家餐館。拐彎角那邊還開了一家。走，查理。」

他買了單，我跟著他走出這一家再換到另外一家。這家的服務生穿著像獵裝似的粉紅夾克，牆上有很多馬具。我們坐了下來，父親又開始嚷嚷。「獵狗的大人！狐狸大人。我們要來喝點烈的東西。意思就是，兩杯金普森雞尾酒。」

「兩杯金普森雞尾酒？」服務生帶著笑臉問。

「你知道就好。」我父親生氣的說。「我要兩杯金普森雞尾酒，快上。快樂英格蘭跟以前不一樣啦。我那位公爵朋友這麼說的。我們就來看看英格蘭能調出什麼樣的雞尾酒吧。」

「這兒不是英格蘭。」服務生說。

「別跟我爭，」我父親說。「照我的話去做。」

「我只是認為你或許該知道你現在是在哪裡。」服務生說。

「知道我最不能忍受的事情是什麼嗎？」我父親說，「就是一個不懂規矩的家奴。走，查理。」

我們換的第四家是義大利館子。「早安，」我父親用義大利語說。「拜託，我們要來兩杯美式雞尾酒，要烈的。很多琴酒，一點點苦艾。」

「我聽不懂義大利語。」服務生說。

「啊，別扯了。」我父親說。「你聽得懂義大利話，你當然聽得懂。我們要兩杯美式雞尾酒。快上。」

服務生撇下我們去跟店長說話，店長過來說：「對不起，先生，這張桌子有人訂位了。」

「好，」我父親說。「那就給我們換個桌位。」

「所有的桌子都訂位了。」店長說。

「我懂了，」我父親說。「你們擺明是不歡迎我們。對吧？好，去你個蛋。去死吧。我們走，查理。」

「我得趕火車了。」我說。

「抱歉啊，兒子。」我父親說。「真的太抱歉了。」他一手攬著我貼近他。「我送你去車站。可惜沒時間去我的俱樂部了。」

「沒關係的，爸。」我說。

「我去給你買份報紙，」他說。「我買份報紙給你在車上看。」

於是他走向報攤說：「大好人先生，可否請您把您攤位上十分錢一份，爛得要死的報紙賣給我啊？」那店員別開臉盯著一本雜誌的封面不理他。「是我要求太過分嗎，大好人先生？」我父親說。「我請您把攤位上這種噁心無比的新聞樣本賣一份給我，難道會太過分嗎？」

「我非走不可了，爸。」我說。「來不及了。」

「等一下，兒子。」他說。「只要一下下。我得好好招呼一下這個傢伙。」

「再會，爸。」我說，我走下樓梯上了火車，這是我最後一次見我爸爸。

一位知性的美國女人

報導內容：「我繼續守著神聖的婚姻，守著我那位一百九十磅重，不學無術的另一半，每天忙著送我兒子畢寶上下學，他讀的是本地一所由我幫忙籌組的私立小學。我好像經常都在擔任社區裡各種團體組織的總管，去年我負責本地旅行社的業務長達九個月。紐約一家出版商（想不到吧）對我評論古斯塔夫．福樓拜的傳記很有興趣，去年我負責拉抬民主黨團選縣長的選情，竟然得到村子裡歷年來民主黨團最高的得票率。波莉．庫特．美洛斯（一九四二）從巴黎返回明尼阿波利斯的途中，還特別在我們這兒待了一個星期。我們吃、喝，聊天，在她到訪的這段時間我們的思維都很法國。Shades of mlle. De grasse（格拉斯小姐無處不在！）厲害的是，我還能騰出時間給小鳥上腳環和編織菱形花紋的襪子。」

這篇報導，是我為她的大學校友雜誌撰寫的，感覺上像是在說一個野心勃勃的女人，其實她完全不是。吉兒．契德切斯特．麥迪森在職場上的能力、魅力，與才智十分出眾，她本人卻靦腆害羞。一頭淺褐色的頭髮，簡單俐落，我寫這篇稿子的時候，看得出她二十年前在寄宿學校裡就是這副模樣。寄宿學校或許對她的衣著品味很有影響，她的胸部很小，她也屬於那種把這項缺陷看得比失去一條腿還嚴重的女人。以她對人生的宏觀，卻為這樣的小事煩心，似乎有些奇怪。她的腿很美。她神采奕奕，氣色極好。她的眼睛是褐色的，兩眼距離太近，所以疲憊的時候看起來特別沒精神。

她母親，艾蜜莉亞．法克森．契德切斯特，是個活力充沛，塊頭很大的女人，一頭閃亮的白髮，一張紅通通的臉孔，她的口音有一種明顯的腔調，聽起來不太像鄉音，比較像是神經質的誇張。契德切斯特太太說話句句都在表現她不折不撓的幹勁，她的不服輸，她的熱誠，她對於人的信任。她是作家，一共寫了十七本沒出版的書。吉兒六歲時她父親就去世了。她在舊金山出生，當時他父親經營一家小出版社，有一些房產。他留下的錢足以讓她們生活無虞，完全沒有經濟上的困擾，只是跟他們那些富親戚們比起來還是差得很遠。吉兒似乎很早熟，三歲那年，她母親帶她去慕尼黑，進入了由史托克博士專為天才兒童辦的幼教學校。競爭非常激烈，她的反應能力測驗不過中等，但親切可愛又才華洋溢。到了五歲，他們把她轉到弗羅倫斯的潘多拉小學，也是同類型的學校。之後他們又從福羅倫斯搬到英格蘭，進入肯特有名的塔山小學。再之後，艾蜜莉亞，或者蜜莉，人家習慣對她的稱呼，認為這小孩應該札實的打好基礎，因此就在南塔克特租了房子，吉兒進了那裡的公立小學。

我不知道為什麼移居國外的小孩總是好像營養不良，事實經常如此，吉兒，她混雜的穿著，混雜的語言，光著兩條腿，穿著涼鞋，給人的印象就是她所受的教育造就出了她的憂鬱氣質。她屬於那種不停閃躲的女孩。在學校如此，在家如此。她靦腆害羞，非常不切實際，她的母親卻更是推波助瀾地鼓勵她。「你不應該洗碗，親愛的。」她說。「像你這麼有才華的女孩不應該把時間浪費在洗碗上面。」她們有一個忠僕，蜜莉手下的僕人個個都克守本分，忠心耿耿，所以吉兒對於家事的概念就是，那些都不是她應該做的事。十歲的時候，她真的學會了編織菱花紋襪，這件事倒是大受鼓勵。她很浪漫。摘錄她習字本中臨摹的一段：「艾蜜莉亞．法克森．契德切斯特太太的愛女，吉兒，與阿什米德伯爵府的路德理—杭丁頓子爵，將定在西敏寺舉行婚禮，恭請大駕光臨。請穿著正式宴會服。」南塔克特的屋子很舒適，吉兒學會了揚帆。有一回，在南塔克特的時候，她母親跟她談起一個不知該用什麼英文字詞來闡釋的話題——關於愛情。近黃昏。亮著爐火，桌上擺著鮮花。吉兒在閱讀，她母親在寫作。她停下筆，側過頭來說：「我想我應該告訴你，親愛的，大戰期間我在英巴卡迪諾軍中的福利社工作，我把自己獻給許多寂寞的阿兵哥。」

這番話真是晴天霹靂。當時對這女孩來說情緒上和理智上都無法理解。她只想大哭。她無法想像她的母親居然把自己獻給，照她母親的說法，獻給一大堆寂寞的阿兵哥。從她母親說話時堅定權威的態度，顯然對這件事很淡漠，很不在乎，完全沒有做任何辯解。這個打擊在這個女孩的意識裡卻像從天而降的一顆隕石。或許只是個謊言吧，可是她的母親從來不說謊。就是這個時候，就是這一次，她對她唯一的親人起了反感。她的母親不是說謊而已，她是大騙子。她的口音是騙子，她的品味是騙子，她聽音樂時那天使般的表情，就像一個人在用心想著一個不復記憶的老電話號碼。她的得意，她的痛苦，她的勢利，她的強橫，她結交的那些傲慢無比的朋友，她那些聽來頭頭是道卻毫無內容的話語，似乎都在維持一個超級空乏的假象。吉兒願意在這一個賦於她生命的陌生人，和生命本身之間假裝譜出一份愛和智慧，豁達地把他們看成是窗外田野的美景嗎？她能不能不要——不能，要是沒了母親，她還太年輕，太瘦弱，太沒有防衛能力，所以她只當母親什麼也沒說，只用輕輕的一吻把所有的否定一筆勾銷。

吉兒十二歲進寄宿學校，得獎無數。學科、社會、體育的成績簡直無敵。大學第二年，她去舊金山探訪親戚，遇到喬治．麥迪森，愛上了。以她的才華智慧，他並非她心目中理想的人選，但是選擇一個跟她興趣大不相同的人其實也合情合理。他黑髮、魁梧、安靜，那副溫柔的長相足以打動任何一個年齡層失怙者的心；而她，正是一個沒了父親的女人。他在舊金山造船廠擔任基層的行政人員。他畢業於耶魯，蜜莉有一次問他是否喜歡薩克萊[10]，他真心誠意，很有禮貌地回答說他從沒品嘗過。這件事後來成為了家庭笑談。她讀大三那年兩人訂婚，大學畢業一週後結婚，畢業時她再度囊括了所有的獎項。他因為調到布魯克林的造船廠任職，夫妻倆便搬去紐約，她在百貨公司找到一份公關方面的工作。

婚後第二或者是第三年吧，她生下兒子，他們叫他畢寶。生產過程艱辛，是難產，她沒辦法再生育。孩子還很小，他們就搬到戈登維爾去住了。她住在鄉下要比城裡快活得多，因為鄉下似乎有更多讓她一展長才的機會。民間團體主管的職務一個接一個，經營本地旅行社的那位寡婦生病了，吉兒立刻接手，而且辦得有聲有色。住在鄉下唯一的難題是物色陪伴畢寶的人選。一連串年紀大的女人川流不息地在他們家進出，再加上許多高中女生和清潔婦。喬治十分溺愛兒子。小男孩非常聰明，他父親卻擔心這份聰明太過招搖。他陪兒子走路，陪兒子玩，睡覺前幫兒子洗澡，講自己的故事給兒子聽。喬治只要在家，樣樣事情都肯為兒子做，這也沒什麼不好，因為吉兒經常比他晚回

10 William Makepeace Thackeray，一八一一—一八六三，英國作家，與狄更斯齊名，代表有《浮華世界》。

家。

吉兒放下旅行社的業務之後，她決定辦一次歐洲旅遊。結婚以來她從沒出過國，她相信她有能力一呼百諾，大賺一票。至少她是有這個想法的。喬治造船廠的業務不錯，她並沒有非辦旅遊不可的理由，但是他看得出帶隊出遊這件事對她是激勵也是挑戰，最後他不但認可而且對她鼓勵有加。報名參加的遊客一共有二十八位，七月初，喬治送吉兒和她所謂的一群小羊坐上飛往哥本哈根的飛機。按照行程，終點是在最南邊的拿波里，到了拿波里之後吉兒就把這群人送上返鄉的班機，然後她和喬治在威尼斯會合，夫妻兩人在威尼斯共度一個星期的假期。吉兒每天都給她丈夫寄明信片。團員中有好幾個人對她這位領隊讚譽有加，自動寫信給喬治說他好福氣，有這麼一位迷人，能幹又博學的太太。他的鄰居們很友善，但他多半不太搭理。畢寶，當時還不滿四歲，他們已經讓他進了夏令營。

喬治前往歐洲之前，先開車去新罕普夏探望畢寶。他非常想念這個孩子，他夢見兒子的次數遠比夢見他老婆那張容光煥發的面孔來得多。臨睡前，他總是幻想著等孩子長大些，他就可以帶著他一起去爬多洛米提山脈[11]。日以繼夜的，他會帶著兒子，協助他翻山越嶺地往上攀爬。高處，山巔的細雪在夏日的陽光下閃爍發光。他們身上背著繩索和背包，在天黑後，父子倆就能到達山中的小鎮科提納了。然而事實是，這次他往北邊的旅程和幻想中的阿爾卑斯山之行截然不同。

開車花掉他大半天的時間。在汽車旅館一整夜睡不安穩，早上立刻往營地出發。天氣陰晴不定，他進了山區。一會兒陣雨一會兒放晴，氛圍陰鬱又蕭瑟。路上經過的農地大半荒廢著。接近營地時，他覺得這裡和周圍的鄉野有著一股鞭長莫及的權威感；也或許是這裡的氛圍又重現了他的往昔，那些夏日和露營的時光，就像是一段段不連貫的，不復再現的插曲。地勢開始走高，他從高處看見了下方的營地。有一座小湖——其實只能算是個小池塘：泛黃的水色和周圍稀稀疏疏的松樹林，給人一種土壤疲勞的印象。他記憶中的營地總是充滿陽光、燦爛無比，這個小可憐似的水窪，加上一堆簡陋的，雜亂無章的木板小屋，強烈衝擊著他過往的記憶。他只能自圓其說地想著，等到太陽出來情況感覺就會不一樣了。箭頭標示著行政大樓的方向，主任已經在等候他。一個藍眼睛的年輕女子，她的能力和她姣好的面貌倒是很相稱。「我們覺得你的兒子有一些問題，」她說。「他不太合群。這點相當不尋常。想家的案例我們這裡很少見。只有從父母離異的家庭帶出來的孩子是例外，我們也儘量不碰觸這一塊。普通一般性的問題我們是可以處理的，但是對於過分敏感的孩子就難了。通常，我們不接受離婚家庭來的孩子申請入營。」

「我和我太太並沒有離婚。」喬治說。

「噢，我不知道。你們分居了嗎？」

「沒有，」喬治說，「我們沒有分居。我太太現在歐洲旅行，我明天就要飛過去跟她會合。」

「喔，我明白了。如果是這樣，我真不懂為什麼畢寶的適應能力這麼緩慢。來，讓畢寶來現身說法吧！」

小男孩甩開那女子的手奔向他父親。他哭得很兇。

「好了，好了。」那主任說。「爹地大老遠的來可不想看到一個愛哭的小孩哦，對不對，畢寶？」

---

11 Dolomites，阿爾卑斯山的一部分，位於義大利東北部。

喬治心情起伏不定，他心中充滿了愛和疑惑。他吻去孩子臉上的淚水，把他摟近胸前。

「你帶畢寶去外面散散步吧，」主任建議。「或許畢寶很願意帶你看看這兒的風景。」

孩子緊緊地牽著他的手，喬治現在必須面對比愛更重大的責任問題。在直覺上，他很想馬上把孩子帶走。但他的責任感卻在拚命地鼓勵他，必須挑起生命的重擔。「你最喜歡哪個地方，畢寶？」他興致高昂地問，連自己都聽出自己的怪腔怪調，他不得不如此。「你可以帶我去看你營區裡最愛的地方嗎？」

「我沒有最愛的地方。」畢寶說。他果然很努力地止住了哭泣。「那邊是交誼廳。」他指著一排長長的，很醜的小棚子。木棚的木料新舊參半。

「你們在那邊玩遊戲嗎？」喬治問。

「我們沒有遊戲。」畢寶說。「負責玩遊戲的老師生病了，她必須回家。」

「你們在那邊唱歌嗎？」

「帶我回家吧，爹地。」畢寶說。

「我不能，畢寶。媽咪在歐洲，我明天下午就要飛過去找她了。」

「那我什麼時候才可以回家？」

「要等到夏令營結束。」喬治感覺到自己這句話的重量。他也聽見孩子難過得呼吸急促起來。不知哪裡響起了吹號的聲音。喬治無奈地蹲下來把孩子摟在懷裡，他的感情和責任使他掙扎。「你要知道，我現在沒辦法發電報告訴媽咪說我不能去了。她正在那邊等著我。再說，要是媽咪不在，我們家就不像是一個真正的家了。我總是不回家吃晚飯，一整天都在外面。你就沒有人照顧了。」

「我很聽話，我什麼事都願意做。」男孩抱著一絲希望。這是他最後一個讓步的懇求，當他發現連這個訴求也失敗的時候，他說：「我現在要走了。我要上第三節課了。」他走向松樹林底下的一條荒蕪的小徑。

喬治回到行政部門，表示他當年很喜歡這個營區，他曾經也是這裡最受歡迎的小孩之一，他到了這裡就不想回家。

「我想情況會改善的，」主任說。「他一旦克服了這個障礙，肯定就會開開心心的了。我想給個建議，你不需要在這裡逗留太久。他現在要上騎術課。你不妨過去看看他上課的樣子，然後提早離開，好嗎？他對騎馬挺有自信的，這樣一來你們也好避免道別的難過。今晚我們會舉辦一場盛大的營火會，還有大合唱。我相信他只要跟著同伴們圍著營火大聲唱歌，就什麼煩惱都沒了。」

這些話對喬治來說合情合理，因為他最喜歡圍著營火唱歌。記得當時年紀小，只要大家一唱起〈共和國戰歌〉，哪還有什麼悲傷是治不好的呢？他邊走向騎馬場邊唱著：「祂在祂的審判座前細查萬人心……」雨又開始下了，喬治分辨不出孩子溼溼的小臉上究竟是淚水還是雨滴。他騎在馬背上，由一名馬伕牽著在練習繞場。畢寶朝他父親揮了一下手，差點坐不穩馬鞍，趁孩子背轉身的時候，喬治離開了。

他先飛抵特里維索，再搭火車到威尼斯，吉兒就在一條小運河邊的瑞士旅社裡等他。小別勝新婚，她雖然顯得消瘦、疲乏，他對她的愛並沒有一絲一毫的減少。帶這群小羊橫跨歐洲確實是一項艱難又耗費體力的大工程。他眼前要做的第一件事就是搬離現在這家三流的旅社，改住西普里雅尼大飯店，在麗都租一間小屋，在沙灘上度假一個星期。吉兒拒絕入住西普里亞尼大飯店，因為她說那兒肯定住滿了觀光客。到威尼斯的第二天，她早上七點就起床，拿漱口杯泡了即溶咖啡，催促他趕八點鐘在聖馬克聖殿教堂的彌撒。喬治對威尼斯很熟悉，也對繪畫，鑲嵌的藝術毫無興趣，吉兒知道的，或者說應該早就知道的，可是，她偏要牽著他的鼻子，就這麼說吧，一個古蹟接一個古蹟地走，一個也不放過。他猜想她大概已經養成了觀光不累的習慣，應對的最佳方法就是等著這個習慣自動退燒。他提議上哈利飯店吃午餐，她說：「你究竟在想些什麼呀，喬治？」最後他們的午餐是在一家小吃店裡，而不是餐廳，然後逛教堂逛博物館，一直到打烊為止。第三天早上，他提議去麗都，她卻已經安排了要去馬賽爾欣賞著名的別墅。

他們倆在威尼斯的這段時間，吉兒把導遊的長才發揮到淋漓盡致，喬治實在不懂是什麼道理。一般來說，大多數人把親近世界視為一種享受，在她卻是窮追猛打，他看不出絲毫的享受。有些人是真心喜愛名畫和建築，而她對這些威尼斯的珍寶只是接近，完全不帶任何喜愛的成分。美的崇拜在喬治來說是神祕不可解的，但是美麗會不會扼殺一個人的幽默感呢？很炎熱的一個午後，她站在一座教堂前面，滔滔不絕地把導覽手冊上的資料講解給他聽。她熟練地背誦著手冊上的日期，海戰等等，一副準備接受考試的樣子。她站的位置那光線亮到刺眼，她的專業，她的嚴肅，和威尼斯慣有的歡快氣息格格不入。她努力地想要讓他記住這個事實，威尼斯應該嚴肅以待。難道說，他不禁懷疑了，這就是這些華麗的大理石，這個錯綜複雜有如迷宮般，處處布滿古老戰績的廢墟所代表的意義嗎？他伸手攬著她說：「好了，別說了，親愛的。」她一把推開他說：「我不知道你在說什麼。」

依我看，就算她丟了一個地址，一個孩子，一個包包，一串珠子或者其他任何一樣值錢的東西，都不如她對威尼斯的鑽研來得勞心勞力。在威尼斯剩下來的時間他就這樣陪著她繼續神祕的鑽研。他不時想著畢寶和那個夏令營。他們終於從特里維索飛回家了，在戈登威爾熟悉又柔和的光線下，她似乎又回復了原來的自己。他們重拾了原本的幸福快樂，並且開心的迎接畢寶從夏令營釋放出來。

「是不是很棒，很神聖，這不就是美國式住家建築全盛時期的典範嗎？」吉兒每次向賓客展示他們家的大木屋時總是會這麼說。這屋子建於一八七〇年代，有長形的窗戶，橢圓形的餐廳，圓頂的馬廄。房子的修繕維護肯定很困難，但是這些困難，尤其在大宴賓客的時候，似乎完全不覺得。每個房間高敞明亮，還具有一種很特別的魅力，有點陰沉，有點鬱悶，很巧妙地平衡著。所有看得見的社交場面全都由她出面；他的話題只限於造船的事務，不過他會調飲料、切烤肉、倒酒。房間裡有爐火，有鮮花，有家具，有銀器，只是誰也不曾想過擦亮這些家具和刀叉的工作全由他一手包辦。

「這些家事基本上不合我的格調。」她曾說過，以他的聰明智慧，這話他一聽就懂；以他的聰明智慧，他知道他不可能期盼她變更原來知性婦女的形象。知性才是她的動力她的喜樂。

一個暴風雨的冬天，召不到任何傭人。家裡請客，只來了一名臨時的廚子，其他所有的工作全落到喬治的頭上。那年吉兒在哥倫比亞研修法文，正忙著寫關於福樓拜的書。典型的日常夜晚，吉兒就坐在臥室的書桌旁，忙她的書。畢寶睡了。喬治在廚房，擦拭著銅器和銀器。他圍著圍裙。喝著威士忌。他的四周圍是菸盒、爐架、碗盤、水灌，還有一大箱子的銀餐具。他不喜歡擦拭銀器，但是不擦，銀器就會變黑。誠如她說的，這事兒不合她的格調。這事兒也不合他的格調，這事兒跟他的學歷程度一點也不合，可是，就算他真如她說的，不用腦子，無知，他還不至於無知到通盤接受這些由男女平權爭取下的家常活兒吧。爭取平權是最近的事，他知道；千真萬確；勢不可擋。她儘量迴避這些家務事，他感覺得出來她做得心不甘情不願。她從小就在知性的環境下長大，她的開放度還有許多挑戰的空間，而他迴旋的範圍就大多了，傳統的位置也比較穩固，在家務事這類的工作上讓步的當然是他。她無可選擇，他明白，因為她的知性是自小養成，而選擇，是他人指使，改不掉。他在性方面的焦慮歸咎於她的柔性，溫暖和曖昧；他想著，為什麼這些特徵和明明白白的擁有之間會有所矛盾呢？知識分子並非男性的專利，雖然幾世紀以來的傳統都把這項殊榮給了男性，即使源頭已不可考。可為什麼他的本能老是期待著這個每晚躺在他懷裡的女人應稍微隱藏一下她的知性呢？為什麼在他對她的熱愛和她對量子原理的理解度之間會有那麼大的隔閡呢？

她隨興晃到樓下站在廚房門口，看著他幹活。此刻她心中充滿了柔情。她嫁的這個男人是多麼地溫柔貼心英俊。他是多麼地愛這個家。但是，當她繼續看著他，她忽然興起一陣寒意，一陣莫名的疑慮。他這樣俯身在餐桌上做著一般女人的工作，還算不算是一個真正的男人呢？她是不是嫁給了一個半男不女的人了呢，一個怪胎？他是不是喜歡穿圍裙？他是不是有變裝癖？還是她自己反常了呢？不管怎麼說，這都是無法接受的，另一個同樣無法接受的原因，她看得出他擦拭銀器是被逼的，是不得以而為之。突然間在她幻想中的一角出現了一個模糊的，很粗俗的影像，一個毛茸茸醉醺醺的水手，每個星期六夜晚會打她、虐待她，叫她巴在地上擦地板。或許她應該嫁給那樣的男人才對。她命該如此吧。他抬起頭，溫柔地笑著，問她寫作是否順利。「還好啦[12]。」她無精打采的應了一聲便回到樓上的書桌前。「小古斯塔夫跟他的同學們處不好。」她寫著。「他極度不受歡迎……」

他忙完家事走進房間，一手輕輕地順著她的頭髮。「讓我把這一段寫完。」她說。她聽見他沖澡，聽見他光著腳走在地毯上，聽見他快活地跳上床。是義務也是欲望使然，雖然心中仍惦記著她的福樓拜，她還是去洗了澡，把自己噴得香香的，然後上了她們倆的大床，床上鋪著乾淨芬芳的亞麻床單，柔和的燈光，看著真像是一座小小的涼亭（bower）。從涼亭她聯想到了法文的樹林（bosquet），薄霧（brune），聲音（bruit）。於是她靠在他的懷裡，大聲說著：「Elle avait lu ‘paul et virginie’ et elle avait reve la maisonnette de bambous, le negre domingo, le chien fidele, mais surtout l’amitie douce de quelaue bon petit frere, qui va chercher pour vous des fruits rounes dans des grand arbres plu hauts que des clocher, ou qui court pieds nus sur le sable, vous apportant un nid d’oiseau……[13]」

「去你個！」他怨氣沖天地啐著，翻身下床，從櫃子裡取了毯子直接去睡客廳。

她哭了。他是在妒忌她的才情——她看得出來。難道說要她為了吸引人而裝白癡嗎？為什麼，就因為她說了幾句法文他就這樣大發雷霆？把知識，才情看成是男性專利的想法，早就過時啦，過時起碼一個世紀了。她忽然覺得這樣的殘忍無情叫她有難以承受的重。她的心口好似被什麼東西緊緊地掐住，彷彿這個器官是一個木桶，裡頭裝了太多太重的哀傷，就像小時候那隻裂開來的百寶

---

12 原文為法文，Ca marche, ca marche。

13 摘自福婁拜的《包法利夫人》，譯文如下：她讀過《保羅與維珍妮》，也夢見過小竹屋、黑人多明哥、小狗忠忠，尤其是好心又多情的小阿哥，為了給你摘紅果子，爬上比鐘樓還要高的大樹，為了給你找鳥巢，赤腳在沙地上奔跑……

箱，桶子的四面都迸裂了。「才情」，她又回到了這個字眼——才情是一種危險的東西。但是才情本身是自由無痛的。才情只不過是一個話題，可以拿出來討論的，然而此刻，它卻是有血有肉的一種感受。她所面對的就是刻骨的痛，被人放在燉鍋裡煮，被獵犬的利牙啃噬；這個才情所有的全是死亡的滋味。她就在哭泣中沉沉睡去。

過後她被碰的一聲巨響驚醒。她很害怕。會不會是他要來傷害她？或者，會不會是這棟老屋子裡那些糾結的管線出了問題？會不會是小偷？會不會是失火了？撞擊聲來自浴室。她發現他赤裸跪趴在地上。他的頭在洗臉盆裡。她連忙過去攙扶他起來。「我沒事，」他說。「我只是喝醉了。」她把他扶回到他們的床上，他立刻睡著。

幾天後，他們在家裡舉辦晚宴，他擦亮的銀器全部派上了用場。派對進行得很順利。賓客中有位律師講了一則在地的八卦消息。州和地方政府已經批准了一條四哩長，連接附近兩條林園大道的連接道路。耗資三百萬，由一個名叫費里奇的承包商得標。這條連接道路準備把維護了將近半個世紀的一座大花園整個毀掉。這座花園的主人，住在舊金山的一位八十幾歲的老人家，也許是因為沒辦法，或者無所謂，再不就是氣到根本動不了了。其實這條連接道路毫無用處；根本沒有任何數據證明有必要造這樣一條道路。一座漂亮的公園，一大筆的稅金全部拱手給了那個不道德又貪財的承包商。

這類的消息吉兒最愛。她兩眼發亮，紅光滿面。喬治看著她，半是驕傲半是沮喪。她的市民熱情開始全面啟動，他知道她一定會追究下去，非要追出一個結果。她太喜歡這種挑戰了，這天晚上，這份喜悅之情擁抱著她的老屋子，她的丈夫，她的生活。星期一早上她勇闖經管公路建設的各個部會，查實了這則傳聞。隨後她組織了臨時委員會，發布請願書。她找韓尼老太太過來幫忙照顧畢寶，再找了一名高中女生下午來家裡陪讀。吉兒專注她的工作，眼神晶亮，興奮無比。

十二月。一天下午，喬治走出布魯克林的辦公室，到紐約市區去買些東西。市區裡隱沒在層層雨雲裡的高樓大廈，竟讓他覺得好像是他所熟悉的一座大山。他的腳溼了，他的喉嚨很痛。街道很擁擠，店鋪前面的裝飾大都千篇一律，實在沒什麼意思。等到望見羅德與泰勒百貨公司的彩燈光蓬的時候，他第一眼看到的卻是薩克斯百貨門前那一整排唱詩班的下巴和聖袍。超大的聖樂聲在雨中抖顫。他一腳踩進了一個水潭。黑得有如夜晚，因為燈光實在太多太亮，因此像是最黑最深的夜晚。他走進薩克斯百貨。店裡面，所有人穿著入時，殺氣騰騰的場面令他卻步。他儘量靠邊站，免得遭受這一大群推來擠去的人潮衝撞。他確定自己是感冒了。站在他身旁的一個婦人有幾個包裹掉到地上。他幫忙撿了起來。她有一張很討喜的臉孔，穿著黑色的貂皮大衣，他發現她的兩隻腳，比他的腳更溼。她謝謝他，他問她是否還想往裡面擠。「我本來是想的，」她說，「現在決定不要。我的腳都已經溼透，真怕要感冒了。」

「我也有同樣的感覺。」他說。「不如找個安靜的地方喝一杯吧。」

「不行啊。」她說。

「為什麼？」他問。「過節不是嗎？」

這個暗沉的下午似乎才開始要有些意義。原本這應該是節慶的。歌聲與燈光不就是為此存在的嗎？

「我連想都沒想過，」她說。

「走吧。」他說。他挽起她的臂膀，帶她走到第五街上一間安靜的小酒吧。他點了飲料，打了個噴嚏。「你應該趕緊洗個熱水澡睡覺。」她說。她的關心純粹出於母性的本能。他做了自我介紹。她的名字叫貝蒂．蘭德斯。她的丈夫是醫生。女兒結婚了，兒子在康奈爾大學讀最後一個學年。她大部分時間都是一個人，最近剛開始學畫。一週到紐約藝術學生聯盟[14]三次，在格林威治村有一間畫室。兩個人喝了三、四杯酒，然後搭計程車去看她的畫室。

畫室不是他想像中的樣子。那是有兩個房間的小公寓，在鄰近華盛頓廣場的一棟新大樓裡，看起來有點像是某個老小姐的祕密小窩。她一一介紹她的寶貝。這是她的說法。從英國買來的桌子，從法國買來的椅子，馬蒂斯親筆簽名的版畫。她的頭髮眉毛是黑色的，她的臉蛋清瘦，她真有可能是一個老小姐。她為他調了杯酒，他要求欣賞她的畫作，她謹慎地拒絕，但後來他還是看到了，全部都堆在浴室裡，畫架和其他的裝備放得整整齊齊。他們怎麼會變成情侶，他又怎麼會在這個陌生女子面前忽然解除了所有的束縛和衣物，他始終不明白。她不年輕。她的手肘膝蓋都有些粗糙，彷彿她是仙女達芙妮的遠房姊妹，如今變形現身，她沒有變成花叢，卻變成了一棵強韌又平凡的大樹。

之後他們每週見面兩、三次。他除了知道她住在公園大道，經常一個人之外，其他一概不知。她對他的服飾很有興趣，不斷地提供他百貨公司的各項特賣活動。這個話題也占了她談話內容裡最大的部分。她會坐在他腿上，告訴他薩克斯百貨的領帶在特價，布魯克斯的皮鞋在特價，奧特曼的襯衫在特價。這段時間，吉兒的心思全擺在她推動的計畫上，全沒注意到他的來來去去，有天晚上，他坐在客廳，吉兒在樓上忙著打電話，他忽然覺得自己的行為太過離譜。從聖誕節前那一個暗黑午後開始的這段婚外情應該結束了。他拿起便條紙，寫了幾句話給貝蒂：「親愛的，今天晚上我要去舊金山，大約六個星期。我想這樣很好，我相信你也會同意我的看法，我們不要再見面了。」接著他又寫了一次，這次把舊金山改成羅馬，收信地址是她在格林威治村的畫室。

他回家時，吉兒在講電話規劃明晚的活動。瑪蒂姐，那個高中女孩在為畢寶朗讀。他先跟兒子說說話，再走到餐具間調酒。就在調酒的時候，他聽見樓梯上響起吉兒的腳步聲。那腳步聲裡似乎有一種找碴的訊號，她走進餐具間，臉色十分難看。她兩隻手在發抖，一隻手上握著那張他起初寫的那張字條。

「這什麼意思？」她問。

「你在哪找到的？」

「字紙簍。」

「聽我解釋，」他說。「請坐下來。只要坐一下，我把整件事講給你聽。」

「一定要我坐下來嗎？我非常忙。」

「不必，你不必坐下來，不過你可不可以把門關上？瑪蒂姐會聽見我們說話。」

「我不相信你會說出什麼非要關起門來說的話。」

「那我就說了，」他說。他把門關上。「十二月份，就在聖誕節前，我交往了一個情婦，一個

14　The Art Students League，一八七五年在紐約曼哈頓成立的一所藝術學校。

很寂寞的女人。我也說不清楚怎麼會這樣。也許因為她剛好有間小公寓吧。她不年輕；也不漂亮。她的孩子都大了。丈夫是醫生。他們住在公園大道。」

「哈呀，天哪，」她說。「公園大道！」她爆笑。「我太喜歡這個部分了。果然被我料到，你要是編造出一個情婦之類的，她肯定是住在公園大道。你就是這樣沒腦子的土豆。」

「你以為這一切都是編造出來的？」

「對，沒錯。我認為你就是編造出這整件事情來氣我傷我。你的想像力向來很差。你要是多看看薩克雷的作品或許會好一點。真的。一個住在公園大道的人妻。你就不能編造出可看性比較高的東西嗎？比方說一個瓦薩學院[15]的高年級紅髮美女？一個夜總會裡的黑人歌星？一個義大利公主？」

「你真的以為這都是我編出來的？」

「是的，是的。這全是虛構出來的，而且很噁心，沒關係，繼續說，再告訴我一些關於你那位公園大道人妻的事情。」

「我無話可說了。」

「你當然無話可說，因為你的想像力已經崩盤了。對不對？聽我的忠告，老兄，千萬別碰這些需要偉大想像力的事情。那不是你的強項。」

「你不相信。」

「我不相信，就算我相信，我也不會吃醋。像我這類的女人絕對不會吃醋的。我有更重要的事要做。」

他們的婚姻走到這個節骨眼上，吉兒對於公路委員會的攻防戰，似乎成了兩個人得以攜手旅行、見面、談話，甚至一起吃飯的一座吊橋，安全的架在他們動盪不安的情感之上。她忙著準備公聽會的資料文件，她要向委員會訴願陳情，證明這個案子的重要性，爭取更多有影響力的支持者。很不幸的，偏偏在這個時候畢寶得了重感冒，一時又很難找到長時間陪伴看護他的人。偶爾，漢尼太太會在床邊陪陪他，下午瑪蒂妲照常來為他朗讀。吉兒必須趕往阿爾巴尼的時候，喬治就得請一天假，守在家裡讓她成行。碰到她有重要的聚會或是漢尼太太不能來的時候，他就再休一天。對於他做的這些犧牲她相當感激，而他也只有佩服她堅毅不拔，才華過人的份。在口才和組織力上她絕對超越他。那個星期五她預定要出席委員會，他也很期待他們奮戰的後果。星期五當天他下午六點左右回家。一進門他就喊：「吉兒？瑪蒂達？漢尼太太？」沒有任何回應。他扔下帽子外套奔到樓上畢寶的房間。房間亮著燈，小男孩孤零零一個人，好像睡得很熟。他枕頭上別了一張字條：「親愛的麥迪森太太，我叔叔和嬸嬸來我們家作客，我必須回家幫忙我媽媽。畢寶睡熟了，他不會覺得有什麼不同的。對不起啊。瑪蒂妲。」字條邊上有一塊黑色的血漬。他輕輕摸了摸小男孩的額頭，燒得滾燙。他試著喚醒孩子，才發現畢寶不是睡熟了；是失去知覺。

喬治用水潤溼孩子的嘴唇，畢寶總算恢復了意識，他立刻抱住他的父親。看到這麼重的病痛加諸在這麼幼小無辜的人身上，痛心的感覺令喬治放聲痛哭起來。小房間裡充滿了強烈無比的愛，他必須壓制自己的情緒，才不至於因為抱得太用力而傷到孩子。父子倆緊緊地擁抱著。隨後喬治打電

15　Vassar College，美國名列前茅的文理學院，創立於一八六一年，一九六九年由女校改為男女合校。

話給醫生。他打了十次，每次聽到的都是愚蠢又令人沮喪的忙線中。他改打醫院，要求立刻派救護車過來。他拿毛毯裹著孩子，抱他下樓，謝天謝地還有救。不過幾分鐘救護車就到了。

吉兒忙完之後跟助手喝了一杯酒，半小時後才回到家。「向勝利的英雄致敬吧！」她大聲叫喊著，踏進空無一人的屋子。「我們可以辦聽證會了，那些卑鄙的傢伙都要跑路了。甚至連費里奇都被我的雄辯感動了，卡特說我真應該作辯護律師。我真是太厲害了。」

國際電報，佛羅倫斯發文。22 23　9:35。艾蜜莉亞．法克森．契德切斯特

美運通，轉：畢寶周四死於肺炎。你能否來此或我去你那？

愛你吉兒

艾蜜莉亞．法克森．契德切斯特跟她的老朋友露易莎．崔法第住在非耶索萊。一月二十三日那天下午她騎腳踏車到佛羅倫斯。她的腳踏車是一輛座墊特別高的老杜特爾，騎在上面可以讓她高過一般的小汽車。她泰然自若地騎在這條世上出名的顛簸路段上。她的生命每一分鐘都處在沿路的摩托車和街車的威脅當中，她誰也不讓，紅通通的臉上一副不可一世的表情。高高在上，以騎腳踏車的人慣有的夢遊式步調，微笑面對每一個路口的死亡威脅，她看起來有點奇特有點怪異，或許她認為這就是真正的她。她的笑容甜蜜、神祕、堅定，甚至你會覺得，即便她被撞倒了，即便她被闖飛到半空中，她仍然會是這副怡然自得的表情。她翻過一座橋，優雅地下了車，沿著河邊走到美國運通公司。她用義大利文向大家大聲問好，她急於和那些已經無馬可騎的美國牛仔劃清界線，更重要

的是跟她自己的同類劃清界線，那失落又不被需要的一群人，像葉子似的在世界各地飄搖，排隊等著，看著，是否能收到一封書信。場地十分擁擠，她在擁擠的人群中讀著報喪的電報。你沒辦法從她的表情猜出電報上的內容。她只深深嘆了口氣，抬起頭。一副神聖不可侵犯的神情。她立刻回了信：「我不能回去，熱吻。蜜莉。（NON POSSO TORNARE TANTI BACI FERVIDI. MELEE.）」

「最親愛的寶貝，」當晚她寫了封信。「對於這個悲傷的消息我真的太難過了。我只能感謝上帝，所幸我對他並不是很了解，但是就我現在的經驗對這些事情是比較看得開的，我已經到了人生中的這一個階段，不會特別留戀那些逝去的事物。這裡沒有哪條我走過的街道，沒有哪棟我看過的房子或是哪幅圖畫會讓我再想起貝倫森，親愛的貝倫森。我最後一次見到他的時候，我坐在他腿上，問他如果有一條魔毯，那世界上他最想要到手的是那副名畫。他一刻也不遲疑地選了拉斐爾的《修道院中的聖母瑪麗亞》。我不可能去你那兒。紙包不住火，真相是我不喜歡我那些老鄉。至於你來我這兒，你知道的，我現在和親愛的露易莎同住，兩人作伴恰恰好，三個人就嫌擠了。或許到秋天，你不再那麼地痛苦傷心，我們在巴黎見個面，來個舊地重遊吧。」

兒子的死把喬治整個擊垮了。他怪吉兒，這實在很殘忍也很不講理，到最後，這兩樣他似乎都中了。吉兒應他的要求去了里諾，拿到一紙離婚協議書。這是喬治的主意，是給她的懲罰。之後她在克里夫蘭一家出版教材的公司謀了份差事。她的聰明和魅力很快博得好感，她做得非常成功，不過她沒有再婚，或者應該說一直到我最後聽到她的消息為止都還沒有再婚。最後的消息來源是從喬治那裡聽到的，有天晚上，他打電話給我說我們應該吃頓午飯，聚一聚。那時候是十一點。我猜他喝醉了。他也沒有再婚，那天晚上從他對於女人那種不滿的口氣，我猜想他是不會再婚了。他告訴我吉兒在克里夫蘭工作，還說契德切斯特太太在蘇格蘭騎單車。我當時想著他真的不如吉兒太多，太不成熟。我同意回他電話，他給了我他造船廠的電話，他的分機，他公寓的電話，他康乃狄克州別墅的電話，還有他平時午餐打牌的俱樂部裡的電話。我把所有的電話號碼抄在一張紙上，互道再見之後我隨手就把那張紙扔進了字紙簍。

變形

一

賴瑞．阿克泰翁沿襲了標準的古典線條：鬈髮、三角鼻、高大又韌度極好的身軀，他可以稱之為一個喜好創新的伯里克里斯[16]。他設計自己帆船（它擁有一張停泊港口的名單），競選市長（這件事失敗），把芬蘭的母狼和德國牧羊犬配種（美國犬業俱樂部拒絕血統登錄），在子彈公園組織騎馬狩獵團，他和漂亮的太太還有三個孩子就住在子彈公園路上。他是洛德與威廉金控公司的合夥人，他敬業又樂群的個性，在公司很受器重。

洛德與威廉是相當保守的一家公司，在誠實方面無可匹敵，但有一件事相當不合傳統。合夥人裡有一個女人。一個名叫威登太太的寡婦。她丈夫以前是公司的資深合夥人，他死後她主動提出要求加入公司。她的優勢是聰明、美貌，而事實是，假如她把她丈夫的股份撤走，那是公司的大損

16 Pericles，西元前四九五—四二九，雅典黃金時期最具影響力的領導人。

失。洛德，所有合夥人裡最最保守的一個，也支持她的候選資格，她便順利進入了公司。她非凡的聰明，配上她零缺點的美麗更是加分。她是個令人驚豔的美女，三十五、六歲，她帶給公司的絕對不只是股份而已。賴瑞並不討厭她，他也不敢，只是她的美貌和她悅耳的聲音在業務方面遠比他敬業樂群的態度有用得多，這令他，至少，覺得很不舒服。

洛德與威廉的合夥人一共有七人，各有各的私人辦公室，洛德先生居中，其他幾位的辦公室圍繞在他四周。辦公室裡全是一般老式的配備——核桃木的辦公桌，已故合夥人的照片，深色的牆壁和地毯。六位男性合夥人都配戴著懷錶錶鍊，領帶釦針和高頂帽子。一天下午，賴瑞又陷在計算風險的痛苦氛圍中，這次的長期債券滯銷得厲害，忽然一個念頭閃過，或許他們可以把整個案子推銷給有養老年金的客戶。就在深受自己的熱誠，積極大為感動之下，賴瑞立刻大步穿過洛德先生的接待室，衝動推開裡間辦公室的門。只見威登太太，除了一串珍珠項鍊，身上一絲不掛。在她身邊的洛德先生全身上下只戴了一隻手錶。「啊呀，太抱歉了！」賴瑞說，他關上門回到自己的辦公桌。

威登太太的影像揮之不去，烙在他的記憶裡了。賴瑞看過上千個裸體的女人，卻從沒見過令他如此驚豔的一個。她的皮膚晶瑩剔透到令他無法忘懷。這個裸體女人的美艷絕倫在他記憶中就像一首歌。剛才他看到了他本不該看到的情景，威登太太盯著他，那眼神裡是邪惡，是不正經。對自己的魯莽他無法釋懷也無法轉圜；他怎麼會栽進這樣一個難以彌補，招來報復的滔天大禍。純粹就是那股子熱誠，叫他連門都不敲便闖了進去；他以為熱誠的本身是無罪的，那只是無罪的衝動罷了。他為什麼要覺得自己會被麻煩、厄運、災難纏身呢？男人性本色；同樣的事情哪個辦公室裡會沒有。他看到的那一幕稀鬆平常，他告訴自己。但是她的細皮白肉，她鎮定強大的眼神很不平常。他再對自己說一遍，他沒有錯，然而在善惡、是非之下，卻潛藏著頑強痛苦的本質，他知道他已經看到了不可測的未來。

他照常寫信、接電話，可是那個下午好像什麼正經事也沒做。他耗了不少時間處理他那隻芬蘭狼狗產下的狗仔。布隆克斯動物園對牠沒興趣。美國犬業俱樂部說他引介的不是純種，而是一頭體型碩大的怪咖。有人給他建議，珠寶店、百貨公司、博物館幾乎都是靠惡犬看門，他打給梅西百貨、卡地亞精品、現代藝術博物館，可惜他們早就有了。快要下班的時候他站在窗口發呆，讓自己加入這個大都市中一大堆冒失鬼的行列，加入那些窮極無聊——沒客人上門的理髮師、古董店的店員、拉保險的業務員、男裝店的售貨員——加入成千上萬守著窗口，守著下午消逝不見的城市閒人。莫名的厄運似乎在威脅著他的幸福感，他沒辦法再恢復以前的衝勁，甚至連基本的判斷力也不再了。

晚上七點他在東城有一個董事餐會。他已經把晚宴服帶來了，就放在西裝盒裡，主人交代過，他可以直接去他們家沐浴更衣。他五點離開辦公室，為了殺時間，一方面也讓自己心情好些，他安步當車，走了兩三哩路到五十七街。即便如此，時間仍然太早，他走進酒吧去喝一杯。這類酒吧通常是附近單身女人聚會交際的地方；她們幾乎一整個白天都在喝雪利酒，等著晚上的雞尾酒開場。其中一個女的帶了條狗。賴瑞一進門，那臘腸狗就朝著他直衝過來。狗鍊綁在一隻桌腳上，他的衝勁太猛竟然把桌子扯開了一兩呎，把桌上好幾杯飲料打翻了。雖沒撲上賴瑞，卻已經造成一陣混亂，賴瑞走到酒吧最裡面的位置，離這幾位女士遠遠的。那狗還是很激動，滿屋子都是他刺耳的吠聲。「你是怎麼了，毛毛？」他的女主人在問。「你今天是怎麼了？我的小乖狗怎麼會這樣呢？這不是我的小毛毛。這一定是別家的狗狗吧……」那狗繼續對著賴瑞狂吠。

「狗仔不喜歡你？」酒保問。

「我養狗的。」賴瑞說。「我跟狗一向處得很好。」

「那就怪了，」酒保說，「之前我從沒聽過那狗吠過。她每天下午都來，一個星期七天，那狗總是跟著一起來，這還是頭一次聽見他叫成這樣。要不您把酒帶到餐廳去喝吧。」

「你的意思是我打擾到毛毛了？」

「呃，她是這兒的常客。我之前倒是沒見過您。」

「好吧，」賴瑞勉為其難的同意了。他端著酒走進空無一人的餐廳坐了下來。他一走那狗就不吠了。他喝完酒，想找其他的出口離開這裡，可惜沒有。他只好再穿過酒吧，毛毛立刻又往前衝，大家好高興看見這位麻煩製造者終於走了。

今晚赴約的那棟公寓他已來過多次，只是忘了地址。他只認得門口和大廳，進了大廳，面對的就是一般公寓的樣子。黑白相間的地板、假壁爐、兩把英式椅子、一張裝框的地圖。所有的一切都很熟悉，他想起來這裡不只一個大廳，他問電梯服務員，福爾默是不是住這裡。那人說是，賴瑞進了電梯。怪的是電梯沒往上，到福爾默住的十樓，反而往下降。賴瑞的第一個念頭就是福爾默家的門廳可能在油漆，可能因為這樣或者其他一些不方便出入的理由，他必須得使用後面的小電梯。電梯門打開，面對著一個類似煉獄的地方，裡面堆滿了菸灰缸、破推車、裹著破石棉套的排氣管。

「穿過那扇門，上另外一臺電梯。」那人說。

「我為什麼要搭後面的小電梯？」賴瑞問。

「規定。」那人說。

「我不明白。」賴瑞說。

「聽著，」那人說。「別跟我爭。去搭那個電梯就對了。你們這些送貨的老是走前門，就好像住這兒似的。在這棟樓就是不行。樓管說所有的送貨員都得走後門，樓管就是老闆。」

「我不是送貨員，」賴瑞說。「我是客人。」

「這盒子是什麼？」

「這盒子，」賴瑞說，「裡面裝了我的晚宴服。快帶我上去十樓福爾默住的那一層。」

「對不起，先生，可你看起來真像送貨員。」

「我是理財專家，」賴瑞說，「我現在趕著要去開董事會議，我們要討論的是四千四百萬美元債券的承攬業務。我本身就值九十萬美元。我在子彈公園有一棟二十二個房間的屋子，有大型的狗舍，有兩匹馬，三個上大學的孩子，一艘二十二呎長的帆船，還有五輛汽車。」

「天哪。」那人說。

賴瑞洗完澡，對著鏡子仔細看自己的外表是否有任何變化，鏡子裡還是那張熟悉不過的臉；這張臉他不知道刮過多少次洗過多少次，任何底細都摸得一清二楚。吃過晚餐開完會，他跟其他幾位董事喝著威士忌。他心中仍舊為剛才被誤會成送貨員的事耿耿於懷，為了紓解不安的心情，他對旁邊的一個人說，「今天晚上我搭電梯上來，竟然被當成是送貨員。」他的朋友不知是沒聽見，還是默認，也或者是根本不當回事，反倒衝著房間對過某個人的一句話放聲大笑。賴瑞，向來是領導焦點的人物，這下他的失落感又多了一個。

他坐計程車到中央車站，搭慢車回家，這些慢車就像是那些精神有問題的、喝醉酒的、迷路的人的集散地。列車長是個紅臉胖子，鈕釦洞裡插著一朵新鮮玫瑰。他對大部分的乘客都會寒暄兩句。

「你還在老地方上班？」他問賴瑞。

「是的。」

「在約克敦忙著送啤酒，對吧？」

「沒有啊。」賴瑞說著用兩手摸了摸臉，看是不是因為連續幾個小時的工作臉浮腫了或是多了幾道皺紋。

「你是在餐館工作吧？」列車長問。

「不是。」賴瑞平靜的說。

「有意思，」列車長說。「看你這身禮服，穿得這麼正式，我還以為你是餐館服務生呢。」

下車的時候過了凌晨一點。車站和計程車招呼站全打烊了，停車場上只剩幾輛車子。他坐上那輛專門來回車站的小歐洲車，打開車燈，發現光線很黯淡，他開始發動車子，不料每發動一次燈光就跟著滅一次。幾分鐘不到，電池壽終正寢。回家的路程大概一哩不到，他真心覺得走路也無妨。他輕快地走過一條條空蕩的街道，然後打開車道的大門。正在開門的時候他聽見一陣亂哄哄奔跑喘息的聲音，緊接著他看到那些狗仔衝了出來。

吵雜的聲響驚醒了他太太，她一心以為他早已回家，就大聲叫喚他：「賴瑞！賴瑞，狗狗跑出來了！狗狗跑出來了！賴瑞，你快點來呀，狗狗全都跑出來了，好像在追什麼人呀！」他倒下去的時候聽見她的呼叫聲，也看到窗戶上亮起黃色的燈光，這是他最後看到的光。

二

奧維爾．貝特曼一個人在紐約度過三個月的暑假，這是他結婚以來的習慣。當初他有一間大公寓，一個很好的管家，一大群朋友；但是沒有老婆。如今，有些男人的性欲就像消化道，囫圇吞棗，貪得無厭，如果硬要把浪漫的情愫塞進這樣旺盛的欲念裡，那就像是試圖為一大棵支氣管樹行禮作樂一樣可悲。這些男人在吃一塊派的時候，他們不會想到神聖的盟約；也不會想到任何愛情的約束。貝特曼不是這樣的。他愛他的妻子，在這世上他絕不會再愛上別的女人。他愛她的聲音，她的喜好，她的臉，她的氣質，她的丰采，她的念想。他是個美男子，他一個人的時候，女人會主動來追他。他們會邀他去她們的住處，或是想盡辦法進去他的公寓，她們會在走廊，花園小徑攔住他，其中一個，在東罕普登的海灘扯下他的泳褲，這真的很麻煩，不過，他唯一的真愛就是維多莉亞。

貝特曼是歌手。他的嗓音很出色，並非因為他的音域或是美聲，而是很動聽，很有說服力。他剛出道的時候舉辦過一次十八世紀名曲獨唱會，結果飽受樂評人的批判。他轉入電視，有一陣子擔任過動畫卡通配音。不久，也是機會湊巧，有人請他拍了一個香菸廣告。一共四句歌詞。效果驚人。香菸的業績衝高到百分之八百，就這麼一支廣告，加上重播費，他拿到了五萬多塊的酬勞。他聲音裡的說服力沒辦法切割，也沒辦法模仿，就是獨一無二。無論他歌頌什麼，鞋油、牙膏、地板蠟，成千上萬的男男女女就是覺得他的歌頌不可抗拒。甚至連小孩子都會專心聽他的聲音。當然，他非常有錢，工作又輕鬆。

他第一次見到他的妻子，是一個雨夜，在第五大道上。那時她年輕、苗條，一頭黃色的秀髮，他一看見她就覺得有一種前所未有，哪怕是以後也絕無可能再見的吸引力，或者說，熱力。這份狂熱的感覺促使他跟著她下車，在第五大道上。就像每一個戀愛中的人，他為情所苦，為愛感動，他知道他的眼神，他的殷勤專注，會讓人誤以為是騷擾，會引起反感。她走到一棟公寓的門前，在遮雨棚底下慢慢甩著雨傘上的雨滴，遲疑著。

「小姐？」他開口問。

「是？」

「我可以跟你說兩句話嗎？」

「說什麼？」

「我的名字叫做奧維爾．貝特曼，」他說。「我是專門唱電視廣告歌的。你也許聽說過我。我……」她的注意力從他身上游移到燈光明亮的大廳，這時他唱起來了，用真誠、甜蜜、男子氣概的聲音，唱出那天下午他剛剛錄好的一段廣告歌：

盤子沖一沖（gream takes the ish）
油水清溜溜（out of washing a dish）

他的聲音就像感動其他人那樣感動了她，只是她的感動好像搞錯了方向。「我不看電視，」她說。「你究竟要幹什麼？」

「我要娶你。」他真心誠意地說。

她哈哈大笑著走進大廳走入電梯。門房，為了五塊錢，就把她的名字和狀況全給了他。她名叫維多莉亞．海瑟史東，她和行動不便的父親住在十四樓b戶。一個上午的時間，跟他合作的那家電視臺的研發部門就向他爆料了，那年春天她剛從瓦薩學院畢業，現在於上東區一家醫院當志工。有一個實習寫劇本的女孩曾經和她同班，是她室友的閨密。過了幾天，貝特曼在雞尾酒會上遇到了她，他邀她外出晚餐。他在公車上第一次見她就認定了她。她就是他的天命真女；她就是他的主宰。她對他抗拒了一、兩個星期後就順服了。不過還有一個問題。她的老父親，一位特洛普派[17]的學者，全身是病，行動不便，她如果離開他，他肯定會死。她不能，她的良心沒法承擔，即便是要她約束自己的人生也罷。他活不了多久了，等他去世她再嫁貝特曼也不遲；為了表現她的一片真心，她做了他的情婦。貝特曼幸福極了。但是老人家沒死。

貝特曼想結婚；想要讓兩個人的關係公開、慶賀、得到祝福。維多莉亞每星期來他的公寓兩、三次，可是他嫌不夠。之後老人家忽然中風，醫生叮囑他必須離開紐約。於是他搬到阿爾巴尼一棟自己的房子去住，這麼一來維多莉亞反倒自由了，一年裡至少有九個月的時間是自由的。她和貝特曼結了婚，兩個人幸福得不得了，只是沒有孩子。六月一日她前往聖法蘭西斯湖中的一個小島，病

17 Trollope，英國維多利亞時代的小說家。

重的老人家就在那兒避暑，她一直待到九月才回到丈夫身邊。她的老父親仍舊以為女兒還沒有結婚，因為她不許貝特曼去探班。他每週寄三次信到她指定的信箱，她很少回信，她的理由是沒什麼好寫的，除了她父親的血壓，體溫，消化功能，夜裡盜汗之類的事。他總是一副快要死掉的樣子。他看不到那座小島，也看不到那位老人家，這個地方對貝特曼來說就是一個謎團，每年這三個月的時間對他來說真是痛苦到了極點。

一個夏日裡的星期天早晨他太思念妻子，忍不住呼喊她的名字：「維多莉亞，維多莉亞！」他上教堂，午餐後辭掉了管家，傍晚時候去散步。天氣熱得不像話，高溫似乎把城市都快融化掉了；發燙的路面聞起來有一股陳年歷史的味道。從一扇敞開的車窗，他聽見自己的歌聲，唱的主題是花生醬。東河道上交通擁塞，倉皇不安的聲音一路跟著他。在星期天快要結束的這一刻，所有通往都市的道路都擁塞不堪，看著這些車流就好像時間照著一陳不變的劇本在走似的。其中一部分是車流，一部分是普照著這個都市裡大街小巷的金色陽光，一部分是遠方隆隆的，有如敲打金屬片似的雷聲，再有一部分就是他這幾個月難以忍受的，精神上的冬季。他需要他唯一的愛，渴望的程度有如排山倒海。天黑不久他便開車往北部出發。

他在阿爾巴尼過夜，第二天上午到達聖法蘭西斯湖上的小城。那是個很小很愉悅的度假勝地，不是很繁華也不會死氣沉沉。他問出租遊艇的業者前往坦波島該怎麼走。「她每星期會過來一次，」船家說。「來買雜貨和藥，我看今天應該不會來。」他朝著湖面指著小島的方向，大約一哩左右。貝特曼租了一條小汽艇過湖。他在小島周圍繞了一圈找到可以停泊的灣口，把小艇栓好。在他上方的那棟小屋外觀老式又古怪，可燃度很高，整棟屋子用瀝青抹得全黑，還有許多可怕的中世紀的小裝飾。有一座木瓦頂的圓塔，木造的女兒牆大概連點二二的槍彈都擋不住。高高的冷杉遮天蔽日的把木頭城堡團團圍住。那天早上陽光燦爛，城堡卻好黑好暗，大部分的房間都點著燈。

他走過門廊，從玻璃門框看進去是一條長長的走廊，走廊盡頭是一道有欄桿柱子的樓梯。一根柱子上立著一尊毫無光澤的青銅維納斯，她一隻手上握著有兩根電子蠟燭的燭臺，靠這點燭光對抗著冷杉的幽暗。她的站姿一點也不端莊，兩條腿岔開來，不但顯得暴露，更有些可悲，這也算是維納斯的某種常態吧。另外一根柱子上立的是荷米斯；飛翔的荷米斯。他也握著一對亮著的電子蠟燭。樓梯鋪著深綠的地毯，樓梯頂上是一扇彩色玻璃窗。那玻璃的色彩，即便在這麼幽暗的光線下，依然驚人的耀眼俗麗。他按了門鈴，一個上了年紀的女傭把著扶手走下樓。她跛腳。她走到門口，從玻璃門框看她一眼，直接搖了搖頭。

他推開門；那門很容易就推開了。「我是貝特曼先生，」他溫和的說。「我想見我的太太。」

「你現在不能見她。誰也不能見她。她跟他在一起。」

「我一定要見她。」

「你不能。請你走吧。請你快走。」她一副很害怕的口吻。

他瞧見冷杉樹叢外面的湖水，平靜如鏡，但是杉樹林裡的風發出來的聲音卻像極了海濤，如果蒙上眼睛，他會以為這屋子是矗立在海岬上。忽然他有種感覺，就在這剎那間死亡侵入了愛的領域。這不是現實中的生活，而是古老無形的風暴，就像海水般的推動著他。他唱了起來：

無論你走向何方，

涼風必會吹拂著林地；
那樹林，在你坐著的地方，
必會聚成一片濃蔭……[18]

上了年紀的女傭，也許是太有禮貌不好意思打斷，也或許是被韓德爾的氣派和歌詞所感動，她不發一語。他聽見樓上有關門的聲音和走在地毯上的腳步聲。她急促地走過耀眼醜陋的窗戶走下樓，走到他等候的位置。世界上再沒有比她的親吻更甜美的東西了。

「跟我回去吧。」他說。

「我不能，親愛的，我最親愛的。他快要死了。」

「從以前到現在你這樣想過多少次了？」

「啊，我知道，可是這次他是真的快要死了。」

「跟我走。」

「我不能。他快死了。」

「走吧。」

他牽著她的手往外走，走過尖銳多刺的松針地毯，走上平臺。過湖的時候兩人都沒說話，感覺雖然凝重但這空氣，這時間，這光線卻是穩穩當當，札札實實的。他付了租船費，為她開車門，開始踏上往南的回程。直到車子開上了高速公路他才正正式式地看著她，他沐浴在她的鮮美，她的光輝之中。他太愛她了，光是看著她白皙的手臂，秀麗的髮色，微微的笑容就令他心神蕩漾。他從這條車道切換到另外一條，那輛大卡車壓上了他的車子。

當然，她死了。他在醫院躺了八個月，等到能夠走路的時候，他發現他動人的嗓音絲毫沒有受傷。你仍然可以聽見他在歌頌桌蠟、漂白劑、吸塵器。他總是唱一些無關緊要的東西，從來不唱苦難和愛情，可是成千上萬的男男女女都爭先恐後地衝進店鋪，彷彿他的歌聲裡就有這些東西，彷彿那就是他的歌。

三

看著波蘭傑太太走進俱樂部的感覺有點像是在選邊看沙地棒球賽；非常精采。她在走去餐廳的路上總是會對貝比太太，她醫務委員會裡的同事笑笑，但僅僅只是皮笑肉不笑。對賓格太太，儘管對方拚命揮手大喊她的名字，她只當沒看見。她還會蜻蜓點水似地親一下伊凡斯太太的兩頰，但她好像老是會忘記可憐的巴德太太，她三不五時還在巴德太太家吃飯呢。她也不大記得賴特、賀金斯、弗雷姆、羅根和哈斯特他們。這位頭髮全白，穿著體面的女人，她的行為乖張，我行我素，卻從來不會受人攻擊，大家好奇地問來問去，她究竟怎麼做到的，結果反而更增長了她的氣勢。她曾經是個大美女，二十多歲時，派克斯登[19]還將她入畫。她站在鏡子前面。牆壁泛著亮光，仿造維梅

18 韓德爾〈Where'er You Walk〉的部分歌詞

19 William Mcgregor Paxton，一八六九—一九四一，美國畫家，以肖像畫聞名。

爾的畫風，也真的很像維梅爾的畫作，那光和影不知來自何方。畫裡習慣上都會有一些點綴的裝飾品，如花瓷罐、鍍金椅；稍遠的房間，從鏡子裡望過去，地毯上還有一把豎琴。她的頭髮是火焰的顏色。那幅肖像畫只是她世界裡的一小部分。她曾經把瑪西喜舞引進到紐波特，曾經和鮑比．瓊斯[20]打過高爾夫，在黎明時分關掉非法營業的酒吧，在巴爾的摩的家庭派對裡玩脫衣撲克，甚至現在——已是老婦一名——只要在芬芳的夏日風情中聽到查爾斯登的音樂，她就會從沙發上站起來，大跳熱力無限的舞步，先伸出一條腿，再伸出另一條腿，一面搭著拇指一面高唱：「查爾斯登！查爾斯登！」

波蘭傑先生和她的獨子，派崔克，兩個人都已過世。對她唯一的女兒，女神般的妮麗莎，她總是說：「妮麗莎很少有時間陪我。我也不能要求太多。她的外務太多，有時候我真覺得她大概永遠都不會結婚，因為她太忙，沒有時間啊。上個星期她在舊金山展示她養的那些小狗，她希望帶他們去羅馬參加愛犬大賽。大家都好愛她。大家都崇拜她。她真是魅力無極限。」

妮麗莎走進了她母親的客廳。一個清瘦，三十歲，還沒出閣的老小姐。灰頭髮。襯裙露出來一截。鞋子上全是結了塊的泥巴。很顯然的，她就是那種習慣生活在現實壓力底下，卻也不會自怨自艾的孩子。他們的使命就是要點出他們母親所主控的那一個世界，表面上看起來時尚優雅，其實不然，其中的困惑和痛苦是不會終結的。他們才是真正純真無邪的一代，他們從來不會把長輩們要求的計畫、夢想、世俗的成就放在心上。就好像第一次參加社交舞會，在舞池裡一屁股摔到地上，那也是上帝的旨意。又好比從貢多拉踏上威尼斯某一座皇宮的水浮梯時，一個不小心失去平衡掉進了大運河。他們吃沒吃相，酒菜亂噴，踢翻花瓶，踩狗屎，跟管家握手，在欣賞室內樂的時候不停咳嗽，他們交友的品味也獨樹一格，專挑一些不登樣不體面的人做朋友，但是他們的本性仍保有方濟各兄弟會[21]的善良和單純。就這樣，妮麗莎進來了。在做介紹的過程中，她的半邊屁股已經霸占了小茶几，地毯上全是她腳上的泥巴印，她還把一支點著的香菸掉到了椅子上。等到火勢終於撲滅，她也似乎心滿意足地達到了攪亂她母親刻意營造出一池靜水的目的。但這並非反常，也不是舉止笨拙。這是她近乎神聖的呼喚，喚醒人類的可悲和愚昧。

仙子般的妮麗莎飼養湯森種的小㹴犬。她母親說起她的忙碌難免很直接很哀怨。妮麗莎是個羞怯寂寞的女子，她大部分的時間都在忙她那幾條狗。她的心並非不會動情，只是她愛上的總是園丁、快遞、侍者和雜役。有一天黃昏，她最好的一隻母狗蓋恩斯快要生產了。她找了一位新來的獸醫幫忙，這位醫生在十四號公路開了一家貓狗寵物醫院。他即刻趕了過來，幾分鐘不到那母狗就生下了第一胎。他打開羊水袋，讓小狗仔吮吸奶水。他碰觸小動物的動作乾淨俐落又自然，她站在那裡，看著他蹲在狗仔的產箱邊上，妮麗莎覺得有一股強烈的衝動想要觸摸他的黑髮。她問他結婚了沒，他說還沒有，她馬上又有了墜入愛河的喜悅。這時候，她完全沒顧慮到她母親會生氣會責備。之前她宣布要跟修車技工，或是樹醫生訂婚的時候，母親暴怒的樣子也是令她感到非常的意外。所以她也完全沒想過她母親也有可能不喜歡她這次的新選擇。她笑瞇瞇地看著獸醫，給他拿水，拿毛巾，拿威士忌，拿三明治。全部生產過程費了大半夜的功夫，等到天亮才大功告成。小狗仔開始在

20 Bobby Jones，一九〇二—一九七一，美國高爾夫名人賽的發起人之一。
21 Franciscans，該派修道士的特點就是托缽行善，扶弱濟貧。

吸奶水了；母狗顯得驕傲又滿足。所有的小狗都健康又漂亮。妮麗莎和獸醫離開了狗舍，白冷的天光在黑暗的樹林外亮了起來。「喝杯咖啡吧？」妮麗莎開口問，遠遠的，聽得見流水的聲音，她接著問：「想不想游泳？我有時候也會在早上游泳。」

「好啊。」他說。「你知道，我正有此一想。游泳好。我必須得趕回醫院去了，游泳可以提神。」泳池，是她祖父用大理石打造的，邊緣很深弧度很美，就像一面鏡框似的。水質清澈，水面上隨處可見一兩片落葉的陰影，周邊泛著奪目的光彩。這裡也屬於她母親的私產，然而妮麗莎始終覺得這塊地方，要比任何房間任何庭園更像是她的家。她外出的時候，想念的是這個游泳池，她回來的時候也是為了回到它的身邊——回到這個甜蜜的水鄉。她在更衣室裡找到一條泳褲，兩個人單純的游完泳，換過衣服，穿過草坪，走到他停車的位子。「你知道，你人真好，」他說。「有沒有別人對你說過？」他輕輕柔柔地親了她一下便離開了。

第二天下午妮麗莎到四點鐘才去她母親那兒喝茶，她穿了兩隻都是左腳的鞋，一隻棕一隻黑。

「噢，媽媽，媽媽，」她說，「我找到想嫁的人了。」

「真的？」波蘭傑太太說。「那個完美先生是誰啊？」

「他名字叫強生醫生，」妮麗莎說。「他在十四號公路線上開了一家貓狗寵物醫院。」

「你不能嫁給一個獸醫啊，寶貝。」波蘭傑太太說。

「他稱他自己是動物保健專家。」妮麗莎說。

「好噁心！」波蘭傑太太說。

「可是我愛他，媽媽。我愛他，我要嫁給他。」

「去死吧你！」波蘭傑太太說。

那天夜裡，波蘭傑太太打電話給市長，要求跟他太太說兩句話。「我是露易莎．波蘭傑。」她說。「今年秋天我打算向提爾登俱樂部推薦一名會員，我想到了你。」市長夫人發出興奮的嘆息聲。她的腦袋開始暈眩。可是為什麼？為什麼？俱樂部又破又舊，女侍的服務態度特差，飯菜也很難吃。為什麼還有那麼多的人排隊等著擠進去？「我有的是辦法，」波蘭傑太太說，「這點大家都知道的。十四號公路線上有一間貓狗寵物醫院，我希望它關門。我相信你先生肯定可以在裡面發現一些違規擾民的事情。如果你願意跟你先生提起這家醫院，我就會把會員名單交給你，方便你再多找幾個新的贊助人。九月中旬我就要辦一場午餐會了。再見。」

妮麗莎為情消瘦，憔悴而死，她埋葬在聖公會小教堂，教堂裡所有的窗戶都是為紀念她祖父而建的。喪禮中，波蘭傑太太的神情十分的冷傲，等到出了教堂，人人都聽見她在大聲啜泣，「她是那麼地迷人——那麼樣地迷人啊。」

波蘭傑太太從傷痛中逐漸恢復，又開始繼續忙她的日常工作，其中包括了每年這個時節篩選參加首次社交舞會的女孩。妮麗莎喪禮過後的第三週，一位潘塔森太太帶著女兒走進了她的客廳。

波蘭傑太太很清楚，潘特森太太為了這次會面費了多大的周章。她在醫院幫忙幹活；籌畫劇場派對，草莓節慶，古董展覽。可是波蘭傑太太對待這位訪客非常不客氣。這對母女的態度舉止肯定是照著書本學的，甚至還特別研究了喝茶的禮節。她們屬於那種只有夢想，在現實生活中從來收不到任何請帖的人，如威廉．巴雷夫婦懇請大駕光臨……實際上，他們收到的全是些推銷東西的傳單、讀書俱樂部的優惠特賣，而最令人尷尬的是明妮姑媽的來信，這位姑媽住在德州韋科，身邊總是帶著痰盂。娜拉傳遞著茶點，波蘭傑太太眼神銳利地盯著那女孩。游泳池裡嘩嘩的水聲很吵，波蘭傑太太叫娜拉把窗關上。

「這陣子來申請參加聯誼舞會的人數比我們預估的多太多了。」波蘭傑太太說。「我們要求的不單單是迷人教養好的年輕女孩，更要有趣。」即使關上了窗，她仍舊聽得見水聲。這使她的注意力很難集中。「你會唱歌嗎？」她問。

「不會。」女孩說。

「你會演奏什麼樂器？」

「我會彈一點點鋼琴。」

「都彈些什麼？」

「我彈一點蕭邦。我是說，以前。還有〈給愛麗絲〉。不過大部分我都彈流行音樂。」

「夏天你去那裡度假？」

「丹尼斯港。」女孩說。

「是喔，」波蘭傑太太說。「丹尼斯港，可憐的丹尼斯港。還真是沒有其他的地方可去了，對吧？亞得利亞海岸太擠了。卡布里、依斯基亞、阿瑪菲又都是些廢墟。荷蘭公主把好好一個阿真塔利歐半島給毀了。里維艾拉老是人滿為患。布列塔尼半島又冷又多雨。我愛斯凱島，可是那裡的食物太難吃。還有巴爾港、鱈魚角、千島湖——這些地方都顯得太寒磣了。」她又聽見游泳池傳來的水聲，彷彿是一陣細微的風把聲音直接帶進了關著的窗子。「告訴我，你對戲劇有興趣嗎？」

「喔，有的。非常。」

「去年你看過哪幾齣劇？」

「一個也沒有。」

「你會騎馬、打網球之類的嗎？」

「會。」

「紐約的博物館你最喜歡哪個？」

「我不知道。」

「你最近看過哪些書？」

「我看了《泡泡紗瘟疫》。是暢銷排行榜上的書。電影小說。還有《七條大路通天堂》。也是排行榜上的。」

「拜託把這些東西通通拿走，娜拉。」波蘭傑太太說著，還誇張地比了一個厭惡的手勢，那口氣就彷彿在叫女傭把潘塔森母女和那些骯髒的茶杯、污水桶一起拿走似的。午茶結束了，她送客。如果真有意表現得不講情面，她大可以殘忍地讓她們慢慢又傻傻地等，吊足這些追求收信驚喜男男女女的胃口。她把潘塔森太太拉到一邊說：「恐怕……」

「哦，我還是要謝謝你。」潘塔森太太說著哭了起來。她女兒一手攬著大受打擊的母親，走了出去。

波蘭傑太太又再一次注意到游泳池的水聲。這聲音怎麼會那麼大，怎麼好像在說：媽媽，媽媽，我找到想嫁的人了……怎麼會那麼的真切，真切到讓她覺得拒絕潘塔森母女的事草率到太不近情理了呢？她走下樓，穿過草坪，走向泳池。她站在池邊，呼喚著：「妮麗莎！妮麗莎！妮麗莎！」

但是池水說來說去就只有這一句：媽媽，媽媽，我找到想嫁的人了。

她唯一的寶貝女兒已經變成了游泳池。

四

布拉迪西先生想要改變。他想要的改變不是針對他自己，完全不是──他要改變的是他看到的風景，他的步伐，他的環境，這改變的期限就只有十八到二十天左右。這段時間他可以不用上班。布拉迪西是個老菸槍，衛生署的一份報告叫他不得不認了自己的菸癮。他覺得走在街上，路人都對他手上的香菸露出非難的眼光，偶爾也有同情的。這實在太荒謬，他非得逃離不可。他要旅行。他已經離婚，一個人的旅行。

那天午餐後，他順路走去公園大道一家旅行社打聽目前的票價。接待員指著後面的辦公桌，一個年輕的女人請他坐下，拿了上頭裝飾著豪華遊艇俱樂部旗幟的紙火柴為他點菸。他發現她笑得很燦爛，但收得更快，只要目的達到，立即中止，就像裁縫師傅剪線頭，一刀兩斷。他心心念念想著英國。他打算十天待在倫敦，十天和朋友們去鄉下。他一提起英國，那業務員便說她最近剛從英國回來。英格蘭的科芬垂。她又亮出了燦爛的笑容，一閃而逝。他並不想去科芬垂，但是這個年輕的女人很果斷，很有主見，好像他應該聽聽她對科芬垂的看法，這個城市在她眼裡似乎是靈性與美感的重生。她從辦公桌抽屜取出一本有插圖的雜誌，給他看了幾張大教堂的照片。結果，令他印象深刻的，是雜誌上的一頁廣告，直白地寫著抽菸易得肺癌。他決定排除英國，那業務員還在描述科芬垂，他想他要改去法國。他要去巴黎。法國政府不禁菸，他可以毫無顧忌地抽他的高盧。一想到高盧牌的香菸又令他止步了。紅盒裝的、藍盒裝的、黃盒裝的。他記得那濃烈的菸氣就像自由落體似的從高處直衝他的肺臟，咳得他連腰都直不起來。在他想像中，這座光明之城的上空煙霧騰騰，全是法國香菸的菸氣，光明之城變成了一個令人喪氣又厭惡的地方。所以，不如去提洛爾吧，他想。他正要查問提洛爾的資訊，忽然想起奧地利買賣香菸是採取國家壟斷制，在那兒你只能買到裝在花俏的盒子裡，聞起來有香水味，卻沒半點菸味的香菸。那就，去義大利。先到布雷諾再去威尼斯。這下他又想起了義大利兩個牌子的香菸，Esportaziones 和 Giubeks，他記得那些粗糙的菸葉黏在舌頭上，那股菸味，就像冬天裡的寒風，令他顫抖，痛不欲生。要不轉往希臘吧；他可以坐郵輪環島，於是他想起了埃及香菸，這是希臘唯一可以抽到的貨色。蘇俄。土耳其。印度。日本。看著業務員頭頂上方的世界地圖，他看到的竟是一整條香菸的連鎖店。無路可走。「我決定哪也不去了。」他說。那業務員亮起燦爛的笑容，這次更像線頭，斷得更快，她看著他走出門外。

只有生活和生涯中的自律素養才能使人保持廉潔免於失序，布拉迪西大概是這麼以為的。現在到了他該自律的時候了。他滅了最後一支菸，走上公園大道，身上穿著全套英國製的西裝和鞋子，以一個老運動員的輕盈步伐開步向前走。想不到的是，他在這黃昏時刻所下的這個決定，竟是一場輕度適應不良症的開始。他的循環系統亂了。他的微血管破了，嘴唇腫了，他的右腳不時的會刺痛。口臭得厲害，而且是各式各樣的味道，多到這個小小的器官都容納不下了，多到把他的嘴巴都撐大了，那空間那氣味像極了一座古老的，類似霍華德小劇場那樣的三流劇院。臭氣從他的嘴巴上升到他的腦子，臭得他頭昏腦脹。他認為自己既然定下了這個戒律，不如就把這些症狀看成是在旅行。把這一切當成是天生自然的東西，就像一個人坐著火車看窗外，自然會看到陌生的鄉野，不同的地貌和植被。

白天轉成了黑夜，他所經過的鄉野全部是荒涼的山區。他似乎是坐著單軌的小火車行駛過一個亂石崗。穿過這條山道之後，他以為自然會看到有樹有水的肥沃平原，誰料火車在山頂上轉了一個彎，他看見前方竟是布滿了乾涸河床的鹼性沙漠。他知道只要吸一口菸，那菸草就會滋潤這塊不毛之地，這片山野就會開滿繁花，小溪就會有潺潺的流水，但是他既然已經選定了這趟旅程，既然這是為了逃脫一個不好的狀況，他只有靜下心來好好研究這片單調無趣的不毛之地。那晚，他在家裡為自己調了一杯雞尾酒，他笑了，真心誠意地笑，因為他看見菸灰缸裡什麼也沒有，除了一點點灰塵和從鞋面上撿起來的一片樹葉。

他在改變，他在改變，像許許多多的男人一樣，他一直在想要改變。就在這幾個小時裡面，他已經變得更聰明，更有智慧，更成熟。他似乎覺得生命中的好時光像毛茸茸的斗篷披上了他的肩膀。他覺得自己漸漸了解到一些生命中強大變化的詩意，他覺得自己涉入了某種深層的、磨人的、不曾見過的，卻是人生不可或缺的競賽當中。如果他戒得了菸，他就有可能戒酒了。甚至他可以降低性欲方面的需索。需索無度是他離婚的主因。需索無度使他和孩子們疏離。如果他們現在看到他，看到他房間裡清潔溜溜的菸灰缸，他們會不會邀請他回家呢？那麼他就可以租一條帆船，帶著他們遨遊緬因州的海岸。那天深夜，他去看他的情婦，她滿嘴的菸味令他覺得她墮落骯髒，他連衣服都懶得脫便早早回家，回到他的床，回到他乾淨的菸灰缸。

布拉迪西從沒有體驗過自大狂妄的機會，除了以罪人的心態。過去他斥責的對象只是那些喝蛤肉汁的人，那些過分矜持的人。第二天早上走去上班的時候，他發現自己簡直好得沒話說；他發現自己變得特別自制，他發現這情況是一種不由自主的，就是想要批判其他人行為的衝動。這對他來說，是非常奇特的一種感受，前所未有，完全不同於以往的觀點，他覺得太興奮了。他極其不滿地看著一個在街角點菸的路人。那個陌生人顯然毫無意志力。他在殘害他的健康，縮短自己的壽命，辜負他的家人，他們可能在挨餓受凍，因為他的自我沉淪。更糟的是，這人衣衫襤褸，鞋子也沒擦，假如他連穿戴整齊都負擔不起，當然應該更沒能力買這萬惡的香菸。布拉迪西是不是應該上前取走他手裡的菸？教訓他一頓？喚醒他？這樣做似乎還不是時候，但衝動是在的，這種感覺他從來沒有體會過。現在他走在第五大街上，懷著全新的美德，既不看天空也不看美女，他看的是來來往往的人群，就像一個在搜尋罪犯的刑事大隊長。啊呀，太多了！一個邋遢的老太太，氣色難看卻塗著大紅色的口紅，站在四十四街的拐角，就著一支菸點上另外一支。站在門口的那些男人，圖書館臺階上的那些女孩，公園裡的那些男孩，全都在自我毀滅。

頭昏腦脹的情況持續了一個上午，使得他很難好好地辦公，下決策，另外他的視力肯定也出了問題。他覺得他的眼睛好像經過了一場沙塵暴。中午他到一家可以喝酒的商業午餐店用餐，有人遞給他一支菸，他說：「現在不行，謝謝。」他為自己的自命清高感到臉紅，但他不想說實話，他不要平白汙衊了自己的奮鬥。成功戒了將近二十四小時，他覺得應該給自己一點獎勵，他讓服務生把他的雞尾酒杯再度斟滿。到最後，他喝得實在太多了，回到公司的時候連路也走不穩。這個，比亂掉的循環系統、腫脹的嘴唇、視線模糊的眼睛、右腳抽痛的感覺更來得厲害；他腦袋裡冒煙，加上那股老戲院的酸臭味，攪得他根本沒法工作，整個下半天他都在天旋地轉。他幾乎很少參加雞尾酒會，那天下午他去了，希望藉此轉移自己的注意力。他覺得自己已經完全不像自己。這時傷害已經危及了他的平衡感，他發現連過馬路都很吃力而且危險，彷彿他是在耍特技，在走一條很高很窄的橋。

雞尾酒會很盛大，他不斷地走去吧檯。他以為琴酒可以終結他的渴望。不，這其實不渴望，他發現——這不像飢餓或者乾渴或者對愛的需求。這像是他血液裡某種黑暗的，頑強的退潮。暈眩的感覺更加嚴重。他談笑風生，儘量表現得體，但這只是機械式的反應。後來，有個穿著寬袍，或許是直筒式洋裝的年輕女子走了進來，她的長髮是維吉尼亞菸草的顏色。他熱情向她迎上去時，撞翻了一張桌子和好幾隻酒杯。在這之前，這個酒會一直很安靜很高雅，這會兒玻璃破碎的聲音，加上那陌生客尖叫的聲音，因為他兩條腿纏著她，還把鼻子埋在她菸草色的長髮裡，酒會變調了，變得野蠻而粗俗。兩個賓客把他拉開。他站在那裡，激動地縮著身子，張著鼻孔猛噴氣。接著，他粗暴地推開那兩個抓著他的人，大步走了出去。

他跟一個陌生人一起進了電梯，那人的棕色西裝看起來聞起來都像極了哈瓦那雪茄，布拉迪西兩眼盯著電梯的地板，滿足地吸著那陌生人的香氣。電梯服務員身上有著五〇年代很流行的一種廉價，混合的菸草味。而至於門房，他發現他看起來或聞起來都像是一支塞了白肋菸草的菸斗。在五十七街他看見一個女人，頭髮的顏色是他最愛的混合菸草味，那迷人頹廢的香氣在她身後久久不散。他拚命咬緊牙根，繃緊全身的肌肉，才能制止自己出手去抓她，他知道他在雞尾酒會裡的失態，現在在大街上若又重複出現，這種行為是會把他送進監獄的，而且，就他所知，監獄裡絕對沒有香菸。他改變了——他已經改變了，他的世界也改變了，看著暮色中這些走過他身旁的人，在他眼中，他們就是雲斯頓、切斯特菲爾德、萬寶路、沙龍、水煙、海泡石、小雪茄、可羅納、駱駝、玩家。最後他栽在一個很年輕的女人手裡。那女的其實只是個孩子，他把她誤看成了好采香菸。他出手攻擊她的時候她尖叫，兩個路人把他打倒在地上，又踢又踹，他們純粹是見義勇為。一群人聚攏來，場面混亂，不久後響著警笛的警車把他帶走了。

彌尼，彌尼，提客勒，烏法珥新[22]

那年我從歐洲回來，定的機票是老舊的 DC-7，在中大西洋上一個引擎燒掉了。機上大部分乘客不是在睡覺，就是在嗑藥，坐在靠前面位子上的除了一個小女孩，一個老頭和我之外再沒別人發現起火的事。火勢減弱之後，飛機來了個猛烈的大轉彎，把機組員區的門整個甩了開來。我看見機務員和兩名空姐都穿著鼓鼓的救生衣。一名空姐把門關上，幾分鐘後機長出來做說明，十分慈祥的輕聲細語，他說我們損失了一個引擎，目前只能飛往冰島或者香農[23]。過了一會兒，他又出來說，再半小時就降落倫敦。兩小時後，我們降落在巴黎奧利機場，這下把那些睡著的人全嚇傻了。我們再登上另外一架 DC-7，重新飛過大西洋，最後在艾德維爾德機場落地的時候，我們已擠在這個狹小的空間裡連續飛行了二十七個小時。

我搭巴士進紐約再換計程車到中央車站。現在是非營業時間，晚上七點半或八點的時段。報攤打烊，街頭可數的幾個行人顯得孤單又落寞。我要搭的火車得過一個多小時才會有，我走進車站附近的一家餐館點了份當日特餐。這也是旅居國外的美國人最常見的窘境，回家鄉吃到的第一頓飯多半是在餐館解決。我進來的這家館子有大理石的屏風，不過只是充門面而已。我邊想邊走向這個看似尊貴的殿堂。大理石是淺咖啡色的，很可能是義大利仿古金麻（Giallo Antico）的石材，但我注意到抛光的石材底下是古生代的化石，我猜想這肯定是珊瑚石了。抛光的一面寫滿了文字。筆法流暢清晰，雖然毫無特色，也不工整。特別的是字數非常多，而且編排成許多框格，很像書頁。我還真沒見過這樣的東西。直覺上我很想忽略這些文字，專門研究那塊化石，可是一個人的文字不是要比一塊古生代的珊瑚石更精采更長久嗎？於是我讀著：

卡普阿大捷之日。倫圖魯斯，帶著勝利的飛鷹歸來，他以劇場有史以來最強的競技活動娛樂大眾，即使在這奢華無度的城市也前所未見。宴飲狂歡的嬉鬧聲漸歇，獅吼聲不再，最後的宴飲者也已離席，王者宮殿中的燈火滅了。月光，穿透羽絨般的雲層，銀亮了羅馬哨兵盔甲上的露珠，令到那沃爾圖努斯河黑色的水面也泛起粼粼的微光。這是聖善之夜，聖善而寧靜，微微風搖曳著春天的新葉，在芒草蘆根間低吟著夢幻的樂章。聽不見一絲聲響，只剩疲憊的浪花發出最後的嗚咽，向著沙灘上光滑的卵石傾訴著衷腸，而後一切靜止，有如靈魂離散後的胸膛……

我不再往下讀，雖然那上面的文字還很多。我累了，另方面我也沒這個勁，因為我太多年沒有

---

22 MENE, MENE, TEKEL, UPHARSIN，《舊約》但以理書，第五章第二十五節至第二十八節，亞拉姆語；相當於英文的 NUMBERED, NUMBERED, WEIGHED, DIVIDED. Mene 意指神已經數算你的國之年日，使其終止；Tekel 意指你被稱在天平裡，顯出你的虧欠；Upharsin 意指你的國分裂，歸與瑪代人和波斯人。此預言據傳出現於 Belshazzar 伯沙撒王餐宴的牆上。

23 愛爾蘭機場。

回家了。能夠激發一個人在大理石上抄寫這麼多廢話的情境真是匪夷所思。這是不是社會氛圍上某種改變的跡象，某種新型壓力下的結果？或者只是一種人類對華麗詞藻上癮成癡的緣故？堆砌過多的文章就像糟糕的樂曲具有頑強的持久力，叫人難以忘記。是不是我不在的這段時間，我那些同好們的心理起了巨大的改變？是否在正常溝通的語句裡出現了問題，對於浪漫的往昔起了非分之想？

接下來的整個星期，或者是十天吧，我都在中西部旅行。有一天下午我在印第安納波利斯的聯合車站等候開往紐約的列車。火車誤點。車站，四平八穩的像一座大教堂，還有一扇彩色玻璃的圓形窗戶打光，活脫是陰沉與耀眼的建築範例，表現著旅遊與分離的神祕和戲劇化。圓形窗戶的彩色玻璃，清澈有如萬花筒，把大理石的牆壁和候車的旅人盡都染上了顏色。一個拎著購物袋的女人站在淡紫色的嵌板下。一個老男人睡在一片黃色的彩光中。這時我看到了男士洗手間的標示，我不知道會不會又發現像前幾個小時看到的那種奇特的文學。我走下幾階樓梯進入類似洞穴的地下室，一張椅子上有個擦皮鞋的人睡著。又是大理石的牆壁。是一般的石灰岩，摻著灰色紋理的鎂鈣硅砂。我的預感沒錯。這石頭上果然蓋滿了文字，一眼就看出，這些文字跟石頭非常契合，它顯然是在提醒一個事實，最早期的寫作和人類的預言都是顯現在牆上。書法筆跡清楚對稱，無疑是出自一個心思有條不紊，筆下功夫了得之人。請各位稍加想像，這裡的光線很糟，空氣汙濁，不時還有沖水的聲音，我就是在這樣的一個地方讀著牆上的文字：

威洛威克大莊院坐落在煙塵瀰漫的工業小城X自轄市的山丘上，莊院的格子窗多到不計其數，似乎是刻意在窺探那些狹窄黑暗巷弄裡的貧民窟，從公園正門口一路延伸到河堤上冒著黑煙的廠房。河流位在森林公園的外圍，威洛先生對它一無所知，這裡可是我年少時最喜歡的地方，我都帶著彈弓和一個袋子好裝著地質樣本在那遊蕩。山丘和陰森可怕的莊院就矗立在我的學校和我家之間，我和生病的母親及酗酒的父親住在這破房子裡。我的朋友全都走環山小路，只有我爬威洛公園的圍牆，每天下午我都在這塊禁止入內的領地上消磨時間。

那草坪、大樹、噴泉的聲音，還有那屬於一個朝代的肅穆氣氛，直到今天仍令我感到親切無比。所有威洛家族雕像的手臂當然早已不在，他們雇用的雕刻師傅卻巧妙地加上了許多鎖釦和飾章，從遠處看十分氣派，就近細看，才會發現那都是些幾何圖形而已。他們的煙囪、大門、塔樓，和花園長椅也是這般如法炮製。雕刻師傅的另一項大工程是為威洛先生的獨生女塑像，愛蜜莉的各種雕像。愛蜜莉的銅像，愛蜜莉的大理石像，四季中的愛蜜莉，東南西北風中的愛蜜莉，晝夜晨昏四時中的愛蜜莉，和以四美德[24]顯像的愛蜜莉。就某種意義上來說，愛蜜莉在當時是我唯一的同伴。我在秋天散步，看著繽紛的色彩從樹梢林間飄落到草坪上。我在徹骨的冰雪中散步。仔細觀察著春天的第一個表徵，聞著大宅院裡那許多煙囪飄散出來馨香的木柴煙氣。記得那是一個春日，我正在園子裡閒晃，聽見有個女孩喊救命的聲音。我跟著聲音來到一條小溪畔，我看到了愛蜜莉。她赤著兩隻可愛的腳，其中一隻就像被惡魔上了銬，被一條毒蛇咬住了。

我用力把毒蛇扯開，用隨身帶的摺刀把傷口劃開，把血中的毒液吮掉。然後脫下我的破襯衫，

24 西方四美德或稱四樞德 Four Principal Virtues，其分別為 Prudence 審慎、Courage 勇氣、Temperance 節制，及 Justice 正義。

這是我那日日撿破爛的親娘，在一位建築師的垃圾桶裡撿到一些晝藍圖用剩丟掉的亞麻布，拚湊著縫起來給我穿的。傷口洗淨綁好之後，我抱起愛蜜莉，衝上草坪直奔威洛威克莊院的大門。我按鈴，大門轟隆隆地打開。一個管家站在那裡，面色如土地看著我們。

「你把我們愛蜜莉怎麼了？」他喊著。

「他沒做什麼，他救了我的命啊。」愛蜜莉說。

這時滿臉鬍子，冷酷無情的威洛先生從暗沉的大廳出現。「謝謝你救了我女兒的性命。」他粗聲粗氣地說。然後他仔細地湊近看著我，我看見他眼眶含淚。「將來你會得到報償的，」他說。「會有那麼一天。」

我的襯衫毀了，我必須把實情告訴父母。我父親一如往常，酩酊大醉。「你休想從那個畜生身上得到什麼。」他吼著。「不管是這一世還是天堂還是地獄，通通休想！」

「別這樣，歐內斯特。」我母親嘆著氣，我走向她，握住她的手，她的手乾得發燙。

我父親的確醉了，但他似乎說的很準，因為接下來的幾年，沒有任何一點感恩、善意，或者念想，沒有絲毫來自山上那棟大宅院的回報。

一九——年的嚴冬，威洛先生關閉了所有的工廠，幾乎是衝著我來的，我拚了命地想要組織一個工會。工廠停工，煙囪不冒煙，對於X自轄市是致命的一擊。我母親躺著等死。我父親坐在廚房中猛灌燒酒。生病、飢餓、寒冷，家家戶戶惡疾纏身。街道上的積雪少了工廠的黑煙汙染，顯得特別白。那是聖誕節的前一日，我帶領工會的代表團，上威洛威克家按鈴，代表團裡好多人連路都走不動了。大門打開的時候，站在門口的是愛蜜莉。「是你！」她哭喊著：「你救了我的命，為什麼要來害死我父親啊？」大門沉沉地關上了。

那天晚上我設法弄到一點穀物，煮了些粥給我母親吃。我拿著湯匙正要把粥餵進我母親的口裡，我家的門打開了，威洛先生的律師，傑弗瑞．阿胥米德走了進來。

「如果，」我說，「你是要質問我今天下午上威洛威克家示威的事，那你是白費力氣了。還有什麼比我現在更痛苦的事呢？我只能眼睜睜地看著我的母親死去啊。」

「我是為別的事來的，」他說。「威洛先生死了。」

「萬萬歲威洛先生！」我父親在廚房裡喊。

「請跟我來。」阿胥米德先生說。

「我跟你有什麼好談的，先生？」

「你是威洛威克的繼承人。你繼承了它所有的礦產，所有的工廠，所有的猴子。」

「我不了解。」

我母親發出刺耳的啜泣聲。她兩手緊緊抓住我的手說：「過去的事就跟我們過的苦日子一樣的叫人難堪啊！這些年來我一直瞞著你，不讓你知道事情的真相，你是他的獨生子啊。我年輕時候在那棟大房子裡當過伺候他們用餐的女侍，在一個夏夜裡，我被他玷汙了。你父親的一生就此被這件事給毀了。」

「我跟你走吧，先生。」我對阿胥米德先生說。「愛蜜莉小姐知道這件事嗎？」

「愛蜜莉小姐，」他說，「她離家出走了。」

那天晚上我再度回到威洛威克莊院，從大門走進去，成為它的主人。但是這裡已經沒有愛蜜莉小姐了。新年來臨前，我埋葬了我的雙親，以配股的方式重新啟動工廠，振興X自轄市的繁榮，只是，我孤單地住在威洛威克莊院裡，嘗到了我此生從未有過的寂寞……

當然，我驚駭不已，而且覺得很不舒服。我周遭的環境更讓這個愚蠢單純的故事令人作嘔。我趕緊回到晶光閃亮，華麗貴氣的候車室，在一排擺滿平裝小說的書架附近坐了下來。這些小說顯眼的封面和一目了然的情欲描繪，似乎與我剛才讀到的文章連成了一氣。我感覺，它代表的就是情色作品已經大模大樣進入了公共領域，那些大理石的牆壁，那些年代久遠的遊戲，被動或主動的強占了優雅斯文的文學作品。我發現這個概念很新穎，也很令人不安，我懷疑會不會再過一兩年，我就能在公廁裡看到莎拉．泰斯黛爾[25]的詩，和喜好漁色的瑞典國王同時並存。列車進站了，我很高興終於可以離開印第安納波利斯，結束了我的中西部探索之旅。

我到餐車去喝一杯。列車朝著印第安那東邊呼嘯而過，嚇壞了那兒的牛和雞，馬和豬。地上的人們不斷地向著列車揮手，其中有顛倒抱著洋娃娃的小女孩，有坐輪椅的老頭，有站在廚房門口、滿頭髮捲的婦人，有坐在貨車上的少年郎。你可以感受到火車沿著直線前進，嗚著笛，在平交道上，警示的鈴聲響得就像冠狀動脈發生血栓似的，軌道交接的節奏則像是爵士樂的貝斯聲，變化多端，快速而令人興奮，有如動人心肺的即興之作，制動器裡的風聲聽起來就像比莉．哈樂黛[26]最後幾張聲音沙啞的唱片。我喝完兩杯酒，拉開隔壁臥車的廁所門，又看見牆上寫滿了文字的時候，對我來說真不是普通的糟糕。

我什麼也不想讀了，起碼在這一刻。這一天讀威洛威克已經足夠。我只想再回去餐車，再喝上一杯，堅持我對陌生人保持一貫的冷漠。可是文字就在那兒，真是無法抗拒，只能說是我的宿命吧。雖然百般不願意，我還是讀完了第一段。書法的功力占了上風。

身上有幾個錢的人為什麼不在自家的窗戶栽一盆天竺葵？這花便宜得很。要是你用種子或者插枝法那更是便宜得沒話說。這花漂亮，而且是個陪伴。能讓空氣甜美，賞心悅目，讓你跟大自然和純真連接在一起，這是愛啊。就算它不能回報你的愛，它也不會討厭你，就算你忽略了它，它也不會口吐半句惡言，它就是美，毫不浮誇，在這種情況下，它的存在純粹就是利益你，愉悅你，你怎麼能夠無視於它呢？祈禱吧，如果你選擇了天竺葵……

回到餐車，天色漸暗。我的情緒被這些溫柔的感受干擾著，在這個時刻鄉野間常有的陰鬱感更加深了我的消沉。是否因為我讀了這些古怪又純真，不斷壓抑的情愛所致？不管究竟為何，我覺得我都有充分的責任把我的所見公諸於世。我們對於自我和與人互動的知識，就過去種種的變化來看，仍在探索之中。以冷漠來規避我們的觀察、好奇、反映，是最最不智的舉動。我這三次邂逅證明了這類型的文學確實在廣泛的流行。如果這些作品上了紀錄和評斷，或許也能為我們的靈魂帶來極大的啟發，讓我們更加地接近真理和真相。我的探索有點不按常理，但是如果我們不肯勇敢地誠實以對，那就真的是一無是處了。我有六個在基金會工作的朋友，我決定要他們注意在公廁寫作的這個現象。我知道他們資助詩社，研究動物學，探索彩色玻璃的由來和高跟鞋的社會意義，現在加上這個公廁文學，也算是順理成章的事。

25　Sara Teasdale，一八八四—一九三三，美國近代抒情女詩人，風格古典高雅。
26　Billie Holiday，一九一五—一九五九，二十世紀最重要的爵士歌手之一。

我回到紐約就安排一個飯局，邀了這幾個朋友，在六十街區的一家餐館，還訂了房間。餐敘快要結束的時候，我發表演講。第一個給我回應的是我最要好的朋友。「你離開太久了，」他說。「你失聯太久了。我們這裡不時興這類東西。當然，我只能代表我個人的意見，不過這個看法是很叫人反感的。」我低頭看，看見我自己穿著織錦緞的雙排釦背心和黃色的尖頭皮鞋，我說話大概帶著很做作的外國腔調。他指控我的想法怪異、下流，但那根本是莫須有的。我當時覺得，現在依舊一樣，認為並非我的發現不恰當，而是這個發現太具有爆炸性了，令他慌了手腳，我不在的這段時間，他加入了那幫新人的陣線，他們以為真理不再適用於我們兩難的困境。他率先告辭，其他人陸續跟進，大家說法一致——我離開太久了；我已經背離了正道和常理。

幾天後我回歐洲。飛往奧利的班機誤點，我在酒吧消磨時間，四處找洗手間。這次看到的訊息是寫在地磚上。「耀眼的明星！」我讀著，「但願我的堅定一如你的藝術——並非孤單閃亮在高高的夜空……」到此為止。我的班機在廣播了，我航過天際回到了巴黎。

蒙特拉多

我第一次在提芬妮珠寶店行竊那日下著雨。我在四十街區一家飾品店買了一枚假鑽的戒指。然後在雨中走去提芬妮珠寶店要求店家給我看一些戒指。店員的態度很傲慢。我看了大概六到八隻的戒指。價位從八百到一萬不等。其中有一隻標價三千塊的看起來跟我口袋裡的贗品很相像。就在我仔細查看的時候，一名老婦人，大概是老顧客吧，出現在櫃檯的另一邊。店員立刻衝過去招呼她，我趁機把兩枚戒指做了交換。然後大聲說：「謝謝你。我再考慮考慮。」「好的。」店員傲慢無比地說，我就走了出去。這簡直太簡單了。我直接走到四十街區的珠寶市場，轉手一千八百塊就把那戒指賣了。人家連問都不問一聲。之後我去湯瑪斯．庫克輪船公司，發現薩維尼伯爵號五點鐘駛往熱那亞。現在是八月，往東邊的航線多得是空位。我選了頭等艙，開航後我待在酒吧裡。酒吧還沒正式開放，但酒保給我倒了一杯馬丁尼，我一直喝到船開上公海為止。薩維尼號的鳴笛聲很特別，要是在市中心聽到這種聲音並不稀奇，可是在八月天的下午五點鐘，有誰聽過？

就在當晚我遇見了溫沃太太和她那位玩賽馬的年邁老公。他一上船就暈船，我和溫沃太太立刻展開一段絕妙的不倫之戀。傳遞字條，假裝忙著打電話，故作冷漠，依照我們一進我的房間，關上房門之後的情況來看，我偷戒指的事簡直太厚道了。溫沃先生到了直布羅陀身體才恢復正常，這反而更像是一場挑戰，我們兩個就在他的眼皮子底下辦事。我們在熱那亞道別，我在當地買了輛二手的飛雅特，開始遊歷海岸。

那天近黃昏的時候我來到蒙特拉多。我停了下來，因為開車太累。這裡有一個半圓形的海灣，嵌在高高的崖壁之內，就像一般海灘那樣，有長排的咖啡館和公共澡堂。有兩家飯店，一家叫做大飯店，一家叫做國際飯店，對我來說沒啥兩樣，咖啡館的服務生告訴我，我可以上斷崖的別墅去租一間房。上去很方便，他說，可以走陡坡或者爬石梯，由村子後面的花園上去。石階一共一百二十七階，是我後來發現的。我開車上了陡坡。崖壁上布滿了迷迭香，迷迭香和村子裡清洗過的衣物一起，都在曬太陽。別墅的門上有五種不同語言的標示牌，寫著房間出租。我按鈴，一個壯壯的，橫眉豎目的女僕開了門。我問了她的大名叫做阿蘇妲。我看她那副橫眉豎目的表情沒一刻放鬆過。在教堂裡，她衝上走道領聖餐的時候，看上去就像要上前把牧師一拳打倒，把他的助手掀翻似的。她說我只要預付一星期的租金，就可以有一個房間，我非得先付款，否則絕對進不了這道門檻。

這地方整個就是個廢墟，不過她帶我去看的那間刷過白粉的房間是在一座小塔樓裡，雖然窗子破了，海景倒是很棒。房間裡唯一的奢侈是瓦斯爐。沒廁所，也沒自來水；我盥洗用的水必須用一隻有漏縫的果醬罐子去外面的井裡舀水。很顯然我是唯一的房客。那第一個下午，就在阿蘇妲不斷讚美海風的好處時，我聽見院子裡有絮絮叨叨的聲音，那聲音很好聽。我趕在女僕前面下樓，向著站在井邊的一位老婦人做自我介紹。她很矮小，瘦瘦的，很有精神，說著一口文縐縐的羅馬語，我甚至懷疑這是不是一種障眼法，利用文化或是交際的煙霧來粉飾她汙穢襤褸的穿著。「我看見你有金手錶，」她說。「我也有金手錶。這是我們的共同之處。」

女僕轉向她說：「去你的！」

「這是事實。這位先生和我，我們兩人確實都有金手錶。」老婦人說。「我們因此有了共鳴啊。」

「囉嗦，」女僕說「去死吧。」

「謝謝你，謝謝你，你是我這房子的寶貝，我的生命之光。」老婦人邊說，邊朝著一扇開著的門口走過去。

女僕把兩手圈在嘴唇上厲聲喊著：「巫婆！青蛙！豬！」

「謝謝你，謝謝你，非常非常謝謝你。」老婦人說著走了進去。

那晚，在咖啡館裡，我問起那位女士和她的僕人，服務生詳詳細細地說了個夠。那位女士，他說，來自羅馬的貴族世家，因為一樁不體面的感情被逐出了家門。她在蒙特拉多像個隱士似的住了五十年。阿蘇妲是跟著她從羅馬過來類似侍女的傭人，如今她只是進村子裡為老婦人買一些麵包和酒而已。她奪走了老婦人所有的東西，甚至把老婦人房間裡的床也移走了，現在等於把老婦人當囚犯一樣關在別墅裡。山下的大飯店和國際飯店既豪華又寬敞。我幹嘛要住到這樣一個地方？

我住下來是因為海景，因為我已經預付了房租，因為我對那個反常的老處女和她古怪的女僕感到好奇。第二天早上她們吵架了。阿蘇妲爆粗口，罵髒話。老小姐用文謅謅的冷嘲熱諷回擊。這真是一場令人難堪的演出。我懷疑這位老姑娘或許真是一個囚犯，稍後，我看見他一個人在院子裡，我問她願不願跟我一起開車到坦布拉，海岸邊上的另一個村子。她用華麗優美的羅馬語說，非常樂意與我同行。她想帶她的金手錶去修理。那錶非常值錢，而且漂亮，她只信得過一個人。他就在坦布拉。我們談話的時候，阿蘇妲加了進來。

「你幹嘛要去坦布拉？」她問老小姐。

「我要去修我的金手錶。」老小姐說。

「你根本沒有金手錶。」阿蘇妲說。

「沒錯，」老小姐說。「我現在是沒有了，可是以前我一直就有金手錶的。我以前有金手錶，我以前有金筆。」

「你現在沒有手錶，你去坦布拉修什麼手錶。」阿蘇妲說。

「說得對，我的生命之光，這棟房子的珍寶。」老小姐說著又走進了那扇門裡。

我大部分時間都耗在海灘和咖啡館裡。這個度假地的財運普普。服務生總在抱怨生意不好，但還是將就著做。海水的味道很狂浪，但不夠清新，這使我非常想家，想起祖國壯闊奔放的海灘。就像蓋伊赫[27]，我知道它的崖壁也像蒙特拉多，整個沒入海中，可是蒙特拉多的沉潛似乎帶著某種意念，彷彿海浪正不斷侵蝕著這地方的生命力。海水白花花的，光線透明卻不燦爛。只要想到蒙特拉多，就會想到沒有變化、私密、枯竭，而這些全都是我嫌棄的；人類的靈魂不是應該像鑽石那樣清澈，有許多不同的切面嗎？海浪在說話，他們講的是法文也或許是義大利文，不時還有一兩句方言，但都有氣無力，沒什麼分量。

有一天下午，海灘上來了一個相當漂亮的女人，後面跟著一個大約八歲的男孩，還有一個穿一身黑的婦人，應該是女傭。他們提著大飯店裝三明治的食物袋，我猜這小男孩多半都住在這些飯店裡。可憐啊。女傭從一隻裝雜物的網袋裡拿出一些玩具。只是那些玩具根本不適合他的年齡。有沙桶、鏟子、模型、塑膠的空心球，還有一對小孩子學游泳的老式浮袋。對於那個拿著小說躺在毯子上的母親，我猜她是離了婚的女人，她想必會很願意跟我去咖啡館喝一杯。有了這個盤算，我便起身主動上前表示樂意和小男孩一起玩海灘球。他當然高興有了玩伴，問題是他既不會拋球也不會接球，我一面猜他喜歡玩什麼，一面瞄著那位母親，我問他想不想看我幫他造一座沙堡。他說想。我砌了一條護城溝，一道有彎曲階梯的陡坡，一條乾的壕溝，有砲臺的城牆，和一連串有護牆的圓形塔樓。我把這座沙堡蓋得札札實實，就跟真的一樣，等到完工之後我還用糖果包裝紙做了好幾面旗幟，在每座塔樓上飄揚。我天真地以為這城堡真的太漂亮了，小男孩也這麼認為，可是當我有心要引起他母親對我的傑作注意時，她說：「Andiamo（我們走吧）。」女傭收拾起玩具，他們就這樣走了，留下我，一個大男人在陌生的國度，跟一座沙堡在一起。

蒙特拉多的黃金時段是每天下午四點鐘，這個時間有管樂隊表演。費用由自轄市資助。木製的演奏舞臺，靈感來自土耳其，已經被經年累月的海風風化了。樂師們有時穿制服，有時穿泳裝，人數天天不同，但是永遠都演奏爵士樂[28]。我不認為他們真的對爵士樂的歷史感興趣。我想他們可能是在一只箱子裡找到了一些編好的曲目，就此延續下來。樂曲很好笑，速度很快——感覺很像是古早時候舞廳裡的樂隊在演奏。〈黑管果醬〉、〈中國男孩〉、〈破布老虎〉、〈草率的愛〉——在這樣

27 Gay Hea，位在麻塞諸塞周瑪莎葡萄園島上的一個小鎮，原名 Aquinna，是美國最美麗的地標之一。

28 此處指 Dixieland，狄克西蘭，一九一七—一九二三美國最早的爵士樂風。

鹹溼的空氣裡聽著這些古老的爵士樂真是令人激動。音樂會五點結束，樂師們大多收拾好樂器，隨著擁擠的人群一起去海泳，然後再回到咖啡館和村子裡。沙灘上有男有女，有孩子們，有音樂，有海草，有野餐盒，這一切讓我想到了比古老傳奇更勝一籌的樂園風光。所以我也跟著其他人去了咖啡館，有一天就在咖啡館裡我認識了洛克威爾爵士和他的夫人，他們邀我參加雞尾酒會。各位或許感到奇怪，為什麼我這麼迫切地要寫這些東西，理由是，我父親以前就是餐館的服務生。

他不是一般服務生，他在一家有舞池的大飯店餐飲部工作。有天晚上他對一個喝醉酒的傢伙發脾氣，把那傢伙的臉塞進一大盤肉卷裡，然後拂袖而去。公會停了他三個月的職，但是就某方面來說，他是一位英雄，等到他回來復職，飯店把他派到宴會廳上班，專門給王公總理們上大菜。他見過的世面可多了，不過我難免懷疑，這世界看到他的機會遠不及他紅色制服外套上的袖子，和他在燭光上露出來的那一小塊溫文儒雅的面孔。那種感覺肯定像是生活在一個被鏡子分隔開來的世界裡。有些時候想到他，我會覺得他很像莎士比亞劇中的那些跑龍套的衛士，老是從左邊上場，站在門口，藉著他們的服飾點出劇中的背景，確認那究竟是威尼斯還是阿爾登。你根本看不到他們的臉，他們從來也沒有任何臺詞；我父親也是，待到餐後演講開始，他們就像舞臺上的龍套立刻消失不見。我跟人家說他在飯店擔任行政方面的業務，但事實上他就是個服務生，宴會廳的服務生。

洛克威爾的酒會很盛大，我十點左右離開。海面吹來一股熱風。後來才聽說那叫做西洛可[29]。那是沙漠的風，悶熱難受，這一夜我下床好幾次，喝礦泉水。近海一艘小船響起了霧號。第二天早上，又起霧又悶熱。我在泡咖啡，阿蘇姐和老小姐開始了她們吵架的早課。阿蘇姐照常滿嘴的「豬！狗！巫婆！爛貨！」那位老小姐文縐縐地回應就從敞開的窗口傳過來：「親愛的。可愛的。

有福的人。謝謝你啊，謝謝你。」我端著咖啡站在門裡，真希望她們把吵架課程延後到其他時間。這場爭吵在老小姐下樓拿酒和麵包的時候暫時停止。不過一會兒又開始了：「巫婆！癩蝦蟆！癩透了的蛤蟆！巫婆裡的巫婆！」等等等等。老小姐回敬的是「寶貝！亮光！家中的寶貝！我生命中的亮光！」等等等等。忽然一陣混亂，兩個人為了麵包扭打成一團。我看見阿蘇妲用手刀猛劈那位老婦。她跌坐在臺階上，不斷呻吟。「啊呦！啊呦！」即便是喊痛也喊得文謅謅的。我跑過中庭，跑到她重重摔倒的位置。阿蘇妲衝著我厲聲尖叫。「不能怪我！不能怪我！」老小姐痛得厲害。「拜託你，先生，」她請求著，「請你幫我找牧師過來！」我攙扶起她。她輕得跟個小孩子似的，身上的衣服有一股臭味。我抱她上樓進入一間天花板極高的房間，房間裡布滿蜘蛛網，我把她放到一張長沙發上。阿蘇妲跟在我後面，繼續尖叫。「不能怪我！」之後我就走下一百二十七階的石梯子，走去村子裡。

霧氣不斷在空氣中流竄，非洲的焚風感覺就像熔爐的通風口。牧師家沒人應門，我在教堂找到了他，他拿著樹枝做的掃帚在掃地。我氣急敗壞，毫無耐性，我愈急，牧師的動作愈慢。首先，他得把掃帚收進櫃子裡。櫃子的門歪掉了，關不起來，為著把門關上他花了不知道多少時間。我最後只好走到外面，在門廊等他。整整過了半個鐘頭他總算收拾停當，接下來，並不是馬上去別墅，而是去村子裡找他的助手。過一會兒，一個穿著髒兮兮黑色道袍的年輕男孩加入了我們，我們三人開始登梯。牧師每走十階就要坐下來歇息，我們爬到一半的時候，我開始懷疑他究竟爬不爬得上去。

29 Sirocco，歐洲南部從利比亞沙漠吹來的夾帶沙塵或雨水的熱風。

他的臉從紅變紫，從他呼吸道裡發出的聲音刺耳又急促。我們總算來到了別墅門口。助理小僧點上香爐。我們走進這個像廢墟的地方。所有的窗戶大開著。空氣中飄著海霧。老小姐痛苦得不得了，但她的語調，可想而知，還是保持一貫的文雅。「她是我的女兒，」她說。「阿蘇姐。她是我的女兒，我的孩子。」

阿蘇姐尖叫。「騙子！騙子！」

「不，不，不。」老小姐說。「你是我的孩子，我唯一的孩子。所以我這一生都愛護著你啊。」阿蘇姐痛哭起來，邊哭邊跺著腳下樓。我從窗口看見她穿過中庭。牧師開始進行最後的一些儀式，我走了出去。

我像守夜似的待在咖啡館裡。教堂在三點敲鐘，稍後別墅中傳來消息，老小姐往生了。咖啡館裡似乎誰也沒想過這個反常的老小姐和那個古怪的女僕之間有什麼親子關係。四點鐘，黑管樂團的演奏又從「破布老虎」開場了。當晚我從別墅搬到國際飯店，第二天早上離開蒙特拉多。

海洋

這篇日記我要保存著，因為我相信自己處在危險之中，更因為我沒有其他辦法記錄我的恐懼。如你所見，我不能向警方報案，也不能跟朋友說。最近我在自尊、理性和善心各方面所承受的失落感是非常明顯的，更為難的是，我還不知道究竟該怪誰。或許我應該怪我自己。容我舉個例子來說吧。昨天晚上六點半，我和我太太蔻拉一起吃晚飯。我們的獨生女兒離家了，這陣子我們倆都在廚房裡擺著金魚缸的餐桌上吃飯。晚餐吃的是冷盤火腿肉、沙拉和馬鈴薯。我才吃上一口沙拉，就趕緊吐了出來。「啊對了，」我太太說。「我就擔心會這樣。你把打火機油放在餐具架上，我誤以為那是醋。」

誠如我說，這該怪誰呢？對於物歸原位這件事我一向很仔細，如果她真心想毒死我，也不至於笨到直接拿打火機油淋在沙拉上吧。要不是我把打火機油忘在餐具架上，這意外就不會發生。不過容我再繼續說兩句。就在進餐的時候，下起了大雷雨。先是天色漆黑。突然間便下起傾盆大雨。等到一吃完飯，蔻拉立刻穿上雨衣，戴上綠色的浴帽，走到外面去給草坪澆水。我在窗口看著她。她似乎對排山倒海的大雨毫無知覺，她仔仔細細地澆著水，在草色焦黃的地方停停走走。我真擔心她會受不了鄰居們的異樣眼光。隔壁的那個女人會打電話告訴拐角的那個女人，說蔻拉．弗萊在傾盆大雨中給草坪澆水。我抱著不希望她成為眾人笑柄的心態走到她身邊，我打著傘，走近她，可我還不知道該怎麼得體地解決這件事。我該說什麼呢？我是不是該說有朋友來電話找她？她根本沒有朋友啊。「進屋裡去吧，親愛的，」我說。「會被雷打到的。」

「啊，我看不至於吧。」她用最美妙悅耳的聲音說。這陣子她說話都是高八度中央C的音色。

「你不能等到這場大雨過去嗎？」我問。

「這雨下不久的。」她甜美地說。「大雷雨從來不會下太久的。」

我打著傘回屋裡，給自己倒了杯酒。她說得很對。一分鐘後大雨停了，她繼續澆水。這兩件意外她確實都很有道理，但這並沒有令我改變我身處險境的感覺。

啊，世界，世界，高深又莫測的世界啊，我的麻煩究竟是起於何時？我這篇東西是在子彈公園自己家裡寫的。時間是上午。那天是星期二。你可能會問這平常日的早上我待在子彈公園做什麼？附近另外還有幾個人：三個教士，兩個病人和透納街上掉了彈珠的那個怪老頭。附近這一帶特別寧靜，這樣一個寧靜安詳的所在可以舒緩性欲的焦慮和緊張。當然，我和那三個教士除外。我是哪個行業的？我在做什麼？我為什麼沒有去搭火車？我今年四十六，身強體壯，衣著考究，在製造和銷售最新一代燃料配的業界，我的本領無人能及。我最大的困擾之一是我的長相太年輕。腰圍三十吋，頭髮漆黑，每當我跟人說我過去一直擔任大內孚萊科技公司（Dynaflex）推銷部門的副總，兼任總裁的特助；每次我在酒吧或火車上，對那些陌生人說的時候，他們從來不相信，因為我看起來實在太年輕。

艾斯塔布魯克先生，大內孚萊的總裁，某種程度上他也是我的守護者，他是一位熱誠的園藝愛好者。一天下午，就在他欣賞園子裡的花朵時，被一隻大黃蜂螫到，還來不及送去醫院就死了。我本來應該接總裁的位子，可是我喜歡待在銷售和製造部門。於是全體董事，當然包括我自己，投票決定與米爾登寧公司合併，推舉米爾登寧公司的老闆，艾瑞克．潘恩布拉接掌大位。其實我對於合併是存有疑慮的，但我沒表現出來，私底下卻做足了應變的準備。取得保守派和那些心不甘情不願的股東的認同是我的職責，我一個一個說服了他們。憑著從離開學校就為大內孚萊效命，從沒換過其他公司的事實，我取得了他們的信任。公司合併幾天之後，潘恩布拉把我叫進他的辦公室。「你都做到了。」他說。

「是的，我做到了。」我說。我以為他在誇獎我取得所有人的認同這件事。我走遍全美國，還去了兩趟歐洲。沒有誰有這份能耐。

「你都做到了。」潘恩布拉口氣粗暴。「你還要多久才會離開這裡？」

「我不明白。」我說。

「你到底還要搞多久才會離開這裡！」他吼。「你過氣啦。我們小店請不起你這種人。我現在問你，你到底還要多久才會離開這裡。」

「大概一個小時吧。」我說。

「好，我讓你過完這個星期。」他說。「如果你想調升你的祕書，我立刻叫她走路。你運氣太好了。你的退休金、遣散費，加上你手上的股份，簡直跟我拿回家的錢差不了多少，而且連手指都不必動一動。」他離開辦公桌走到我站的位置，一手攬著我的肩膀。用力摟我一下。「別難過，」潘恩布拉說。「過氣這件事我們都得面對。我希望那天來臨的時候，我能夠跟你一樣沉著冷靜。」

「當然我希望你能做得到。」我說。我走出了辦公室。

我走進洗手間。把自己關在小隔間裡痛哭。我哭潘恩布拉的奸詐，我哭大內孚萊的命運，我哭我那苦命的祕書——一個聰明的老小姐，她總是利用閒暇的時候寫短篇小說——哭得最兇的是為我自己的天真，為我的缺乏心機，我哭我被現實打得一敗塗地。過了大約半個小時，我擦乾眼淚，洗了把臉。我把辦公室裡凡是我私人的東西全數出清，我搭火車回家，把這個消息報給蔻拉聽。我生氣，當然生氣，她似乎嚇壞了。她開始大哭。她退縮到她的梳妝臺上，這些年來這個梳妝臺已經成了我們婚姻中的哭牆。

「這沒什麼好哭的。」我說。「我的意思是，我們有好多錢。好多好多的錢。我們可以去日本。我們可以去印度。我們可以去看英國的大教堂。」她繼續大哭。晚餐後，我打電話給住在紐約的女兒，芙洛拉。「我很難過，爸。」我把這消息告訴了她，她說。「我非常難過，我知道你的感受，過些時候我會跟你見個面，現在不行。別忘了你的承諾——你答應不會來煩我的喔。」

第二個進入這個場景的是我的岳母，她的名字叫蜜妮。蜜妮是一位七十上下的金髮女人，聲音很難聽，一邊的臉上有四個疤，美容整形留下的。你可以在尼曼瑪庫斯大百貨公司或是某家大飯店的大廳裡看見她，聽見她聒噪的聲音。蜜妮把「時尚」這個詞發揮得淋漓盡致。對於一九三二年她老公自殺的事件，蜜妮的說法是：「從窗口跳下去真夠得上時尚。」她的獨子在中學因為品行不良被學校開除，跑去巴黎跟一個老頭同居，蜜妮說：「我知道這很噁心，可是真夠時尚的。」對於她自己的奇裝異服，她說：「穿起來真的很不舒服，不過看起來實在太時尚了。」蜜妮懶惰又無情，她唯一的女兒蔻拉討厭她到了極點。蔻拉的行事作風跟蜜妮完全背道而馳。蔻拉親切、認真、穩重、和氣。我覺得，蔻拉為了要守護自己的美德，她真心希望如此，逼得她不得不假想她的母親並不是蜜妮，而是一位會針線女紅的高雅女士。人人都知道幻想的說服力和殺傷力有多麼地嚴重。

被潘恩布拉革職之後，我一整天就在屋子裡閒蕩。大內孚萊的辦公室把我關在門外，我才驚覺自己幾乎沒有地方可去。我的俱樂部是大學校友聯誼會，俱樂部中午供應簡餐，那就跟庇護所差不多。我一直很想看一些好書，現在機會來了。我拿了一本喬叟[30]走去花園，看了半頁，這對一個生意人來說確實有點難度。上午其餘的時間我都在挖萵苣，園丁對這玩意最惱火。午餐不知怎地跟蔻拉有些小緊張。午餐後蔻拉睡午覺。我進廚房拿水喝的時候發現女傭也在睡。她的頭搭著餐桌睡得超熟。這一刻屋子裡的寂靜令我有非常怪異的感覺。好在外面的花花世界吸引著我，我打電話到紐約，訂了兩張當天晚上的戲票。蔻拉不太喜歡戲院，不過她還是跟我去了。看完戲我們上瑞吉酒店吃晚餐。我們進到酒店裡，樂隊剛好在演奏最後一隻曲目——喇叭猛吹，旗幟亂飛，咬牙切齒的鼓手發了瘋似的，搆到什麼就敲什麼。蜜妮就在舞池的正中央，扭腰擺臀，蹬著腳，豎著大拇指。她的舞伴是一個氣喘吁吁的舞男，這人拚命轉頭張望，彷彿在等著他的教練來救駕。蜜妮的衣飾特別亮眼，她的臉孔也好像特別狂野，好多人都在笑她。我前面說過，蔻拉已經自我假設了一位端莊穩重的母親，當下見到這樣的蜜妮委實很殘忍。我們隨即轉身離去。開車回家的路上蔻拉一句話也不說。

蜜妮在許多年前想必很美。蔻拉的大眼睛和好看的鼻子的確是遺傳自蜜妮。蜜妮每年來看望我

---

30 Geoffrey Chaucer，一三四〇—一四〇〇，中世紀英國最偉大的詩人和作家。

們兩三次。毫無疑問的，每次她只要說出抵達的時間，我們就鎖上門外出。她惹女兒難堪和難受的能耐驚人，她會使詐，她會來個不速之訪。第二天下午，我在花園努力閱讀亨利．詹姆斯。大約五點，我聽見一輛車子停在家門前。不過一會兒開始下雨了，我走進客廳，看見蜜妮站在窗前。天色很暗，沒人想開燈。「啊，蜜妮，」我招呼，「原來是你，真是驚喜。我給你倒一杯喝的……」我打開檯燈，看見了蔻拉。

她慢慢轉過頭來看著我，意味深長的眼神中盡是疑惑。要不是我知道我傷她太重，我會以為她在微笑；要不是我清楚她現在決堤的情緒有如傷口在噴血，我真的會以為她在微笑。「噢，對不起，真的非常對不起，親愛的。」我說。「我真的非常非常對不起。我太大意了。」她走出了客廳。「因為太暗，」我說。「因為突然一下子光線太暗，就開始下雨了。真是對不起，都是因為天黑又下雨的關係。」我聽見她爬上黑暗的樓梯，關上了我們臥房的門。

第二天早上看見蔻拉，是的，我一直到第二天早上我才又看見她——從她痛苦的表情我看得出來，她一定以為我居心叵測，故意看錯人，把她看成了蜜妮。我想她這次受創之深切就如同潘恩布拉說我過氣時我的感覺。也就在這個時間點，他的聲音變成了高八度，她對我說話——她終於開口跟我說話了。開始改成這種嗲聲嗲氣，像在唱歌似的聲音，臉上帶著責怪又鬱卒的表情。假如我現在忙於工作，下班回來累得半死，那我根本不會注意到這些變化。為了在日常的作息和觀察之間取得一種合理的平衡，我幾乎沒有縮減我正規的活動。我繼續認真看我的書，但是絕大部分的時間我都花在觀察蔻拉的悲傷和亂七八糟的家務事上。我們請了一名每週來四次的鐘點傭人，每次看到她打掃地毯底下的灰塵和在廚房打盹，我就火冒三丈。我雖然什麼也不說，但我們之間的怨氣已經一觸即發。園丁的情況也一樣。我只要坐在陽臺上看書，他就在我椅子底下除草。他整天都在除草，一小時工資四塊錢，其實我憑經驗知道這份工作要不了這麼長的時間。至於蔻拉，她的生活真是空虛又沒朋友。她從來不出去午餐。她從來不打牌。她蒔花弄草，上美容院做頭髮，跟女傭閒聊，然後休息睡覺。漸漸地雞毛蒜皮的小事也能惹毛我，我被自己毫無理由的火氣攪得很煩。蔻拉漫無目的在屋子裡輕盈地走來走去的腳步聲令我生氣。甚至她說話的方式也讓我生氣。「我得想辦法整理一下那些花兒了。」她說。「我得想辦法去買頂帽子。我得想辦法好好去做個頭髮。我得想辦法買一隻黃色的包包。」吃完午飯離開餐桌的時候，她會說：「現在我得想辦法在太陽底下躺一會兒。」幹嘛要那麼多的想辦法？太陽光從天空自然的照到陽臺上，陽臺上放了很多雜七雜八的露天桌椅，幾分鐘後，她躺平在長椅上睡著了。午覺醒來她會說：「我得想辦法別讓自己曬傷了。」進了屋子她又會說：「現在我可要想辦法去洗一個澡了。」

有一天下午我開車到車站去看六點三十二分的火車進站。它是我以前回家必坐的一班列車。我把車子停在一長排的車陣裡，開車的多半是家庭主婦。我感到非常興奮。我沒在等人，我周圍的女人都在等她們的老公，但對我來說，我們都是在等待。感覺上，戲臺都搭好了。彼得和哈利，兩個司機，站在各自的車子邊上。跟他們一起的是布魯斯登家的萬能㹴，在那裡晃來晃去。站長溫特斯先生在和住在車站附近的郵局局長露意莎巴康聊天。還有一些像是專門來撐場面的隨車服務員，搬運工之類的閒雜人等。我不時看看手錶。火車進站了，一會兒的工夫，車站的進出口起了驚天的騷動，人性的爆發，像極了從海上歸來的水手，那樣急切，那樣多情，連我也快活得笑了出來。所有的人，高的矮的，有錢的沒錢的，聖明的愚笨的，不管是我的朋友還是仇家，大家都朝著門口挺進，腳步是那麼地輕快，我頓時明白我應該加入他們才對。我應該繼續工作。這個決定令我感到既愉快又坦蕩，回到家之後，我的好心情在那一刻似乎也產生了感染力。這些天已來，蔻拉頭一次用正常，飽滿而溫暖的聲音說話，不料我一回應，她立刻又唱起高音：「我剛才在對金魚說話。」確實沒錯。她收斂起美麗的笑容，原來她的目標是那隻金魚缸，我不知道她除了那隻玻璃球體和這座可笑的城堡之外，是不是已然脫離了整個紅塵俗世。看著她充滿愛意的俯身在金魚缸上，我有一種奇特的感覺，她藉著魚缸看到了另一個世界。

早上我去了紐約，打電話給以前公司裡最器重我的一位朋友。他叫我將近中午的時候到他辦公室，我猜這意思就是一起午餐吧。「我想回來上班。」我跟他說。「我希望你幫忙。」

「這個，沒那麼簡單。」他說。「事情不像你想的那麼簡單。第一，你不能再以同情心作為出發點。業界人人都知道潘恩布拉對你多麼慷慨。我們大部分都很樂意交換位置。我的意思是，忌妒的人多得是。一般人都不喜歡去幫一個位子高過他們，過得比他們舒服的人。其次一點，是潘恩布拉要你退休的。我不知道究竟為了什麼，可我知道這是事實，任何人跟你扯上關係，在米爾登寧就麻煩大了。再有，說一句最不中聽的實話，你他媽真的太老了。我們的的總經理今年二十七。我們最大的競爭對手，有個老董今年才三十出頭。所以你何不享享清福？何不放輕鬆點？去環遊世界不是很好嗎？」接下來我問他，非常謙卑地請問他，如果我投資他的公司，比方說五萬塊錢，他是否可以給我一個主管的職位。他笑得開懷。感覺上這事情好辦了。「你的五萬塊錢我很樂意收下。」他輕鬆地說，「不過要想幫你找個位子，我恐怕……」這時他的祕書進來說他要趕不及吃午餐了。

我站在街角，看著是在等紅綠燈的樣子，其實我只是等待而已。我太震驚了，我無法置信。眼前我只想做一塊看板，上面逐一列出我的冤屈。我要在看板上寫潘恩布拉的不厚道，蔻拉的悲傷，女傭和園丁對我的羞辱，更殘忍的是，因為時勢所趨，因為年輕又沒有經驗的生手當道，我就此被踢了出去。我要把這塊看板扛在肩膀上，在公共圖書館前面來回地走，一直走到五點，碰到有興趣的人我再跟他們詳細解說。我要投下一場雪暴、颶風、響雷，我要讓它成為一個大事件。

我走進街邊一家餐館喝點酒吃個午餐。這種小餐館都是寂寞的人進來吃海鮮、看晚報的地方。儘管有彩色燈光和悠悠的音樂，這裡的氣氛卻明顯的不搭調。外場領班是羅馬來的，很精神的一個人。一雙外八字腳，啪答啪答地拖著一雙義大利皮鞋，拱著肩膀，好像那套制服外套綁得太緊似。他對著酒保厲聲吆喝，那酒保隨後很小聲地對一名服務生說：「我要殺了他！總有一天我要殺了他！」「我跟你，」那服務生也小聲的回，「我們一起把他殺了。」接著那管衣帽的小妞也加入了對話。她要殺的是經理。領班回來了，密謀的同黨立刻鳥獸散，只是那氣氛中還有著謀反的味道。我喝了杯雞尾酒，點了一份沙拉，無意中聽見隔壁座位上有個男人很激動的說話聲。我這會兒除了偷聽，沒別的事可幹。「我去了明尼阿波利斯。」他說。「我必須得去明尼阿波利斯一趟，我一住進飯店，電話就響了。她打電話只為了告訴我家裡的熱水器壞了。我人在明尼阿波利斯，她人在長島，她居然打長途電話只為了說熱水器壞了。我問她為什麼不打給水電工，她就哭起來了。就因為我說她應該打給水電工，她在長途電話裡哭了將近十五分鐘。好，不管怎麼說，明尼阿波利斯有非常棒的珠寶店，我給她買了一副耳環。藍寶石的。八百塊錢。其實我負擔不起這類東西，可是我更不能不買禮物給她。我的意思是，我十分鐘可以賺到八百塊，稅務律師說得好，我花費的千萬別超出我能賺到的三分之一，所以一副八百塊錢的耳環等於花了我兩千多塊的收入。反正，耳環也買了，我回到家把耳環給了她之後，我們就到巴恩史特伯家參加晚宴。回到家，她發現掉了一隻耳環。她不知道什麼時候弄丟的。她不在乎。她甚至連打個電話給巴恩史特伯他們，問一聲有沒有掉在他們家地板上都不肯。她不想打擾他們。於是我說，這簡直就像把鈔票扔進火裡，她又開始大哭，她說藍寶石是冰冷的石頭，也等於反映了我內心對她的冰冷。她說這個禮物裡面沒有半點愛，那根本不是一件愛的禮物。我只要一腳跨進珠寶店就能買到了，她說。這副耳環完全不費半點心思和愛心。於是我問她，是不是希望我為她打造一副耳環，是不是要我上夜校去補習怎麼打造那些廉價的銀質手鐲？用小榔頭敲打。你知道的。每一記敲打都代表了深情款款的愛意。她要的是不是這個，我的老天爺？再就是那天晚上，我睡在客房裡……」

我邊吃邊聽。我等著這個陌生人的同伴也加入談話的陣容，稍微表示一下同情或是贊同，可是沒有，一時間我不禁懷疑他不會是一個人在自言自語吧。我伸長脖子偏向卡座的邊緣，可惜他太靠角落，我看不見。「她身上有的是錢，」他繼續。「稅錢都是我在繳，她把錢全花在衣服上。她有上千套的衣服和鞋子，三件皮草大衣，四頂假髮。四頂啊。我要是買了套西裝，她就說我太浪費。我偶爾總得添一些衣物。我的意思是，我總不能像個流浪漢似的上班吧。不管我買什麼，那都叫浪費。去年，我買了把傘，免得下雨淋溼。浪費。前年，我買了件休閒外套。浪費。我甚至連一張唱片都不能買，因為我知道這放費的結果有得我好受的。按我的薪水——想想看，是我的薪水哦，我們居然只有星期天的早餐才能吃到培根。培根也是浪費。可是你真該看看她的電話費。她有一個朋友，大學的室友。我猜她們非常要好。她住在羅馬。我不喜歡她。她嫁了一個很棒的老公，他是我的好朋友，她把他整慘了。她把他徹底給毀了。他成了廢人。現在她住在羅馬，我老婆薇拉繼續不斷給她打電話。上個月我的電話費，打到羅馬的電話費超過八百塊美金。於是我說，『薇拉，』我說，『如果你那麼愛跟你的閨密講電話，何不坐飛機飛到羅馬去呢？那便宜多了。』『我不要去羅馬，』她說。『我討厭羅馬。又吵又髒。』

「可是你知道吧，每當我想起我的過去，想起她的過去，我覺得冰凍三尺非一日之寒啊。我的外婆是一位非常前衛的女人，對於衛護女權非常強悍。我母親三十二歲念法律，取得了學位。她從來沒開業。她說她之所以上法律學校，是為了可以和父親平起平坐，其實她真正想做的是毀滅，真真切切地毀滅掉他們兩人之間所剩無幾的一點情意。她幾乎從來不待在家裡，偶爾在家，也總是在研究她的試題。永遠都是『噓！你媽媽在用功……』我父親是個很寂寞的男人，可是周圍寂寞的男人太多了。他們不說出來罷了。誰會說實話？你在街上碰見一個老朋友。他氣色壞到不行。那叫做驚嚇。他灰頭土臉，還全身抖動。這時候你會說：『查理，查理，你氣色真好啊。』他會抖著說：『我這輩子從來沒這麼好過，真的。』然後你走你的，他走他的。

「我明白薇拉也有她的難處，她過的也不容易，可是我能怎麼辦呢？說實話，有時候我還真怕她會傷害我，趁我睡著的時候朝我的腦袋一鐵鎚。不見得是針對我，而是因為我是個男人。有時候我認為今日的女人在世界史上是最最悲慘的生物。我的意思是，她們剛好處在大海的中央。舉個例子來說，我逮到她和彼得．巴恩史特伯在餐具室裡摟摟抱抱。就是她搞丟耳環的那天晚上，就是我從明尼阿波利斯回來的那天晚上。後來我回到家，發現她一隻耳環掉了。我說這是怎麼回事，你跟彼得．巴恩史特伯摟摟抱抱是怎麼一回事？她這麼說了，非常放肆地說了，沒有哪個女人希望自己一輩子只受一個男人關注。那我就說了，那我呢，那我是不是也比照辦理？我的意思是，如果她可以跟彼得．巴恩史特伯摟摟抱抱，那我是不是也可以跟進，把蜜兒佳．蘭尼帶去停車場呢？她回我說我老是把她說的話看得一文不值。她說我的心思這麼骯髒，她根本沒辦法跟我說話。就在我發現她掉了一隻耳環之後，就在我們為了藍寶石是那麼一塊冰冷的石頭起爭執之後，就在那之後……」

他的聲音愈來愈低，低得成了耳語，在這同時我另一邊的卡座上幾個女人七嘴八舌的在大肆攻擊一個她們共同的朋友。我真的非常想看一看我後面的那個男人，我叫服務生過來買單，可惜我離開座位的時候，他已經走了，我永遠沒法知道他的長相。

我回到家，把車停進車庫，由廚房門走進屋內。蔻拉在餐桌邊上，俯身對著一碟子肉餅。她一隻手上握著一罐殺蟲劑。我因近視嚴重，看得不十分清楚，我覺得她在對著那碟子肉餅灑殺蟲劑。我進來的時候她嚇了一跳，等我戴上眼鏡，她已經把殺蟲劑放到桌上。我以前就曾經因為視力太差，出過問題，不想再犯第二次錯誤，不過那罐殺蟲劑擺在碟子旁邊，那不是殺蟲劑應該放的位子。那殺蟲劑裡面有高濃度的神經毒素。「你這是在幹什麼？」我問。

「你以為我在幹什麼？」她問，仍舊用她高八度的聲調。

「看起來好像你要把殺蟲劑倒進肉餅裡的樣子。」我說。

「我知道你不大看得起我的智能，」她說，「不過請你至少尊重我也是有腦子的。」

「可是你拿殺蟲劑做什麼？」我問。

「我在給玫瑰花除蟲。」她說。

我被打敗了，被打敗而且驚嚇。我相信那些肉加了分量很重的殺蟲劑是會致命的。有可能我吃了那些肉就死了。最令我意想不到的一個事實是，二十五年的婚姻，我真沒想過蔻拉是不是存有謀殺我的心思。一個快遞或是一個清潔工或許有這可能，但沒料到會是蔻拉。風向再盛也吹不散我們之間的硝煙。我調了一杯馬丁尼走進客廳。既來之則安之，眼前沒有危險，就算有我也逃不掉。我大可以去鄉村俱樂部吃晚餐。回想起來，當時我遲疑著不這麼做的原因，主要是因為我站在這間有著藍色牆壁的房間裡。這個房間太帥了，從長長的窗戶望出去，是草坪，樹林，天空。這個房間的整齊，井然有序，似乎也讓我自己的行為檢點起來——彷彿是我如果擅自離開了餐桌，就形同冒犯了井然有序的一切。如果我去俱樂部吃晚餐，那就是對我內心的懷疑讓步，就是損毀我的希望，而我決意要保持希望。這個藍色牆壁的房間似乎跟我冒然開車去俱樂部，獨自一人在酒吧吃牛排三明治這件事有極大的關聯。

晚餐我吃了一個肉餅。有一股很奇怪的味道，只是這時候我已經不能分辨究竟是我的疑慮還是事實。那天晚上我特別不舒服，也有可能是我的幻想。因為消化不良我在洗手間待了一個小時。蔻拉好像睡得很熟，只是我從洗手間出來的時候確實看到她的眼睛睜開著。我很不放心，第二天早上我自己做早餐。午餐是女傭做的，我懷疑她也會給我下毒。我在花園繼續看我的亨利．詹姆斯，等到晚餐時間接近的時候，我發現我又開始害怕。我進餐具間調了一杯酒。蔻拉去準備晚餐，在屋子另外一邊。廚房有一個放清潔用具的小房間，我走進去，關上門。就在這時我聽見蔻拉的腳步聲，她回來了。我們把玫瑰花用的殺蟲劑放在廚房的櫃子裡。我聽見她打開那隻櫃子。然後她又走了出去，去花園，我聽見她在噴那些玫瑰花。過一會她回進廚房，並沒有把殺蟲劑放回櫃子。我從鑰匙孔看到的視野有限。她在調理那些肉的時候背對著我，我不知道她放的究竟是鹽是胡椒還是神經毒劑。過一會她又走去花園，我從清潔用具間出來。殺蟲劑不在桌上。我走進客廳，上晚餐的時候我從客廳進入餐廳。「挺熱的。」我一面坐下一面說。

「嗯，」蔻拉說，「能不熱嗎？要是我們躲在清潔用具間裡？」

我用力巴著椅子，吃著我的飯菜，東拉西扯的吃完了這頓飯。晚餐後我走到花園。我迫切需要幫助，我想到了我的女兒。容我稍微解釋一下，我女兒芙洛拉在佛羅倫斯的含羞草莊苑結業後，上史密斯學院讀不到一年就跟一個傢伙在下東區的廉價公寓同居了。我每個月寄給她生活費，並且保證不會去騷擾她，但是，衡量我目前的危險處境，我覺得有必要破壞這個口頭約定。我想只要我能見到她，就有辦法說服她回家來住。我打電話給她說我必須跟她見個面。她倒是很友善，邀請我過去喝茶。

第二天我在市區吃完午餐，在俱樂部度過一個下午，玩牌喝威士忌。芙洛拉把位置方向清楚的告訴了我，這是我不曉得隔了多少年來的第一次搭地鐵進鬧區。一切都非常地陌生。我經常想著要去看看我的獨生女兒和她那位真愛，現在終於我踏上了這段夢寐已久的旅程。在我的想像中，這次會面應該是在某個俱樂部裡。他應該是有不錯的家世。芙洛拉應該很幸福；她應該像個初戀的小女孩般容光煥發。那男孩應該很穩重，不過也不必太過分；聰明，帥氣，有一種卓越出眾的氣勢。我知道自己在做白日夢，想太多了，如果他們真的很不長進，那不管怎麼說，我也有權進規勸之責——場景從俱樂部換成了都市裡最糟最差的貧民窟，那傢伙也從熱血青年換成了落腮鬍。我有好些朋友的女兒都嫁給門當戶對的年輕人。在擁擠的地鐵上妒忌心嚴重地打擊著我，我滿腔怒氣。為什麼獨獨是我要遭此不幸？我愛我的女兒。我感覺到這份愛的力量純淨、強烈、自然。突然的，我想大哭。為她開了所有的門，她不但看過最美的風景，更喜歡與那些才華洋溢的人為伍，我是這麼以為的。

我走出地鐵，天下著雨。我照著她的指示穿過貧民窟來到一棟廉價公寓。我推測這棟建築的屋齡大約在八十年左右。有兩根拋過光的大理石柱子支撐著一道羅馬式的拱門。這公寓居然還有個名字，叫做伊甸園。我看見拿著火焰劍的天使，裸體的男女，彎著腰，兩手遮著他們的私處。難道是馬薩喬[31]的〈逐出伊甸園〉？這讓我想起了我們去佛羅倫斯看她的時候。因此我就像復仇天使進入了伊甸園，我走到羅馬式的拱門底下，發現有一條窄得就像潛水艇出入口似的走廊，我的意志向來堅強，但是在這個情況下真是沮喪得可以，大廳的燈光簡陋薄弱。在我夢中最常出現的就是樓梯，我現在踏上去的樓梯卻有一種很不踏實的感覺。我聽見有人在說西班牙語，我聽見廁所沖水的聲音，音樂聲，和狗吠聲。

我氣呼呼地走著，也或許是受我剛才在俱樂部喝酒的影響，我一次跨三、四階的往上爬，然後我發現自己喘不過氣了，只好勉為其難暫停下來，調勻呼吸。過了有好幾分鐘吧，我才能繼續往上爬，很慢很慢地爬完全程。芙洛拉在門上用大頭針釘了一張她的名片。我敲敲門。「嗨，爸。」她輕快地說，我親了親她的額頭。啊，感覺真好，又清新又強壯。回憶瞬間爆了開來，所有那些我們曾經共享的歡樂時光都回來了。門口直通廚房，之外還有一個房間。「來認識一下彼得吧。」她說。

31 Masaccio，十五世紀義大利文藝復興時期偉大的畫家。

「嗨。」彼得說。

「你好。」我說。

「你看看這個。」芙洛拉說。「是不是很神?我們剛剛完成的。這全是彼得的構想。」

他們完成了什麼,原來是從醫療用品店買來的一具骷髏人體,他們在骷髏的骨架上這裡那裡的貼滿了許多蝴蝶。我憑小時候的記憶認出其中一些標本,我還記得在當時根本買不起這些標本。肩胛骨上的那隻叫做阿斯塔迪(Catagramme Astarte),在一個眼窩裡的是薩非拉(Sapphira),在恥骨邊上的是一大群阿皮亞小黃蝶(Appia Zarinda)。「太棒了,」我說,「太棒了。」我用力隱忍我的厭惡感。相較於那麼多有益於人生的工作,這兩個成年人卻在一具陌生的骷髏骨架上黏貼這許多昂貴的蝴蝶,這令我大動肝火。我坐在帆布椅上笑笑的看著芙洛拉。「你都好嗎,寶貝?」

「噢,我很好,爸。」她說。「很不錯。」

我努力不去批評她的衣著和頭髮。她穿得一身黑,頭髮筆直。這種服飾裝扮的目的我姑且不談。整個就是不得體。不合乎常理啊。她似乎只顧及自己的感受;這種裝扮很像是在弔唁或者修行,那是對於絲綢一種冷漠的宣言,我一直很欣賞穿著絲綢的女人;她鄙視華服的理由是什麼呢?他的穿著更是莫名其妙。是義大利風格嗎?我真的不懂。一雙女性化的鞋,超短的夾克,他看起來不像是義大利柯爾索大道上的男孩,倒像是十九世紀倫敦街頭的遊民。除了那一頭頭髮。他有鬍子,八字鬍,那一頭長長的黑色鬈髮使我想起那些三流的基督受難劇裡跑龍套的使徒角色。他的臉並不女性化,但特別精緻,在我看來就是一副不牢靠的長相。

「要不要喝咖啡,爸?」芙洛拉問。

「不用，謝謝你，寶貝。」我說。「有沒有什麼酒類？」

「我們沒有。」她說。

「可不可以麻煩彼得出去替我買一點？」我問。

「好吧。」彼得口氣不太高興，我告訴自己他應該不是故意這麼沒禮貌。我給他十塊錢，請他幫我買一瓶波本威士忌。

「他們好像沒有波本。」他說。

「那就，蘇格蘭也行。」我說。

「附近這一帶大都喝葡萄酒。」彼得說。

這下我明明白白地瞪了他溫柔的一眼，心裡想著我要把他殺了。就我所知，現今世上仍舊還可以雇到殺手，我要出錢找人朝他背後捅一刀，或是把他從屋頂推下來。我笑得很開朗，準備殺人的笑容，那孩子鑽進一件綠色的外套──又是一幕可笑的演出──然後走了出去。

「你不喜歡他？」芙洛拉問。

「我瞧不起他。」我說。

「爸，你根本不認識他。」芙洛拉說。

「寶貝啊，我要是再多認識他一點，我就要擰斷他的脖子了。」

「他非常善良非常敏感──非常慷慨。」

「我看得出他非常敏感。」我說。

「他是我見過最善良的人。」芙洛拉說。

「聽你這麼說我很高興，」我說，「我們還是來談談你，好嗎？我不是為了談彼得來的。」

「我們在一起生活啊，爸。」

「我都聽說了。只是我今天來，芙洛拉，是為了問問你——以後的打算等等。不管你的規劃是什麼，我都不會否定。我只想了解一下。你不能這輩子都花在替骷髏貼蝴蝶上頭。我想知道的就是你對以後的人生做什麼樣的打算。」

「我不知道，爸。」她揚起臉。「我這個年齡的人都不知道。」

「我不管你們這一代人的想法。我只是在問你。我只問你對你的人生是怎麼個打算。我只問你有什麼想法，有什麼夢想，對自己有什麼展望。」

「我不知道，爸。我這個年齡的人沒有誰知道。」

「我希望你把你們這一代人這句話去掉。跟你同年齡的女孩我至少認識五十個，她們都清楚知道自己要做什麼。她們要做歷史學家、編輯、醫生、家庭主婦、母親。她們都知道要做有用有益的事。」

彼得帶了一瓶波本威士忌回來，但沒有把找的錢帶回來。我不知道，這是貪小便宜呢，還是心不在焉？我什麼也沒說。芙洛拉拿了杯子和水給我，我問他們要不要跟我一起喝一杯。

「我們不大喝酒。」彼得說。

「好，這話我愛聽。」我說。「剛才你出去的這段時間，我和芙洛拉談起她以後的規劃。結果，我發現她沒有任何規劃，既然這樣，我打算帶她跟我回子彈公園，等她的想法比較明確以後再說。」

「我要和彼得待在這裡。」芙洛拉說。

「萬一彼得要離開呢？」我問。「萬一彼得有了好機會，譬如要出國一年半個月之類的——你怎麼辦？」

「噢，爸。」她問，「你不是說真的吧，不會吧？」

「噢我是說真的，我當然說真的，」我說。「我不惜用盡一切辦法也要教你清醒過來。你願意出國嗎，彼得？」

「我不知道，」他說。也看不出他臉上有一亮的感覺，倒是他的腦袋好像突然開竅了。「我很想去東柏林。」他說。

「為什麼？」

「我想去東柏林，把我的美國護照給一個特別有創意的人。」他說，「譬如作家或是音樂人，讓他們投奔自由世界。」

「幹嘛，」我問，「你不會是想要在屁股上塗上和平兩個字，然後從十二層樓跳下來吧？」

這是個錯誤，一場災難，一場混亂，我又灌了一些波本威士忌。「對不起，」我說。「我累了。總而言之，我的承諾還在。只要你想去歐洲，彼得，我樂意負擔一切費用。」

「喔，我不知道。」彼得說。「我已經。我是說，我已經看得太多了。」

「好，你記著就好。」我說。「至於你，芙洛拉，我要你跟我回去。回去一、兩個星期也行。我只有這個要求。再過十年，你就會氣我當時為什麼不把你從這個亂七八糟的困境裡面拉拔出來。再過十年，你就會問我：『爸爸啊爸爸，你當時為什麼不訓我，說我不該把一生中最好的時光浪費在貧民窟裡？』我不忍心十年後你帶著這樣的想法來找我，責怪我當時沒有逼你接受我的忠告。」

「我不要回家。」

「你不能待在這裡。」

「只要我喜歡就可以。」

「我要停了你的生活費。」

「我可以找工作。」

「什麼樣的工作？你不會打字，你不會速記，你對生意經一竅不通，你甚至連當電話接線生都不會。」

「我可以找一份檔案管理員的工作。」

「我的天哪！」我吼了起來。「我的天哪！上了這麼多航海課和滑雪課，參加了這麼多社交舞會，經過這麼年在佛羅倫斯和海上的暑期活動之後，到頭來你真正想要的只是做一個行政部門低階的檔案管理小職員？檔案管理處的那些小姐最主要且最大的快樂就是，一年有一、兩次的機會跟其他那些檔案管理的小姐們去一家四流的中國餐館，喝上兩杯曼哈頓甜酒。」

我倒在椅子上，繼續灌我的威士忌。我心痛啊，就好像這個器官已經被虐待成了殘廢。徹骨的痛，我想我要死了，但不是現在，不是在這張帆布椅子上，而是幾天後，或許在子彈公園裡，或許在某一張舒服的病床上。這個想法對我不是驚嚇；反而是一種安慰。我要死了，那我所擔心的那些緊張終於可以消除了，我唯一的，獨生女兒終於可以繼續她選擇的生活了。我突然從人生的舞臺上消失一定會令她懷著哀傷和不安清醒過來。我的死會讓她成熟長大。她會再回史密斯學院念書、參加合唱團、主編報紙，結交和她同階層的女孩，嫁給一個有腦子有遠見的，而且是，戴著一副眼鏡的年輕人，然後生下三、四個健健康康的小孩。她一定會難過的。突如其來的哀傷會叫她明白，跟一個遊民住在貧民窟裡是多麼的不值。

「回去吧，爸。」她說。她哭著說。「回去吧，爸，別來煩我們！請你回去吧，爸！」

「我一直努力想要了解你，」我說。「以前你在子彈公園總是在唱盤上一次放四、五張唱片，等到音樂一開始，你反而走出去了。我始終不了解你為什麼這樣，有一天晚上我走到屋子外面想說能不能找到你，我走在草坪上，音樂從敞開的窗子傳出來，這下我懂了。我的意思是，我認為你放上唱片，人走出去的理由是，因為你喜歡聽從窗子傳出來的音樂聲。我的意思是，我認為你喜歡散步之後回到有音樂聲的房子裡。我猜對了，對吧？我很懂吧？」

「回去吧，爸。」她說。「請你回去吧。」

「我其實並非只衝著你而來的，芙洛拉。」我說。「我需要你。我非常非常的需要你。」

「回去吧，爸。」她說，我就走了。

我在城裡吃了晚餐，回到家十點左右。我聽見蔻拉在樓上洗澡，我就在廚房外面的澡間淋浴。我上樓，蔻拉坐在梳妝臺前梳頭。啊，我忘了提到蔻拉的美麗，也忘了說我很愛她。她有灰金色的頭髮，黑色的眉毛，豐滿的嘴唇，眼睛特大，滴溜溜的很迷人，我有時候在想，她會不會把眼睛摘下來，夾在書頁當中；把它們擱在桌上。她的眼白是淺藍色，藍色本身就是異常的深邃。她很優雅，不是很高。她抽菸，一輩子不改的習慣，不過她抽起菸來有一種很撫媚的笨拙感，就彷彿這個根深柢固的習慣是剛剛才開始。她的手臂、腿、胸，無一不美，每一樣的比例都十分的勻稱。我愛她、疼她，我知道這分愛說不出什麼道理。我在一次鄉村婚宴上第一次看到她時，並沒有預期會愛上她。蔻拉是伴娘之一。婚禮在花園舉行。穿著燕尾服的五人弦樂團半隱在杜鵑花叢裡。聽得見山坡上，服務人員在帳篷裡忙著拿大桶子冰鎮葡萄酒。她是第二個到場的，穿著一件專為婚禮設計的奇裝異服，彷彿神聖的婚禮在禁奢史上已經爭取到了某種獨特而神祕的地位。我記得她的禮服是藍色的，上面掛了一些東西，灰金色的頭髮上帶了一頂完全沒有裝飾的寬邊帽。她蹬著高跟鞋一腳高一腳低的走過草坪，靦腆地盯著一束藍色的捧花，走到了定點，她抬起臉，靦腆地對賓客們笑著，這是我第一次看見她的眼睛，好大好深；也是我第一次覺得她也許會把這對眼睛摘下來塞在口袋裡。「她是誰？」我大聲問。「她是誰？」「噓——」有人說話了。我被迷住了。我的心我的靈魂都在跳躍。後來婚禮究竟在幹嘛完全不在我眼裡，儀式一結束，我衝上草坪，向她自我介紹。一年以後她答應嫁給我，在那以前任何事都不能叫我滿足開心。

現在，我看著她梳著頭髮，我的心我的靈魂又跳躍了起來。幾天前，我以為她躲進了金魚缸的水中。我還懷疑過她企圖謀殺親夫。我怎麼能全心全意地，熱情地去摟抱一個我高度懷疑的兇手呢？我是不是在擁抱絕望，這是不是淫穢的肉欲，會不會多年前我在那場婚禮中看到的壓根不是美麗，而是她那雙大眼睛裡的殘忍無情？在我的幻想中，我把她塑造成一條金魚，一個女殺手，而現在，當我擁她入懷，她又成了天鵝、階梯、噴泉，一望無垠，毫無保留的天堂樂園。

我三點醒來，覺得萬分悲傷，卻萬分的不想去探究，悲哀、瘋狂、感傷與絕望。我只想探究勝利的喜悅，愛情的重現，我只想探究一個美好的，燦爛的，清朗的世界。「愛」這個字眼，這股衝動，在我胸口的某個地方湧現。我心中的愛向四面八方流竄，豐沛得就像大海——愛蔻拉，愛芙洛拉，愛我的朋友我的鄰居，愛潘恩布拉。這個巨大的力量不可能只侷限於這一個字，我似乎緊握著一支麥克筆，我在牆上寫下「love」。我在樓梯上寫下「love」，在餐具間寫下「love」，在烤箱，在洗衣機，在咖啡壺上都寫下「love」，明天早上蔻拉下樓來（我不在場），只要她看得到的地方，全都看得到「love」、「love」、「love」。爾後我會看到一片青青草原，一條波光粼粼的溪流。在山脊上只要看得見有茅草屋頂的村舍和方方正正的教堂塔樓，我就知道那肯定是英格蘭。我從草原往上爬，爬到村子裡的街道，找尋蔻拉和芙洛拉在等著我回去的小屋。但好像哪裡有點不對啊。那裡沒有人知道她們的名字。我去郵局問，答案也是一樣。我忽然想起，她們應該在領主的莊園裡。我怎麼那麼蠢啊！我離開村子，走上有草坪的斜坡，走到一座喬治時代建築風格的大莊院，一名管家延我進屋。僕役很客氣。大廳裡有二十五到三十個左右的客人，大家在喝著雪莉酒。我從托盤上端起一杯，在人群中找尋芙洛拉和我的太太，可是她們不在。我謝過主人，走下寬廣的草坪，回到草原和溪流，我躺在青草地上，進入甜甜的夢鄉。

小城丈夫

幾年前義大利有一首流行歌曲叫做〈Marito In Citta〉（小城丈夫）」這歌的曲調簡單易唱，就像小曲似的。歌詞是這樣的：「la moglie ce ne va, marito poverino, solo in cittadina（老婆離開了，可憐的丈夫，在小城中孤單一人）」歌詞用輕鬆逗趣的方式敘述一個男人獨處的困境，這種方式似乎成了傳統，彷彿男人落單基本上是一種好笑的情境，就像被鱒魚的釣線給纏住的情況。艾斯塔布魯克先生帶著太太在歐洲旅行（十四天，十個城市）的時候聽到這首歌，他回憶中某些特別的枝節令他忘不了這首歌的詞曲。他確實沒忘掉，儘管那歌詞跟他對於孤單的看法頗有出入，他就是沒辦法忘掉。

在太太和四個孩子上山去渡假的那一刻，場景特別迷人，自有一種神聖的氛圍，很像舊雜誌封面上那種單純簡樸的畫面。這畫面不難想像——夏天的早晨、休旅車、行李袋、眼睛發亮的孩子們，為收費站準備的零錢筒，就這些畫面能夠看出整個季節的變化，同時也是這星球史上的另一個行星環。他跟兒子握手，跟太太和女兒親吻，抱著此刻即是永恆的心情看著他們的車駛出了車道，如果叫他大膽發表現在的感受，他的結論就是神蹟啊，太棒了。不管是羅馬、巴黎、倫敦、紐約，女人和孩子們上山下海去了。這一天不是假日，是平常的上班日，所以，他把狗兒，蹦蹦，鎖進廚房，然後開車去車站，一路唱著：「marito in citta, la moglie ce ne va（小城丈夫啊，老婆離開了）」哩哩哩，啦啦啦。

當然，任何人都知道那會是個怎麼樣的情況；比起那首逗趣的歌詞可能還有過之，但是艾斯塔布魯克先生的意念卻是誠摯的、清新的、值得觀察的。他對宗教界的孤獨文學非常熟悉，他打算好好利用這幾個獨處的星期。他可以把望遠鏡擦乾淨，觀察星星。他可以閱讀。他可以好好地練習巴哈的變奏曲第二樂章。他可以像一個為了追求清明，為了深入的尋找並發現自我的放逐者那樣，更透徹地認識自己。他要好好觀察鳥類的遷徙，花園裡的變化，天空中的雲朵。他的自我映像清晰可見，他的觀察力將會因為這次獨處的機會大大地提升。第一天晚上回到家，他發現蹦蹦已經出了廚房，睡在客廳的沙發上，沙發上沾得全是泥巴和狗毛。蹦蹦是一隻雜種狗，四個孩子的寵物。艾斯塔布魯克先生翻起沙發墊，罵了他幾句。他面對的第二個問題是孤獨文學中極少碰觸到的，就是基本食欲的問題。這下連他也不免想到那幾句逗趣好笑的歌詞了：「O, marito in citta（啊，小城丈夫啊）」。他想像得到自己穿著乾淨的棉布褲子，在暮色中，在花園裡架起他的望遠鏡，想像不到會有誰來餵飽他這身沉著冷靜的皮囊。

他煎了幾顆蛋，很難吃。他仔細調了一杯老式雞尾酒，把它喝了，再回去吃蛋，還是難吃。他又喝了一杯雞尾酒，再換個方向去試吃，還是噁心。他乾脆把煎蛋全部給了蹦蹦，然後開車上省道邊上的一家餐館。他走進去的時候，店裡的音樂聲大得就像在遊行，一名女服務生站在椅子上，正忙著在掛窗簾。「我一會兒就來，」她說。「隨便坐。」他就在四十個空桌位當中選了一個位子。對於眼前的處境他的感覺並非失望，而是習慣了邊上總是圍繞著一大堆男人、女人和孩子，現在理所當然的，他的感覺不是孤獨而是孤單。就他眼前身心兩方面的不良狀況來說，何止於孤單兩個字而已。他孤單，而且痛苦。食物不只是難吃，而是難吃到了不可思議的地步。記憶中從來沒有這麼難吃的東西。他一口也吃不下。他翻著那塊咬不動的黑胡椒牛排，另外點了一份冰淇淋，算是替那女服務生稍微留點面子。這裡的食物令他想起那些倒楣的，或許也是自作自受的傢伙，必須得獨自一個人生活，每天晚上就只能吃這些難吃的東西。這真是可怕，他去看了場電影。

漫長的夏日黃昏，天光依舊柔亮。許願星高掛在巨幅的螢幕上，帶著某種不祥的氣勢微微地傾向看電影的觀眾。星星隨著黯淡的光線漸漸消失，卡通式的人物和動物在大螢幕上互相追逐，又跳又唱，嬉鬧搞笑。吹捧誇張的演員介紹在昏黃暮色中繼續著，然後，夜色降臨了，蠢到離譜的劇情開場了。他餓，他煩，他孤單，他怒火中燒，他為負責編寫這個劇本的人感到悲哀，也為拿了錢不得不賣力演出，背誦這些粗俗臺詞的演員感到悲哀。他幾乎可以看見他們日後在比佛利山莊垂頭喪氣跨出敞篷車的樣子。十五分鐘是他忍耐的極限，他回家。

蹦蹦從變了樣的沙發轉換到椅子上，絲質的椅套又已經沾滿了狗毛和泥巴。「壞蹦蹦。」艾斯塔布魯克先生說著，為了拯救家具，他設法做了一些預防措施，之後每一晚都得重複的工作。他把踏腳凳顛倒過來豎在沙發上，把幾張絲質椅套的椅子也顛倒著擺好，把字紙簍放在走道上的雙人座椅上，把餐廳裡的軟墊餐椅全部顛倒過來排在餐桌上，就像餐館拖地時候的樣子。關了燈，所有的一切都是上下顛倒的，原本一陳不變的家這會兒全變了樣，他忽然覺得自己很像是回到人間檢視時間崩解的鬼魂。

躺在床上，自然而然的，他想到了他的妻子。經驗告訴他，小別之前理當熱情一番，在他們出門的前一日，他採取主動；可是艾斯塔布魯克太太很疲倦，很累。第二天晚上，他再度表示。艾斯塔布魯克太太似乎有那麼點意思，可是她接下來做的事卻是下樓去廚房，把四條厚厚的毯子丟進洗衣機，保險絲燒壞了，漫了一地的水。他站在廚房門口，不知所措，他不明白她為什麼要這麼做。她這是有意逃避啊！他看著她，有氣質，體態十分穩重的一個女人，在廚房裡拖地，他想著，她很像山林中的女神，一心想要跑出叢林。她拱著背，腳邊閃著水光。這些日子她火氣不小，因為家裡沒有叢林，她只能拚命往洗衣機裡塞毯子。在這之前他從沒想過，她對性的逃避竟然和他對性的追求同樣地狂熱。這一個認清令他感動；甚至在某個程度上，令他滿足；而那天晚上唯一令他滿足的，就只有這件事。

在獨居的情況下要維持沉著乾淨的形象不太容易，不過他沒想到會這麼難。第二天晚上，他練彈變奏曲第二樂章練到十一點。第三天晚上，他搬出望遠鏡。吃的問題他還是沒辦法解決，一個星期的時間他體重掉了超過十五磅。他的褲子，繫上腰帶，褲腰像襯衫似的全是皺褶。他帶了三條褲子到村子裡的乾洗店。過了打烊的時間，老闆還在店裡，一個被生活壓垮的男人。他撕破過海頓太太的絲質枕套，弄丟過費區先生的絲質襯衫。他店裡的設備都拿去抵押了，公會需要健保，他不管吃什麼，甚至連優格，都像在燒他的食道似的。他無奈地對艾斯塔布魯克先生說：「我們店裡現在沒有裁縫師傅了，楓林道有個女人專門修改衣服。薩格雷太太。就在楓林道和克林頓街的路口。窗子上有招牌。」

夜很黑，每年這時候螢火蟲特別多。楓林道，街如其名，濃密的樹蔭更加重了街道的黑暗。路口有一棟木造的房屋，前面有門廊。楓林太密實，草坪上沒半根草。窗子上果然有塊招牌——修改衣服。他按門鈴。「等一下，」有人大聲喊著。聲音很爽朗。女人一手開門，一手拿著毛巾擦著她的黑髮。看到他她顯得很驚訝。「快進來，」她說，「快進來。我剛洗完頭。」進門是小小的玄關，他跟隨她穿過玄關走進小小的客廳。「我帶了幾條褲子來，」他說。「你可以修改這個嗎？」

「我什麼都會修，」她哈哈笑著。「你怎麼瘦了這麼多？在節食嗎？」

她放下毛巾，繼續甩著，撩著她的頭髮。她一面跟他說話一面在房間裡兜圈子，整個房間有一種不得安寧的感覺。這要是換了其他人，他很有可能覺得很煩，可是在她，反倒變得優雅，誘人，勾引起某種內在的激盪。

「我沒在節食。」他說。

「你沒生病吧？」她的關心真切自然，彷彿就是她的老友。

「噢沒有。我只是在努力學習燒飯。」

「啊呀，可憐的孩子。」她說。「你知道你的腰圍尺寸嗎？」

「不知道。」

「那我們得量一量。」

她甩著頭髮，帶起一陣清風，走到房間另一頭，從抽屜取出黃色的量尺。為了量他的腰，她必須把兩手放到他的夾克底下，一個很銷魂的姿勢。量尺繞過他的腰，他伸出雙臂一把摟住她的腰，整個人貼了上去。她只是哈哈笑著，甩著頭髮。輕輕地推開他，這不像拒絕，這是欲拒還迎。「啊呀，不行。」她說。「今晚不行，今晚不行，親愛的。」她走到房間另一頭，直面對著他。她的臉很溫柔，表情很猶豫，可是當他一走過去，她就低下頭，用力地搖著。「不行，不行，不行。」她說。

「今晚不行。拜託。」

「那我可以再見你嗎？」

「當然可以，不過今晚不行。」她走過來，一隻手貼在他的臉頰上。「你走吧，」她說，「我會給你電話。你真是個好人，不過你現在得走了。」

他跌跌撞撞地走出門，神魂顛倒，有一步登天的感覺。他在那個小房間裡前後三分鐘，最多四分鐘，他們之間是怎麼了，竟然有一見鍾情的感覺？他第一眼見到她就很興奮，對她那爽朗愉快的聲音感到興奮。他們怎麼會這麼輕易就相互動情，這麼直接就一拍即合？他的善惡觀念呢，他講求的誠信和貞節呢？他是基督會所的會員，他是教區委員會的委員，他是虔誠而標準的聖餐領受人，誓死維護教規。他犯了背德的罪。在這個夏夜裡，開著車駛在楓樹林下，他捫心自省，結果除了直覺意識裡的善與美，和宏偉的世界觀以外什麼也省不出來。回了家，他竭盡所能地炒了幾個雞蛋，彈了幾遍變奏曲，然後努力設法入睡。「O ,marito in citta!（啊，小城丈夫啊！）」

想念薩格雷太太的雙峰對他真是一種折磨。快要入睡的時候，它的芬芳柔軟就懸在半空中，隨著他一起入夢，醒來時，他的臉彷彿就埋在薩格雷太太的胸前，那雙峰宛如大理石般的晶亮，他乾渴的嘴唇好似嚐到了夏夜裡柔情無限的晚風。

早上，他沖了個冷水澡，薩格雷太太的雙峰似乎就在浴簾外面等著他。開車去車站的路上，它貼著他的臉頰，在八點三十三分的火車上，它挨著他的肩膀，陪著他在進城的列車上輕輕晃盪，一整天上班的時間就這樣不間斷地糾纏著他。他覺得自己快要發瘋了。一回到家，他立刻拿起他太太放在電話邊上的社交名冊查她的電話號碼。一無所獲，當然，所幸他在本地的名錄上找到了她的電話，撥通了。「你的褲子改好了，」她說。「你隨時可以來拿。如果方便，現在也可以。」

她這是在向他招手啊。她在小客廳裡，她把改好的褲子遞給他。他忽然害羞起來，他甚至懷疑前一晚是不是他的遐想。改褲子是真實的，他羞怯地想著，其餘大概都是幻想吧。在楓林道上的老木屋裡，一個修改衣服的寡婦把幾條改好的褲子交給一個孤單寂寞，有點年紀的男人。世界是受一般常理，合法的情欲和堅定的信念主宰著的。她甩著頭。這是一種癖好，這跟洗頭毫無關係。她撩開額上的髮絲；手指穿插在黑色的鬈髮間。「如果有時間喝一杯，」她說，「廚房裡什麼都有。」

「我想喝，」他說。「你願意陪我嗎？」

「我要一杯威士忌蘇打。」她說。

他懷著七上八下的心情走進廚房，調酒。他回進客廳，她坐在沙發上，他過去跟她坐在一起；他似乎被吸進了她的口中，彷彿那是一個大漩渦；連著轉了三次，漸漸的，無止境地慢了下來。歡愛的語言，無論哪個國家，都大同小異。在枕邊發出來的聲音，無論哪種語言，都脫離不了「嗚嗚嗯嗯哈哈」，就彷彿在越洋電話裡談情話似的，淫婦把姦夫摟在懷中，喊著：「啊，我的愛人，你怎麼那麼厲害啊？」她讚美他的頭髮，他的脖子，他背部的坡度。她身上有淡淡的肥皂香，絕不是香水味，他照實對她說，她嬌柔地回說：「我做愛的時候從來不擦香水。」他們肩並著肩走上窄窄的樓梯進入她的臥房，這是這棟小屋裡最大的一個房間，房間裡沒什麼裝潢，很像一個度假屋的房間，漆成白色的舊家具，一條白色的破地毯。她的柔順，她的勾引，在他眼裡是無比的純淨。他覺得他從來沒見識過這樣一個純真，大膽又隨和的靈魂。所以他們繼續說著愛的小語，「嗚嗚嗯嗯哈哈」直到三點，她叫他走為止。

三點半，也許是四點半，他在自家的花園裡散步。新月高掛，風微微，月色濛濛，雲朵像海灘，星星點綴其中就像貝殼和冰磧。有一些七月開的花，藍繡球或是菸草花，香氣襲人。這濛濛的月色所代表的涵義，自青春期到現在，都沒有太大的改變；現在，就跟當年一樣，它意味著的仍是浪漫的愛情。那些嚴謹的信念又當如何呢？他已經破壞了神聖的戒律，一而再的，歡天喜地的，只要有機會他還是會再犯；所以，他確實犯了道德的原罪，他再不能受領教會的聖餐。可是對薩格雷太太的感覺他真的沒有辦法改變，她的情意是非比尋常的純淨和美德。如果他真心有這樣的感覺，那麼，他就必須退出區委會，退出教會，自己訂一套善惡的標準，尋找信念教條以外的人生。他有沒有認識其他搞外遇又領受聖餐的人呢？有的。他的教會是不是便宜行事，代表一種偽善和姑息，一種先發的手段？是不是在婚禮和喪禮中那些動人肺腑的說詞只是禮俗，就像看見一位女士踏進布克兄弟公司的電梯，男士們自然會脫帽的習慣那樣，這跟虔誠、宗教沒什麼關係？長年受教條的洗禮，培養，訓練，叫他突然放棄這份信念確實不可思議。這是生命奇蹟的最佳感受，這是最強大最無私的愛，有如日光般的光明普照。他是不是應該問問副主教，請他重新評估十誡，請他在禱告詞中也能夠把因欲念而生的至情至愛包含進去？

他在花園中慢慢地走著，他意識到了一個事實，至少她讓他有了幻覺，讓他覺得自己扮演著一個非常重要的浪漫角色，一個主角，不再是一夫一妻制裡面的雜役、信差、門房、小丑，毫無疑問的，她的讚美真是令他得意忘形。她為他背部的坡度感到興奮，是使詐、淘氣，還是肆無忌憚地開發了深埋在男人心中的虛榮感？天空開始明亮了，寬衣上床時他看著鏡中的自己。果然，她的讚美全都是謊言。他的肚子鬆垮下垂。是這樣嗎?他吸氣,再吐氣,仔細查看了肚子的正面側面,然後上床睡覺。

第二天是星期六,他為自己訂了行程表。除草、剪樹籬、砍柴、漆防風窗。他認真開心地忙到五點,然後洗澡、調酒。他原本計畫炒幾個蛋,再架起望遠鏡,因為天氣晴朗,可是喝完酒,他又乖乖地拿起電話打給薩克雷太太。他每隔十五分鐘打一次一直打到天黑之後,他開車直奔楓林道。她的臥室有燈光。屋子其餘部分全黑。一輛牌照邊上有州政府標示的大車停在楓樹林下,司機在前座睡覺。

教會要他參加聖餐禮募捐,他去了,跪下來做告解的時候,他無法承認自己的行為有違神的旨意;他犯的並非滔天大罪;回憶箇中滋味也毫無痛苦。他臨時加了一段感恩祈禱,感謝他太太的忠貞和智慧,感謝他的孩子們耳聰目明,感謝他情婦的溫柔順從。他沒有領聖餐,看到牧師帶著疑問的眼光,他好想明目張膽地說:「我不知羞恥的和別人私通了。」他看文件資料看到十一點,打電話給薩格雷太太,她說他隨時都可以過去。十分鐘他趕到了,一進屋子他便開門見山地說:「我昨晚來過。」

「我想也是,」她說。「我認識很多男人。你會介意嗎?」

「一點也不。」他說。

「總有那麼一天,」她說,「我要拿張紙,把我對男人的看法全部寫出來。然後把它扔進壁爐裡燒掉。」

「你沒有壁爐啊。」他說。

「沒錯。」她說。不過那天下午和大半個晚上他們除了「嗚嗚嗯嗯哈哈」外，其他沒再說什麼。

第二天晚上他回到家，玄關的桌上有一封他太太來的信。他不必拆信封也知道內容是什麼。她會很理智很冷靜地向他解釋，她的舊情人，歐尼．布萊特從沙烏地阿拉回來了，他向她求婚。她想要自由，她希望他了解。她和歐尼一直深愛著彼此，如果再否定這份愛，那就是對他們自己的心不誠實。關於子女的監護權，她相信他們可以達成協議。他的確是個很顧家很有耐心的男人，但是她真的不想再跟他見面了。

他握著信想著他太太的筆跡，充分地表現出她的溫柔、聰明、深度；這是一個要求自由的女人的手。他撕開信封，一心以為看到的都是歐尼．布萊特，結果不是：「親愛的小熊熊，夜晚冷得可怕，我好想念……」這樣的字句連續寫了兩頁。門鈴響的時候，他還沒讀完。來的是鄰居，桃樂絲．漢彌頓。「我知道你不會接電話，我知道你不喜歡去外面吃飯，」她說，「我認為這個月你起碼得好好的吃一頓晚餐，我來押人啦。」

「呃，好啊。」他說。

「你現在上樓去洗個澡，我幫你調酒。」她說。「我們今晚吃熱的龍蝦。莫莉姑姑今天早上送來一大堆，你非得幫忙吃掉一些不可。吃過晚飯艾迪要去看醫生，你高興什麼時候回家都行。」

他照她的話做，上樓洗澡。他換好衣服下樓，她在客廳喝著酒，他們各自開車去她家。他們在花園裡吃燭光晚餐，洗過了澡，穿著乾淨的棉布衫，他對於自己最近扮演的角色滿意極了，興奮極了。並不是因為當上什麼風流浪漫的主角，而是一種微妙的，低調的顯赫。晚餐後，艾迪告退，他要去看他的心理醫生，每週三次。「我猜你壓根就沒跟誰見過面，」桃樂絲說。「那些八卦消息你肯定不知道。」

「我確實沒跟誰見過面。」

「我知道。我聽見你一直在練琴。是這樣的，蘿絲．史賓諾要告法蘭克，說要把他告到傾家蕩產。」

「為什麼？」

「他呀，一直在跟那個蕩婦搞七捻三，那女人有夠噁心的。他的大兒子勞夫，很棒的一個孩子，有一天在餐館碰見他們。兩個人在那裡你一口我一口的互相餵著吃。他的孩子沒一個想再看到他。」

「男人搞外遇也是常有的事。」他意有所指地說。

「通姦可是彌天大罪啊，」她衝口而出，「在很多地方是要處死的。」

「你覺得會嚴重到離婚嗎？」

「啊，他才不想娶那個賤人。他只不過想玩玩，讓他的家人難堪，等到他玩膩了再回家去討拍。離婚他才沒想過。他拚命求蘿絲別跟他離婚。我相信他甚至以自殺來要脅。」

「我懂男人。」他說，「情婦和老婆兩邊都放不下。」

「我看你是搞不清楚狀況吧，」她說。

事情的嚴重性他真的沒有想過。「私通是很平常的事，」他說。「很多文學作品，劇本，電影都是以這個作為主題。很多流行歌曲也是。」

「你會希望被這樣一齣鬧劇攪亂你的生活嗎，不會吧？」

她說話的權威氣勢令他大感驚訝。守法合法是不可抗逆的，不管是這個世界，一個球隊，一個社團。突然，薩格雷太太的臥室出現在眼前，那房間的暗沉現在看來竟是那麼的令人難受。他想起那窗簾是破的，那雙吹捧他的手又粗又短。之前他以為她的放浪不羈是純真的源泉，現在覺得那根本是一種無藥可救的毛病。她對他的溫存體貼現在覺得既邪惡又噁心。她曲意逢迎的是他裸露的身體。在這個夏日的夜晚，他衣著乾淨的坐在這裡，腦子裡想念的是帶領著四個出眾的子女在瀏覽藝廊的艾斯塔布魯克太太，他那端莊又精神的妻子。通姦是鬧劇，是流行歌曲，是瘋狂，自我毀滅的素材。

「太感謝你邀我來晚餐，」他說。「我得告辭了。臨睡前我還要練琴。」

「我會聽著，」桃樂絲說。「隔著花園我聽得很清楚。」

進門，電話鈴響著。「我現在一個人，」薩格雷太太說，「我想你過來喝一杯吧。」幾分鐘不到他就到了那兒，再度沉入海底，沉入無盡頭的永恆，遠離現實生活的痛苦。但是，到了該走的時候，他說他不能再見她了。「好啊，沒關係的，」她說。然後，「有沒有誰曾經愛上過你？」

「有，」他說，「一次。兩三年前。我去印第安那波利斯安排培訓的事，我必須在那兒待一陣子，職務的關係，就在那裡遇到了那位非常好的女人，她每次見到我就哭。早餐時候哭。喝雞尾酒哭，晚餐哭。真是可怕。我不得不搬去飯店住，當然，我從沒跟誰提起過這件事。」

「晚安，」她說，「晚安，再見。」

「晚安，我的愛。」他說，「晚安，再見。」

第二天晚上他在架設望遠鏡的時候，太太來電話。啊，多麼令人興奮啊！再過一天他們就要回來了。他的女兒就要宣布跟法蘭克·艾默訂婚。他們希望在聖誕節前完婚。要拍婚照，在報紙上登結婚啟事，要租婚禮的帳篷，訂喜酒，等等等等。他的兒子在星期一，二，三，連三天贏了帆船競賽。「晚安，親愛的。」他太太說，他坐到椅子上，由衷地感激這麼多美好的回饋。他愛他的女兒，他喜歡法蘭克·艾默，甚至連法蘭克·艾默那一對有錢的父母他也喜歡，他想到參加帆船大賽領航掌舵的兒子就滿心歡喜。至於薩格雷太太？她完全不懂駕船的事。她只會把桅杆的繩索纏得亂七八糟，一路狂吐，等到過了岬角她就會昏倒在艙房裡。她也不會打網球。哎呀，她甚至連滑雪都不會！於是，在蹦蹦的監督下，再度開始他的客廳大解體。把字紙簍放到玄關的雙人座上。把餐廳的椅子全部顛倒過來豎在餐桌上，把所有的燈關掉。當他穿過這棟拆解到變了樣的屋子時，他又感覺到了那股寒意，又開始懷疑是不是有人回來檢視時間的崩解了。然後他上樓睡覺去，一路走一路唱著：「Marito in citta, la moglie ce ne va, o povero marito!（小城丈夫，老婆離開了，啊，可憐的丈夫！）」

愛的幾何學

是黃昏時候下雨的天氣，第五大道沃爾沃超市的玩具部門擠滿了一些不安於室的女人，這會兒趕著來買件禮物帶回去安撫她們的小孩。這天下午，大約有八個到十個人左右，都很漂亮，香噴噴的，穿著入時，可是這些女人的神態都不太對勁，就好像在某個賓館的房間幽會了不上道的無聊男子，現在急著回家投入寶貝孩子的懷抱似的。下結論的是查理．馬洛伊，他剛剛從五金部門買了一支螺絲起子走出來。他的結論並沒有牽扯到任何倫理道德，泰半只是想給這個沉悶無趣的雨天帶來一點熱力和色彩而已。辦公室裡沒事幹。午餐過後他把時間全部花在整修檔案櫃上，這就是買螺絲起子的緣由。為了肯定自己的推論，他特別仔細觀察過那些女人的臉，希望從她們臉上得到一些肯定，證明自己的想像力。除了和人私通的大悲大喜，還有什麼事能夠令她們的表情如此多變，忽而雀躍，忽而含淚呢？她們用手指著那些無辜的玩具時為什麼要深深地嘆息呢？有個女人穿著皮草大衣，看著很像他在聖誕節買給老婆瑪蒂妲的那一件。再仔細一看，他發現那不僅是瑪蒂妲的大衣，那女的就是瑪蒂妲。「欸，瑪蒂妲，」他喊著，「你在這裡做什麼？」

她從一隻木頭鴨子身上抬起頭，她一直在用心地研究那隻鴨子。很慢，很慢的，她臉上懊惱的表情摻進了憤怒和不屑。「我最討厭被人盯梢。」她說。她的語氣強悍，引得另外幾個女人抬起頭來看。

馬洛伊有點不知所措。「我沒盯你的梢，親愛的，」他說。「我只是——」

「我想不出有比這更卑鄙的事了，」她說，「在大街上跟蹤別人。」她的態度、口氣都像在唱歌劇，她的觀眾大受吸引，而且很快擴大了範圍，從五金部門到庭園家具的人全部吸引過來了。「大街上跟蹤一個無辜的女人是最低級、最變態、最惡劣的行徑。」

「親愛的，我只是碰巧在這裡啊。」

她的笑聲無情至極。「你會剛巧在沃爾沃的玩具部門閒晃？你居然要我相信這個說法？」

「我是在五金部門，」他說，「不過那不重要。我們不如先去喝一杯然後提早搭車回家吧？」

「我才不要跟一個奸細同行，」她說。「我現在要離開這裡了。你要是再跟蹤，或者騷擾我，我就報警逮捕你，把你關進牢裡。」她拿起木頭鴨子，付完錢，像女王似的登上樓梯。馬洛伊呆了一會兒，隨即走回辦公室。

馬洛伊是一名自由業的工程師，那天下午他的辦公室整個淨空。祕書去卡布里了。答錄機上沒有留言。也沒有任何信件。他徹底一個人。說他不開心倒不如說震驚來得恰當。他失落的不只是現實感，更且是他觀察到的現實失去了合理性和對稱性。他如何合理地解釋在沃爾沃的那場偶遇鬧劇，又如何作不合理性的解釋？忘記，這是他嘗試過的一個行動，但忘不掉的是瑪蒂妲清脆響亮的聲音和玩具部門裡怪誕的景象。平常瑪蒂妲戲劇化的誤解倒是一般，他都能逆來順受，還會想方設法的把所有糾結一一破解。可是今天下午這件事太傷人。這場偶遇似乎違抗了所有的研究分析。他該怎麼辦？他是不是應該從窗口跳下去？他抱著這個心思走向窗口。

天色依舊陰沉、下著雨，只是還沒有完全黑暗。車流壅塞緩慢。他往下看，一輛休旅車駛過，接著是一輛敞篷車，再一輛搬運車，和一輛打著歐幾里得洗衣店廣告的小卡車。這個偉大的名字讓他想起了直角三角形，幾何、公約數和非公約數的定理。他現在需要的是一個新的推理公式，歐幾里得可能有用。如果他可以把這個難題用幾何來解決，或許不見得能完全解決，但至少能夠創造出一個釋疑的氛圍？他拿著尺，用最簡單的定理，如果三角形兩邊對等，則兩邊的對角也就相等，即等邊對等角；反過來，如果三角形的兩個對角相等，那麼兩角的對邊也必相等，即等角對等邊。他畫了一條線代表瑪蒂妲，把她擺在第一位。三角形的底邊是他的兩個孩子，藍迪和普莉西拉。他自己，當然是三角形的第三邊。瑪蒂妲那條線裡有一個最具爭議性，最危險的因子，威脅到藍迪和普莉西拉，而產生出不對等的角度，因為她最近多了一個鬼影情人。

住在雷姆森公園區的太太們之間有一項不怎麼高明的騙術。一個星期總有一、兩次，瑪蒂妲會穿得美美的，噴上法國香水，披上皮草大衣，搭中午前的一班火車進市區。有時候她會和朋友共進午餐，大多數時候她都是一個人到六十街上找一家以單身婦女為主顧的法國餐館用餐。她通常會喝一杯雞尾酒或是半瓶葡萄酒。她的意圖是在表現揮霍、神祕，就好像是一個嘗遍愛情苦澀的女人。但如果哪個陌生人多看她一眼，她立刻會倉皇失措地想起她那可愛的家，兩個可愛的孩子和長滿秋海棠的花圃。到了下午，她不是去日間劇場看戲就是去電影院看外國片。她特別喜歡峰迴路轉的劇情，藉此宣洩情緒。照她的說法就是「掏空」。傍晚時候回到家，她整個人顯得安靜傷感。她往往會在煮晚餐的時候流淚，如果馬洛伊問她怎麼了，她只是嘆氣。他曾稍微懷疑過，不過有一回他下午在麥迪遜大道上散步時看見她，穿著皮草，待在快餐臺邊上啃三明治，他終於有了結論，她的瞳孔放大不是因為男歡女愛，而是電影院裡太黑。這個騙術既不高明也無害，他甚至大氣地認為，有益身心。

由這些元素形成的邊線和代表兩個孩子的另一條邊線自然形成一個角度，得出來簡簡單單的一個論點就是他愛他們。他愛他們啊！這是任何屈辱，毒素都離間不了的。在他心目中，他們就像是他靈魂中的家具、門楣、梁柱。

代表他自己的那條邊線，他知道，計算錯誤的成分居多。他認為自己率直，健康，有學問（有誰還能這麼清楚的記得歐幾里得呢？），可是早上，在自我感覺良好的心情中醒來之後，只要開口和瑪蒂妲說話，他立刻發現自己的有用和率真全部成了廢物。為什他的真心反而糟蹋了自己呢？為什麼只是逛逛玩具部門，就會被污衊為窺伺狂呢？他的三角形或許能給他答案，他想著，就某種意義上確實如此。三角形的三個邊，由相關的數據來決定它是否相等，它的對角也一樣。突然他覺得不再那麼困惑了，他覺得比較開心，比較有希望，比較寬容。他覺得自己開始邁向一個嶄新的生活，有些人一年當中也會有兩三次他這樣子的想法。

搭火車回家的路上，他又想著是否能把通車的無聊，晚報上的胡扯，停車場上的衝刺也用幾何學來解析。他回到家，瑪蒂妲在小小的餐廳裡排著餐具。她的嘴巴還是不饒人。「鬼頭鬼腦的平克頓（Pinkerton[32]），」她說。「耍陰險。」她的話他都聽見了，他一點也不生氣、不焦慮、不懊喪。就好像這些話都到不了他面前似的。他覺得好平靜，好快活。甚至連瑪蒂妲那副難看的樣子也變得動人可愛起來；這個倔強任性的孩子。「你為什麼那麼開心啊？」兩個孩子問他。「你為什麼那麼開心啊，爸？」再過不久，幾乎人人都會說這句話了。「馬洛伊變了。馬洛伊氣色變好了。馬洛伊交好運了！」

第二天晚上，馬洛伊在閣樓上找到一本幾何課本，他開始溫故知新。研究歐幾里得給了他寧靜祥和的心境，讓他看清最近老是困在惶惑失望中的自已。他知道他的發現也許只是一個錯覺，但他還是獲益良多。他真的覺得自己舒坦多了。他覺得在現實感與他心中以為的現實感之間他已經做了矯正。如果他有哲學或是宗教的信念，或許他可以不需要幾何學，但是街坊鄰居的宗教戒律令他感到乏味又迂腐，再說他對哲學更是毫無興趣。幾何學使他對於痛苦有一種完美的，形而上的了解。最主要的好處就是，現在他能夠把瑪蒂妲的情緒和不滿看成愛意和疼惜，以前他都把它視為線性項的表現。他不是征服者，但很神奇的，也沒有成為犧牲者。他繼續鑽研下去，他發現餐館領班的無禮，店員的臭臉，交通警察的刻薄，現在都不能影響他的平靜，而那些壓迫的人感受到了他的力量，反過來，也變得不那麼的無禮、臭臉、刻薄了。現在他每天早上醒來，都可以帶著毫無雜念的心情開始新的一天。他真想把他的發現寫成一本書：《歐幾里得式的情緒反應：感性幾何學》。

差不多就在這時候他必須去一趟芝加哥。他搭火車啟程的那日是個陰天。他醒來的時候天剛亮不久，抱著與人為善，心無雜念的心情，他望著臥室的窗外，看到的是棺材工廠、廢車場、違章建築，還有雜草叢生的操場及埋頭猛吃橡實的豬隻，遠處是巨大且暗沉沉的蓋瑞市[33]。這單調乏味又

32 Pinkertons，私家徵信社的名字。公會的人很討厭平克頓，把他們叫做Pinks。

33 Gary，位於印第安納州的一座城市。

令人傷感的景象竟影響到了他的情緒，他覺得這真是人類愚不可及的表現。他倒是沒想過把幾何的定理應用到山水風景上，但是他發現，只要把這一刻的各種元件轉化成一個平行四邊形，他就能夠把這幅令人沮喪的鄉村景觀漸漸放開，直到它變得無害、真實，甚至魅力十足。他吃著豐盛的早餐，開始美好的一天。這是不需要任何幾何學的一天。芝加哥的一個同事邀他吃晚飯。這個邀約他不便拒絕，六點半他到達位於這個陌生城市某處的一棟磚造的小房子。門還沒開，他已經覺得他需要請出歐幾里得了。

女主人開門的時候哭個不停。她手裡拿著一杯酒。「他在地下室。」她邊哭邊說，逕自走進小小的客廳，也不告訴馬洛伊地下室在哪裡、怎麼走。他跟著她走進客廳。只見她半跪半趴地巴在地上，對著一張椅子的椅腳綁標籤。馬洛伊發現客廳的家具大部分都綁了標籤。標籤上印著：「芝加哥倉儲」。在這行字底下她寫著：「海倫．費爾斯．麥高文的財產。」麥高文就是他朋友的姓氏。「我一樣東西都不會留給這個王八蛋，」她繼續啜泣。「半點都不留。」

「嗨，馬洛伊，」麥高文從廚房那邊走過來。「別管她。她一年總有一兩次會把所有的家具掛上標籤，她說她要把它們全部送進倉儲，然後租一間附帶家具的套房，她要去費茲百貨打工。」

「你知道個屁。」她說。

「怎麼樣，最近有什麼新聞？」麥高文問。

「露意絲．米契剛剛來電話。哈利喝醉酒，把小貓塞進了攪拌機裡。」

「她要過來？」

「當然。」

門鈴響。一個衣衫不整滿臉淚痕的女人走進來。「啊，太可怕了，」她說。「孩子們都在邊上看著。那是他們最愛的小貓。要是孩子們沒在旁邊，我才不理會呢。」

「我們換個地方。」麥高文說著轉回廚房，馬洛伊跟在他後面，廚房裡毫無飯菜的跡象。下了幾階樓梯，進入地下室，裡面有乒乓桌，電視和吧檯。他給馬洛伊倒了杯酒。「你要知道，海倫以前超有錢的，」麥高文說。「這是她過不了的一個關卡。她出身豪門。他父親開連鎖自助洗衣店，從這裡一直開到丹佛。他在連鎖店引進了現場娛樂表演。民歌手。小樂團。後來音樂人公會聯手找上門，他一夜之間失去一切。她知道我成天瞎混，可是不這樣，馬洛伊，我覺得對自己不忠實。我的意思是，之前我總是對樓上那位米契爾貴婦噓寒問暖。剛才來的那個女人。她很棒。你如果要她，我可以搞定。她什麼都聽我的。我倒是沒給她什麼。十塊錢或者一瓶威士忌。有一年聖誕節，我給了她一隻鐲子。你知道吧，她老公有自殺的癖好。他不斷吃安眠藥，不過總是能及時幫他清理腸胃。有一回，他企圖上吊——」

「我得走了。」馬洛伊說。

「別急著走，別急著走，」麥高文說。「我給你倒酒。」

「我真的要走了，」馬洛伊說。「我還有很多事要做。」

「可是你啥也沒吃，」麥高文說。「再坐會兒，我去熱一點咖哩。」

「沒時間了，」馬洛伊說。「我真的有事。」他直接上樓，連再見都沒說。米契太太已經走了，那位女主人還在家具上綁標籤。他自己走出去，叫了計程車回飯店。

他拿出尺，設法計算出圓錐的面積和外接菱形面積之間的關係，試著把麥高文太太的酗酒和米契家那隻小貓的命運排成線性項。啊，歐幾里得，請與我同在！馬洛伊想要什麼呢？他想要的是奪目的光彩，美麗與秩序；他想要的是合理化那位想要上吊的米契先生的形象。是不是馬洛伊的潔癖太超過，太娘了呢？是不是他把善惡的定義走偏了，太執著於自責、羞恥心？畫面中有太多的未知數，他只把方程式定在當晚的事實，這個算式讓他忙到半夜才上床睡覺。他睡得很香。

這趟芝加哥之旅，就麥高文夫婦這件事來說，真是一場災難，但在收入方面卻很賺頭，按照慣例只要賺到外快，馬洛伊就決定出遊。他們飛去了義大利，住在以前住過的一家小旅館，靠近斯貝隆加。馬洛伊非常開心，這次不必請出歐幾里得，因為他們要在海邊度假十天。他們趕在返家之前去了羅馬，最後一天，他們倆在人民廣場午餐。點了龍蝦，笑哈哈地喝著酒，就在大口咬著龍蝦殼的時候，瑪蒂妲突然傷感起來。她哭出聲，馬洛伊明白他得請出歐幾里得了。

瑪蒂妲喜怒無常，很情緒化，可是那天下午似乎在對馬洛伊說，他可以藉由基礎原理和幾何學，把她的情緒成分完全隔離。這家餐館好像是一個很值得研究的地點。這裡味道芬芳而且井然有序。別桌的用餐者都是很正派的義大利人，全都是不認識的陌生人，他不認為他們有什麼神通能使她痛苦悲傷至此。她很享受她的龍蝦餐。桌布很白，銀器很亮，服務生很有禮。馬洛伊仔細觀察這個地方——鮮花，水果，窗外車來人往的廣場，他怎麼看都看不出任何造成她神色哀戚痛苦的理由。「要不要來點冰淇淋或是水果？」他問。

「我要什麼，自己會點。」她說，而且是說到做到。她招來服務生，點完冰淇淋和咖啡，再狠狠地瞪了馬洛伊一眼。馬洛伊買單後問她要不要叫計程車。「什麼鬼主意。」她厭惡地皺起眉頭，彷彿他的主張就是要揮霍或是存心要讓孩子們出糗。

他們走路回飯店，一前一後。陽光很強，炎熱無比，這羅馬的街道一直以來總是這麼的熱，永無止境。是不是因為炎熱改變了她的情緒？「你是不是熱得難受啊，親愛的？」他問，她轉頭說，「是你讓我難受。」他在飯店大廳跟她分手，一個人去咖啡館。

他用尺在菜單背後解題。回到飯店，她出去了，七點回來，一進房間就開始哭。下午的幾何學給他答案證明，她的快樂，和他的快樂，還有他們孩子們的快樂都一樣，是受一些莫測高深的，無常的，潛在的情緒因素所困擾，這些情緒莫名其妙的流過她的性情，不定時地爆發開來，毫無規律，無從理解。「啊呀，親愛的，」他說。「怎麼了？」

「這個城市沒有一個人懂英文，」她說，「一個人都沒有。我迷了路，我至少問了十五個人怎麼走回飯店，居然沒有一個人聽得懂我說什麼。」她走進浴室砰地關上門，他坐在窗邊，平靜快活，看著飄過的一片雲就像一片雲的樣子。然後，羅馬在天黑前經常出現的滿天黃銅色的霞光出現了。

他們從羅馬回來幾天後，馬洛伊必須再去一趟芝加哥。一天的時間他就把事情辦完。他避免再碰到麥高文，直接搭上四點的火車。四點半他坐上俱樂部的車子去喝一杯，又看到了遠方糊成一片的蓋瑞市，他重複運用定理來更正他與印第安納州的角度。他點了一杯酒，眺望著遠方的蓋瑞市。什麼也看不見。由於計算錯誤，他不但使得蓋瑞市顯得無力；他簡直就已經失去了它。沒有雨，沒有霧，就他的觀察，天色也沒有突然變暗，俱樂部專車的窗子很乾淨。印第安納就是硬生生地消失了。他轉身問坐他左邊的女人，「那是蓋瑞城，對吧？」

「是啊，」她說。「怎麼了？你看不見？」

她的話裡出現了一個等腰三角形，但是看不見就是看不見。他回到臥室，一個寂寞孤單又飽受驚嚇的男人。他把臉埋在雙手中，再抬起頭的時候，他竟然可以清楚地看見兩座城鎮的交叉口，只是這次他根本沒有應用幾何學。

過了大概一個星期，馬洛伊生病了。他的祕書，從卡布里回來，發現他昏倒在辦公室的地板上。她叫來救護車。經過手術，他被列為病情危急。動完手術十天後，院方才準許探病，第一個，當然是瑪蒂妲。他的腸道切掉了十吋，兩條手臂插滿了管子。「你看起來很不錯啊，」瑪蒂妲說，她硬是把一臉的驚嚇吞回去，換上一副滿不在乎的表情。「房間很棒。牆壁是黃色的呢。如果生病，我看還是在紐約最好。還記得不，我生孩子時候那間可怕的鄉下醫院？」她坐下來，不是坐在椅子上，而是窗臺。他告訴自己，他從來不知道愛情可以鍊就各種痛苦的力量；可以把健康和生病連成一氣。「這屋裡每一樣東西都好得離譜，」她說。「哪有誰會惦記著你啊。」

他從來沒有生過什麼大病，所以根本不知道她當看護的本事會這麼的差。她似乎對於他生病這件事十分怨憤，可是他覺得，她的怨憤又好像是一種笨拙的愛的表示。她向來不善於隱瞞，她認為他生這場病很自私，很不體諒人。「你運氣太好了，」她說。「我的意思是，你真是好運，幸虧是在紐約。你可以有最好的醫生最好的護士，而且這裡肯定是全世界最好的醫院之一。你根本不用擔心，真的。一切都幫你弄得妥妥貼貼。我真希望這輩子能有這麼一次讓我躺在床上一個星期，讓人家來服侍我。」

這些話是從他的瑪蒂妲嘴裡說出來的，他親愛的瑪蒂妲，毫不留情地展現她尖銳的稜角，那種真實的可以，沒有任何愛的力量能夠合理解釋或是軟化的利己主義。這就是她，他很欣賞她不帶一點傷感的表現。一位護士捧著托盤近來，托盤上有一碗清湯。她把餐巾攤在他的下巴底下，準備餵他喝湯，因為他兩條手臂都沒法移動。「啊，讓我來，讓我來，」瑪蒂妲說。「這我還會做。」這是一個暗示，這跟黃色的牆壁毫無關係，她到底還是捲入了這個悲傷的場景。她從護士手裡接過湯碗和湯匙。「啊，味道好香，」她說。「我還真有點想喝呢。一般醫院的伙食都很難吃，這裡可是例外。」她勺起一匙肉湯湊到他唇邊，倒也不能說是故意，總之，那整碗的湯全部灑倒了他的胸口和睡衣上。

她按鈴叫護士，然後使勁地擦拭著她裙子上的湯漬。護士開始冗長又複雜的更換床單作業，這時瑪蒂妲看了看手錶，該走的時間到了。「明天我會過來一下，」她說。「我會告訴孩子們說你看起來很不錯。」

這就是他的瑪蒂妲，這是他了解的，不過她走之後，他發覺這點了解只夠應付這次，下次如何還很難說。他確實覺得，他內臟方面的康復可能還有得等。搞不好她甚至會加速他的死亡。護士換完床單，餵他喝了第二碗湯，他請她從他口袋取出尺和筆記簿。他做了一個簡單的幾何解析，在他對瑪蒂達的愛意和他對死亡的恐懼之間。

這個方法似乎有效。第二天十一點瑪蒂妲來了，他聽得見她說話，也看得見她的人，但是她已經失去了困惑他的力量。他修正了她的角度。她盛裝而來，是為了她鬼影情人吧，她仍舊繼續不斷地說著他氣色有多好，運氣有多好。不過她也認真表示他應該刮刮鬍子。她離開後，他問護士可不可以把理髮師找來。護士說理髮師只有星期三和星期五才會來，其他男護士都上街去罷工了。她給他拿來鏡子，刮鬍刀和肥皂，生病至今他還是第一次看到自己的面孔。那份憔悴消瘦逼得他不得不求教幾何學，他試著把他原本爆量的食欲，無限的希望和他現在這一身虛弱的骨架連接起來。他仔細推算，他知道只要稍微一個失誤，就會像之前看著蓋瑞城時發生的一樣，當歐幾里得洗衣店的卡車從他窗子底下經過，這些因此而起的事件將會終結。瑪蒂妲出了醫院，先上飯館吃飯，再去看了場電影，回到家，清潔婦告訴她說他死了。

游泳者

炎夏日的星期天，人人都在說：「昨晚我真的喝多了。」走出教堂的信眾們在說，在前院與自己法衣掙扎著的牧師在說，高爾夫球場和網球場上的人在說，從嚴重宿醉醒來的奧杜邦自然保育協會會長也在說。「我實在喝得太多了。」唐納．韋斯特海齊說。「大家都喝得太多了。」露辛妲．莫瑞說。「肯定是那酒的關係。」海倫．韋斯特海齊說。「那紅酒我真是喝多了。」

這是韋斯特海齊家的游泳池畔。游泳池的水來自一口含有高鐵成分的自流井，水色呈現出極淡的綠色。晴朗的好天氣。西方有一大團高聳的積雲，從遠處看，從漸漸駛近的大船頭望去，像極了一座城市，甚至還叫得出名字呢。里斯本，或者，哈肯薩克。烈日當空。奈迪．莫瑞坐在碧綠的水邊，一隻手垂在水中，一隻手握著一杯琴酒。他是個瘦高個，感覺上似乎還保持著年輕人特有的那種勁瘦，但實際上他早已不復年輕。就像那天早上，他追著餐廳裡的咖啡香，直接從樓梯欄杆滑下來，結果把愛芙蘿黛蒂女神像給撞翻了，砸到門廳的桌几上。把他比做夏季或許很恰當，特別是夏季最後的幾個小時，儘管少了網球拍，風帆袋，這些專屬青春、活力、晴空萬里的表徵。他已經游了好一陣子，這會兒正在用力呼吸，彷彿要把這一刻空氣裡所有的成分，陽光的熱力，快活無比的心情全都吸進肺裡似的。事實似乎真是這樣。他自己的家位在子彈公園區，往南邊八哩路左右，他四個美麗的女兒這時候應該吃過午餐在打網球了。他忽然興起一個念頭，不如繞道朝著西南方向一路游泳回去。

他的人生不設限，箇中的快樂他認為不能以逃避或解悶來詮釋。這一連串的游泳池，他是以一個繪圖師的眼光在看待，這一整條地下水域蜿蜒全郡。這是他的發現，是他對現代地理學的一大貢獻；他要把這條流域取名為露辛妲，他太太的名字。他不是不正經，也不是傻，他是別出心裁，有創意，隱約之間他總認為自己是一個不同凡響的傳奇人物。天氣太美好，而長泳正好可以發揮和頌揚這份美好。

他摘下披在肩膀上的線衫，潛入水裡。對於那些不敢下水的男人他有一種莫名的瞧不起。他游的是乾淨俐落的自由式，手腳每划動一下或者在划到第四下的時候換氣，一面在心底精確地數著一、二，一、二。這不是長泳的游法，而是自我調教出來的習慣，在他的世界裡，自由式就是習慣。在淡綠色的池水中載浮載沉不只是享受，更多的是重新回歸自然，他喜歡不穿泳褲游泳，但是就他目前的計畫來看，是不可能的了。他從泳池最遠的一頭上岸。他從來不用泳池裡的梯子。他穿過草坪，露辛妲問他要去哪，他說游泳回家。

所有的地圖和路線都在他的記憶和想像之中，非常清楚。一開始是格林家、漢默家、里爾家、豪蘭家和克勞斯柯普家。穿過迪馬街先到本克家，再走一小段路就是里維家、威爾契家，和蘭卡斯特的公共游泳池。接著就是哈洛倫、薩克斯、畢斯溫格、秀莉．亞當、吉爾馬丁和克萊德這些人家。天氣真好，而他又住在這麼一個水源豐富有如天賜的好地方。他趾高氣昂地跑過草地。走一條不尋常的路線回家讓他有種特別的感覺，好像自己是一個朝聖者，探險家，一個支配命運的人，他知道這一路上都有他的朋友；這些朋友都排隊似的排列在這條他取名為露辛妲的流域上。

他穿過韋斯特海齊家的樹籬，走過蘋果花樹和他們家的幫浦和濾水器，來到格林家的泳池。「嗨，奈迪。」格林太太說，「真是大驚喜啊。我一整個上午都在打電話找你。來，我給你倒杯喝的。」就跟探險者一樣，他發現要想到達目的地這一路上的寒暄是不可免除的交際活動。他不希望對格林他們故作神祕或是粗魯無禮，但也沒功夫跟他們盤桓太久。他游過他們的泳池，跟他們一起曬了會兒太陽，所幸幾分鐘後，從康乃狄克州來了兩車子的朋友替他解了圍。他從格林家前門走過帶刺的樹籬，再穿過一塊空地來到了漢默家的泳池。漢默太太從玫瑰花叢上抬起頭，她看到他游過他們家的泳池，只是不太確定到底是誰。里爾家客廳的窗子敞開著，他們聽見他稀哩嘩啦的游過去。豪蘭和克勞斯柯普兩家都出門去了。離開了豪蘭家的泳池，他穿過迪馬街朝著本克家的游泳池前進，即使隔了好一段距離，他都能聽見他們家開派對的聲音。

水把聲音也折射了，那些歡樂的笑聲聽著就像懸在半空中。本克家的泳池是在一塊高地上，他爬了幾階梯子來到一個陽臺，有二、三十個男女在陽臺上喝酒。唯一待在水裡的是魯斯狄．塔爾，他躺在橡皮筏上飄著。啊，這條露辛妲流域的風光真是美不勝收啊！這些富裕快活的男女聚在藍寶石似的水邊，穿著白色制服外套的侍者們穿梭在人群中傳遞著冰涼的琴酒。頭頂上，一架紅色的輕型教練機在空中不斷兜著圈子，像極了一個開心盪著鞦韆的孩子。奈迪對這個景緻忽然興起心動的感覺，一種溫柔的觸動。他聽見遠方響起了雷聲。艾妮．本克看見他了，她立刻尖起聲音大叫：「啊，看誰來了！真是太大的驚喜啊！聽露辛妲說你不能來，我都快昏死過去了。」她擠過人群走向他，他們互相親吻擁抱，然後她帶他走向吧檯，這段路走不快，中間得停下來跟八到十個女人親吻擁抱，還得跟十來個男人握手。一個滿面笑容的酒保，這人他在上百次的派對上都看過，遞給他一杯琴通尼，他在吧檯邊站了一會，儘量避開會延誤他行程的交談。當他發現快要難脫身的時候，他便潛入水中，緊貼著池邊，以免撞上魯斯狄的橡皮筏。在泳池最遠的一頭他笑嘻嘻地避開了湯姆林森，走上花園小徑。碎石子扎腳，這只是小小的不悅而已。派對的熱鬧止於游泳池，他繼續朝屋子走的時候，那些含混的歡樂聲逐漸褪去，他聽見本克家廚房裡傳出收音機廣播的聲音，有人在聽球賽。星期天下午。他走過幾輛停著的車子，走過他們家車道旁的草地，到了艾爾瓦巷。他不希望在大馬路上讓人看到他只穿著泳褲，好在沒車沒人，他走小路到達里維家的車道，車道上立著一塊私有地禁止入內的牌子和一隻《紐約時報》的綠色報筒。這棟大房子所有的門窗都敞著，卻不見半點人氣；甚至連狗吠聲也沒有。他繞過屋側走向泳池，發現里維他們好像剛離開不久。杯子酒瓶果碟子都還留在桌上，屋子最後面有一個澡堂，也或許是涼亭，掛著幾隻日本燈籠。在泳池游完泳，他給自己倒了杯酒。這一路游過來，露辛妲的流域將近游過了一半，這大概是他喝的第四或第五杯酒了。此時此刻他獨自一人，覺得疲累、乾淨、舒心；對所有的一切都感到舒心。

看樣子會有暴風雨。那沉甸甸的，像座城市似的堆積雲層堆得更厚更黑，他又聽見了震耳的雷聲。紅色的教練機還在空中兜圈子，奈迪覺得他似乎可以聽見飛機駕駛爽朗的笑聲；又是一記響雷出現的時候，他決定打道回府。有火車的鳴笛聲，這下他糊塗了，弄不清楚現在究竟幾點。四點？五點？他想著這個時候車站裡，應該會有穿著制服罩著雨衣的服務生，拿著用報紙包裹著鮮花的小矮子，還有哭個不停等候列車的女人。天色突然就暗了；也就在這時候，小鳥精準地意識到暴風雨即將來臨，連歌聲都變了調。他背後一株橡樹頂上出現了奔騰的水流聲，彷彿打開了水龍頭似的。

他為什麼喜歡暴風雨，房門被風吹開，挾著大雨的風無情地竄上樓梯，他到底在興奮什麼呢，為什麼在老房子裡關窗這麼簡單的動作會讓他覺得無比重大，為什麼暴風帶來雨的信息會讓他認定那代表著的是好消息，是激勵，是喜訊呢？來了，爆發了，一股煙硝味，大雨鞭打著那兩隻日本燈籠，那是里維太太前年從京都買回來的，是前年嗎，或者更早？

他待在里維家的涼亭一直待到暴風雨過去。大雨涼了天氣，他冷得發抖。強勁的風勢剝落了楓樹上紅紅黃黃的葉子，四散在草地和水面上。現在是仲夏，這楓樹本該凋零，但他卻感受到了秋天的蕭瑟。他挺起肩膀，乾掉杯子裡的酒，向著威爾契家出發，這才發現他們家的泳池是乾的，沒水。

這一個水路連線上的缺口竟令他感到莫名失望，他覺得自己就像一個尋找活水源頭的探險者，結果找到的卻是一攤淤塞的死水。他既失望又困惑。夏天出遠門稀鬆平常，可是哪有人會把游泳池的水整個抽乾。威爾奇他們肯定出門了。屋裡的家具全部堆疊起來，用油布遮著。澡堂也鎖著。所有的窗子通通關著，走到屋子前面的車道，他看見樹上釘著一塊吉屋出售的牌子。他最後一次聽人說起威爾契家是什麼時候的事？是不是他和露辛姐在後悔說沒受到邀請跟他們一起吃飯的那次？好像才一個多星期前吧。是他記憶力變差了，還是因為對於不愉快的事情太記恨了，以至於模糊了事實真相？遠遠地他聽見打網球的聲音。這令他精神大振，擺脫所有的想法，把陰沉的天空，變冷的天氣都拋開一邊。今天是奈迪·莫瑞游泳穿越家鄉的日子。多麼美好的今天！他再次出發，開始他最艱辛的旱地輸送。

＊

那天下午你要是開車出去兜風，可能就會看見他，幾乎全裸的，站在424號公路的路肩，等機會穿越馬路。你可能會以為他是什麼犯罪案件裡的受害人，要不就是車子拋錨，或者根本就是個笨蛋。看他赤著腳站在公路邊的破爛堆裡，跟那些空啤酒罐、破衣服、破輪胎在一起，顯得既可笑，又可憐。其實打從一開始他就心裡有數，這些情況是這趟旅程中必然的一部分，這早就在他規畫之中。但是面臨這樣的交通流量，在豔陽下動彈不得，他真是沒有料到。他被人取笑、戲弄，還有人向他扔啤酒罐，他完全沒有心情也沒有氣度接受這樣的情況。他大可以往回走，回到韋斯特海齊家，他的露辛妲肯定還在那兒曬太陽。他沒有跟什麼人簽過約，也沒有立過誓、畫過押，甚至對自己也沒有。他，即便相信人類所有的執拗不過就是受到一般意識形態的影響罷了，所以他為什麼不能回頭？他為什麼非要完成這個行程，即便拚上性命也在所不惜呢？是什麼道理會把這麼一個玩笑、胡鬧變得這麼認真起來呢？他不能回頭，甚至連回想韋斯特海齊家那清澄碧綠的池水都不可以，甚至連吸一口當時的氣氛，想一下那些親切輕鬆地說著他們真是喝多了的聲音都不可以。這一個多小時的空檔，幾乎使他的回家之路成了不可能的任務。

一個老頭，在高速公路上以每小時十五哩的慢速駕著車，這給了他竄上路中間分隔島的機會。現在他得承受北向車陣的揶揄嘲弄了。還好，大約十到十五分鐘之後他總算平安通過。現在他只要再走一小段路就可以到達位在蘭卡斯特村邊緣的休閒中心，那兒有幾個手球場和一座公共游泳池。

泳池上吵雜的聲音、交錯的光影，就和本克家的派對一樣，只是聲量更大、更刺耳、更尖銳。

他一擠進人群，立刻碰上了難題，公共泳池的規定：「游泳者在下水前必須先淋浴。游泳者必須先洗腳。游泳者必須配戴識別證。」他淋過浴，在混濁的藥水裡洗過腳，再走到泳池邊上。水裡氯氣的味道刺鼻，在他眼裡，這游泳池根本是個大澡盆。兩個救生員待在兩架高高的梯子上，固定每隔一段時間吹響哨子，這等於在利用公共廣播系統對游泳的人施虐。奈迪想起了本克家藍寶石般的池水，他真擔心在這個大澡盆裡游泳會傷了他的運氣和魅力。不過他提醒自己，現在他是探險家，是朝聖者，這個泳池不過是露辛妲河域上的一小個淤塞的彎道而已。他皺著眉，潛入了這一池子的氯水中，他必須仰著頭，免得撞到人，即便如此他還是到處又碰又撞又推又擠。他游到水淺的一頭，那兩名救生員立刻衝著他大吼：「嘿，你，你沒有戴識別證，快上來，不准游。」他上來了，只是他們沒辦法追上他，他穿過味道難聞的防曬油和氯氣，穿過鐵絲護網，穿過手球場，穿過馬路，走進了哈洛倫莊園的林地。樹林沒有修整過，高高低低的很不好走，好不容易終於到了草坪和圍著山毛櫸樹籬的游泳池。

他跟哈洛倫家很熟，一對超級有錢的老夫婦，老是有人懷疑他們可能是共產黨。其實他們不是共產黨，而是充滿激情的改革家，每當遭人指控，這是常有的事，說他們在做顛覆滲透的時候，這對老夫婦就顯得特別興奮。他們家的山毛櫸樹籬顏色泛黃，他猜想八成也像里維家的楓樹有些枯萎了。一方面為了讓哈洛倫夫婦知道他來了，一方面也為了緩解他侵犯人家隱私的罪過，他邊走邊喊著哈囉，哈囉。哈洛倫夫婦不知基於什麼理由，從來也沒跟他解釋過，為什麼他們是不穿游泳衣的。總之沒有任何正當的理由。赤身露體也屬於他們的改革狂熱之一，所以在走出樹籬之前，他就很有禮貌的先脫下了泳褲。

哈洛倫太太，很壯碩的一個女人，一頭白髮，面容安詳，她在看《泰晤士報》。哈洛倫先生拿著長勺子在撈水面上的山毛櫸葉子。夫婦倆看到他沒有驚喜也沒有不悅。他們家的游泳池大概是這個鄉下地方最古老的一座了，粗石砌成的，長方形，水源來自一條小溪。沒有濾水器沒有幫浦，水色黃濁，是溪流的原色。

「我要游遍全郡。」奈迪說。

「是嗎，我還沒聽說誰有這能耐。」哈洛倫太太說。

「我從韋斯特海齊家開始，」奈迪說。「差不多有四哩路吧。」

他把泳褲留在池水最深的一端，再慢慢走向水淺的一頭，在水裡伸展了一下筋骨。鑽出水面的時候他聽見哈洛倫太太在說，「我們聽說了你的不幸，奈迪，我們非常難過。」

「我的不幸？」奈迪問。「我不明白你的意思。」

「是嗎，我們聽說你賣了房子，可憐啊你的孩子們……」

「我不記得我賣過什麼房子，」奈迪說，「我女兒她們都在家啊。」

「是啊，」哈洛倫太太嘆了口氣。「是啊……」她的聲音有著莫名的傷感，奈迪的聲音很輕快。

「謝謝你讓我在這裡游泳。」

「呃，祝你旅途愉快。」哈洛倫太太說。

他在樹籬外穿上泳褲，繫好腰帶。褲腰鬆鬆的，他想只這麼一個下午，他的體重就減輕了。他覺得很冷、很累，赤裸著身子的哈洛倫夫婦和那一池子不透明的水令他情緒低落。游泳這麼地耗費體力，那天早上滑下樓梯欄杆，坐在韋斯特海齊家曬太陽的時候哪裡會想到呢？他兩條胳臂好酸。

兩條腿僵硬，關節好痛。最糟糕的是鑽到骨子裡的冷，感覺上好像永世都不會再暖和起來似的。四周圍飄散著落葉，風中有木柴的煙氣。有誰會在這個時候燒柴火啊？

他需要喝一杯。威士忌可以暖身、提神，支撐他游完最後的旅程，讓他重新找回一路游泳回家的初心。泳渡海峽的人都喝白蘭地。他需要激勵。他穿過哈洛倫前門的草坪，走過一段小路來到他們為獨生女海倫和女婿艾瑞克．薩克斯建造的屋子。薩克斯家的游泳池很小，他發現海倫和她丈夫都在。

「啊，奈迪，」海倫說。「你在我媽那兒吃午飯嗎？」

「那倒是沒有，」奈迪說。「不過，我確實有順道過去看過你爸媽。」這話已經說明一切。「真抱歉這副樣子來打擾你們，我實在太冷了，想說你們能不能給我喝點什麼。」

「啊，我當然願意，」海倫說，「可是家裡剛好什麼喝的都沒有，因為艾瑞克動了手術。三年前的事了。」

是他失智了嗎？是他刻意把一些痛苦的事情隱藏起來，叫自己忘掉賣房子，孩子們出問題，朋友生病這些事嗎？他的眼睛從艾瑞克的臉上溜到他的肚皮，他看見三條蒼白的，縫合過的疤痕，其中兩條至少有一呎長。艾瑞克的肚臍沒了，奈迪想著，一個人在凌晨三點的時候，伸出手像查床似的檢查自己的身體，他順著疤痕摸下去，摸到的是一個沒了肚臍，沒了出生連結點的肚皮，那隻手會是什麼樣的感覺呢？

「我相信畢斯溫格他們家一定有喝的，」海倫說。「他們家有大型聚會，熱鬧得很。這裡都能聽見。你聽！」

她抬起頭，越過馬路、草坪、花園、樹林、空地，他再度聽見了浮在水面上的鬧熱聲。「我要下水了。」他說，他覺得既定的旅遊方式沒得選擇。他潛入冰冷的水中，喘著氣，整個人往下沉，他要繼續一個泳池接一個泳池的游下去。「我和露辛妲真的好想來看你們。」他側著身子，他的臉朝著畢斯溫格家。「大家太久沒見面了，我們很快就會來看你們的。」

他穿過幾片空地朝著人聲鼎沸的畢斯溫格家走去。能邀他喝一杯是他們的榮幸，他們肯定會很樂意請他喝一杯的。畢斯溫格每年都會邀請他和露辛妲去他們家吃飯，每次都是六個星期前就預約了。這對夫婦始終被大家冷落，但他們還是鍥而不捨地發請帖，完全不理會這個社會嚴峻武斷的現實。他們是那種在雞尾酒會上討論價格，在晚宴上交換市場情報，餐後愛講黃色笑話的人物。他們不屬於奈迪這一夥的，他們甚至不會出現在露辛妲的聖誕卡名單上。他懷著冷漠、寬容，外加一些些的不安走向他們的泳池，天色漸漸暗了，這是一年裡白晝最長的一段日子。派對很大很熱鬧。葛麗絲・畢斯溫格是一個會邀請驗光師、獸醫、房地產仲介和牙醫參加派對的女主人。沒有人游泳，暮色映照在泳池的水面上，竟有一種冬日的微光。有吧檯，他走過去。葛莉絲・畢斯溫格看到他便迎了上來，她沒有他期待的熱絡，反而是一副開戰的姿態。

「啊呀，這個派對真是樣樣齊全啊，」她大聲地說，「居然還有混進來的不速之客啊。」

她能把他怎樣？沒什麼大不了的，他不怕。「既然是不速之客，」他很有禮貌地問，「我能夠喝一杯嗎？」

「隨你的便，」她說。「你向來不把邀請當一回事。」

她轉個身去招呼其他的賓客，他走向吧檯點了一杯威士忌。酒保把酒遞給他，態度很差。在他所處的世界裡，打分數的人就是這些宴席上的侍者，如果連一個兼差的酒保都奚落他，那就表示他的社交行情已經不行了。也或許這個酒保是個新人，搞不清楚狀況。忽然他聽見葛麗絲在他背後說：「他們一夜之間就破產啦，除了薪水其他啥也沒有了，有一個星期天他過來向我們借五千塊錢……」她老是在講錢。這簡直比拿刀子吃豆子還要糟糕。他跳入泳池，游完全程，離開了。

名單上的下一個游泳池，也是倒數第三個，是他的老情人，秀麗．亞當。不管在畢斯溫格家受到什麼創傷，在這裡絕對可以療癒。愛情，說實在一點就是男歡女愛——是仙丹，是止痛藥，是回春丸，它能把生命的喜樂帶回到他的心中。他們勾搭在一起是在上個星期，上個月，或者去年。他不記得了。是他主動斷了這段關係，一切都聽他的，他穿過大門，她的游泳池四面都是圍牆，缺乏自信的表現。這曾經是他的泳池，當時他是情人，不倫的情人，沒有神聖婚姻關係，上不了臺面的占有。她在池畔，亮銅色的頭髮，她的體態，在蔚藍色的泳池邊仍令他有些遐想。他想，這真是一段輕鬆愉快的外遇，雖然在斷交的時候她哭過。她看到他似乎很困惑，他不知道她是否還在情傷。難道她還會哭？

「你要做什麼？」她問。

「我游泳回家，我要游遍這一區的每一座游泳池。」

「天哪。你長不大呀？」

「怎麼了？」

「如果你來是為了借錢，」她說，「我一分錢都不會給。」

「你可以給我一杯喝的。」

「我可以，可是我不願意。我不是一個人。」

「好吧，我繼續上路。」

他潛入水裡，游完全程，就在他試著把自己撐上岸的時候，他發現他的手臂和肩膀沒了力氣，他只好踩著池邊的梯子爬出來。側過頭他看見明亮的更衣間裡有個年輕人。他走上暗黑的草坪，聞著菊花和金盞花的香氣，是秋天的香氣，頑強固執，在夜空中，濃烈得像瓦斯。抬頭看，星星出來了，可為什麼他看到的是仙女座，仙王座和仙后座呢？那些仲夏夜的星座是怎麼了？他開始哭泣。

成年以來這大概是他第一次哭，因為是第一次，他當然感到從未有過的傷心、淒冷，疲憊與困惑。他不能理解那個酒保的無禮，不能理解這個情婦的無禮，這個曾經跪倒在他面前，哭得他褲子上全是淚水的情婦。他游得太久了，他泡在水裡太久了，他的鼻子喉嚨痛得厲害。現在他最需要的就是一杯酒，一個同伴，幾件乾爽的衣服，現在他明明可以直接穿過馬路到家，他卻繼續走向吉爾馬丁家的游泳池。這也是他人生中的第一次，沒有跳下水，而是從梯子走進冰冷的池水中，而且是不太靈光的側泳，這大概在他很年輕的時候學過。他步履蹣跚的走到克萊德家，費力地划完全程，中間一再停頓，一隻手支撐著岸邊歇息。他爬上梯子，甚至懷疑自己還有沒有力氣走回家。他的目標達成了，他把這一區的泳池全部游完了，他累到發昏，對於成功勝利幾乎毫無感覺。他彎著腰，支著門柱，他走上了自家的車道。

整棟屋子黑暗無光。是因為太晚了，他們都上床睡了？還是因為露辛妲留在韋斯特海齊家吃晚飯？兩個女兒跟她在一起，還是去了別的地方？她們會不會像平常星期日那樣，不肯接受邀請，寧願待在家裡？他試了試車庫的門，想看看哪幾輛車子停著，可是車庫門上鎖了，門把上的鐵鏽沾得他一手。往屋子走，他看見大雷雨把一根雨檐打鬆了，像鬆脫了的傘架垂在前門上，這倒沒什麼，明天早上修一下就行了。屋子也是鎖著的，他猜想肯定又是哪個笨廚子或者笨女傭幹的好事，過了好一會他才想起他們已經很久沒有請過女傭和廚子。他大聲地喊，用力地敲，還使勁地用肩膀頂，然後，他朝窗戶裡張望，屋子裡面空無一物。

蘋果的世界

年老的桂冠詩人阿薩．巴斯康在他的工作室，也可以稱做書屋裡來回地踱著步子。他始終想不出詩人的房子該起個什麼樣的名字。他拿著一份《義大利日報》在拍打幾隻大黃蜂，一面思考著為什麼他老是拿不到諾貝爾獎。其他各種頭銜他都得到了。在屋子的角落一隻皮箱裡裝滿著獎牌、獎狀、證書、彩帶、獎章。書房裡的暖爐還是奧斯陸的國際筆會送的，書桌是基輔作家協會的禮物，這棟書屋也是由他的國際粉絲團出資建造的。他獲贈書屋鑰匙的那天，義大利和美國的總統都致電祝賀。可為什麼他就是拿不到諾貝爾獎呢？啪達，啪達。書屋是一棟類似倉庫，有著人字形椽架的建築，朝北有一扇大窗，可以望見阿布魯齊。其實他寧願要格局小一點的空間、小一點的窗子，可是沒人跟他商量過。山的高度和詩的調性之間似乎是有一些落差的。在我寫這篇東西時候，他是八十二歲，住在蒙地卡邦山城底下的一棟別墅裡，位在羅馬的南邊。

他有一頭堅強濃密的白髮，前額搭著厚厚一撮劉海。頭頂總是有兩三撮豎起來的亂髮。每到正式場合，他會抹上肥皂把它壓平，但服貼不過一、兩個小時，通常在倒香檳的時候就又翹在半空中了。這也是他給人最深刻的印象之一。就像我們常常會因為某人的長鼻子，或者笑容、胎記、疤痕而記得這個人，對於巴斯康，令人難忘的就是他那幾撮不聽話的頭髮。有少數人稱他是詩人中的塞尚[34]。或許是因為他作品中的語言精準讓人聯想到塞尚，然而塞尚畫作底下所蘊藏的視野，並不是他的。這個錯誤的比喻之所以出現，起因於他最受歡迎的作品名稱，《蘋果的世界》。他的粉絲在他的作品裡看到了，他四十年間不曾再見的新英格蘭北邊的蘋果，那蘋果的滋味、種類、色彩，還有濃濃的鄉愁。

以純樸簡單著稱的他，為什麼會選擇離開佛蒙特而去義大利呢？難道這是他過世十年的至愛，艾蜜莉亞的選擇？過去很多事情都是由她作的決定。難道他這個農家子弟，真的天真到以為住在國外就能為他平庸的過去增色嗎？或者純粹是為了現實的問題，因為在自己的國家，他的一言一行很難避開公眾的注意？粉絲們發現他在蒙地卡邦之後，幾乎每天都會有人來，好在人數不多。他的照片每年總有一、兩次會出現在《賽事》或《焦點雜誌》上，一般都是在他生日的時候。大體來說，他的生活還是比在美國安靜得多。記得上一次回家鄉，他走在第五大道上，不斷被陌生人攔下來，要求簽名。在羅馬的街道上，沒人知道，也沒人在乎他是誰，這正是他最想要的。

蒙蒂卡邦（Monte Carbone）是阿拉伯人的小城，建立在一大片暗沉的花崗岩頂上。小鎮頂端有三條充沛純淨的泉水流向山坡的水塘和溝渠。他的別墅位在小城下方，花園裡有許多噴泉，水源就來自山頂的泉水。噴泉的水聲很大，毫無美感——盡是劈哩啪啦的聲音。泉水刺骨的冷，即便是在仲夏。他把琴酒、葡萄酒、苦艾酒全都冷藏在陽臺的一個水池裡。早上他在書屋工作，吃過午餐小睡片刻，然後爬上階梯進山城。

---

34 Cezanne，一八三九—一九〇六，法國畫家，他的畫注重和諧，有現代藝術之父的美譽。

這裡的灰石、臘腸，巴著牆角屋頂，顏色怪異的地衣對於美國人來說沒什麼感覺，縱然巴斯康在這裡已經住了好多年，一直被這些怪奇的東西包圍著，他也還是沒什麼感覺。登高的階梯令他氣喘。他不斷地停下來喘氣。路人都會跟他打招呼。你好，大師，你好！每次只要看見這座二十世紀小教堂磚造的側廊，他就會自言自語地咕噥起來，就好像是在向某個同伴引介這裡的美。這裡的美變化多端卻又帶著些陰鬱。在這裡他永遠是個陌生客，但是他的陌生似乎是時空跨越的隱喻，當他爬上這些陌生的梯子，走過這些陌生的圍牆時，他攀爬的，走過的似乎是時間和歲月——時時刻刻，月月年年。他會先在廣場喝一杯酒再去取信件。他任何一天收到的信件都遠超過全村人的總和。這些信全部來自粉絲們和一些邀請函：文學演講、朗讀、或者簡單的露個臉，他顯然是列在西方世界學術團體爭相邀約的名單中，當然，這些團體都是由歷任諾貝爾文學獎得主所組成的。他的信件都得用麻布大袋子裝，萬一太重他拿不動的時候，就由郵差的兒子安東尼奧護送他回別墅。這些信件總要讓他忙到五、六點。每週兩到三次會有人來造訪別墅，如果他看這些人順眼，在《蘋果的世界》書上簽名的時候，就會請他們喝一杯。書迷們幾乎從不買其他的書，儘管他出版了不下數十本。一星期有兩、三個晚上他會和客棧老闆卡邦玩西洋棋。兩人都覺得對方會作弊，所以在棋局沒走完之前，就算膀胱脹得快要爆掉，誰也不肯離開。他睡得很好。

與巴斯康齊名的四個詩人，一個舉槍自盡，一個投河，一個上吊，第四個死於譫妄。這四個人他都認識，處得也不錯，其中兩個生病的時候他甚至還照顧過，可是坊間含沙射影地說他選擇寫詩就是選擇自我毀滅，令他非常反感。他知道自殺的誘惑，一如其他各種形式罪惡的誘惑，所以他十分小心謹慎，屋裡絕不放槍械火器、繩索、毒藥、安眠藥之類的東西。Z是四個人中跟他最要好的一個，在Z的身上他看見自我毀滅的幻覺和才華之間有著密不可分的連結，但生性固執又傻氣的巴斯康堅決要破除，或者說忽視這個連結——他要推翻馬敘阿斯和奧菲斯[35]。詩是永續不朽的榮光，他堅信詩人的生命最後不該是像Z那樣，在一間只有二十三個空酒瓶的房間裡完蛋。既然他不能否定輝煌和悲劇之間連體的關係，那就決計破除它。

巴斯康相信，誠如考克多[36]說的，寫詩等於是在壓榨記憶底層中不全然理解的那個部分。他的作品似乎是一個回憶的動作。在寫的時候，他把回憶運用在現實之中，而真正的觸動絕對是他的記憶；他記憶中的感受，風景，面孔，和他自已習慣的語言。他可以花費一個月甚至更久的時間在一首短短的小詩上，但這首小詩中的細節與功夫卻大到無法形容。所有的字句不是他選出來的，而是從他初識語言至今所聽到的億萬種聲音中召喚出來的。記憶給了他精采有用的人生，有時他也不免擔心這些記憶會不會有窮盡的一日。在跟朋友或粉絲們聊天的時候，他總是竭盡所能地不許自己重複同樣的話題。凌晨兩、三點醒來聽著毫無美感的噴泉聲，他會花一個鐘頭的時間拿一些人名和日期來考問自己。巴拉克拉瓦戰役[37]中卡迪根勳爵的對手是誰？他費了九牛二虎之力才想出盧肯伯爵[38]的名字。還有Esse（存在）的動詞變化，用俄文數到五十，背誦鄧約翰、艾略特、托瑪斯、華茲

35 Marsyas及Orpheus，希臘神話中的兩個悲劇神祇，馬敘阿斯被剝皮而亡，癡情的奧菲斯死於非命。

36 Jean Cocteau，一八八九—一九六三，法國詩人，小說家，編劇，藝術家，導演。作品包括《詩人之血》、《奧菲斯》、《美女與野獸》等。

37 一八五四年著名的克里米亞戰爭巴拉克拉瓦戰役，由卡迪根勳爵，任輕騎兵總指揮官。

38 Lord Lucan是巴拉克拉瓦戰役中，英國重裝騎兵旅的指揮官。

華斯的詩篇，敘述義大利的復興運動[39]，自一八一二年米蘭的暴動開始到維托里歐·伊曼紐二世即位為止，列出史前時代的年份，一英里換算成公里數，太陽系的行星，光的速度。記憶力的反應確實變差，變慢，但還算過得去。唯一的大問題是焦慮。時間的殺傷力太驚人，令他不得不懷疑一個老人的記憶力能多強多久，是否勝得過一棵老橡樹；只不過三十年前他在陽臺上種的那棵北美橡樹就快要死了，他卻還清楚記得初見他心愛的艾蜜莉亞時，她那身洋裝的樣式和顏色。他利用不同的城市做腦力激盪。他想像自己從印第安納波利斯的車站走到廣場噴泉，從列寧格勒的歐洲大飯店走到冬宮，從羅馬的伊甸酒店經過特拉斯提弗列到金山聖伯多祿教堂。脆弱、缺乏自信，才會讓自己陷入一個人自問自答的困境。

有一天，不知是夜晚還是早晨，他的記憶力把他叫醒了，要他說出男爵拜倫的名字。他辦不到。他挖空心思，希望從中找出拜倫的名字，可是腦子裡依然是空空如也。是薛尼？波西？詹姆斯？他下了床，天很冷，他穿上鞋和外套，爬上樓梯穿過花園走到書屋。他抓起一本《曼弗雷德》，可是作者的名字只有拜倫兩個字。他的《恰爾德·哈洛德遊記》也是一樣。終於，他在百科全書裡找到了，這位男爵的名字叫做喬治。他告訴自己這只是記憶上的恍神，於是安心回到溫暖的床上繼續睡覺。像大多數老人一樣，他開始偷偷地研究起各種食物的名稱，就像換筆芯似的給自己充電。新鮮鱒魚、黑橄欖。百里香烤嫩羊肉、野菇、熊肉、鹿肉、兔子肉。另外還包括了所有的冷凍食物，土栽蔬菜，義大利麵食和罐頭湯類。

那年春天，斯堪地那維亞的一個書迷寫信給他，問說是否有榮幸為巴斯康做山城一日遊的嚮導。當時沒車子的巴斯康欣然同意。這個斯堪地那維亞人是個很討喜的年輕人，他們倆快快樂樂的啟程前往蒙地費里奇。在十四、十五世紀的時候，供應這座山城的泉水早已乾涸，小城居民大半已遷到了山下。如今山上殘存的只剩下兩座曾經十分宏偉的教堂。巴斯康很喜歡。教堂矗立在繁花野草中，壁飾依舊鮮豔，教堂的正面妝點著半獅半鷲的怪獸、天鵝、獅面人身的男女、展翅的火龍、飛蛇，和許多令人驚奇的變形物體。這兩座巨大神奇的教堂讓巴斯康見識到了人類無窮盡的想像力，令他動容。他們從蒙地費里奇轉往聖喬治奧，這裡有一些彩繪的墳墓和一座羅馬小教堂。兩人在小城下方的樹林裡野餐。巴斯康走進林子裡方便，沒想到撞見一對在做愛的男女。那對男女毫不在乎的光著身子，唯一能看見的部位就是那個陌生人毛叢叢的屁股。啊對不起，巴斯康嘟囔著趕緊換了一個位置，之後回到野餐的地方，他還是覺得不太舒服。糾纏的那對男女似乎淡化了他對教堂的記憶。回到家，有幾個從羅馬修道院來的修女拿著幾本《蘋果的世界》在等候他，請他簽名。他簽完名叫管家瑪麗亞給她們倒酒喝。她們也講了幾句雷同的恭維話，說他創造了一個宜人的宇宙；參透了風雨中的心靈美聲，可是他此刻想到的只有那個陌生人的屁股。那似乎比他熱衷尋找的真理更加有意義，更加有勁。這件事似乎已凌駕了他這一天所看到的一切——城堡、雲層、教堂、山嶺、遍野的繁花。修女們走後他抬起頭望著高山振作起精神，但是高山在他眼裡竟像是女人的乳房。他的心智不乾淨了。他似乎偏離了它的固執，袖手旁觀起來。遠方，他聽見火車鳴笛的聲音，他固執任性的心智是怎麼了？旅途的興奮，餐車裡的佳餚，火車上的美酒呢？所有這一切原本都是那麼的潔白無瑕，直到他的注意力偷偷地從餐車轉到了臥鋪的小隔間，爾後陷入荒唐的欲念之中。

39　Risorgimento，十九世紀至二十世紀初的義大利統一運動。

他想他得做點什麼轉移一下，晚餐後他跟瑪麗亞說說話。她總是很樂意迎合他，儘管他老是嫌她不愛洗澡，碗盤洗不乾淨，做事拖拖拉拉。她離開之後他確實覺得舒服些，但是問題當然還沒解決。

夜裡他的夢都很淫穢，他醒來好幾次，拚命想要甩掉這些男女交歡的意象。到了早上情況並沒好轉。似乎只有淫蕩，粗俗不堪的淫蕩，才是生命中唯一充滿歡樂色彩的元素。早餐後，他走進書屋，坐在書桌旁。宜人的宇宙，蘋果世界中的風雨聲似乎都已消失不見。淫穢成了他的宿命，他的一切，他情緒高漲地寫起一首很長的歌謠，名字叫做〈拯救雅典的笨蛋〉。當天上午他寫完詩稿之後立刻把它扔進那由奧斯陸國際筆會致贈的爐子裡燒掉。這篇東西根本低俗下流，他離開書屋走到陽臺，真心地後悔著。當天下午，他把時間都耗在寫一篇噁心的告白上，叫做〈提比略的最愛〉。下午五點兩個粉絲，一對新婚夫婦前來拜見。他們倆在火車上相識，兩人各拿著一本《蘋果的世界》。他們的愛情就像他書中所描述的，純真熱情。想著自己這一整天的胡亂作為，巴斯康幾乎抬不起頭來。

第二天他寫了篇〈一位公立小學校長的告解〉。中午把稿子燒了。他心情低落的走上陽臺，竟然發現從羅馬大學來了十四個學生，學生們一見到他，立刻開始朗頌〈天堂果園〉——《蘋果的世界》的開場詩。他全身發抖。兩眼含淚。在簽名的時候，他叫瑪麗亞拿酒給他們喝。學生們排隊跟他握手道別，他們握完了他那隻瀆神的手之後，便坐上專車回羅馬。他望著毫無精神的山嶺——毫無意義的藍天。正直良善的力量到哪兒去了？這力量真的存在嗎？是否令他著魔的下流交媾才是王道？淫穢之所以令人著魔，就在於它的粗俗。當他以激情做完這些下流課題的同時，他覺得無聊又可恥。情色的課程千篇一律，周而復始的幼稚和著魔，他發現自己一再重複著這個單調乏味的肢體動作。他寫了〈一個女傭的告解〉、〈棒球手的蜜月〉、〈公園裡的一夜〉。接下來的十天，他都窩在色情作家的大桶子裡；他不斷地寫著低俗齷齪的打油詩。他寫了不下六十首，然後通通燒掉。隔天一早他搭車去羅馬。

按慣例，他住進米諾瓦飯店，然後照著名單打電話給這裡的朋友，他知道無預警地來到一個大都市，找不到朋友很正常，沒有人會一直守在家裡。在街上閒晃的時候，他走進公廁，發現自己跟一個展露下體的男妓面對面。他瞪著那人，用一種天真，或者說老人家的遲鈍盯著他。那人的面孔一副蠢相，半昏迷，嗑了藥，醜陋至極。他擺出不雅的手勢站在那裡，對巴斯康來說，就像是某種天使，握著一把足以粉碎世俗，攻無不克的火焰劍。他連忙走開。天色漸暗，暮色中，羅馬城牆裡外，壅塞的交通，嘈雜的車聲噴發到了最高點。他閒閒地晃進西斯提那街上的藝廊，裡面的畫家或攝影家——他兩者都是——似乎也染上了巴斯康染上的毛病，只是情況更加嚴重。回到大街上，他甚至懷疑這個影響到他精神層面的色情迷霧已然籠罩一切。這個世界是不是，跟他一樣，迷失了方向？他走過一家張貼著節目表的音樂廳，心想著或許音樂可以淨化心靈，便買票入場。票房很差。伴奏出現的時候，整個場子坐不到三分之一。女高音上臺了，一個穿著深紅色裙裝的金髮麗人，當她唱起〈布魯肯的情人〉時，巴斯康該死的老毛病又犯了，他開始幻想脫掉她的衣服。她是用釦子？他想著。還是拉鍊？她唱完〈月長石〉接著唱〈紫丁香和玫瑰的日子永不再來〉，他決定選拉鍊，他幻想著拉開她背後的拉鍊，再溫柔地把她的衣裳從肩膀退下來。在唱〈祕密的愛〉時，他把她的衣裳往上撩，在唱〈皮耶的夢想〉時，他解開了她胸衣上的搭釦。當她走去後臺漱口潤喉的時候，他的白日夢暫時中止，等她一回到鋼琴邊，他馬上又開始動手解除她的吊襪帶和附帶的一切。

中場休息時間到了，她鞠躬下臺，他瘋狂鼓掌，為的不是她的音樂素養，更不是她的歌喉。然後，就像激情過後必然的羞愧、清醒、冷靜，他離開音樂廳回去飯店，但是他的發作期還沒結束。他坐在飯店房間的書桌旁，寫了一首關於傳說中驚世女教皇瓊安[40]的十四行詩。就技術層面來說，這篇東西當然比五行打油詩好很多，在道德上卻是半斤八兩。翌晨，他搭巴士回返蒙地卡邦，在陽臺上接見了一些粉絲。第二日他爬上書屋，又寫了幾首打油詩，然後從書架上取了佩特羅尼厄斯和尤維納利斯[41]的作品，看看在這個範疇裡前輩們的表現。

性愛的歡愉其實是無邪的，是光明正大的。每天下午他把寫好的作品扔進爐子燒掉的時候，他內心並沒有半點邪惡的感覺。會不會因為他的世界太蒼老了，社會責任的擔子太沉重了，對於這份持續加重的焦慮感，只有淫亂是唯一可以推託的答案？他究竟失去了什麼呢？當下的感覺應該是自尊心吧，一種光環和氣勢，有點像是皇冠。他現在似乎就舉著皇冠在做仔細的檢查，他查到了什麼呢？是否只是一些古早的心理恐懼，恐懼老爸磨刮鬍刀的帶子和老媽板著面孔的模樣，對於弱肉強食世界中一種幼稚的奴性的順服？他當然知道他的直覺太粗糙，太豐沛，太魯莽，是不是他自己允許這個世界和世界上所有的人都可以利用他來便宜行事，不管是節約經濟，建立教會，海陸戰備都可以強加到他身上？他舉著皇冠，向著亮光，這頂皇冠似乎就是由亮光打造出來的，它代表的就是大喜大悲的真實滋味。他完成的那些打油詩是無邪的，真實的，歡樂的。但同時也是淫穢的，究竟是什麼時候把這個生命的最真實變成了淫穢，這個每天早上令他痛苦掙扎的情境究竟是什麼？應該是真實的渴望和愛情啊：明艷照人的艾蜜莉亞，兒子誕生的暴風雨夜晚，女兒出嫁的那一天。這一切可以視之為日常，但對他來說，這些才是生命中的最美好——渴望與愛，這些才是最真實的世界。跟他桌上那首打油詩差了十萬八千里：「有個年輕的執政官名叫凱撒／他有很大的隱憂。」他把打油詩扔進爐子裡燒掉，然後下樓。

第二天情形更糟。他只是一遍又一遍的寫著 XXX，一連寫了六、七張紙。中午他把它們全數扔進了爐子。午餐時瑪麗亞燙傷了手指，罵個不休，最後說：「我該去看看蒙地佐丹奴的神聖天使。」「神聖天使是什麼？」他問。「那位天使可以淨化人心裡的想法，」瑪莉亞說。「他在蒙地佐丹奴的老教堂裡。他是用橄欖山上的橄欖木刻出來的，而且是由一位聖徒雕刻。只要你去朝聖，他就會淨化你的思想。」據巴斯康所知，朝聖是要用走的，不知道為什麼還必須帶著一枚貝殼。趁瑪麗亞睡午覺的時候，他在艾蜜莉亞的遺物裡翻找，他找到了一枚貝殼。天使也希望收到禮物的，他猜想，他又在書屋的箱子裡挑了一個金質獎章，那是蘇聯政府在萊蒙托夫紀念日頒贈給他的。他沒有叫醒瑪麗亞，也沒留字條。這似乎是老人家最常有的習慣。之前他從來不玩這種老人的把戲，他應該告訴瑪麗亞他要去哪，可是沒有。他穿過葡萄園，走向谷底的大馬路。快走到河邊時，他看見一輛小型的飛雅特離開大路，停在樹林裡。一個男人，和他太太，還有三個精心打扮的女兒走下車，巴斯康停下來觀察他們，他看見那男的帶了一管獵槍。他準備幹嘛？殺人？自殺？難道巴斯康就要看到一幕人類的祭禮了嗎？他坐下來，躲在厚實的野草叢中，看著。那母親和三個女兒顯得非

40 Pope Joan，西元八一四年英格蘭鄉下的一個小女孩，因緣際會地竟成了歐洲歷史一千年來最具爭議性的懸案主角。

41 Petronius and Juvenalis 都是古羅馬詩人，後者在英文中習慣以 Juvenal 稱呼。

常興奮。那父親一派怡然自得的樣子。他們講的方言，巴斯康一句也聽不懂。男人把獵槍從槍套取出來，在槍膛裡上了一顆子彈。他要他太太和三個女兒排成一排，兩手摀住耳朵。她們放聲尖叫。等到她們站好了，他就背對著她們，槍管瞄準天空，發射。三個女孩拍手歡呼，為了響亮的槍聲，和他們英勇的老爸。那父親把槍收回槍套，五個人再度坐上飛雅特，想必是，巴斯康猜測，開回他們羅馬的家。

巴斯康四平八穩地攤在草地上，睡著了。他夢見他回到了自己的國家。他看見一輛輪胎全都壓扁了的老福特卡車，停在陸蓮花的野地裡。有個戴著紙皇冠，披著浴巾的小孩從白房子裡衝出來。有個老頭從紙袋裡拿出一根骨頭，遞給一隻流浪狗。秋天的落葉堆積在有四隻獅子腳架的浴缸裡。雷聲驚醒了他，遠遠的，成形的，感覺就像個悶葫蘆。他沿著大路走，一隻狗過來和他做伴。那狗在發抖，他懷疑牠是否病了，會不會是狂犬病，很危險，後來發現那狗是害怕雷聲。每響一聲雷，這小畜生就全身哆嗦一次，巴斯康摸了摸牠的頭。他還真不知道動物也會害怕大自然。風颳著樹枝，快要下雨了，他仰著鼻子聞雨的味道。那是鄉下教堂裡潮溼的味道，老屋空房的味道，茅坑的味道，游泳衣還沒晾乾的味道——多麼熟悉快樂，他貪婪地嗅著。快樂歸快樂，他倒沒有忽略現實的需要，他必須找個躲雨的地方。路旁有一個等公車的小站，他和那隻飽受驚嚇的狗一起走了進去。那牆上髒得實在不像話，他待不住，只好又走了出來。繼續往前走，看見一間奇形怪狀的農舍，很像腦袋有問題的人搭蓋出來的傑作，這在義大利很平常。感覺像是被炸彈炸過，再東一塊西一塊的拚湊起來，不是隨意而是刻意，一種刻意表現出遭到攻擊的邏輯。農舍一側有個小木棚，一個老頭坐在裡面。巴斯康問他可不可以讓他避雨，老頭請他進去。

老頭看起來和巴斯康的年紀相仿，令巴斯康羨慕的是他好像沒什麼煩心的事。他的笑容很溫和，面容很開朗。他絕對不會有寫黃色打油詩的煩惱。他絕對不會口袋裡塞著貝殼，逼迫自己去朝聖。他腿上擱著一本書，是集郵冊，小木棚裡擺滿了盆栽。他並沒有拍手高歌，可是看得出來他有巴斯康所覬覦的，內心的平靜與安詳。巴斯康是不是也應該集郵、種盆栽呢？無論如何為時已晚。大雨來了，雷聲撼動著大地，那狗哀鳴著全身發抖，巴斯康安撫牠。驟雨幾分鐘就過去了，巴斯康謝過老人，繼續上路。

以他的年紀，他的腳力算是相當不錯了，他走著走著，就像大多數人一樣，走進了回憶——想起愛情，想起足球，想起艾蜜莉亞，想起踢中的觸地球。繼續走了一、兩哩路之後，他確定天黑前絕對到不了蒙地佐丹奴，有一輛車子停下來主動願意送他去村子裡，他欣然接受，只是心裡希望別因為這樣阻礙了他的誠意。他到達蒙地佐丹奴的時候，還沒天黑。這村子跟他住的村子差不多大小，也有石灰岩的圍牆和顏色怪異的地衣。老教堂位在廣場正中央，教堂的門鎖著。詢問之後，他在葡萄園找到了神父，神父正在焚燒修剪下來的枝葉。他說他要向神聖天使獻禮，他把金質獎章拿給神父看。神父想知道那是不是純金，巴斯康當下對自己的選擇感到十分後悔。他為什麼不選法國政府，或是牛津大學致贈的獎章呢？俄國人的黃金沒有純度的標示，他根本沒辦法證明它是否貴重。這時神父發現獎章上的賀詞是用俄文寫的。這不僅表示獎章不是真金；更且是共產黨的金子，非常不適合當作神聖天使的獻禮。就在這時，陰霾散開了，一到光束射進了葡萄園，照亮了這枚獎章。這是一個徵兆啊。神父對著空中畫了一個十字，兩人走回教堂。

這真是一間又老，又寒酸的鄉下小教堂。天使在教堂左邊的小禮拜堂裡，神父亮了燈。一身珠光寶氣的神像站在配有掛鎖的鐵籠子裡。神父打開籠子，巴斯康把他萊蒙托夫的獎章放在天使的腳邊。他雙膝跪下，大聲地說：「上帝保佑華特・惠特曼。上帝保佑哈特・克萊恩。上帝保佑狄倫・托瑪斯。上帝保佑威廉・福克納、史考特・費茲傑羅，尤其是歐內斯特・海明威。」神父把寶物鎖好，兩人一起離開教堂。廣場上有一間簡餐店，他吃了晚餐，還租了一個床位。那是很奇怪的一張黃銅床鋪，四個角落有黃銅製的天使，這些黃銅天使似乎擁有很強的福佑，因為他睡得安詳平靜，半夜醒來他竟然感受到了自己年輕時候的光彩。他的身心靈和所有的一切似乎都在發光，他再度睡著，一覺睡到天亮。

第二天，他從蒙地佐丹奴徒步往大路走的時候，聽見嘩嘩的瀑布聲。他走進樹林尋找。在一大片岩石上，有一道天生自然的綠色水濂，這讓他想起了他的家鄉，佛蒙特農場邊緣的小瀑布。記得小時候，在一個星期天的下午，他坐在水池上方的山丘上。他在那裡看到一個老人，頂著一頭跟他現在一樣濃密的白髮，從樹林裡走出來。他看著老人像個急色鬼似的解開鞋帶，脫光衣服。他先把手、胳臂、肩膀沾溼，接著整個人走進激流裡，發出一陣歡呼。過後他用內褲擦乾身子，穿上衣服，就走回樹林裡了，一直到他消失無蹤影的時候，巴斯康才發覺那老人就是他的父親。

現在他的動作就跟當年他父親一模一樣——解開鞋帶，扯開襯衫鈕釦，明知道長滿青苔的石頭，和那水流的力道都有可能要他的命，他還是赤裸裸地踩進激流裡，就像他的父親，發出一陣歡呼。在冰冷的水裡他頂多只能待一分鐘，但是當他踏出池水，他覺得終於找回了自己。他繼續朝著大路走下去，中途被幾個騎警攔住了，因為瑪麗亞報了警，全境出動搜尋大師。他衣錦榮歸似的回到蒙地卡邦，那天早上他寫了一首空靈高尚，無人能出其右的長詩，這首詩就算拿不到諾貝爾獎，也絕對可以榮耀他人生最後的歲月。

別樣的心情

為我在維羅納漆一堵牆，在門楣上繪一幅畫。這畫上最醒目的前景就是一片花圃，還有幾棟像皇宮似的宅子，遠處是城市林立的高塔。畫的右邊有個披著深紅色披風的信差奔跑下樓。敞開的門裡可以看見床上躺著一個老婦。床的四周圍著許多侍從。頂樓上有兩個男人在決鬥。花圃中央，一位公主正在為聖徒，或是英雄戴上花冠。獵狗、獅子和一些別的動物恭敬地在一旁圍觀。較遠的左邊有條大河，碧綠的河面有五艘帆船正要駛入港口。半空中有兩個穿著宮廷服飾的男人吊在絞刑架上。我朋友是個王子，維羅納是他的家鄉，只不過現在他的風景是通勤的火車、種滿紫杉的白屋、紐約的街道和門市，他戴著綠色絨帽，穿著綁腰帶的雨衣，衣袖上還有一個被香菸燒出來的破洞。

馬克安東尼歐．帕拉皮諾，或者照大家習慣叫的，大寶，是個貧民王子。他在米蘭一家公司做推銷縫紉機的業務員。他父親把最後一點祖產全都輸給了威尼斯的賭場，這損失真的不輕。維羅納城外一整座帕拉皮諾城堡，整個家族保留唯一的特權是他們可以在這裡下葬。儘管他父親莫名其妙地喪盡家財，大寶還是很愛他。那天他帶著老爹請我在維羅納喝茶，他對那老賭徒的態度真是畢恭畢敬。大寶的祖母裡面有一個是英國人，所以他頭髮顏色很淺，而且是藍眼睛。他高高瘦瘦，鼻子很挺，走起路來就好像穿著文藝復興時期的誇張服飾。他戴手套的方式很特別，一根手指一根手指的往上套，他穿雨衣非要綁上腰帶，彷彿要在腰帶上配把寶劍似的，他頭上的絨帽總是豎得老高，就好像上頭綴滿了羽飾。我剛認識他的時候，他有一個情婦，非常漂亮非常聰慧的一個法國女人。後來因為出差，與在羅馬的美國領事館工作的葛麗絲・奧斯本，陷入熱戀。她是個美女。她的性格裡有一種不肯妥協的倔強，令人不大敢造次。在政治理念上她是個反動分子，她也特別愛乾淨。一個喝醉酒的對頭曾經說她是那種在汽車旅館裡把水杯，馬桶坐墊都要封起來的女人。大寶愛她有千百種理由，其中最主要的一個因素是，她是美國人。他愛美國，據我所知，也是唯一一個問到最喜歡的餐廳時，會說是羅馬希爾頓飯店的義大利人。他們在名山卡比度里歐舉行婚禮，就在希爾頓飯店度蜜月。不久之後，他調派到美國，他寫信來問我能不能幫他找個住的地方。我們家附近剛好有房子出租，帕拉皮諾夫婦有意承租。

大寶和葛麗絲從義大利飛過來時，我剛好不在。我們重聚的地點約在子彈公園的車站月臺上，他搭星期二早上七點四十一分的火車。這個地點真的厲害了。場子周圍有上百來個通勤族，絕大多數都是男的，到處是軌道、枕木和引擎聲，只是沒有生離死別的感覺，純粹只是一種慣例儀式。我們的角色和晨光倒是很合拍，因為大家都會在天黑前回家，所以不會有踏上旅程的感覺。也因為這是一個正規常態的場面，所以大寶那頂絨帽和綁腰帶的雨衣看起來就顯得十分異類。他喊著我的名字，彎下腰來給了我一個骨頭都快壓碎的熊抱，還大聲地親吻我的兩頰。我實在無法想像，在七點四十分的月臺上，這樣的見面禮有多麼的怪異、狂妄、不合宜。這簡直就是驚悚。現場沒有一個人敢笑。有好幾個人別開臉去。有一個朋友臉色發白。我們大聲且怪腔怪調的英語又造成另一種轟動。那給人的感覺很做作，很不禮貌，很不愛國，可我又不能叫大寶閉嘴，或者向他解釋在美國我們早上談的都是一些無關痛癢的話題。我的朋友，鄰居他們談的是旋轉式的割草機和化學肥料，大寶談的是讚美這裡的風景，美國女人的白嫩，美國政治的理性，還有跟中國打仗的恐怖。他在麥迪遜大道跟我吻別。我只當在看我們的那些人我一個也不認識。

這次見面之後我們正式邀請帕拉皮諾夫婦晚餐，介紹他們跟我們的朋友認識。大寶的英文真是蹩腳。他會對一位女士說：「我可不可以上你那兒去？」其實他只是在問可不可以坐在她旁邊。不過，他確實有魅力，他的氣質和好看的長相讓他無往不利。我們沒辦法為他介紹任何義大利朋友，我們一個也不認識。在子彈公園區，為數不多的義大利人多半是勞工和傭人。其中頂尖的一個家族叫做迪卡洛，他們是成功又有錢的承包商，可是不知道是蓄意還是不經意，他們從來沒有越過義大利僑居的界線。大寶的身分因此顯得頗為尷尬。

一個星期六的早上，他來電話問我願不願意陪他上街買點東西。他想買幾條藍色牛仔褲。他把藍色牛仔褲說成「南仔褲」，我花了一點時間才搞懂他在說什麼。幾分鐘後他來了，開車載我去村子裡的軍裝店。他有一輛有空調的大車，車身全部鍍了鉻，奇亮無比，他開起車來真像羅馬人。我們一路講著義大利語走進店裡。店員一聽到我們的口音立刻變臉，就好像聞到了小偷或是空頭支票。

「我們要買幾條藍色牛仔褲。」我說。

「南仔褲。」大寶說。

「什麼尺寸？」

我和大寶討論一會，我們不知道換算英吋是多少。店員從抽屜拿出量尺給我。「自己量。」他說。我幫大寶量好尺寸告訴店員。店員扔了一條牛仔褲到櫃臺上，不是大寶想要的樣式。他比手畫腳解釋了半天，他想要質料軟一點，顏色淺一點的。忽然店老闆從後面堆滿長筒靴的鞋盒和工作服的大峽谷裡衝著那個店員大吼：「告訴他們我們只有這種。他們那裡的人根本只會穿山羊皮。」

大寶聽得懂。他的鼻子似乎變得更長了，每次只要情緒出現危機的時候他的鼻子就會有變化。他嘆了口氣。我真沒想到一個尊貴的王孫公子在美國，竟會因為他的外國腔而遭到如此不公平的待遇。在義大利我也看過一些反美的情緒，但絕沒有這般粗魯，再說我也不是什麼王子。在美國，帕拉皮諾王子就是個義大利癟三。

「多謝您。」我說著就往店外走。

「你哪裡來的，先生？」店員問我。

「我住在奇馬克巷。」我說。

「我不是問這個，」他說。「我是問你義大利哪裡？」

我們離開這家店，後來在別的地方買到了大寶要的牛仔褲，我看得出他這外國人的日子過得實在很危險。也許在像廣場飯店這樣的地方，他是帕拉皮諾王子的身分，可是在巧口福快餐店裡對著菜單不知所措的那副模樣，他根本就是個賤民。

大概有一個月左右沒看到帕拉皮諾了，再次看到這位大寶，又是在月臺上，這次他似乎交到了不少好朋友，雖然他的英文還是毫無長進。不久，葛麗絲來電話說她父母要來看望他們，問我們是否願意參加他們辦的雞尾酒會。這天是星期六下午，我們到的時候發現將近有十幾個鄰居很不自在地坐在那兒。大寶還沒抓準美國人的雞尾酒時間。他請大家喝溫熱的金巴利酒，吃水果糖。我用英文問他，有沒有威士忌，他問我想喝哪種威士忌。我說隨便哪種都行。「太好了！」他大聲地說。「那我給你黑麥威士忌。黑麥是最好的威士忌，對吧？」我提這件事，只是在說明他對於我們的語言和習俗上的拿捏還是很不到位。

葛麗絲的父母來自印第安納，一對不太體面的中年夫婦。「我們是印第安那人。」奧斯本太太說，「不過我們可是貨真價實的奧斯本家族後裔，就是十七世紀來到維吉尼亞，威廉斯堡定居的奧斯本家族。我的外曾祖父是南軍的將官，還獲得李將軍[42]親授的勳章呢。我們在佛羅里達也有這樣子的俱樂部。我們都是科學家。」

「是不是在甘迺迪角[43]？」我問。

「基督教科學會。」

我轉向奧斯本先生，他是退休的二手車商。他繼續談他們的俱樂部。他說他們的會員很多都是百萬富豪。俱樂部裡有一個十八洞的高爾夫球場，有遊艇碼頭，有大學畢業的營養師，還有嚴格的入會審議會。他壓低聲音，用一隻手擋著嘴巴，說：「我們儘量不收猶太人和義大利人。」

大寶站在我太太面前，問：「我可不可以上你那兒去？」

在房間另一邊的那位岳母，問他：「你在說什麼，安東尼？」

大寶低下頭。一副無助的樣子。「我在問杜克洛太太，」他膽怯地說，「我可不可以上去她那兒。」

「你要是不會說英文，」奧斯本太太說，「那最好閉嘴。你簡直像個強迫推銷的小販。」

「對不起。」大寶說。

「請坐。」我太太說，他坐下了，但是他的鼻子似乎變得好長。他真的受傷了。這場尷尬的派對不到一個小時就宣告結束。

過後，一天晚上，一個夏末的夜晚，大寶來電話，他說他必須跟我見個面，我就邀他來我家裡。他戴著手套，頂著綠絨帽。我太太在樓上，她實在不怎麼喜歡大寶，我也沒叫她下來。我調了些酒，我們坐在花園。

「你聽著！」大寶說。他居然用命令式的 *ascolta*。「你聽我說。葛麗絲瘋了……今天晚上，晚餐遲了。我非常餓，只要不準時吃晚飯，我就沒有了食欲。葛麗絲非常清楚這一點，可是我回到家，沒有晚餐。什麼沒得吃。她在廚房，鍋子裡在煮什麼東西。我很有禮貌地向她解釋，我必須準時吃晚飯。結果你知道發生什麼嗎？」

我知道，但要是這樣說出來就太沒腦子了。我說：「不知道。」

「你想不到的，」他說。他一手按著心口。「聽著，」他說。「她大哭。」

「女人很容易哭的，大寶。」我說。

---

42 Robert Edward Lee，一八〇七—一八七〇，簡稱李將軍，美國南北戰爭期間最出色的南軍將領。

43 即卡納維爾角，Cape Canaveral，一九六三—一九七三；曾改名為 Cape Kennedy。

「歐洲女人不會。」

「你娶的並不是歐洲女人。」

「這還沒完。最瘋狂的來了。她大哭，我問她為什麼哭，她解釋她哭因為自從變成我的妻子，她放棄了在歌劇裡唱女高音的偉大生涯。」

在這之前，我一向認為夏夜，夏末的夜晚，在我國和在義大利沒什麼兩樣。在這一刻，夜空裡所有的溫柔，螢火蟲和微風，全部不見了，我周圍草叢中的蟲鳴聲變得刺耳又有攻擊性，就像小偷在摩拳擦掌的聲音。他遙遠的家鄉維洛納突然變得無比巨大。「歌劇！」他喊著。「斯卡拉大劇院！因為我的關係，她今晚沒辦法在斯卡拉大劇院演出。她過去一直在上歌唱課，是沒錯，但是她從來沒有收到過任何演唱邀約。這次她拿這個發瘋。」

「好多美國婦女，大寶，好多美國婦女也都覺得為了婚姻她們放棄了職場的生涯。」

「真是瘋了，」他說。他沒在聽我說。「完完全全的瘋了。該怎麼辦？你願意勸勸她嗎？」

「我看沒什麼用，大寶，不過我願意試試。」

「明天。時間太晚了。你明天勸勸她好嗎？」

「好。」

他站起來，仔仔細細的，一根手指接一根手指的，套上他的手套。再戴上那頂想像中有羽毛裝飾的綠色絨帽，然後問：「知道我的神祕魅力，我不可思議的熱情，是什麼嗎？」

「我不知道，大寶。」我說，忽然我胸口一熱，我對葛麗絲產生了一股發自內心的同情。

「就是我的人生哲學，充分掌握了結果和得失。她就是少了這種哲學。」

他一坐上車立刻開走，速度猛到把地上的碎石子震得一草坪都是。

我把一樓的燈關掉，上樓進臥室，我老婆在看書。「剛剛大寶來了，」我說。「我沒叫你下來。」

「我知道。我聽見你們在花園說話。」她的聲音有些發抖，我看見她頰上有淚水。

「怎麼了，親愛的？」

「喔，我覺得我的人生都浪費掉了，」她說。「這種感覺超強烈。我知道這不是你的錯，是我自己對你對孩子付出得太多了。我要回劇院重新開始。」

我應該說一說我老婆的劇場生涯。幾年前，附近一個業餘的團體要演出蕭伯納的《聖女貞德》。由瑪格麗特擔綱主演。當時我在克里夫蘭出公差，身不由己，沒法看到她的演出，但我相信一定很精采。一共有兩場，第一場落幕，演員們上臺接受觀眾熱烈的掌聲。聽說瑪格麗特的演出非常精采、出色、動人、難忘。更令人興奮的是第二晚，還特別邀請了一些紐約知名的導演和製作人前來觀賞。其中好幾位都答應了。而我，我前面說過，我當時不在，這些都是瑪格麗特告訴我的。記得那是個冷冷的，亮得刺眼的早晨。她開車送孩子們上學回來後準備排演，背臺詞，電話鈴響個不停。大家都認為發掘了一個偉大的女演員。十點鐘烏雲漫天，颳起了北風。十點半開始下雪，中午大風雪進展成了暴風雪。學校一點鐘停課，孩子們全部接回家。四點鐘一半以上的道路封閉。火車不是脫班就是根本不開。瑪格麗特甚至沒辦法把車從車庫裡開出來，她只好徒步走兩英里的路到劇院。當然，製作人、導演一個也沒來，演員也只到了一半，整場演出因此取消。演出計畫預備往後順延，可是法國皇太子要趕往舊金山，劇院也有其他的預訂，原本同意來看劇的製片和導演也對大老遠的跑這一趟有些遲疑。瑪格麗特就此沒機會扮演聖女貞德了。她的懊惱可以想見。那些讚美的聲音在她的耳朵裡縈繞了好幾個月。這樣一個振奮激動的希望破滅了，她當然覺得她的失望是合理的是沉重的，這在任何人都一樣。

第二天我打電話給葛麗絲．帕拉皮諾，下班後直接去他們家。她臉色蒼白，看上去很不快樂。我說我昨天跟大寶談過話。「安東尼很難相處，」她說，「我認真想過要離婚，或者至少分居。我天生有一副好嗓子，可是他覺得我是故意拿這個來氣他，叫他難看。他說我嬌慣又不知足。但附近一帶我們是唯一沒有鋪地毯的人家，這是事實，當我叫人來幫我們估價的時候，安東尼發火了。他徹底地發火了。我知道拉丁人很情緒化，我結婚前大家就告訴過我，可是大寶發火的樣子真的好可怕。」

「大寶很愛你。」我說。

「安東尼太小心眼了，」她說。「有時候我會想大概是他太晚婚的緣故。舉個例子來說，我提議我們加入鄉村俱樂部。他可以學打高爾夫，你知道打高爾夫球在生意上有多重要啊。我們加入了俱樂部，他就會增加許多生意上的人脈，可是他認為我沒道理。他不會跳舞，我提議他去上舞蹈課，他又說我沒道理。我不是抱怨，我真的不是。再譬如說，我沒有皮草大衣，我也從來沒要求過，你非常清楚，我是這附近一帶唯一沒有皮草大衣的女人。」

我笨拙地結束了這次的會面，以及那些實際上看來無用的意見。我就像個精神上的騙子。我說的那些話當然沒用，情況當然不會好轉。我之所以知道，是因為大寶每天早上在火車上都會報給我聽。他不能理解美國男人為何都不抱怨他們的老婆，這真是天大的誤解。有一天早上他來車站對我說，「你錯了。你大錯而特錯。那天晚上我跟你說她瘋了，你告訴我說沒事。你現在給我聽著！她竟然買了一臺大鋼琴，她請了一個歌唱教練。她這麼做完全是出於惡意的報復。你現在該相信她瘋了吧？」

「葛麗絲沒有瘋，」我說。「她喜歡唱歌是事實，沒什麼不對。你應該了解她渴望歌唱生涯並不是惡意的報復。這附近幾乎每個女人都有這些嗜好。瑪格麗特一個星期有三天要去紐約擔任一位戲劇教練的助理，我從來不認為她是惡意報復或是發了瘋。」

「美國男人根本沒個性，」他說。「他們現實庸俗。」

我當時真想揍他，好在他立刻轉身走了。很明顯的，我們的友誼就此結束，我大大地鬆了一口氣，因為他每天說葛麗絲的那些瘋狂行徑，已經讓我非常不耐煩，況且我也沒有希望能夠讓他改變或是認清他的觀點。他的臉那麼黑，他的鼻子那麼長，他的態度那麼不友善。他用英文說：「這次你一定會同意我的看法了。」他說，「我來告訴你她幹了什麼好事。你聽了就明白，她惡意的報復絕對是沒完沒了。」他嘆息；咬牙切齒的吁出一口氣。「她要開演唱會啦！」說完這一句話他掉頭就走。

幾天後，我們收到一份邀請函，葛麗絲要在艾柏霖家唱歌。愛柏霖太太是我們這一區的繆思。她透過她的哥哥，小說家陶爾斯，結識了一些藝文人士，透過她大方的老公，一位成功的牙醫師，獲得了不少名畫。在她的牆上，你可以看到杜菲、馬諦斯、畢卡索、喬治·布拉克的作品，可是畫作上的簽名看起來都很糟，艾柏霖太太是一位超級善妒的繆思。這附近要是有另外一個女人也有相同的癖好，就會被她認為是東施效顰的剽竊者。那些名畫當然是屬於她一個人的，要是有哪個詩人來艾柏霖家度一個週末，那這個人就理所當然的成了她的詩人。她會帶著他到處亮相，慫恿他當眾表現，要大家跟他握手寒暄，但如果你跟這位詩人走得太近，或者跟他聊天超過一、兩分鐘，她就會惱羞成怒的岔進來宣示主權，感覺就像被她當場逮到你在偷他們家的銀器似的。這回我猜，葛麗絲成了她的公主。音樂會在星期天下午，天氣很好，我赴宴的心情很差。這或許會影響我對葛麗絲歌唱方面的評斷，不過其他人也說她唱得很糟。她唱了十幾首歌，大部分是英文的，大部分是通俗的抒情歌。在每首歌中間都聽得到大寶洩氣的嘆息聲，我知道他在想什麼，他一定認為這是她惡意報復的一種呈現——這些摺疊椅，這些花瓶，這些端茶水的女傭。他保持風度到音樂會結束，但是他的鼻子似乎愈來愈長，愈來愈大。

我有好一陣子沒見到他，有天晚上我看地方報紙上登著馬克安東尼歐·帕拉皮諾在67號公路車禍受傷，現在在普拉諾紀念醫院療養中。我立刻趕過去。我問護士他在哪間病房，她開心地說：「啊，你要去看東尼啊？可憐的東尼。東尼不會講英文。」

他住三個人一間的病房。他斷了一條腿，看上去情況很糟，眼裡還含著淚。我問他哪時候可以出院回家。「回去葛麗絲那邊？」他問。「永不。我永不回去。她的父母現在正陪著她。他們正在安排辦理合法分居。我要去維洛納。我搭乘二十七日的可倫坡號。」他啜泣。「你知道她要我做什麼嗎？」

「不知道，大寶。她要你做什麼？」

「她要我改名。」他大哭起來。

我送他上可倫坡號，主要因為我喜歡大船，喜歡航海的程度遠勝過我們倆的友誼，此後我再沒見過他。我這篇故事的結尾跟維洛納的牆壁毫無關聯，但是這件事的發生讓我想起了大寶，所以我決定寫出來。有一個名叫阿德里納波里斯的小城，離古城雅爾達大約六十哩，在克里米亞山脈靠旱地的一邊。我搭計程車過來，等候開往莫斯科的班機，在候機的時候遇到了唯二的另一個美國人。我們兩個當然很高興能夠遇上會講英文的人，我們兩個到餐廳點了一瓶伏特加。他是山上某個化肥植栽所的工程師，他準備回美國度六個星期的長假。我們坐在靠窗，望得見飛機場的位子，飛機場很安靜。很像在家鄉經過郊區那些專供包機使用的私人小機場。機場有擴音設備，一個年輕女性用俄語在播音，聲音清脆悅耳。我聽不懂她在說什麼，猜想應該是在叫伊戈．瓦希里維奇．克魯可夫到蘇聯航空公司的櫃檯報到。

「這讓我想起我太太，」這位朋友說。「那聲音。我現在離婚了，我跟那女孩結婚五年。她可以說是十全十美。漂亮、性感、聰明、多情，燒菜手藝一流，而且有錢。她原本打算當演員，結果沒當成，她也沒失望難過。她認為自己還不夠完美，所以二話不說就放棄了。我的意思是，她不像有些女人老是認為可惜了一番大事業。我們在灣岸，她在當地找了份工作，因為她受過訓練，我指的是她懂得怎麼發聲，他們讓她在紐華克機場擔任播音員。她的聲音太好聽了，不是做作也不會假假的，他的聲音很平穩很有趣很悅耳。一天四小時的班，播報的內容都像這一類的：『搭乘聯航飛往西雅圖的旅客請由十六號門登機好嗎？請亨利．塔維斯托克先生到美國航空公司的櫃檯報到好嗎？』我猜想現在這女孩播報的也是這些東西。」他朝著擴音器那邊點了點頭。「很棒的一份差事，一天只工作四個小時，她賺的比我還多，她有好多時間逛街、燒飯、做各種家務，這方面她表現得非常好。好了，等到我們帳戶上存到了五千塊的時候，我們想到了生孩子和搬去鄉下住。當時她在紐華克機場也播報了快五年了。有天晚上，吃晚飯前，我一面喝著威士忌一面在看報紙，我聽見她在廚房說：『請你上餐桌好嗎？晚餐好了。請你上餐桌好嗎？』她完全用機場廣播的那種腔調跟我說話，這讓我很生氣。我就說：『親愛的，你不要那樣跟我說話，不要用那種腔調跟我說話。』她說：『請你上桌好嗎？』這感覺就像在說『請亨利．塔維斯托克先生到美國航空公司的櫃檯報到好嗎？』我再一次說：『親愛的，你讓我覺得好像我在等著上飛機似的。我是說，你的聲音很美，可是你的口氣太沒人味兒了。』她接著說，仍舊是用這種經過調整的聲音：『這我也沒辦法了。』她給了我一個硬擠出來的甜笑，就像在機場上，你的班機延後了四個小時，害你趕不上轉機，還得在哥本哈根多待一個星期的時候，那些機場櫃臺小姐對你展示的笑容。接著我們就坐下來吃飯，餐桌上從頭到尾她都是用那種平穩悅耳的聲音跟我說話。真的就像在放錄音帶。就好像我是在跟錄音帶一起吃飯。飯後，我們看了會兒電視，她上床睡覺，同時叫我，『現在請你上床好嗎？現在請你上床好嗎？』這簡直跟呼叫飛往舊金山的旅客在七號門登機一模一樣。我上床睡覺，心想等明天早上應該就沒事了。

「總而言之，第二天晚上，我回到家喊了聲『哈囉，寶貝！』之類的，我聽見廚房傳來非常沒有人味兒的聲音在說：『請你去拐角的藥妝店幫我買一支白速得牙膏好嗎？請你去拐角的藥妝店幫我買一支白速得牙膏好嗎？』我立刻走進廚房，一把摟住她，給她一個大大的熱吻，說：『別這樣了，寶貝，別這樣了。』她忽然大哭起來，我以為她終於想通了，不料她一直哭，一面哭一面說我無情說我殘忍，我拿她的聲音借題發揮吵架。我們就這樣繼續生活了六個月，真的過不下去了。我真的愛她。在她讓我覺得自己是個又傻又笨，待在候機室裡千百個人中間的一個旅客，聽候她指點該走哪個登機門哪班飛機的旅客之前，她真的是一個好得不得了的女孩。之後我們天天吵架，最後我決定離開，她在里諾拿到了離婚同意書。她現在仍舊在紐華克機場工作，老實說我比較喜歡甘迺迪機場，但有時候我還是得上紐華克，我還是會聽見她在廣播，請亨利．塔維斯托克先生到美國航空公司的櫃臺報到……不過我並不是只有在紐華克機場聽見她的聲音，我到處都聽得見。奧利、倫敦、莫斯科、新德里。我的行程必須搭飛機，在全世界各地的機場，我都能聽到她的聲音，或者是很像她的聲音在廣播，請亨利．塔維斯托克先生到美國航空公司的櫃臺報到。奈洛比、列寧格勒、東京，哪裡都一樣，即便我聽不懂那些地方的語言，每次聽到都會讓我想起那五年幸福快樂的日子，想起當年她是多麼的可愛，真的好可愛，愛情啊真是神祕不可測。我們再來一瓶伏特加如何？我請客。這趟出差他們給我的盧布多到花不完，多出來的部分在邊界是要繳回去的。」

波西

回憶，就像乳酪板和新嫁娘收到的那些醜陋無比的陶器，似乎和大海脫不了關係。回憶就在這樣一張桌子上寫出來，修正、出版、審讀，然後開始他們無可避免的旅程，送到各家各戶，或是夏日度假小屋的書架上。我們最後租的一棟度假屋，床邊就有《女公爵回憶錄》、《北佬捕鯨人回憶錄》，和一本《告別了》的平裝本，這情況世界各地都一樣。我在塔爾米納住的飯店房間裡只看到一本書，叫做《加里波第大兵回憶錄》，在雅爾達，我在住房裡找到一本俄文的《生活憶往》。這些書因為曲高和寡，有些部分就順水流了，而大海是所有回憶的普世表徵，所以在這些回憶錄和隆隆濤聲之間自會有某種神祕的親密關係，對吧？因此我篤定這些書自己會找到出路，沿著風雨交加的海岸找到安頓他們的書架。我甚至可以看到收容他們的房間，看到房間裡的草蓆，糊滿鹽分的玻璃窗，甚至感覺得到那屋子在嘹亮的海浪聲中搖晃。

叔祖父因為倡導廢奴主義，在紐伯利波特的大街上被人用石頭砸死了。他那矜持保守的妻子，喬琪安娜（一位鋼琴演奏家），一個月裡總有一、兩次會把羽毛編在髮間，蹲在地板上，點起菸斗，接收來自亡者的消息，這純粹是印第安女人天賦的通靈能力。我父親的表妹，安娜．包因登，在拉德克里夫女子學院教希臘文，在亞美尼亞大饑荒[44]的時候把自己活活餓死了。她和她妹妹娜妮都是紅棕色的皮膚，高顴骨，納提克族印第安人的黑頭髮。我父親很喜歡回想在紐約開往波士頓的列車上豪飲香檳的那一夜。他覺得豪飲是英雄氣概。我叔叔哈姆雷特，一個口不擇言的老傢伙，曾經是紐伯利波特義勇消防隊球隊的明星球員，臨終時他把我叫到旁邊，吼著：「這個國家最輝煌的五十年我走過了。剩下的就全歸你了。」他傳遞給我的真是一大盤好東西——乾旱、蕭條、自然界的各種災變、瘟疫，還有戰爭。他當然錯了，但是他高興。這一切都發生在具有雅典精神的波士頓郊區，其實這個家族似乎和源自威爾斯，都柏林的浮誇作風更相近，對於酒精的各種堅持要比飛利浦．布魯克斯[45]的佈道詞還要豐富。

我母親家族中最耀眼的成員之一是一位抽雪茄的阿姨，她管自己叫做波西（Percy）。這其中並沒有牽扯到性向方面的問題。她很可愛，很漂亮，而且十分女性化。我們從來不是很親近。我父親好像並不喜歡她，不過我也不太清楚。我的外公外婆是在一八九〇年帶著六個孩子從英格蘭移民過來。我外公霍林謝德聽說是個莽漢，這個說法總給我一個人跳過藩籬躲子彈的印象。我不知道他在英格蘭惹了什麼麻煩，不過他移民到新世界來的旅費全部是由他的岳父，波西．狄維爾爵士出的，而且只要他不再回英格蘭，就會繼續匯錢給他。他討厭美國，來這裡幾年後就去世了。葬禮那天，外婆向孩子們宣布當晚要開一個家庭會議。大家討論日後的計畫。會議開始，外婆要孩子們輪流說出他們對人生的規劃。湯姆舅舅希望當兵。哈利舅舅希望當兵。比爾舅舅希望從商。愛蜜莉阿姨希

44 一九三〇年代亞美尼亞大饑荒死了八百萬人。
45 Phillips Brooks，一八三五—一八九三，美國主教牧師兼作家。

望結婚。我母親希望當護士照顧病人。芙洛倫絲阿姨──就是後來稱自己是波西的那位，她說：「我希望成為偉大的畫家，就像義大利文藝復興時期的那些大師！」外婆當場說：「你們總算還有一個像她那麼清楚自己要什麼的人，其他人都去工作，芙洛倫絲去上藝術學校。」結果就是這樣，到目前為止就我所知沒有一個人對當時的決定埋怨過。

這多麼圓滿，多麼不容易啊。當時他們的會議桌上應該點著鯨魚油或是煤油燈。他們住在多切斯特的一間農舍裡。晚餐大概是吃扁豆或麥糊，頂多再有一鍋雜菜湯。他們很窮。如果當時是冬天，那一定很冷，開完會，每當外婆，咱們端莊高貴的外婆，由屋後的小路走向臭氣沖天的茅房時，冷風就會把她的蠟燭吹滅。他們頂多一週洗一次澡，我猜想洗澡水大概是用水桶接的。波西簡單的一句話可把一個帶著六個孩子的窮寡婦累慘了。洗碗盤的大有人在，不過洗碗的水很髒很油膩，是靠幫浦打上來的，過後再用爐火烘乾。

達摩克里的派頭[46]說的是不知死活的裝模作樣，可是有些人不是假裝也不是矯情，外婆很喜歡在餐桌上講法文，但她的用意只是不想荒廢她所受過的高等教育。所以，她的世界當然簡單多了。舉個例子來說，有一天外婆在報上看到一個酗酒的屠夫，四個孩子的爸爸，拿了把切肉刀把老婆給剁了，她立刻坐上雙輪，也可能是四輪的馬車，管它幾個輪子，只要方便就好，趕往波士頓。凶殺案現場擠滿了人，門口有兩名警察守著。外婆穿過兩名警察，在血跡斑斑的屋子裡找著了屠夫的四個孩子，收拾起一些衣物，就帶著這四個孩子回家了。她讓他們在家裡住了一個多月，等他們找到寄養家庭為止。安娜堂姊決定把自己餓死，波西希望成為大畫家，也同樣都是直截了當的想法。因為在那個當下，波西認為只要走對了路，她就能做到最好。

她進藝術學校之後開始稱呼自己波西，因為她覺得藝文界對女人存有偏見。在藝校的最後那年，她畫了一幅六乘十四呎的奧菲斯馴服野獸的畫作。這幅畫使她贏得了一枚金獎章和一趟歐洲之旅，她在法國美術學院上了幾個月的課。回國之後，她接了繪製三張人像的任務，可惜她無心於此。她畫的人像太匠氣，三張都被退了貨。她不是逞強好鬥的女人，卻十分極端又挑剔。

從法國回來之後，她在北岸的遊艇俱樂部認識了一個名叫艾伯特·崔西的年輕醫生。我指的可不是富家子弟們的俱樂部，而是由一些度假的水手們用亂七八糟的漂流木隨便湊合成的地方。撞球檯面有飛蛾。舊貨攤蒐羅來的家具。標著「男生」「女生」的簡陋茅房，停靠著十幾艘中廣型的風帆，我父親常說這種帆船簡直就像不動產。波西和艾伯特就是在這種地方認識的，她戀愛了。那時他已經開始了醫界人生，專攻兩性方面的臨床診療，對於感情方面卻很生疏，我記憶中他很喜歡看孩子念禱告詞。他的腳步聲是波西最盼望的，身邊沒有他在她就無精打采，他抽雪茄時的咳嗽聲聽在她耳朵裡就像音樂，她繪畫本上畫的全是他的素描，他的臉、他的眼、他的手，結婚後，再加上他其餘的各個部分。

他們在波士頓的西洛克斯伯里區買了一棟老宅。天花板很低，房間很暗，窗子很小，壁爐通風不良。波西喜歡這裡的一切。她和母親共享廢墟的品味，對於這樣兩個高水準的女人來說似乎很怪異。她把空出來的一間臥房改成畫室，並且畫了一幅巨幅的油畫——普羅米修斯偷火給人類。這幅畫在波士頓展出，但無人問津。她接著畫了小仙子和人馬。這幅畫一直放在閣樓上，那人馬根本就

46 Damoclean，源自達摩克里斯的劍，The Sword Of Damocles，隱喻臨頭的危險。

是姨丈艾伯特。艾伯特的診所並不怎麼賺錢，我猜因為他太懶。我至今記得有一天下午他穿著睡衣在吃早餐。他們肯定很窮，依我看，家務、採買、洗曬衣物全由波西一手包辦。有一天深夜，我已經上床睡了，聽見父親在咆哮：「我沒辦法再供養你們家那個抽雪茄的姐妹了。」波西有時候替芬威宮[47]畫一些複製品，賺一點小錢，那當然不夠。藝術學校的一個朋友慫恿她去畫雜誌封面。這全然違反了她的抱負和本性，只是現實擺在眼前，沒得選擇，她開始替雜誌畫一些煽情的圖畫，幹得還挺出色的。

她絕對不是自大狂妄，只是無法釋懷，不能一展她極有可能擁有的天賦才華，和對繪畫的一片赤誠。等到她有能力雇用廚子的時候，她給廚子上繪畫課。我還記得她在晚年，生命快要結束之際時說過：「在我死前，我必須再回波士頓博物館去看看薩金特[48]的水彩畫。」我十六、七歲時，跟我哥哥去德國自由行，我在慕尼黑買了幾幅梵谷的複製品給波西。她興奮得不得了。繪畫，她覺得，有著無限的生命力；它就像在意識的洲際探險，探查一個全新的世界。日常無趣幼稚的工作損傷了她的手藝，曾經一度她雇了一名模特兒每個星期六早上供她畫畫，畫人體，畫生命。我偶爾會跑去她那兒，還一本書或是剪報，走進她的畫室看見一個裸體的年輕女子坐在地板上。「奈莉．凱西。」波西說，「這是我外甥，勞夫．華倫。」她繼續作畫。那模特兒甜甜地笑著，但應該只是客套的笑容，一部分也在緩和裸體不動的尷尬。她的雙乳非常漂亮，乳頭很放鬆，淺淺的顏色，比銀幣稍微大些。整個氣氛沒有情色也不嬉鬧，我總是快快離開。連著好些年我都很想念奈莉．凱西。波西的封面畫賺了不少錢，足夠她在緬因州買房，買大車，和一小幅惠斯勒的作品，這幅畫一直掛在客廳波西臨摹提香[49]的《歐羅巴》旁邊。

她的第一個兒子，洛威爾，在婚後第三年出世。他四、五歲大的時候，就看出是音樂奇才，他的手特別靈巧。非常擅長解開風箏線和釣魚線。他不上學，請了家教，大部分時間都在練習彈鋼琴。我討厭他有一大堆的理由。他心術不正，老是在頭髮上抹油。其實就算他頭上戴花，我和我哥哥也不會覺得驚訝。他不僅在頭上抹油，而且每次來我們家都把他的髮油瓶子留在我們的藥櫃裡。他八、九歲的時候就在史坦威音樂廳舉辦首演會，家族聚會的時候他總是彈貝多芬奏鳴曲。

波西想必在結婚不久就已察覺，她的老公好色成性，但是她像其他戀愛中的女人，總是抱著驗證懷疑的態度。她那麼愛慕的男人怎麼會不忠？她找了徵信社，跟蹤他到火車站附近一棟叫做奧菲斯的公寓房子。波西趕過去，發現他和一個失業的接線生在床上。他抽著雪茄，喝著威士忌。「我說，波西，」他好像說了這麼一句，「你這又何必呢？」所以她來我們家，跟我們住了一個多星期。她又懷孕了，她兒子保福一生下來腦子和神經系統就嚴重受損。艾伯特總是說她兒子好得很，一點問題也沒有，可是保福五、六歲就被送進康乃狄克一所不知是學校還是什麼的醫療機構。放假時他會回家，他學會了從頭到尾坐著好好吃飯，他能做到的大概也就這樣了。他是縱火狂，還有，一次洛威爾在彈奏〈華德斯坦〉的時候，他突然在樓上的窗口邊裸露著身子。儘管如此，波西從不怨嘆，她仍舊崇拜她的艾伯特。

47 Fenway Court，一八九八年 Isabella Gardner 以威尼斯的文藝復興宮殿為藍本在波士頓建造，於一九〇三年伊莎貝拉嘉納藝術博物館正式成立並開放。
48 John Singer Sargent，一八五六—一九二五，美國畫家，他的水彩畫，光影色彩堪稱一絕。
49 Tiziano Vecellio，英語系國家習慣稱他為提香（Titian），義大利文藝復興後期最傑出的畫家。

我記得，幾乎每個星期天家族都會團聚。我不明白為什麼大家要花那麼多時間聚在一起。或許大家都沒什麼朋友，也或許是覺得家人的親情高過友情。站在波西那棟老屋外面的雨地裡，我們心手相連，不是因為血脈或因為愛，而是一種意識，覺得這世界及世間的一切都懷有敵意。屋子很暗。有一股腥味。

來往的客人多半是外婆和老娜妮·包因登，把自己餓死的那個就是她姐姐。娜妮在波士頓公立小學教音樂直到退休，之後她搬去了南岸的農莊。她在那兒養蜂和香菇，讀樂譜，普契尼、莫札特、德布希、布拉姆等等等等……這些樂譜都是她一個在市立圖書館的朋友寄給她的。記憶中她非常親切。她看起來，就像我前面說的，就像個納提克族的印地安人。她的鼻子有點鷹勾，每次去蜂巢她會用粗棉布遮著，一面唱著普契尼的〈為愛情為藝術〉。有一次我聽到有人在說她酗酒，但我不信。天寒地凍的冬季她會住在波西家裡，她總是帶著一套大英百科，擱在餐廳她的椅子背後，解決各種疑難雜症。

波西家的三餐分量相當紮實。每當寒風吹起，壁爐冒出煙氣，窗外落葉和雨水齊飛。我們退回到幽暗的客廳，所有的人都覺得很不舒服。這時候洛威爾會應大家的要求開始彈琴。貝多芬奏鳴曲的第一道音符就能把幽暗、閉鎖、腥臭的客廳轉變成一片美麗絕倫的風景。有一棟佇立在河邊綠野中的小屋。一個麻黃色頭髮的婦人踏出門外，雙手在圍裙上來回地擦拭。她呼喚她的情人。她不停地呼喚著，不料情況驟變。暴風雨來了。河水氾濫。橋梁沖毀。低音部分強大、陰沉、充滿惡兆。小心啊，小心！交通事故多到不計其數。暴風雨狂掃弗羅里達西岸。匹茲堡因為斷電而全市癱瘓。費城大饑荒，所有的人陷入了絕望。就在這一刻，一段充滿愛與美的高音吟唱起來。之後，強大的低音再度升起，更多的壞消息湧現。暴風雨席捲了北邊的喬治亞和維吉尼亞。交通事故繼續不斷增加。內布拉斯加霍亂大流行。密西西比河大決堤。阿帕拉契山脈一座活火山爆發。天哪，天哪！高音再度出現，充滿說服力，充滿希望，無比純淨，勝過任何一個人類的聲音。接著，一高一低的兩種音符開始融合，直到結束。

一天下午，演奏結束，洛威爾，艾伯特姨丈和我，我們三個驅車前往多切斯特的貧民窟。時序初冬，天色很暗，下著雨，波士頓的雨威信十足。他把車停在一間木屋前面，說是要去看一個病人。

「你認為他真是去看一個病人？」洛威爾問。

「是啊。」我說。

「他是去看女朋友。」洛威爾說著就哭了。

我不喜歡他。我一點都不同情他。我只希望多一些像樣的親戚。他擦乾眼淚，我們不說話，枯坐著等，艾伯特姨丈吹著口哨，得意地回來了，身上有香水味。他帶我們去藥妝店吃冰淇淋，回到家，波西打開客廳的窗子，讓空氣流通。她顯得很疲倦但還是興致高昂，我猜想她和屋子裡其餘的人都知道艾伯特去了哪。我們該告辭了。

洛威爾十五歲進入伊斯曼音樂學院[50]，畢業那年他和波士頓交響樂團合作彈奏貝多芬G大調鋼

50　Eastman Conservatory，世界最有名望的音樂學院之一，隸屬於羅徹斯特大學。

琴協奏曲。儘管一再交代絕對不可以提錢的事，我居然還一直記得他初登場的開銷細節，這真的很奇怪。他的燕尾服一百元，他的教練五百元，交響樂團付給他兩場的報酬是三百元。全家人分散開來坐，這樣才不會興奮得太超過，但我們還是興奮到了一個極點。音樂會結束後，我們去後臺休息室喝香檳。指揮庫賽維茲基沒有出現，首席小提琴博金來了。《先鋒報》和《晚訊報》上的樂評很不錯，但是兩份報紙都指出洛威爾的演奏缺乏感情。那年冬天，洛威爾和波西前往西部芝加哥巡演，這趟行程出了問題。一方面他們倆不適合一起出遊；一方面演出沒受到什麼關注，觀眾也很少；無聲無息，這趟巡演之旅不算成功。他們回來之後，波西賣掉了一塊毗連老屋的土地，夏天去歐洲度假。洛威爾靠著彈鋼琴絕對可以養活自己，他卻偏偏在一家電器公司找了份作業員的工作。波西從歐洲回來之前，他來看過我們，把那年夏天發生的一些事情告訴了我。

「媽媽去歐洲之後，爸很少在家，」他說，「晚上我多半是一個人。我自己弄晚餐，幾乎一直在看電影。我試過找女孩子，可是我太瘦，自己沒信心。有一個星期天，我開著老別克去海灘。這輛舊車是爸給我的。我在海灘看到一對很胖的夫婦帶著年輕的女兒。他們看上去很孤單落寞。赫胥曼太太非常胖，把自己打扮得像個小丑，她有一隻小狗。經常都是這樣，一個胖女人總是養著一隻小小的狗。我大概說了一些很喜歡小狗之類的話，他們好像很高興跟我聊天，接著我就跳進海浪裡，炫耀我的自由式，然後再回來陪他們坐著。他們是德國人，說起話來有一種很怪的腔調，我想他們的落寞孤單可能就是他們古怪滑稽的英文和肥胖造成的吧。他們的女兒名叫唐娜梅，她全身裹著浴袍，戴著帽子，他們告訴我說她皮膚太白太嫩，曬不得太陽。他們說她的頭髮很漂亮，她摘下帽子，我這才看到了她的頭髮。是很漂亮。蜂蜜的顏色，很長，皮膚是珍珠色。確實曬不得太陽。

我們聊著，我買了些熱狗和氣泡水，帶著唐娜梅在海灘散步，我非常的開心。天色不早，我主動提議開車送他們回家，他們原先是搭巴士過來的。他們說如果我答應跟他們一起晚餐，他們就願意搭我的車。他們住的地方跟貧民窟沒兩樣，赫胥曼先生是房屋油漆工。他們的屋子蓋在另外一棟屋子後面。赫胥曼太太說她要去煮晚飯，我何不趁這個時間拿水管去幫唐娜梅沖洗一下？這事我記得特別清楚，因為就這樣我戀愛了。她重新穿上泳衣，我也穿上，我拿水管溫柔地幫她沖洗。她很自然地，微微地驚叫著，因為水很冷，天色漸漸暗了，隔壁屋子有人在彈蕭邦升C小調前奏曲第28號。那鋼琴完全走音，那人也完全不會彈，可是這樂聲，這水管，唐娜梅珍珠般的肌膚，金色的頭髮，還有廚房飄來的飯菜香，加上朦朧的暮色，這所有的一切簡直就是天堂。我和他們一起吃完晚飯開車回家，第二天晚上我帶唐娜梅去看電影。然後又跟他們一起晚餐，我告訴赫胥曼太太我母親出遠門了，我父親更是難得一見，她說他們反正多一間空房，我何不住在那兒？所以隔天我收拾了一些衣服搬進了那個房間，就此一直住到現在。」

想不到的是，波西從歐洲回來竟然寫信給我母親，她寫的信肯定會被銷毀的，因為我們家族最討厭留下記錄。不管是信件、照片、文憑——凡是能夠驗證過去的東西全部都要一把火燒掉。不喜歡這些亂七八糟的東西應該只是他們的藉口，我想是因為害怕死亡。回首前程就是死亡，他們不要留下任何痕跡。這封信是絕對找不到了，不過如果真的有，根據我所聽到的，內容應該就是以下這個樣子：

親愛的寶莉：

星期四洛威爾在船上跟我見面。我在羅馬給他買了貝多芬的手稿，我還來不及給他，他就先宣布他已經訂了親，要結婚了。他哪有能力結婚哪，我問他打算靠什麼養家活口，他說他在電器公司有一份工作。我問他彈鋼琴的事，他說他每天晚上會練。我並不想掌控他的人生，我只要他快樂，但是我沒法忘記投注在他身上的巨額花費。我歸心似箭，可是一下船接獲這個消息真的很生氣。他還告訴我，說他不會再跟他父親和我同住。現在他住在他未來的岳父母家裡。

我回來忙著整理安頓，為了找工作連著去了好幾次波士頓，所以一直到過了一、兩個星期之後才有時間跟他的未婚妻見面。我請她喝茶。洛威爾叫我別抽雪茄，我答應了。我明白他的想法。他對於我那種（他所謂的）「波希米亞派」的作風非常不以為然，我得給人家一個好印象。他們四點到。她的名字叫做唐娜梅・赫胥曼。她的父母是德國移民。她二十一歲，在保險公司擔任辦事員。她說話的音調很高。笑起來吱吱咯咯的。有一樣算是她的優點，她有一頭很出色的黃頭髮。我猜想洛威爾或許是被她的金髮迷住了，但是這哪能成為結婚的理由啊。我們互相介紹認識的時候她吱吱咯咯地笑著。她坐在紅色沙發上，一看到提香的《歐羅巴》又開始吱吱咯咯地笑。洛威爾的眼睛簡直捨不得離開她。我給她倒茶，問她要不要加檸檬或是鮮奶油。她說她不知道。我再問她平常喝茶喜歡加些什麼，她說她都喝氣泡水，有時候喝啤酒。我給她附上牛奶和糖，我拚命想話題。洛威爾率先打破沉默，他問我她的頭髮是不是很漂亮。我說真的很漂亮。很費工的，她說。我一個星期要用蛋白洗兩次頭。啊呀，不知道有多少次我都想把它剪掉算了。人家不能理解。人家以為老天給了你一頭漂亮的頭髮，你就該寶貝它，這簡直就像洗一整個水槽的碗盤那樣的費工夫啊。你必須得洗它、吹乾它、梳順它，夜晚還得把它攏起來。我知道這的確很難理解，不過說真的，我真的好想把它剪掉，但媽咪要我對著聖經發誓絕對不會這麼做。我可以放下來給你看。

我說的句句是真話，寶莉。一點也不誇張。她走到鏡子前面，把頭髮上的髮夾全部拿掉，任由它們掉在地上。那髮夾真是多得不得了。我以為她要坐上去，不過我沒問。我說了好幾遍頭髮好漂亮。她說她知道我會很欣賞，因為洛威爾跟她說過，我是藝術家，對於美的東西都很有興趣。她展示了半天的頭髮，再大費周章的把它回復到原來的樣子。真是大工程啊。然後她繼續說有些人以為她的頭髮是染過的，這令她非常生氣，因為她覺得女人染頭髮是很不道德的事情。我問她要不要再喝杯茶，她說不要。我再問她有沒有聽過洛威爾彈鋼琴，她說沒有，他們家沒鋼琴。然後她就看著洛威爾說該走了。洛威爾開車送她回去，再回來問我，我猜八成是要聽稱許的好話。我的心當然碎成了兩半。他在音樂方面的大好前程就斷送在這一頭長髮上。我告訴他說我再不想見到她。他說他就是要跟她結婚，我說隨便他，我都不管。

洛威爾娶了唐娜梅。艾伯特姨丈參加了婚禮，波西信守諾言，從此再不見她的媳婦。洛威爾一年回來家裡四次，儀式性地探望他母親。他連靠近鋼琴都不。他不單放棄了音樂，甚至討厭音樂。他愚不可及的性品味竟然延伸到了他愚不可及的虔誠信仰。他從聖公會轉到了赫胥曼他們信仰的路德教會，每個星期天都去教會兩次。我最後一次跟他談話，他們正在募款蓋新教堂。他對他們的上帝敬愛有加。「在苦難中他不斷地，一再地幫助我們。當一切近乎無望的時候，他給予我們鼓勵和力量。但願我能夠讓你了解祂是多麼的奇妙，愛祂是多麼的福報……」洛威爾不到三十歲就過世了，因為所有的東西必須銷毀，我想他的音樂生涯想必也不會留下半分。

只是之後我們每次去那棟老屋，那兒的陰暗似乎更加深重。艾伯特繼續跟女人調情，春天釣魚秋天打獵，他不在的時候波西就像失了魂似的不開心。洛威爾死後一年不到，波西得了心血管方面的病。我記得有一次發作是在星期天晚餐的時候。當時她突然面無人色，呼吸又急又喘。她向大家告退，勉強撐著很有禮貌地說她忘了東西。她走進客廳，關上門，但是她急促的呼吸聲和痛苦的呻吟我們都聽到了。她走回來的時候，一邊臉上有好大一片紅斑。「你再不去看醫生，會死掉的。」艾伯特姨丈說。

「你是我的丈夫，你就是我的醫生。」她說。

「我說過多少次了，我不會把你當成我的病人。」

「你就是我的醫生。」

「你再不覺悟，你真的會死掉。」

他說的沒錯，她當然知道。現在，當她看到葉落，看到下雪，當她在車站或是門廳跟朋友道別，她都有一種從此不再的感覺。她在凌晨三點過世，就在餐廳裡，她起身去倒一杯琴酒，她的葬禮是全家人的最後一次聚會。

有一個小插曲。我在羅根機場準備搭機。走過候機室，一個掃地的男人叫住了我。

「我認識你，」他聲音沙啞地說。「我知道你是誰。」

「我不記得了。」我說。

「我是保福表弟，」他說。「我是你的表弟保福啊。」

我摸出皮夾，抽出一張十元紙鈔。

「我不要錢，」他說。「我是你表弟。我是你表弟保福。我有工作。我不要拿你的錢。」

「你好嗎，保福？」我問。

「洛威爾和波西都死了，」他說。「他們被埋在土裡。」

「我要遲到了，保福，」我說。「我會趕不上飛機的。很高興見到你。再會。」就這樣我出海去了。

警鐘第四響

我坐在陽光下喝著琴酒。時間是星期天早上十點。烏斯布里吉太太帶孩子們外出了。烏斯布里吉太太是家管。她負責做飯並照顧彼得和露易絲。

秋天。葉子已變色。早晨無風，葉子卻落了滿地。想要深入地了解，無論是一片葉或是一枝草，我認為，你都得先了解愛的強度。烏斯布里吉太太今年六十三歲，我老婆白莎不在家，史密桑尼太太（她住在小城另一邊）這陣子又情緒欠佳，因此我早上不大好過，就彷彿時間有門檻，或是一連串的門檻，害我過都過不了。玩玩足球或許還可以，可是彼得太小，而我唯一愛踢足球的鄰居又去了教堂。

我老婆白莎大概星期一回來。她總是星期一從市區回來，星期二再回去。白莎年輕貌美，身材超好。她兩隻眼睛，我覺得，距離稍微近了些，她的脾氣不好。孩子們還很小的時候，她的管教方式很兇。「我數到三，如果你再不把媽咪給你做的早餐吃掉，」她說，「我就叫你回床上去睡。一，二，三……」晚餐時候同樣的話我又聽她說一遍。「我數到三，如果你不把媽咪做的晚飯吃掉，我就不給你吃晚飯馬上叫你去睡覺。一，二，三……」同樣的話我聽她說了一遍又一遍。「媽咪數到三，如果你不把玩具撿起來，媽咪就把它們全部扔掉。一，二，三……」洗澡、睡覺，都在說，這一二三就成了孩子們的搖籃曲。有時候我在想，她八成是從嬰兒期就開始在數數了，我相信死到臨頭的那天，她一定會對著死神倒數計時。啊對不起，請容我再去倒一杯琴酒吧。

當孩子們到了要上學的年紀，白莎找到了一份工作，教六年級的社會課。這件事令她忙碌而且開心，她說她一直想當老師。她以嚴厲出名。她穿深色的衣服，髮式簡單，要求學生反省和服從。為了讓生活多一些變化，她加入了一個業餘的戲劇表演團體。她在《天使街》裡面扮演女傭，在《戴斯蒙阿克斯》裡面演滿臉皺紋的老太婆。她在劇團裡認識的那些朋友很開朗，我很喜歡陪她去參加他們的派對。有一個必須知道的重點，白莎不喝酒。她會禮貌性的喝一點杜本內，但不喜歡喝酒。

除了劇團的朋友，她聽說有個名叫《奧薩曼尼德茲二世》的裸體秀在徵演員。她把這事一五一十的跟我說了。她的教師合約上註明可以請十天病假，有一天她就請了病假去紐約。《奧薩曼尼德茲》徵召演員的地點在市中心劇團製作人的辦公室裡，她發現有一百多個男女在排隊等著面試。她從包包裡掏出一張還沒繳付的帳單，一面往前擠，一面把它當預約單似的揮著說：「請讓讓，請讓讓，請讓讓，我有預約……」居然沒人抗議，她很快就擠到隊伍最前面，祕書拿了她的姓名，社會安全號碼等等，要她進入小房間脫衣服。接著她就被帶到一間裡面有四個男人的辦公室。照情形看來這次面試相當慎重。他們告訴她整個表演都得光著身子。在演出時她必須模仿或是表演交配的動作兩次，並且參與包括觀眾在內的情欲演出。

我清楚記得她把來龍去脈告訴我的那個晚上。我們在客廳裡。孩子們已經上床睡覺。毫無疑問的，她非常快活。「我赤身露體，」她說，「可是我一點都不尷尬。我唯一擔心的是我兩隻腳有點髒，那地方很老派，牆上框著劇團的節目表，還有一張愛莎・巴利摩爾[51]的大照片。我赤裸裸的坐在這些陌生人前面，這輩子我第一次覺得我找到了自己。我找到了赤裸裸的自己。我覺得我變成了一個全新的女人，一個更美好的女人。光著身子，絲毫不難為情的在這些陌生人前面，這真是我此生最興奮刺激的經驗……」

我不知道該怎麼辦。現在，在這個星期天的早上，我仍然不知道我究竟該怎麼辦。我當時應該揍她。我說她不可以做這件事。她說我不可以阻止她。我提醒她還有孩子，她說這個經驗會讓她成為更好的媽媽。「我脫掉衣服的時候，」她說，「我覺得我好像把我身上所有的卑劣缺失都脫掉了。」我說她絕對得不到這份工作，因為她有開盲腸的疤。過了幾分鐘電話響了。製作人給了她一個角色。「噢，我太高興了，」她說。「啊，當你終於可以不要照著父母朋友訂出來的角色演出的時候，這人生是多麼的美妙豐富又神奇啊。我覺得自己就像一個探險家。」

我當時的配合，或者應該說束手無策，到現在還困擾著我。她違約，不再教書，正式加入演員工會，開始排演。《奧薩曼尼德茲》一開演，她就雇了烏克斯布里吉太太，並且在劇場附近租了一間酒店套房。我提議離婚。她說她看不出有任何離婚的理由。通姦和虐待這兩個理由還行得通，太太只是光著身子登上舞臺，老公能怎樣？我年輕時候曾經認識一些舞孃，其中有幾個也結了婚生了孩子。然而，她們只是在週六的午夜場做白莎的這種表演，我還記得她們的老公都是三流的搞笑演員，她們的孩子個個面黃肌瘦。

一兩天後我去找離婚律師。他說我唯一的希望就是雙方同意。以當眾模仿情色表演為由的離婚案件在紐約無前例可援，也不會有任何律師願意接受一樁無前例可援的離婚案件。我大部分的朋友都對白莎的新生活都三緘其口，避而不談。我猜想他們大概都去看過，我拖了一個多月。票價很貴，也很難買。那晚下著雪，我去了。這個劇院，應該說曾經是個劇院。舞臺前面的門楣歪歪斜斜，布景只是一堆廢棄的輪胎，唯一熟悉的東西就是一排排的座位和走道。劇院裡的觀眾始終令我很困惑。可能是因為一大堆不同類型的人擠在一個濃妝豔抹的屋子裡。那天晚上真是大雜燴。我進場的時候放送著搖滾樂。是那種聲音大到嚇人的老式搖滾，多半在像阿瑟那一類的地方演奏的。八點半，燈光暗了，演員，一共十四個人，從走道過來。理所當然，全部裸體，除了奧薩曼尼德茲，他戴著一頂皇冠。

我無法形容這齣戲。奧薩曼尼德茲有兩個兒子，好像都被他殺害了，我也不太確定。不知怎麼的，坐在我右手邊的一個陌生男子竟然把手放到我的膝蓋上。就人類的本能情況來說我不便斥責他，但是我也不想鼓勵他。我挪開他的手，忽然興起一陣深沉的懷舊，我想起年少時去過的那些電影院。在我成長的小鎮上有一家電影院——阿罕布拉宮。我最愛的一部電影叫做《警鐘第四響》。第一次看是在星期二放學之後，看完還繼續看晚場，沒回家吃晚飯，害得爸媽擔心，被罵了一頓。星期三我逃課，跑去看第二次，這次按時回家吃晚飯。星期四正常上學，不過一下學就跑去電影院，又連續看了半場。我爸媽八成報了警，因為一名巡警到電影院裡把我帶回家。星期五我被禁

51 Ethel Barrymore，一八七九—一九五九，美國演員，一九四四年因《寂寞芳心》榮獲第十七屆奧斯卡最佳女配角獎。

足，不許進電影院，不過星期六我全天待在電影院裡，星期六放映後就下片了。這部電影講的是用汽車代替馬拉的消防車。一共有四個消防隊。其中三個都換成了消防車，那些悲慘的馬匹因此被賣給了一些壞人。只有一隊沒有汰換，但是時日也不多了。消防人員和馬匹心情都很難過。忽然，就在這時發生了很大的火災。大家看到第一臺車，第二臺車，第三臺車都快速地衝往火災現場。回頭看靠著馬拉車的消防隊，景況十分淒涼。就在這時第四個警鈴響了，在呼叫他們。他們立刻行動，套上馬具，飛奔到市區。他們把火滅了，拯救了城市，獲得了市長的特赦令。現在舞臺上奧薩曼尼德茲正在我老婆的屁股上寫一些淫穢的字句。

是不是裸體這件事，這種刺激，拔除了她內心的懷舊之情（Nostalgia）？懷舊——儘管她兩隻眼睛有點鬥雞，懷舊正是她的主要魅力之一。這正是他的天賦，優雅地把記憶中的某些經驗帶進了另一個時空。在大庭廣眾之下讓一個陌生人騎在她身上，是不是令她想起了我們歡愛過的那些地方？在海邊的度假屋裡，在夏日的雨滴聲中，那些古早的，對於愛情，和美，靜好的承諾？我想著，派對後我們在雪中開車回家的感覺真好。雪花迎著車頭燈飛舞，我們彷彿是以每小時一百哩的車速飛馳著。派對過後在雪中開車的感覺真是好。忽然全體演員排著隊在催促我們，老實說是在命令我們——脫光衣服加入他們。

這似乎就是我此行的任務了。除此之外我如何能真正了解白莎的想法呢？我脫衣服的速度一向很快。這次也不例外。但是，有一個問題。我的皮夾，手錶，車鑰匙該怎麼辦？放在衣服裡面不安全。於是，我光著身子，右手拿著我所有值錢的東西踏上座位旁邊的走道。我剛開始起步，一個裸體的年輕人就過來制止我，嚷著——唱著——「放下你的身外物。身外物是不潔物。」

「可這是我的皮夾，我的手錶和車鑰匙啊。」我說。
「放下你的身外物，」他唱著。
「可是我得開車回家啊，」我說，「我皮夾裡有六、七十塊現鈔啊。」
「放下你的身外物。」
「我不能，我真的不能。我得吃、喝，然後開車回家。」
「放下你的身外物。」
這時他們一個接一個，包括白莎在內，開始唱和。全體演員齊聲大合唱：「放下你的身外物，放下你的身外物。」

被排拒的感覺一直是我的椎心之痛。或許某個心理醫生可以給個說法吧。這種感覺，這種類似的，熟悉的經驗，反射性的，自動自發的黏附在連鎖的最後一個環節上。演員的聲浪大而輕蔑，我站在那裡，一絲不掛，在這個城市的中心，被所有的人排拒，我想起漏接的足球，輸掉的比賽，陌生人不屑的嘴臉，門背後的嗤笑聲。我右手握著值錢的東西，我的靠山。這些東西並非無可取代，但是放掉它，就會威脅到我的本質，那就像我在地板上看得見的我的影子，我的名字。

我回到座位上穿起衣服。在這麼侷促的空間實在很費力。演員還在大聲嚷嚷。我走在這間破戲院陡斜的走道上，懷舊憶往的感覺特別強烈。記得看完《李爾王》和《櫻桃園》之後也走過這樣陡斜的走道。我步出了戲院。

外面還在下雪。有點暴風雪的味道。一輛計程車停在戲院前面，我想起我有防滑輪胎。這給了我很大的安全感，也讓我覺得厭惡奧薩曼尼德茲和他的裸露有理；我並沒有顯示我內心的束縛，我只是表現最實際最固執的一面而已。風把雪片刮到了我的臉上，我唱著歌，晃著車鑰匙，走路去搭火車。

阿提米斯，誠實的鑿井工

阿提米斯喜歡下雨的聲音，很療癒；還有各種流水的聲音，溪水、溝渠的水、瀑布、水柱、水喉。春天他會開車跑一百哩遠去聽瓦庫夏水庫的大瀑布。這沒什麼好奇怪的，他是鑿井工，水是他的專業，他的生計，他的熱愛。水，他認為，是文明的根。他看過恩布利亞一座廢城的照片，就因為那兒的井乾涸了，整座城市就此廢了。教堂、皇宮、農舍，全都因為乾旱而棄置；乾旱的力量大過了瘟疫、飢荒或戰爭。人類尋找水源就像水在尋找它的水位。水就是人。水就是愛。水就是水。

為了追根究底：阿提米斯就用這臺每分鐘能轉上六十下的帶鍊老鑽孔機，對著這顆星球上的土地大鑽特鑽。可怕的噪音引來了兩個人的抱怨。一個是異常神經質的家庭主婦，另外一個是同性戀詩人，他說那震動的聲音把他的計時器給毀了。阿提米斯很喜歡這個噪音。他跟他的寡母住在小鎮邊緣那些插著美國國旗，一眼就能認出來的白色營房裡面。在馬路邊上，六、七間小房子毫無章法的聚在一起。附近沒店鋪，沒教堂，一般該有的東西都沒有。有幾隻狗躺在草坪上，草坪修剪得很整齊，家家戶戶飄揚著美國國旗。但是這份愛國的情操並不能讓人聯想到這些居民曾經沾過祖國的榮光。確實沒有。這裡的人節儉刻苦，生活很拮据。真正得到經濟利益和好處的那些人對於星條旗反而沒啥熱情。舉例來說，阿提米斯的母親，一個刻苦耐勞的女人，她有一根旗桿，窗臺的花盆裡插著五面小旗子，大旗掛在門廊上飄揚著。

他的名字是他父親選中的，原以為這個名字跟自流井（Artesian Wells）有點關係。一直到阿提米斯長大成人，才發現這是依從希臘神話中狩獵女神的名字。他並不介意，總之，大家都管他叫做阿特。他總是穿工作服，冬天戴上水手帽。他對陌生人的態度有一種鄉下人的憨傻，甚至有些矯情，因為他書看得多，自然就多了一份心思和警惕。他父親的手藝是做學徒來的，他連高中都沒讀完。他父親總是遺憾自己書讀得少，非常希望兒子能上大學。阿提米斯進了北部一所叫做雷克頓的小院校，取得了工程學位。同時又因為受到萊特爾教授的青睞和指導而接觸了文學。其實萊特爾教授沒什麼特殊，但是經過他指導的學生都特別愛看書、寫作，談論對人類歷史的體會和見解。萊特爾特別看重阿提米斯，鼓勵他讀史威特[52]，鄧約翰[53]和康拉德[54]的作品。他因此寫了四篇論文，萊特爾慷慨的給他打了個A。他的耳朵對於有些字音特別敏感，像是「吵雜的」、「敲打的」、「悸動的」、「重擊的」。這有可能跟他的職業有關。

萊特爾建議他擔任工程學雜誌的編輯工作，他確實認真考慮過，他最後選擇的是鑿井工。這是在某一個星期六決定的，當時他和父親帶著鑿井的工具去郡南一棟剛蓋好的大房子，也就是一座莊院。莊院有游泳池，和七間浴室，那水井一分鐘出三加侖的水。阿提米斯依約要再往下打一百呎，即便如此出水也只能每分鐘出到六加侖。這個大而無當，又勞民傷財的房子更令他覺得這個行業的重要。水啊，水啊。（到最後屋主決定拆掉樓上六間臥室蓋一個大水槽，然後由當地的消防隊每週兩次把水槽注滿。）

阿提米斯對於生態方面的知識僅止於水。四月初他去釣魚，發現南分支瀑布的水面上盡是肥皂水似的泡沫。一部分是因為垂直下降的緣故。四月下旬左右，他在湖濱區釣到一條五磅重的鱒魚。在此地這簡直太神奇了，他把戰利品獻給保護區的管理員看，向他請教烹調的方法。「用不著麻煩了，」管理員說。「這魚一身的ＤＤＴ，吃了保證你進醫院。這兒的魚都不能吃了。四年前政府在湖岸噴灑ＤＤＴ，所有的殺蟲劑全部沖進了溪水裡。」阿米提斯有一回挖井，的確發現有ＤＤＴ，另外還有燃料油污。他對環保很熱心，很實際。他接過尋找飲用水源的案子，合約規定如果他找不到，就一毛錢也拿不到。汙染的環境對他來說不僅是對於人類的愚蠢貪婪感到悲哀，而且還嚴重的影響他的口袋。他曾經失敗兩次，這種情況對他和所有人都不利。

另外還有一件事：阿提米斯不信任民間探測水脈的占卜術。郡裡有幾個男的和兩個女的就是靠用分叉的果樹枝探測地下水源。果樹的果子必須要有一顆果核。所以，譬如蘋果樹的樹枝就沒用。等到果樹枝和占卜者心靈相通，找著了水源地，再雇阿提米斯去那裡鑿井。就他的經驗，占卜者水準很低，也很少探測到真正合適的水源，不過其中也確實牽扯到一些令人無法駁斥的魔法。在尋找水源這件事情上，有些人寧願相信一個術士，也不願找一個真正的工程師。要是魔術真的比學術好，那麼世間的一切就太簡單了：水啊，水啊。

阿提米斯是個經常想婚的人，可惜到了三十歲他還是沒老婆。他跟麥克林家的女孩交往過一年

---

52 Jonathan Swift，一六六七—一七四五，英國最傑出的諷刺文學作家，作品有《格列佛遊記》等。
53 John Donne，一五七二—一六三一，英國玄學派詩人。
54 Joseph Conrad，一八五七—一九二四，波蘭裔的英國小說家，作品以海洋為主，作品有《黑暗之心》。

多。兩個人算是情侶了，但他要求婚的時候，她卻捨棄他嫁給了傑克·巴斯康，因為對方有錢。這話是她說的。阿提米斯傷心難過了一個多月，之後就跟住在楓林道上一個離了婚的女人，瑪麗亞·派楚尼出雙入對起來，她是銀行職員。他當時並不知道，不過他有感覺，總覺得瑪麗亞比他大很多。他對婚姻的想法很浪漫，還帶著幾分天真，他希望他的老婆是個清新可人的處女。瑪麗亞當然不是。她是個性欲很強，酒量很大的女人，他們倆多半時間都在床上。有一天不知是夜裡還是清晨，他在她身旁醒來，思考著自己的人生。他三十歲了，到現在還沒娶到新娘子。他跟瑪麗亞約會了將近兩年。他想著她人很風趣，很善良，很熱情，很聽話。他撫摸著她的屁股，他想他是愛她的。她的屁股真是好到沒話說。縱然他腦子裡還存著人造牛油包裝上那個可愛小女孩的映象，可是那人在哪裡？哪時候才會出現？是他自己在騙自己吧？是他故意拿瑪麗亞和一個從未出現，也不可能出現的人在比較吧？等她醒來，他請求她嫁給他。

「我不能嫁給你，親愛的。」她說。

「為什麼不能？你想找更年輕的男人嗎？」

「是的，親愛的，但不是一個。我想要七個，一個接一個。」

「噢。」他說。

「我必須告訴你。我已經做到了。在我認識你之前就做了。我找了七個俊俏的帥哥來晚餐。他們都沒有結婚。其中有兩個是離了婚的。我煮了牛小排。我們喝很多酒，然後大家脫光光。我要的就是這個。等他們辦完事，我也不會覺得骯髒、下流、可恥。我沒有一丁點不好的感覺。你聽了會覺得噁心嗎？」

「倒也不會。我認為你是一等一的乾淨。我對你的看法就是如此。」

「你瘋了，親愛的。」她說。

他起床，穿上衣服，跟她吻別，事情大概就只能這樣了。他繼續跟她見面了一段時間，但是她的蜜月期已經過去，想必是有了新歡。他開始繼續尋找乳瑪琳包裝袋上的可愛小女孩。

初秋，他在歐姆斯代路上一棟老屋挖水井。第一口井快要枯了。住戶姓費勒，他們照一呎三十塊錢的工資付給他，這是當時的時價。在這塊熟悉的土地上找水源他頗有信心。鑽井架開始啟動，他就待在卡車駕駛座上看書。費勒太太走過來問他要不要喝咖啡。他禮貌地婉謝了。她長得不難看，但他早就打定主意，不沾惹家庭主婦。他要娶一個像乳瑪琳包裝袋上那樣的女孩。中午他打開午餐盒，三明治吃到一半，費勒太太又走了過來。「我給你做了很好吃的漢堡。」她說。

「啊，不用了，謝謝你，太太，」他說。「我帶了三個三明治。」他規規矩矩地叫了一聲「太太」，一般他都會說「免啦」，因為他正在看書。阿道斯．赫胥黎[55]的書，看得津津有味。

「進屋裡吧，」她說。「我不接受拒絕的。」她打開駕駛座的門，他爬下車，跟在她身邊走進屋子的後門。

她胸大屁股大，一張討喜的笑臉，頭髮肯定染過，灰色和藍色摻雜著。她讓他坐在餐桌的位子上，她坐他對面看著他吃漢堡。她直率地把她的人生經歷一五一十的說給他聽，這也是當時美國的一種習俗。她生在印第安納州伊凡斯威爾，北伊凡斯威爾高中畢業，讀高中時當選過蘋果花皇后。

55 Aldous Huxley，一八九四—一九六三，英國作家，代表作有《美麗新世界》等。

畢業後在布魯明頓大學繼續學業，費勒先生當時是教授，他當然比她年長得多。他們從布魯明頓搬到雪城，之後再到巴黎，他在那兒很有名。

「為什麼有名？」阿米提斯問。

「你是說你從沒聽說過我先生的名字？」她說。「杰比．費勒。他是很有名的作家。」

「他寫過什麼？」阿提米斯問。

「喔，他寫過好多好多東西，」她說，「他最有名的一本書就是《屎》。」

阿提米斯哈哈大笑，接著臉一紅。「書名叫什麼？」他問。

「《屎》，」她說。「書名就叫這個。我很驚訝你居然從沒聽說過這本書。它賣了一百多萬本呢。」

「你不是開玩笑吧。」阿提米斯說。

「當然不是，」她說。「跟我來。我拿給你看。」

他跟著她走出廚房，穿過幾個房間，那華麗舒適的程度他難得一見。她從書架上取下一本書，書名真的就叫《屎》。「天哪，」阿提米斯說：「他怎麼會寫這樣一本書？」

「是啊，」她說，「他在雪城的時候，獲得一個基金會贊助探究無國界的文學。他休了一年的長假。我們就這時候去了巴黎。他想要寫一本跟所有人都有關係的書，就像性愛，只是他拿到這筆獎助金的時候，關於性愛這方面的書該寫的都寫過了。於是他動起了另外一個念頭。反正，這是無國界的，是世界性的。他是這麼說的。這關係到所有人。國王也好，總統也好，水手也好。它跟水，火，土地，空氣一樣的重要。也許有的人認為這個題目不登大雅，他本來就討厭優雅精緻，而且就目前你買到的書來看，《屎》才是真正最純潔的。我真的很驚訝，你居然沒聽過這本書。它被翻譯成十二種語言。你看。」她指著書架，阿提米斯讀著 merde，kaka，ノンコ和 навоз[56]。「如果有興趣，我可以送你一本平裝本。」

「我很有興趣。」阿提米斯說。

她從書櫃拿出一本。「可惜他不在家。否則他一定很高興為你親筆簽名的，可惜他現在英國。他經常出外旅行。」

「謝謝你，太太，」阿提米斯說。「謝謝你的午餐和書。我得去工作了。」

他檢查過鑽井架，爬進駕駛艙，放下赫胥黎，換上杰比．費勒。他確實興致勃勃地讀著這本書，雖然他懷疑的心態依然十分的頑強。除了上過大學，阿提米斯從來沒有出外旅行過，但他總覺得自己像個旅人，經常和在一大堆陌生人當中。他覺得此刻的他就有外國人的感覺，就像是走在中國的大街上，因為他得想辦法理解這一個事實，在他住的世界上，竟有一個男人因為寫了一本關於米田共的書而致富，而大受尊崇。

整本書講的就是這個：米田共。有各種形狀、大小、顏色，外加許多關於廁所的描述。費勒真的遊歷過很多地方。有新德里的廁所，開羅的廁所，甚至還有，不知道他是幻想，還是真去過梵蒂岡教宗的寢間，和東京的皇宮。對於自然景致的著墨也很多——在西班牙某個檸檬樹林裡腹瀉，在尼泊爾某個山口便祕，在希臘群島上下痢。說實在這本書不算無趣，誠如她說的，它確實是世界性

56　依序是法文、德文、日文及俄文。

的，是無國界的，雖然阿提米斯還是覺得自己像是走進了類似中國這樣的異域。他不是一個老古板，但用字遣詞十分嚴謹。一口井太靠近化糞池的時候，他會把這層危險稱之為「與排泄的問題相關」。他會說曾經「上過」（這是他用的字眼）瑪麗亞多次，但是談過程和細節就顯得低級了。他認為，性愛高潮的喜悅似乎已經超越了言語的表達。五點多他把書看完了。看天氣像要下雨的樣子。他停了鑽井機，遮上防水油布，開車回家。經過一片沼澤，他隨手把這本《屎》給扔了。他不想藏著這本書，要跟他母親解釋起來挺為難的，再說，他也不想再看第二遍。

第二天下雨，阿提米斯全身淋得溼透。鑽井機具鬆脫了，一整個上午幾乎都在做調整。費勒太太很擔心他的身體。她先給他拿來毛巾。「你會重感冒的，小帥哥。」她說。「啊，你看你的頭髮好捲哦。」後來，她打著雨傘，給他送來一杯茶。她催促他進屋裡換一身乾爽的衣服。他說他不能離開鑽井機。

「還好啦，」他說，「我從來不會感冒。」他才說完這句話，就打了個噴嚏。費勒太太堅持說他要不進屋裡來要不就回家。他真的很不舒服，兩點左右他終於服輸停工。費勒太太是對的。到了晚餐時候，他的喉嚨好痛。他的腦袋也昏昏的。他服了兩片阿斯匹靈，九點上床睡覺。半夜醒來冷一陣熱一陣的發著高燒。高燒使他變得就像個小孩子。他整個人縮得像個胎兒，兩手夾在膝蓋中間，一會兒冒汗一會兒發抖的交替著。他覺得自己好孤單，又好像很安全，什麼都不必管，很舒服。他父親好像又活過來了，上完工回到家就會給他的釣具箱添加一個新的餌，或是電動火車換個新開關。她母親給他做了早餐，幫他量體溫。他燒到華氏103度（攝氏將近四十度），整個上午幾乎都在昏睡。

中午他母親進來說樓下有位女士想見他。她帶來了一些湯。他說他誰也不想見，他母親似乎有些為難。那女士是他的顧客。人家是一番好意。叫她走太沒禮貌了。他連反對的力氣都沒有，過沒幾分鐘費勒太太就拎著一大罐肉湯站在門口。「我就說他會生病，我昨天就跟他說了。」

「我去隔壁問問他們有沒有阿斯匹靈，」他母親說。「我們自己的都吃完了。」她走了出去，費勒太太把房門關上。

「噢，可憐的孩子，」她說。「可憐的孩子。」

「只是感冒，」他說。「我從來不生病的。」

「可你真的病了，」她說。「你是生病了，我早說你會生病的，傻孩子。」她的聲音抖嗦嗦的，她坐在他的床沿，撫摸著他的眉頭。「如果你昨天肯進屋裡來，你今天肯定還是生龍活虎的沒事。」她的愛撫延伸到他的胸膛、肩膀，然後伸到了他的被子底下，正中目標，因為阿提米斯從來不穿睡衣。「啊，可愛的小帥哥，」費勒太太說。「你都這麼快就硬起來嗎？好硬啊。」阿提米斯發出呻吟，費勒太太開始辦事。他拱起被，發出一聲悶哼。那發洩的火力有點像羅馬的煙火炮，說不定那些煙火的靈感就是這麼來的。就在這時他們聽見開大門的聲音，費勒太太離開床鋪坐到窗口的一張椅子上。她的臉非常紅，呼吸重得不得了。

「他們只有低劑量的阿斯匹靈，」他母親說。「藥效輕，不過只要劑量吃得夠，應該有用的。」

「你怎麼不去藥房買呢？」費勒太太說。「你只管去，這裡有我陪著他。」

「我不會開車，」阿提米斯的母親說。「好笑吧？這個年代了。我從沒學過開車。」費勒太太幾乎想要建議她走路去，又擔心會暴露自己的用心。「我來打電話給藥房，看他們肯不肯送貨。」他母親說著走出房間，沒有關上房門。電話在走道上，費勒太太照舊坐在椅子上。她一動不動地坐了好幾分鐘才起來裝著一副笑臉。

「好吧，等你好些，」她說，「再去幫我挖口好井吧。」

三天後他去復工。費勒太太不在家，十一點左右抱著一大堆雜貨回來。中午，他正要打開飯盒，她走出屋子，手裡端著小托盤，上頭擱著兩杯咖啡色、冒著氣泡的飲料。「我給你調了熱棕櫚酒。」她說。他打開駕駛艙的門，她爬上去坐在他身邊。

「裡面有威士忌嗎？」阿提米斯問。

「只有一滴，」她說。「大半是茶和檸檬。喝了會比較舒服。」阿提米斯嚐了一口，他真沒喝過這麼烈的東西。「你看了我先生的書嗎？」她問。

「我在看，」阿提米斯撒了個小謊。「我不明白。我是說，我搞不懂他為什麼要寫這個東西。我只看了一點點，不過我覺得它比一般的書寫得好。我最討厭看點著一根香菸走來走去，逢人就說『早安』的那種書。書裡的那些人就只知道走來走去。我喜歡看談地震、探索、潮汐之類的書。我不喜歡看書裡面那些人老是走來走去，開門關門。」

「啊呀，傻孩子，」她說。「你什麼也不懂。」

「我三十歲了，」阿提米斯說，「我懂得怎麼鑽井。」

「可你就不懂我要什麼。」她說。

「你要一口井啊，」他說。「一分鐘能出一百加崙的優質飲用水。」

「我不是說那個。我說的是我現在想要的。」

他稍微往後倒，解開了褲子。她把頭埋下去，很奇怪的一個姿勢，很像小鳥在啄穀子或是喝水的樣子。「嘿，這真的很棒，」阿提米斯說，「真是太棒了。我洩的時候要不要告訴你？」她簡單的一搖頭。「要來了，」阿提米斯說「一發大的要來了。你要我撐住嗎？」她搖頭。「啊呦，」阿提米斯吼著。「啊呦。」作為情人，他的缺點之一就是每到高潮時候，他總是大吼。「啊呦，啊呦，啊呦。」瑪麗亞就經常為這事抱怨。「啊呦，」阿提米斯喊著。「啊呦，啊呦，啊呦。」就好像他在承受性的虐待。「嘿，太棒了，」他說，「真的太棒了，不過我相信這樣肯定不健康。我是說，如果你老是這麼做，可能會變成彎腰駝背。」

她溫柔地吻了他說：「你真是瘋狂。」一共來了兩次。他分了一個三明治給她吃。

這時候井架已經鑽到三百呎深。第二天，阿提米斯停住鐵鎚，降下筒子測量水深。水質有些渾，但沒有肥皂泡沫，他預測大概一分鐘能出水二十加崙。費勒太太走出來，他把這個消息告訴她。她似乎沒什麼興趣。她的臉腫腫的，眼睛很紅。「我準備再往下鑽十五到二十呎，」阿提米斯說。「你就會有一口很好的水井了。」

「然後你就要走了，」她說，「再也不回來了。」她開始哭泣。

「別哭，」阿提米斯說。「求求你別哭，費勒太太。我討厭看女人哭。」

「我戀愛了。」她大聲啜泣起來。

「呃，像你這麼美的女人我想一定常常會戀愛的。」阿提米斯說。

「我愛上你了，」她抽泣著說。「以前從來沒有過。今天早上我五點醒來，就開始在等你。六點，七點，八點。太痛苦了。我不能沒有你。」

「那你先生呢？」阿提米斯樂觀地問。

「他知道了，」她抽泣。「他在倫敦。昨晚我打電話給他。我告訴了他。因為這是不公平的，他回到家希望見到的是一個愛他的妻子，這個妻子卻愛上了別人。」

「他怎麼說？」

「他什麼也沒說，就掛斷了。按照行程，他今天晚上回來。我五點要去接機。我愛你。我愛你。我愛你。」

「呃，我得趕工了，太太。」阿提米斯用他最拿手的憨直口吻說。「你先回屋裡去歇會兒吧。」她轉身往屋子裡走。他不是不想安慰她，碰上悲傷的事他最沒輒，他更知道現在他的任何一個表現都會有危險。他重新設定機具，再往下鑽二十呎，照這個深度他估計每分鐘大概可以打出三十加崙的水。三點半，費勒太太出門了。開車經過他的時候，她瞪了他一眼。她一走，他立刻加快速度。蓋上井蓋，收起鑽井架，開車回家。晚上九點，電話響了。他不想接，想叫他母親去接，但母親在看電視，身為鑽井工，應該接電話。「現在你們每分鐘可以出三十五加崙的水了。」他說。「哈佛山姆會去安裝貯水槽。有事找哈佛山姆就行了。」

第二天，他帶著獵槍，三明治，走去小城北邊的樹林。他打鳥的技術不算好，林子裡鳥也不多，只是走過樹林，走過牧場，翻過石牆令他心情愉快。回到家，他母親說：「她來了。那位女士。她給你帶了禮物。」她遞給他一隻盒子，裡面有三件絲質的襯衫和一封情書。當晚，電話鈴響，他讓母親跟對方說他外出了。那當然是費勒太太。阿提米斯已經好幾年沒有休假，他發現旅行的時間終於來臨了。翌晨，他去村子裡的旅行社。

旅行社，窄小陰暗，位在一條黑巷子裡，牆壁上貼滿了耀眼的海灘，大教堂和俊男美女的海報。業務員是個灰髮女人。她桌上有塊牌子寫著：要夠瘋才能當旅遊業者。她好像很疲累，她的聲音沙啞，也許是年紀，也許是威士忌，也或許是香菸。她菸不離口，一根接著一根地抽。兩次點菸的時候，那菸灰缸裡還有一根沒抽完的。阿提米斯說他有五百塊錢的預算，希望旅遊兩個星期左右。「唔，巴黎、倫敦，迪士尼樂園你大概都去過了，」她說。「大家都去過了。還有東京，不過聽他們說長途飛行太累。十七個小時待在七〇七上，只能在阿拉斯加的費爾班克斯稍微停一下。最近客人滿意度最高的就是去俄羅斯。有套裝行程。」她亮出一份公文。「三百二十八塊，經濟艙莫斯科的來回票，十二天一流的飯店，附帶三餐，免費打曲棍球，看芭蕾、歌劇、電影，還有公共游泳池的通行證。另外加購的行程可以去列寧格勒和基輔，自由選擇。」他問還有沒有其他的建議。「那，愛爾蘭吧。」她說，「不過現在是雨季。將近十天沒一班飛機在倫敦降落了。他們都集中在利物浦，到時候你再搭火車過去。現在羅馬太冷。巴黎也是。去埃及得花三天。兩個星期的行程，太平洋就免了，你倒可以去加勒比海，那兒的飯店很不好訂就是了。你大概想買些紀念品什麼的，俄羅斯可沒什麼東西可買。」

「我什麼也不想買，」阿提米斯說。「我純粹只是旅行。」

「聽我的忠告，」她說，「去俄羅斯。」

看起來這是他和費勒夫婦之間隔得最遠的一個距離了。他母親很沉得住氣。一般家裡有七面美國國旗的女人通常都會激烈地抗議，她只說了一句：

「想去哪就去吧，兒子。你值得改變一下。」他的簽證和護照花了一個星期，在一個愉快的晚上他登上了八點的俄羅斯航班，從甘迺迪機場直飛莫斯科。其餘的旅客多半是日本人，不會說英文，這是一段很長很寂寞的旅程。

莫斯科下著雨，阿提米斯聽到了他最喜歡的——雨聲。日本人會說俄文，他跟在他們後面穿過停機坪到達機場大廳，大家排成一行。隊伍移動很慢，他足足等了一個多小時，一個年輕的美女走過來問他：「您是阿提米斯．巴克林先生嗎？我有非常好的消息告訴您。跟我來。」她找到他的行李包，插隊辦好通關手續。一輛黑色的大車在等候著他們。「我們先去您的飯店。」她說。她有很重的英國腔。「然後去彼得羅夫大劇院[57]我們偉大的赫魯雪夫總書記對於您這位美國無產階級的勞工分子表示竭誠的歡迎。來我們美麗的祖國旅遊的人各種職業都有，而您是第一位鑽井的工人。」她的口氣輕快無比，似乎真心為這個消息感到十分的高興。阿提米斯一頭霧水，他又累又髒。從車窗往外看，他看見一棵樹上釘著好大一幅總書記的肖像。他嚇到了。

他怎麼會嚇到？他曾經為那麼多有錢有勢的人鑽井，從來不會膽怯或是害怕。赫魯雪夫只不過是一介農民，靠著老謀深算，旺盛的企圖心和運氣，讓他成為了兩億多人民的主子。這就是問題所在；車子行近城市，赫魯雪夫的肖像從麵包店、百貨公司，到街燈柱子上不斷地看著阿提米斯。赫魯雪夫的旗幟在莫斯科河的大橋上隨風翻飛。車子駛向地下道的入口時，一大張亮著燈光的赫魯雪夫肖像在馬雅可夫斯基廣場上俯瞰著他的子民。

阿提米斯被帶到一家叫做烏克蘭的飯店。「我們已經晚了。」年輕美女說。

「我得先洗澡刮鬍子，」阿提米斯說。「我現在這副樣子怎麼能見人。我還想先吃點東西。」

「您上樓去換洗吧，」她說，「我在餐廳等您。您喜歡吃雞嗎？」

阿提米斯上樓進了房間，先把浴缸上的熱水龍頭打開。任誰都猜得到，毫無動靜。他用冷水刮完鬍子，正要換衣服的時候，熱水管發出像威蘇威火山噴氣的聲音，開始噴出滾燙的生了鏽的黃水。他就用這個水洗了澡，換上乾淨的衣服，下樓。她坐在餐廳的位子上，餐點已經送到了。她好心的點了一杯伏特加，在吃雞之前他一口氣把酒給喝了。「我不想催促您，」她說，「可是我們會遲到。到時候我得解釋理由。今天是史塔維斯基戰役的慶典。我們要去彼得羅夫大劇院，您將會坐在貴賓席。我不能陪您入座，所以您一定聽不懂上面在說些什麼。上臺演說的人很多。等到全部演說完畢後，在後臺有招待會，我們偉大的赫魯雪夫總書記會親自歡迎您這位美國的無產階級勞工分子前來蘇維埃社會主義共和國。我看我們該走了。」

還是那輛車和那個司機在等候著他們，由烏克蘭飯店駛往彼得羅夫大劇院，阿提米斯數了一下，待會兒要見面的那個人一路上一共有七十張他的肖像。他們從後門進入大劇院。他被帶到臺上，演說已經開始了。慶典有電視轉播，大量的燈光讓舞臺熱得像沙漠，幾乎有一種錯覺，舞臺兩側都排著塑膠的棕櫚樹。阿提米斯一句話也聽不懂，他四處張望找尋那位總書記。他並沒有列席。主席位子上坐著兩個非常老的女人。第一個小時的演說接近尾聲的時候，他已經悶得不耐煩，加上膀胱脹得很難受。第二個小時快要結束的時候，他等於在瞌睡。終於典禮結束。後臺有自助餐宴，他照指示到了那兒，期待赫魯雪夫豪華登場，可是總書記不在場，阿提米斯向人問詢，也沒得到答案。他吃了一個三明治，喝了一杯酒。沒人跟她說話。為了舒展兩條腿，他決定從大劇院走路回飯

57 Bolshoi Theatre，莫斯科大劇院，世界十大歌劇院之一。

店。一離開劇院，就有一名警察上來制止他。他不斷重複那家飯店的名字，不斷指著自己的鞋，警察總算聽懂了，並且指點他走的方向。阿提米斯往前走。感覺上應該就是坐大車時候同樣的路線，怪的是沿途所有赫魯雪夫的肖像全消失了。從麵包店、街燈柱子，到高牆上微笑俯瞰他的那些照片全不見了。他以為自己迷了路，直到走過莫斯科河上的大橋，他還記得橋上飄揚的那些旗幟。現在也不飄了。他到達飯店，尋找大廳裡那張巨幅的赫魯雪夫肖像。不見了。於是，他像之前那些遊客一樣，在一個陌生的國家，走上樓，走進一個陌生的房間，嘴裡哼著虛幻不實的憂鬱藍調。他怎麼猜得到赫魯雪夫已經被罷黜了呢？

這件大事是在餐廳裡，一個同桌吃早餐的英國人告訴他的。那人還好心提撥阿提米斯，要是想找個口譯員，應該去中央政府機關，而不是蘇聯國際旅行社。他在卡片上用西里爾字母寫了一個地址。他用流利的俄文向服務生點餐，阿提米斯對他佩服之至；然而，他也只是一個遊客，他會用七種語文點炒蛋和烈酒，可是從一數到十他都說不上來。

飯店門前有排班的計程車，阿提米斯把地址交給司機。他們仍舊走大劇院相同的路線，阿提米斯因此可以再度確認這個事實，所有赫魯雪夫的肖像確實在兩三個小時之內全部撤走了。這肯定需要上千的人手。卡片上的地址是一棟又髒又暗的大樓，有一塊寫著英文和俄文的招牌。阿提米斯爬上幾層爛樓梯，到了一扇加了厚墊子的門口。為什麼要加厚墊子？隔音？還是有毛病？他推開門，面對一間燈光明亮的辦公室，他對一個非常標緻的年輕女性說，他要找一名口譯員帶他遊覽莫斯科。

俄國人似乎並不認為照明可以使竊聽器無所遁形。光線不是太亮就是太暗，年輕女孩站的位置那燈光就暗得可以。但是，他認為，她的美足以打敗這裡的環境。如果說，上千張赫魯雪夫的肖像能在三個小時之內全部消失，那麼，他為什麼不能在三分鐘之內陷入情網？他好像已經陷入了。她大約有五呎五吋。他是六呎，這表示她的身高很合適，這是一個值得重視的因素。她的眉毛，她的頭型都太棒了，她站在那裡，略微仰著頭，就好像她很習慣於跟比她高個子的人說話。她穿著襯托胸部的緊身毛衣，裙子也很貼身。整個辦公室似乎就由她在負責，儘管位高權重，她的態度並沒有絲毫的囂張。她的女性特質太強烈了，最明顯的特質有兩個：十分的少女和轉動頭部的動作特別快。她的情緒變化似乎也很快，感覺上很像一個年紀很小的女生。（他後來發現她三十二歲。）她轉頭的動作很像是因為視野不夠寬，但又不像是在瀏覽全景，而是對準了某些物件，一件一件地看過去。她的視野當然不狹窄，那只是他的感覺而已。她的相貌有一種懷舊的親切感，一種屬於過去女性的嫵媚。「科西夫太太會帶你過去，」她說。「不算計程車資，費用是二十三盧布。」她說話的腔調就跟機場接待他的那個女人一模一樣。（他哪裡知道，她們的英文師出同一人，都是從一名投共的英國家庭女教師在列寧格勒大學錄製的錄音帶學來的。）

他對這個陌生國家的風俗民情一無所知，但他決定冒險試一試。「你願意跟我一起吃晚餐嗎？」他問。

她露出一個像在考慮又愉悅的眼神。「今晚我要去聽詩歌朗誦。」她說。

「我可以跟你一起去嗎？」他問。

「可以啊，」她說。「當然可以。六點在這裡見。」接著她便打電話給科西夫太太。一個塊頭很結實的婦人，她很男性化的跟他握個手，臉上沒有一絲笑容。「請你帶我們這位從美國來的客人做二十三盧布的莫斯科觀光旅遊好嗎？」他數了二十三個盧布放在他一見鍾情的那個女人桌上。

下樓的時候，科西夫太太說：「那是娜塔莎．凡諾洛夫。她是凡諾洛夫將軍的女兒。他們住在西伯利亞……」

透露了這點訊息之後，科西夫太太開始讚美蘇維埃社會主義共和國，餘下的時間就一直是這個話題。他們從辦公室步行到克里姆林宮，很短的距離，她先帶他去參觀兵庫館。門口等候的隊伍排得好長，他們不排隊，直接走了進去。進入兵庫館，他們先把鞋子套上毛氈袋，才讓阿提米斯觀賞皇冠珠寶，皇家馬具和一些皇家的衣飾。阿提米斯覺得很無聊又很累。他們遊覽了克林姆林宮裡的三座教堂。這些教堂倒是令他覺得富麗堂皇，而且神祕。然後他們搭計程車到著名的特列季亞科夫畫廊。阿提米斯這時候開始注意到莫斯科特別的味道了——全都跟農耕有關，土壤的味道，酸奶的味道，酸乳酪的味道，工作服上的泥巴味道。這個味道同樣也停留在烏克蘭飯店的大廳裡。在克林姆林宮金碧輝煌的教堂裡，撚香的香氣沒了，聞著就像穀倉的味道，畫廊裡，乳酪和酸奶之外還多了一種神祕卻又清楚不過的牛糞味。一點鐘，阿提米斯說他餓了，他們就去吃午餐。飯後參觀列寧圖書館，看完圖書館，再到一間由修道院改造的民俗博物館。阿提米斯實在受夠了，離開修道院之後他說他要回飯店。科西夫太太說，行程還沒走完，不退費的。他說沒關係，隨即叫了計程車回烏克蘭飯店。

他準六點回到那棟辦公大樓。她在大樓外面等他，靠著門。「玩得開心嗎？」她問。

「還好，」阿提米斯說。「還好。我不大喜歡博物館，不過，以前沒去過，多少也能長些見識。」

「我討厭博物館。」她說。她輕輕挽著他的手臂，肩膀輕輕地碰著他的肩膀。她的頭髮是很淺很淡的褐色，不是金黃，但在街燈下很燦爛。簡單在背後編成一條短短的辮子，用一條橡皮圈綁著。溼冷的空氣裡有柴油廢氣的味道。「我們今天是去聽隆查夫斯基朗誦，」她說。「不遠。走路就到了。」

啊，莫斯科，莫斯科，一個最最沒有特色的城市！夏里亞賓[58]的半身像上有幾朵枯死的花，而這好像就是整個市區唯一的花朵了。一個偉大的城市在秋天的夜晚多少會有不同的感覺，有烘焙咖啡的香氣，（在羅馬）有酒香，有出爐的麵包香，男男女女都會帶著鮮花回去送給愛人，給伴侶，給隨便什麼人，甚至什麼人也不給。天色更暗，燈光亮了起來，阿提米斯完全感受不到一日將盡的興奮感。透過窗子，他看見有個孩子在讀書，有個婦人在煎馬鈴薯。是不是因為物是人非，王侯們都已走遠，而皇宮大苑依然存在，不管怎樣，人們總覺得這座城市的繁華已經名存實亡了？有個男人走過，手裡拎著裝了三條新鮮麵包的提籃。那人邊走邊唱著歌。這倒是讓阿提米斯感到很開心。

「我愛你，娜塔莎．凡諾洛夫。」他說。

「你怎麼知道我的名字？」

「科西夫太太把你的事都告訴我了。」

他們看見前面有詩人馬雅可夫斯基的雕像，阿提米斯以前（現在也一樣）對詩一竅不通。雕像大而無當，毫無品味，算是史達林時代的一項遺跡，把俄國所有的文學大家重新塑造，一個個看起來都像是列寧的的兒子。（甚至連可憐的契訶夫死後都給他加裝了魁梧的肩膀和巨大的眉毛。）天色

58 Feodor Ivanovich Chaliapin，一八七三—一九三八，男低音，俄羅斯著名的歌劇演唱家。

愈來愈黑，燈光多了起來。當人群出現的時候，阿提米斯同時看到了香菸的煙氣，聚在三、四十呎的半空中，一層平坦的，實在的，很不自然的雲霧。這可能是某種逆轉的過程吧。還沒走到廣場，他就聽見隆查夫斯基的的聲音了。俄文發音的力道比英文強得多，少了悅耳的美感，多了變化，或許這就代表著權威。那聲音很有力量，不只是音量，還有情緒的影響力。傷感而高貴。除了嘈雜的人聲阿提米斯什麼也聽不懂。隆查夫斯基站在馬雅可夫斯基雕像下面的講臺上，向著一、兩千的觀眾朗誦情詩，那些觀眾站在那層奇怪的雲霧，或者說煙罩子底下。他沒在唱歌，但是他那聲音的感染力就像在唱歌。娜塔莎比了一個手勢，彷彿她帶他來看的是世界七大奇觀之一，他以為她確實是這麼想的。

他是個旅人，一個陌生客，他旅行到這麼遠的地方來看陌生又奇怪的事情。夜色很冷，隆查夫斯基只穿著襯衫。他的肩膀很寬，骨架很寬。他的手臂很長。手很大，每隔幾分鐘他會握一次拳，那拳頭也特別大。他很高。黃頭髮，沒剪也沒梳。他的眼神真誠可靠，一個值得信賴的男人的眼睛。阿提米斯感覺他不僅在上頭掌控著群眾的注意力，甚至有人稍微分心，他似乎也能馬上知道。朗誦結束，有人遞給他一束枯死的菊花和他的西裝上衣。「我餓了。」阿提米斯說。

「我們去喬治亞餐館吧，」她說。「喬治亞的菜是我們這兒最好的料理。」

他們到了這家非常吵雜的飯館，阿提米斯第三次點了雞。離開餐館，她再度挽著他的手臂，肩膀靠著他的肩膀，在街上走著。他不知道她會不會帶他回家，如果會，他會看到什麼呢？年老的父母，兄弟姊妹，還是室友？「我們去哪？」他問。

「去公園。好嗎？」

「好啊。」阿提米斯說。公園，到處都一樣。有樹，這個時節樹葉大多凋零了，還有長椅和水泥步道。有一座水泥雕像，肩膀上扛著小孩的一個男人。那小孩捧著一隻小鳥。阿提米斯猜想這個雕像代表著前進或希望吧。他們坐在長椅上，他一手摟著她，吻了她。她很溫柔很熟練地回應著，接下來的半個小時他們不停地接吻。阿提米斯覺得輕鬆、浪漫，近乎銷魂。就在他站起來整頓褲襠裡的凸起時，她牽起他的手，帶他走向隔了一條街左右的公寓房子。一名武裝警察站在門口。她從皮包抽出一張類似識別證的東西，阿提米斯猜想。那警察檢查證件的態度無禮到了極點。擺明是在找碴。他幾次指著阿提米斯翻白眼冷笑，跟她說話的態度就好像她很下賤似的。要是在別的場合，在別的國家，阿提米斯早動手揍他了。最後，他們總算得到許可，踏進了像籠子似的電梯，上樓。就連這公寓房子，阿提米斯覺得也有農舍的氣味。她用兩把鑰匙開了門，帶他走進又髒又暗的房間。角落有一張床。繩子上晾著幾件衣服。桌子上有半條麵包和幾片肉。阿提米斯飛快地脫去衣服，她也一樣，他們（他選擇這個字眼）做愛。事後她拿了塊布清理一下髒亂，點上菸送到他唇上，再幫他倒了杯伏特加。「我真希望不要結束，」阿提米斯說。「我真的希望永遠不要結束。」他摟著她躺著，有觸電的感覺，他深深覺得他們已經分不開了，雖然他們還是徹底的兩個陌生人。這會兒他閒閒地想起了兩年前開鑿的一口井，不知道她現在腦子裡想的是什麼。「西伯利亞是什麼樣子？」他問。

「美好。」她說。

「你父親是什麼樣子的？」

「他喜歡吃黃瓜，」她說。「我們被派去西伯利亞之前他是將軍。我們回來之後，他們在國防部給了他一間辦公室。很小的辦公室。沒有椅子，沒有茶几，沒有辦公桌，沒有電話，什麼也沒有。他總是上午去辦公室，坐在地板上。後來他死了。現在你必須得走了。」

「為什麼？」

「因為晚了，我會擔心。」

「明天我可以見你嗎？」

「當然。」

「你可以來我的飯店嗎？」

「不行，我不能去。讓人看見我去觀光飯店很不安全，再說，我也不喜歡。我們在公園見面。我會寫地址給你。」她下了床走過房間。她的身材真是驚人，完美得近乎反常。她的胸脯好大，腰好細，屁股又大又翹。簡直像是把超級大鉛彈裝進了小袋子裡。阿提米斯穿上衣服，吻她，然後下樓。那警察又攔住他，最後還是放他走了，因為兩個人雞同鴨講，誰也聽不懂對方在講什麼。阿提米斯在飯店等著拿房間鑰匙，耽擱了好一會。一個穿制服的男人出現了，手裡握著他的護照，那人抽掉了他的簽證。

「明天早上你就得離開莫斯科，」他說。「你搭北歐航空七六九班機到哥本哈根再轉機到紐約。」

「我還想看看這個偉大的國家，」阿提米斯說。「我還想看看列寧格勒和基輔。」

「機場接駁車九點半離開。」

第二天早上，阿提米斯在大廳打電話給旅行社的翻譯辦事處。他說找娜塔莎．凡諾洛夫，對方說沒有這個人；從來沒有這個人。他抵達莫斯科四十八小時之後，就又飛回家了。機上其他的乘客都是美國觀光客，他可以聊天，交朋友，消磨時間。

幾天後，阿提米斯在布魯斯特村子外面開鑿一塊很硬的地層。這個地點是由水源占卜人選定的，他半信半疑，可是他錯了。鑽到四百呎深，他打到石灰石，一道清甜的水流湧了出來，每分鐘可以出一百加侖的水。從莫斯科回來十六天後，他收到娜塔莎的第一封信。信封上的地址是用英文寫的，但很多都是西里爾字體，郵票的顏色鮮艷得不得了。這封信令他母親非常尷尬，她告訴他說，連郵差都被嚇到了。去俄羅斯是一回事，收到來自一個遙遠陌生國度的信那可是另外一回事了。「我親愛的，」娜塔莎寫著，「昨晚我夢見你，我是雅爾達黑海上一朵浪花。我知道你沒見過我國的那個部分，但是如果一個人變成了一朵湧向岸邊的浪花，那他就可以看到積滿白雪的克里米亞山脈。在雅爾達，在玫瑰花盛放的時候，你可以看見山脈白雪皚皚。我在夢中醒來，覺得歡欣又輕鬆，我的嘴裡真的有鹹味。這封信我必須署名菲菲，因為這樣荒謬的信，你親愛的娜塔莎是寫不出來的。」

當晚他就給她寫了回信。「最親愛的娜塔莎，我愛你。只要你來這個國家，我一定娶你。我無時無刻不想你，我好想讓你看看我生活的地方——這裡的道路、樹木、都市裡的燈光。這裡的生活方式跟你那邊太不一樣了。我是認真的，如果你缺旅費，我會寄給你。如果你來了之後不想嫁給我，你可以再回去沒關係。今晚是萬聖節。我想你們俄國可能沒有這節日。據說在這個夜晚所有死去的人會回到人世間，當然，其實並沒有。小孩子們在這個晚上會假扮成骷髏或妖魔鬼怪在大街小巷遊走，這時候你要給他們一點糖果和零用錢。請求你到我的國家來嫁給我吧。」

寫信不難，但是臨摹那幾個俄文字費了不少功夫。前前後後寫了十個信封才描出一個稍微像樣的版本。早上，上工之前，他先去郵局。郵局辦事員是他的朋友。「你在搞什嘛，阿特，寫這些鬼畫符的東西給共產黨？」

阿提米斯擺出憨傻的樣子。「呃，是這樣的，山姆，我在那兒待了一兩天，認識這個女孩。」郵資花了兩毛五，郵票上是一張陰鬱的林肯像。想到她信封上那些顏色鮮艷的郵票，阿提米斯問有沒有比較鮮活的畫面，朋友說沒有。

十天後他收到她的回信。「想到我們這樣書信來往我好高興，想到我們倆的書信在大西洋上空振翅飛翔我好高興。我好想去你們的國家嫁給你，或者你過來我們這兒娶我，但是在世界和平之前我們沒有辦法。我真希望我們的愛情能夠不受和平的影響。星期六我去了鄉下，那兒的小鳥、樺樹、松林都令人心神舒暢。我真希望你在我身邊。昨天一位一神教的醫生來辦公處找翻譯人員。他好像很聰明，我帶他在莫斯科四處走走。他告訴我，我不一定非要信仰上帝成為一神教徒。他告訴我，上帝是因世道混亂而生，為了要擔起人類的責任。我一直以為上帝坐在雲端，身旁圍繞著大堆的天使，現在覺得他或許是住在潛水艇裡，周圍都是一隊一隊的美人魚。請你寄一張照片給我，要來信哦。你的來信令我非常快樂。」

「我隨信附上一張照片，」他寫著，「是三歲時候在瓦庫夏水庫拍的。這個水庫是東北水域的中心。我時時刻刻都在想你。今早三點醒來就在想你。那感覺真好。我喜歡黑暗。黑暗對我來說就像一棟有著許許多多房間的屋子。有六、七十間吧。晚上下工後我會去溜冰。我猜想在俄國肯定人人都會溜冰。我知道俄國人會打曲棍球，因為他們經常在世運會上打敗美國人。三比二，七比二，八比一。現在開始下雪了。愛你，阿提米斯。」他又一次辛苦地抄寫地址。

「你最後那封信過了十八天才收到，」她寫著。「我回信都比較早，這沒什麼神奇，真的，因為郵局有一個大鐘，一面是黑的，一面是白的，白的一面顯示世界各地不同的時間。你們天亮的時候，我們的白天已經過了一半。他們油漆了我的樓梯。油漆的顏色是油漆師傅們最愛用的，淺咖啡色配上一條深咖啡色的邊。他們在油漆的時候，把我的信箱底部沾到了一點白色的漆，害我錯覺以為信箱裡有你的信。我這是病，真沒辦法。我的心狂跳，我奔向信箱，結果發現只是白色的油漆。現在我轉身搭電梯，那一點點白漆太叫人痛苦了。」

有一天晚上他回到家，母親告訴他有人從郡公所打電話來，說是急事。阿提米斯猜想八成是國稅局。他對於工作上的損益明細始終報得不是很清楚。作為一個奉公守法的公民，他回了電話。接電話的是自稱古柏的陌生人，聽起來不大像國稅局的人員。古柏希望立刻跟阿提米斯見面。「這個，呃，」阿提米斯說，「今晚有保齡球的賽事。我們團隊第一次打成平手，我不想錯過這場比賽，我們改個時間吧。」古柏一口答應，阿提米斯把工作地點詳細地告訴了他。古柏說他十點去找他，阿提米斯就去參賽了。

早上下起了雪。看樣子會有大風雪。古柏十點現身。他沒下車，人倒是和顏悅色的，阿提米斯猜想他可能是推銷員。拉保險。

「我知道你去過俄羅斯。」

「呃，只停留了四十八小時。他們就取消了我的簽證。不知道為什麼。」

「你已經和那邊在通信了。」

「對，是一個女孩子。我跟她外出過一次。我們有書信來往。」

「國務院對你的經驗非常有興趣。副國務卿赫洛先生希望跟你談談。」

「我哪有什麼經驗。我只看了一些教堂，吃了三頓雞肉餐，然後他們就把我送回來了。」

「副國務卿先生對你很有興趣。他昨天來電話，今早又來了電話。你願意去一趟華府嗎？」

「我要工作。」

「只需要一天。早上飛過去下午就回來了。要不了多少時間。交通費用他們應該會給你，雖然這方面還沒做決定。我這裡有一份函件。」他遞給這位鑿井人一封抬頭印著國務院的信函，上面寫著懇請阿提米斯．巴克林明日上午九點前來國務院新大樓一晤。「如果可以，」古柏說，「你的政府會非常感激。對於上午九點這個時間我認為應該不會有太大的問題。一般很少有人在十點之前上工的。很高興跟你見面。要是有任何問題，就打這支電話給我。」他開走了，走得很快，因為風雪愈來愈大。鑿井的地點很荒僻，路也不好走。阿提米斯在午餐前回到家。

某種習性上的關係，習慣於輕鬆常態的生活方式，使得阿提米斯對於華府之行頗為反感。他不想去，可是會不會被迫，非去不可呢？唯一有被迫感覺的一句話就是他的政府會非常感激。除了國稅局之外，他跟政府裡的其他部門從來沒有起過任何爭執，他應該，或許是孩子氣的想法吧，他應該值得這份感激。這晚他收拾簡單的行囊，查了飛機的班次，第二天早上九點他如約到達了國務院的新大樓。

古柏算的時間真準。阿提米斯在等候室裡一直待到十點過後。然後被帶上兩層樓，不是去見副國務卿，而是去見一個叫沙奇．白林斯基的人。白林斯基的辦公室很小，空空蕩蕩，他的祕書是一個擺著臭臉的南方女人，穿了臥室用的拖鞋。白林斯基要阿提米斯填了幾張簡單的表格。他什麼時候到達莫斯科？什麼時候離開莫斯科？他在莫斯科住在哪裡？等等等等。白林斯基把他填好的表格全部影印，帶他再上一層樓到一間名叫摩斯先生的辦公室。這裡的一切就非常不一樣了。祕書美麗動人，腳上穿著鞋子。辦公室裡的裝潢不算奢華，但絕對在白林斯基之上。辦公桌上有花，牆上有畫。阿提米斯重複著他僅有的，也是僅存的一些記憶。當他敘述到會見赫魯雪夫的安排時，摩斯哈哈大笑；笑到岔了氣。他是個相當斯文的年輕人，穿得極為體面，乾淨亮眼，讓阿提米斯覺得自己又土又髒又寒酸。他當然也很乾淨很有禮貌，但是他的衣服在肩膀和褲檔的地方都綳得太緊。「副國務卿先生現在可以見我們了。」摩斯說，他們又上了一層樓。

這裡更是大大的不同。地板上鋪著地毯，牆壁上鑲著嵌板，祕書穿著有銅釦的長筒靴子，這雙高過裙襬的靴子會一路高到哪裡，那只有天曉得了。他們從穿拖鞋臭著一張臉的祕書那裡走到這裡能有多遠，就只這麼短的一個距離而已。阿提米斯忽然好想念他的鑽井架，他的工作服，他的便當盒。咖啡端上來之後，那位穿長筒靴的祕書把摩斯打發走，再帶阿提米斯進去見副國務卿。

這裡除了一張很小的辦公桌，其他完全不像是一個辦公室。有彩色的小地毯，幾張沙發，一些畫和鮮花。赫洛先生個子很高，或許因為身體不太舒服，顯得有些疲憊。「很高興你願意來，巴克林先生。我就直話直說了。十一點我得趕去國會山莊。你認識娜塔莎．凡諾洛夫。」

「我帶她外出過一次。我們一起晚餐，還去公園坐了一會。」

「你跟她有通信來往。」

「是的。」

「當然，我們監看了你的信件。他們的政府也會這麼做。我們的情治單位覺得你們的信裡面含有某種情報。她是一位將軍的女兒，跟政府關係很密切。她其餘的家人都被槍殺了。她信上寫的上帝或許是坐在潛水艇裡，周圍都是一隊又一隊的美人魚。那同一天正是我們最後一次潛水艇危機事件的日期。我知道她是個女特務，我真不敢相信她會笨到寫得這麼直白。稍早她在信上說她是黑海上的一朵浪花。這個日期就剛好是黑海演習的日子。你寄給她一張站在瓦庫夏水庫旁邊的照片，並且指明了那是東北水域的中心。當然，這不是什麼機密情報，但是都很有用。後來你寫說黑暗在你來說就像一棟分隔成七十個房間的屋子。這寫的就是十天前我們發動的第七十師軍隊。你可以針對這些做個解釋嗎？」

「這沒有任何解釋。我愛她。」

「荒謬。你說你只跟她見一次面。你怎麼可能愛上一個僅僅見過一次面的女人？眼前我沒辦法脅迫你，巴克林先生。我可以把你帶去評委會，不過除非你自願合作，否則純屬浪費我們的時間。我十分確定你和你的朋友在應用一套密碼。我當然不能禁止你寫信，可是我們可以攔住你們的信。我希望的是你基於愛國心的合作。古柏先生，你見過的，以後每個星期大概都會拜訪你，會給你一些情報，或者更正確的說法，假情報，我們希望你把這些情報發到俄羅斯去，當然是用你們那套密碼，就像你形容黑暗就像一棟屋子那樣。」

「我不能這麼做，赫洛先生。這對你和娜塔莎都不誠實。」

副國務卿哈哈一笑，像小女生似的歪了歪肩膀。「考慮一下吧，等你做了決定再打給古柏。當然，國家的命運並不在於你的決定。好了，我還有事。」

他並沒有起身，也沒伸出手。阿提米斯現在的感覺比在莫斯科還要糟，他唱著不真實的憂鬱藍調，走過穿長筒靴的祕書，乘電梯下樓，再走過穿鞋的祕書和穿臥室拖鞋的祕書。他回到家，及時趕上吃晚飯。

從此他再沒有國務院的消息。是他們搞錯了嗎？他們是太笨還是太閒？他永遠都不會知道。他寫了四封措辭非常謹慎的信給娜塔莎，省略了他的曲棍球和保齡球賽。沒有任何回音。他盼她的信盼了一個多月。他常常想起她信箱裡的那一點白漆。天氣稍微暖和起來，最起碼又可以聽到療癒的雨聲了。水啊，水啊。

三個小故事

一

今天的主題是形而上的肥胖學，我是一個男人的肚子，這人名叫勞倫斯・方思沃。我體腔的位置是在橫膈膜與骨盆的中間，我占據了他的內臟。我知道你不會相信，若是你肯相信人會大聲抗議，那為什麼不能相信肚子也會抗議呢？我跟其他的臟器一樣，在他的各種事務中扮演很重要的角色，我沒有獨自行為能力，就像他一樣，他也是需要借助外力，像是鈔票和名氣，才能立足。我們出生在美國中西部，他在芝加哥完成學業。他原先是田徑隊（撐竿跳）的一員，後來改成潛水隊，這兩項運動使我的存在變得十分危險，甚至微弱到幾乎無法辨識。所以一直到他四十多歲，我才發現了自己，真正認出我的是他的醫生和他的裁縫師傅。他還頑固地拒絕賦予我應得的權利，將近一年的時間他繼續穿著把我勒得半死的衣服，令我痛不欲生。我唯一獲得的補償是他沒辦法隨心所欲地拉開他褲子的拉鍊。

我常常聽見他說，他的前半生都繞著那根難以掌控的船桅打轉，而這後半生竟然得躲在一個肚子後面，這東西就像他的生殖器，既不能獨立，又十分任性。當然，對於他的肉身運動我都處於近身觀察的位置，我想我沒必要描述我所參與的那些成千上萬，甚至上百萬次的演出細節。抱怨的聲浪是一直都有的。有一回我聽見一個女人問：「你難道不明白人生除了性和自然崇拜之外還有很多別的東西？」還有一回，他正在稱頌星星的美麗時，他的情婦吱吱咯咯地笑個不停。我對世界的知識僅侷限於一些裸露的場合：臥房、沖澡、海灘、游泳池、幽會，還有安地列斯群島上的日光浴。我此生其餘的時間都被掩蓋在他的褲子和襯衫之間。

在拒絕承認我的存在一年多之後，他終於把褲腰從三十放大到三十四。等我過了三十四吋，奮力邁向三十六時，他對於我的存在竟然著魔起來。他的曾經，他的希望，和他的已經這三者起了嚴重的衝突。每當人們用手指戳我，拿他的啤酒肚開玩笑的時候，他那不自然的笑聲怎麼也掩蓋不住他的憤怒。他不再以聰明才智評斷他的朋友，而是以他們的腰圍。為什麼老張那麼沒精神，為什麼老李，那肚子起碼有四十吋，卻甘之如飴？朋友站在那兒，他的眼神很快就從他們的笑容滑到他們的肚子。有一晚，我們去洋基體育場看球賽。當他看到右外野手的腰圍十足有三十六吋的時候，他開始得意了。其他幾個外野手和一二三壘手傳球的時候，那投手，一個老頭，明顯有個大肚子；另外兩個裁判，脫掉防護衣的時候，那真叫噁心。那捕手也是。他這才發現他不是在看球賽，因為受到我的影響，他沒辦法專心看球賽，於是我們離場。這次的嚴重性算是到頂了。一、兩天後，他展開了之後的一年，或者一年半的非人生活。

我們開始節食，只喝水和吃水煮蛋。一個星期他就減了十磅，可惜他都減錯了地方，我總算逃過一劫。節食擾亂了他的新陳代謝，損壞了他的牙齒，他接受醫生的建議，放棄節食，加入健身俱樂部。一週三次，我在電動腳踏車和划船機上大受折磨，還有一個男的按摩師捏我揉我用手掌拚了地打我。接著他買了各式各樣的鬆緊帶短褲、束腰帶，就當沒我這個人似的，這些束縛不但令我痛苦到了一個極點，而且挑戰我的存在感。等到晚上這些束縛解除之後，我終於可以自由發揮，面對我深愛的世界了。過不久，他買了一樣說是保證可以毀滅我的奇妙裝備。那是一條金黃色的塑身短褲，用唧筒充氣的。反胃反酸的結果告訴我，他這個做法真是痛苦又可笑。塑身褲充完氣，他照著說明書，做了一些體操。這可是到目前為止最最痛苦的一招，體操完畢，我的每個部分都出現不正常的抽搐、打結，我們兩個一整夜都沒法入睡。

事到如今，我發覺有兩個因素可以保證我不死。第一就是他討厭那些體操。他喜歡遊戲和比賽，不喜歡體能操練。每天早上他會到浴室彎腰碰腳趾十次。他的屁股（那又是另外一個故事了）因此撞到洗臉盆，額頭擦撞到馬桶坐墊。我從流到我身上的分泌物知道這個經驗真是極端的不好受。後來他搬去鄉下避暑，開始慢跑和舉重。舉重的時候他學著用日文和俄文計數，希望讓他的演出顯得更有分量，但是效果不彰。慢跑和舉重兩個項目都令他非常難堪。對我有利的第二個因素是，他堅持要過簡單生活。「我真的要過非常簡單的生活。」他經常這麼說。如果這話當真，那我肯定沒戲唱了，然而實際上，我認為，只要是一流的餐館，不管在歐洲、亞洲、非洲，或者英國，他沒有一家沒帶我去過，沒讓我大顯身手過。他經常是這麼說的。譬如在東京吃完一盤蟋蟀之後，他會親切地拍我一下說：「好樣的，老兄。」只要他認定這就是簡單生活，那我在這世上的地位就穩了。我偶爾也會害到他對不起他，但絕不是出於惡意或蓄意。就像那回在南俄吃完十四道大餐之後，我們倆就在洗手間耗了一整夜。他痛得哇哇叫。他真的痛哭流涕，或許我才是他身體上最了解他寂寞無助的一個部位。「滾開，」他衝著我吼，「給我滾開。」還有什麼事比一個光著身子，在陌生的國家，在特別好睡的時間，拚了命想要攆走自己身上的主要器官更可憐更荒唐的呢？我們走到窗口聽樹林裡的風聲。「啊，我真該多關注精神層面的事情。」他吼著。

如果我是某個特務或是王儲的肚子，在這種時候我的角色大概也不會有什麼不同。我對於時間的算計比任何一個扛著鐮刀的稻草人厲害多了。為什麼時間一到，他屋子裡的鐘一報時，就會害他邊罵邊唉唉大叫呢？是不是他覺得年輕時候一些懵懂的記憶是唯一吸引他的東西？我知道我使他想起了他痛苦的父子關係。他的父親五十五歲退休，父親的後半生都花在磨石頭、園藝、聽唱片學法文會話上面。他過去是練柔軟操的運動健將，可惜跟他兒子一樣，半途被不受控制的肚腩給打敗了。他也像他兒子，沒辦法很優雅包容自己的肥胖和年華老去。他的大肚子似乎把他的精氣神全敗壞了。他的大肚子使他彎腰駝背，走路難看，老是唉聲嘆氣，褲子尺寸愈來愈大。他的大肚子似乎就像死神的前兆，現在這個每天早上在浴室裡彎腰碰腳尖的方斯沃，是不是也在跟同一個神明拔河呢？

再來就是我們一起去旅行的那年。我不知道他受了什麼刺激，總之我們在十二個月內環遊世界三次。他也許以為旅行可以增強他的新陳代謝，削弱我的重要性。我也不必再受束身衣和胡亂節食的痛苦。我們旅遊的地點都很一般，比如肯亞的首都奈洛比、馬達加斯加、模里西斯、巴里島、新幾內亞、新卡里多尼亞和紐西蘭。我們也看了馬當、葛魯卡、里谷、拉包爾、斐濟、雷克雅維克、新格維德利、阿克雷利、那沙斯瓦格、卡格薩拉克、布哈拉、伊爾庫茲克、烏蘭巴托和戈壁沙漠。還有科隆群島、巴塔哥尼亞、馬托格羅索叢林區，當然少不了塞西爾群島和阿拉伯聯合大公國。

行程結束或者說告一段落，是在派特飯店的那一晚。他以無花果和巴瑪火腿，外加兩個奶油餐包做為開場。接著他吃了培根蛋麵，牛排和洋芋片，還有一份田雞腿、紙拷一整條海鱸魚、雞胸肉、油醋醬的沙拉、三種口味的起司，和濃郁的沙巴雍甜點。吃到一半的時候，他稍微停了一下，特意為我留出一些空檔，不過並沒有不適或是不滿，我眼看著勝利在望。這時他點了沙巴雍，我知道我贏定了，或者應該說我們已經到了休戰時刻了。他絲毫沒有想要隱藏、罷免或是忘記我的存在，他的分泌物也很溫和。離開桌位的時候，他必須得再為我讓出兩吋的距離。當我們散步走過廣場，我感到涼風習習，聽著噴泉的聲音，我倆從來沒有像現在這樣和諧快樂過。

二

瑪琪·利多登，按照弗洛伊德那些過時的說法，她算得上是很有母愛的女人，實際上她跟你我一樣，並沒有比別人更有母愛。只不過她的聲音和舉止特別溫柔，她的味道聞起來就像夏天，或者應該說夏天聞起來就像這種女人的味道。她是個虔誠的教會控，我總覺得她的虔誠實在有點太超過，雖然對於這種誠心不該妄加揣測。她支持做禮拜，而且堅守聖公會的公禱書，儘可能地避免振道說教。當然，她不是本地人，最後一個本地人和最後一頭本地牛在二十年前都死了，我已經不記得她或是她丈夫究竟從哪裡來的。他是個禿頭。他們有三個孩子，在秋天的那個早上之前，他們的生活一直很嚴謹平常。

那天是勞動節過後，有風。看得見窗外不斷飄下落葉。他們一家人在廚房吃早餐。瑪琪烤了玉米餅。「早啊，利多登太太。」她丈夫說著，親一下她的額頭，拍了拍她的背後。他的聲音和手勢都顯示出他發乎情，止乎禮的愛意。我不知道那些看不得人好的家庭對這個場面會做出怎樣惡意的批評。利多登夫婦是不是故意的，硬是把熱情扭曲成一種可以被接受的社會形象，類似禁錮，坐牢，或者他們碰巧是一對以溫柔，穩定，互相制衡為樂的男女？就我所知，這真是一樁世間少有的婚姻。因為我沒結過婚，或許我沒資格對於神聖的婚姻說長道短，不過能夠慶賀十年、十五年結婚紀念日的一對夫婦豈止是勝利而已？事實上他們做到了，連那個下流的哈利叔叔[59]都戴上了桂冠。在別人眼裡，利多登夫婦兼顧理性與熱情，互相忍讓互相遷就的婚姻生活，肯定至死方休。

在那個特殊的星期六的早上，他計畫去雜貨店採購。早餐後他列出一張購物單。一加侖的壓克力白漆，一把四吋長的刷子，掛圖片的鉤子，翻土的鐵叉，除草機的機油。孩子們跟他一塊兒去。他們不去村子裡，就像其他人一樣，村子裡的小店不夠看，他們要去六十四號公路上熱鬧擁擠的假日購物中心。他給了孩子們買可樂的錢。回程的路上塞車嚴重。正如我說的，這天是勞動節過後，好多車子拖著活動房屋、露營帳篷、帆船、汽艇和拖車。這長龍似的車陣和車子後面拖著的各種家當裝備，感覺上不像是一群度假回來的人，倒像是某個大城市或是某個州逃出來的難民。一輛運車的大拖車拚了命想要超過另一臺特大的車屋，結果直接衝撞到利多登的車子，利多登和幾個孩子當場死亡。我並沒有去參加喪禮，我是聽一個鄰居告訴我的。「她站在墳地邊上。沒有哭。她看起來非常漂亮非常嚴肅。她眼看著四具棺木，一具接一具的，降到地底下。四具。」

59　此處指一九四五年上映的美國電影，The Strange Affair of Uncle Harry。

她沒有離開。大家當然會好心的邀她一起吃飯，不過在這樣一個非常看重家庭的社區，單身的人，無可避免的，總是會被忽略。發生意外一個多月之後，地方報紙登載著國家公路委員會要把六十四號公路從原來的四線道拓寬成八線道的快速公路。我們組成了一個社區維安自救會，籌募了一萬塊錢作為律師費。瑪琪．利多登非常積極。我們幾乎每個星期都要開會。開會的地點包括聚會所、法庭、中學、住家。起初開會的時候大家情緒很激動。平克漢太太有一回還痛哭流涕。她哭著說：「我在這間屋子裡工作了十六年，現在他們居然要把它給拆了。」她被請出了會場，一個真正傷心欲絕的女人。我們包了一輛巴士，前往省會。一個下大雨的星期天，我們走上六十四號公路遊行，邊上有一臺摩托車護航。我們大概三十個人不到，隊伍很凌亂。我們舉著標語牌。我對瑪琪的印象最深刻。有些人天生就有抗爭和舉牌的天分，瑪琪並沒有。她舉了好大一塊牌子上面寫著：「禁止油罐車道。」她看起來一臉的不自在。遊行解散的時候我在公路上方的小土墩跟她說再見。我始終記得她望著車流的眼神，就好像，我覺得，就好像南塔克特島上那些凝望著大海的寡婦。

在我們把一萬塊錢全部花光又沒有半點成果之後，開會的次數和人數愈來愈少了。最後出席的只剩三個人，包括發言人在內。公路果然拓寬了，夷平了六棟房子，另外有兩棟根本沒法住人，屋主也沒有獲得任何賠償。因為爆破的關係，更毀掉了好幾口水井。我們的自救會解散後，我幾乎沒再看見過瑪琪。有人告訴我她出國了。她回來的時候隨行的是一個年輕帥哥，名叫彼得．蒙坦尼。他們結婚了。

瑪琪高調展示她和彼得的婚姻美滿，儘管他和她的前夫非常的不一樣。他英俊、風趣，財力雄厚，他是一家鞋墊製造公司的代表，他的英文是我聽過說得最爛的一個。你可以跟他喝酒、談笑，可是絕對沒辦法跟他溝通。這倒沒關係，真的。因為她非常幸福，非常快樂，去他們家作客很開心。他們結婚不到兩個月，彼得開著敞篷車上了六十四號公路，被起重機砸斷了頭。

她把彼得跟另外四個人埋在一起，她仍舊住在雙生石路的老房子裡，路上像開戰似的聯接車聲聽得清清楚楚。她好像找了份工作。有人在火車上看見過她。彼得過世三個星期之後，一輛八噸、二十四輪的大卡車，往北向開上六十四號公路，不知道為了什麼原因，突然切入南向的車道當場輾壓了兩輛小客車和車上的四名乘客。大卡車接著撞上花崗石的橋墩，側翻，起火。警察和消防隊立刻趕到現場，車上載運的都是易燃物，火勢根本滅不掉，一直延燒到凌晨三點。六十四號公路全線改道。消防隊附設的婦女後勤人員提供咖啡服務。

兩週後，晚上八點，又一輛二十四輪的大卡車載著一車的水泥磚在同一個地點完全失控，穿過南向車道，先撞倒四棵結實的大樹再撞上橋墩。撞擊力道之大，把兩呎厚的花崗石整個削斷。這次沒有起火，但兩名駕駛被擠壓得面目全非，必須靠牙齒的鑑定加以認證。

十一月三日，晚上八點半，多明尼哥．迪西多隊長報告，有個穿著工作服的男人衝進警察局。這人一副歇斯底里的樣子，像是嗑藥或是醉酒，大喊大叫的說他中槍了。根據迪西多隊長的說法，這人有些語無倫次。情形大致是他在六十四號公路往北的方向，大約就是上次兩輛大卡車失控的同一地點，一顆來福槍的子彈射穿了計程車左邊的車窗，沒射中司機，把右邊車窗射穿了。這個倒楣的受害人是南加州，包德溫市的喬．蘭斯頓。隊長檢查過車子和破掉的車窗。他和藍斯頓坐上警車回到槍擊地點。公路右邊有一座堆了不少泥土的小石丘。公路拓寬之後，這個石丘爆破成兩半，害死幾個司機的就是右邊靠橋墩的那一半。迪西多仔細檢查石丘。小丘上的草有人踐踏的痕跡，地上有兩個菸蒂。藍斯頓因為驚嚇過度，送進了醫院。接下來的一個月警方確實派了人在監視這個石丘，可是警方人手不足，再說一個人枯坐在小石丘上，從黃昏坐到半夜，實在也很無聊。監視任務剛一結束，第四輛超級大卡車又出事了。這次大卡車衝向右邊，撞倒了十幾棵樹，一路衝進了很窄很陡的山谷裡。警察趕到的時候，司機已經死亡。他是被人開槍打死的。

十二月瑪琪和一個有錢的鰥夫結婚，搬去北賽勒姆，那兒只有一條兩線道的公路，那兒的車流聲微弱得就像貝殼發出來的嗡鳴聲。

三

他坐在七〇七班機靠走道的位置，三十二號，飛往羅馬。機上人不多，在他和靠窗的乘客之間也有一個空位。令他高興的是，占著這個位子的是個很標緻的女人，不年輕了，他也一樣。她擦香水，穿黑色洋裝，戴首飾，她的世界是他十分樂意親近的。「晚上好。」他坐穩了之後說。她沒答腔，只愛理不理地哼了一聲，把一本紙本小說舉高了擋著臉。他想看書名，她又剛好兩手遮著。他在飛機上也遇見過害羞的女人，難得碰上，但確實見過。可以理解的，她們多半是在提防酒鬼、色狼和無聊男子。他抽出一份《曼徹斯特衛報》。他的經驗，保守派的報紙有時候可以激發害羞膽小者的信心。如果這個人看的是社論、運動版，尤其是財經版，那麼這些膽小的陌生人一般就會放膽開口講話了。飛機起飛，禁止吸菸的牌子轉暗，他取出金質的菸盒和打火機。它們不會亮得刺眼，不過這是純金的。「介意我抽菸嗎？」他問。「怎麼會？」她問。她並沒有朝他看。「有的人會。」

他點著了菸。她真的既冷又豔，她為什麼這麼冷呢？他們兩個人得並排坐上九個小時，稍微聊兩句實在不為過。是不是他讓她想起某個她討厭的男人，某個傷害過她的男人？他洗了澡、刮了鬍子、穿戴整齊，交友的本事很強。或許她根本是一個不快樂的，對全世界都看不順眼的女人，空服員過來取飲料點單的時候，她對那個陌生人的笑容卻是開朗又燦爛。他看了不禁啞然失笑，沒想到她看懂了他的意有所指，立刻生氣地瞪他一眼，再繼續看她的書。空服員端來他點的雙份馬丁尼，他同座的那位是雪利酒。他猜想他這杯烈酒可能會令她更加的不舒服，但他想冒個險。她繼續看書。只要他能夠看到書名，他想，那就有機會了。哈洛．羅賓斯、杜斯妥也夫斯基、菲利普．羅斯、艾蜜莉．狄金生——什麼人都行。「我可以請教你在看什麼書嗎？」他禮貌地問。「不行。」她說。

空服員送上晚餐時，他隔著空位把她的托盤遞給她。她連謝字都沒有。他安下心來吃，餵飽自己，享受這個簡單又日常的習慣。這飯菜真不是普通的難吃，他照實說了。「人在形勢底下不能太挑剔，」她說，「不過他們忘了給我鹽。方便把你的給我一些嗎？」「啊，當然。」他說。情勢明顯好轉。他打開鹽罐，遞給她的時候潑出一些在地毯上。「這下壞運氣可是你的了。」她說。這句話不太像在開玩笑。她把鹽撒在肉排上，把托盤上的食物吃得乾乾淨淨。吃完了繼續看書，書名繼續遮著。她早晚得上洗手間，他知道，到時候就能看到書名了，想不到她終於要上廁所的時候，她連書也一併帶走。

影片的屏幕光線很暗。除非那影片特別有趣，一般他絕對不會租音響設備。他發現讀唇語和猜劇情反而給畫面增添了額外的空間感，再說影片的對白通常很老套。他的「鄰居」租了音響，而且是真心的享受著。她的笑聲如銀鈴，她跟螢幕上的那些演員的交流就像跟空服員的交流一樣的好，而她對他們的好跟對他不留情面的壞也是如出一轍。飛機接近阿爾卑斯山脈的時候太陽出來了，影片卻還沒播完。阿爾卑斯山區燦爛耀眼的早晨可以從拉下的窗簾隙縫窺看到，就在飛機駛過勃朗峰和馬特洪峰的時候，螢幕上的角色正隨著劇情忙得不可開交。有遊行，有追逐，有和解，然後結束。他的同座仍然拿著她那本神祕的小書，再度跑廁所，這次回來頭上戴了睡帽，臉上塗了一層厚厚的白色油膏。她調整好枕頭和毯子，準備睡覺。「祝你好夢。」他大著膽子說。她嘆了口氣。

他在飛機上從來不睡覺。他走到廚房喝了杯威士忌。空服員很美，很健談，她聊到了她的出身，她的行程，她的未婚夫，及她跟乘客之間的問題是因為她害怕坐飛機。飛過了阿爾卑斯，高度下降，他從窗口看到地中海，他又喝了一杯威士忌。他看見了厄爾巴島，吉里奧，還有埃爾克萊港內的遊艇，還能看見朋友們的別墅。他記起多年前來過南塔克特。他們總是排排站在港口的欄杆邊上大聲嚷嚷。「嗨，派瑞來啦，索登、葛里諾都來啦。」這一半出於真心，一半也是炫耀。他回到座位上，他的鄰座已經摘下睡帽，卸掉了油膏。她的美麗在晨光之下更是驚艷。他不知道自己怎麼會這麼激動，或許是懷舊使然吧。她的五官，她的蒼白，她的眼眸，所有的一切都切合了他的美感。「早安，」他說，「睡得好嗎？」她皺眉，似乎覺得這些話很失禮。「這不是廢話嗎？」她升高了音量問。她把那本神祕的小書收入一隻有拉鍊的手提袋，一面收拾其他的雜物。飛機降落在菲烏米奇諾機場，他站起來讓她先過，然後跟在她後面走上走道。跟在她後面檢驗護照、入境和健檢資料，再跟她一起走到領取行李的地方。

嗨你看，你看這是怎麼回事。為什麼他會向搬運的服務人員指點她的行李袋，還有，為什麼，當他們倆拿了彼此的行李袋，他會跟著她走到計程車站，他還為了上羅馬的車資在那裡跟司機討價還價？他是不是就是她最害怕的那種好色之徒？不，不對。他是她的丈夫，她是他的太太，她是他孩子們的母親，她是他熱愛了將近三十年的女人。

卡伯特家的寶石

兇案死者的喪禮在小村子聖波多夫的一神教會堂舉行。教堂的設計是布爾芬奇的風格[60]，有圓柱、尖頂，一世紀前想必是這兒的一個風景。儀式致詞只是隨意摘取一些聖經上的語錄，以一首詩篇作為結束。「阿莫斯．卡伯特，安息吧／你在凡間的審判已經終結……」教堂擠滿了人。卡伯特先生是社區的名人。他競選過州長。在為時一、兩個月的競選活動期間，倉庫、牆壁、建築物、電線杆上都看得到他的照片。就像走過鏡子牆似的，轉來轉去都看得到自己，在我來說會覺得怪怪的，很不舒服，但他應該不會。（舉個例子，有一回我在巴黎的電梯裡看見一個女人帶了一本我寫的書。書套上有我的照片，書上的那個我隔著她的手臂在看著我。我真想拿到這張照片，然後親手把它給毀了。她這樣大咧咧地把我的臉夾在她的手臂底下，令我的自尊很受傷。她在四樓出電梯，兩個我分離的感覺更教人困惑。我很想跟上去，可是我怎麼用法文，或者另一種語言，把自己的感覺向她說清楚呢。阿莫斯．卡伯特絕對不像我這樣。他對於看得到自己非常享受。競選失敗，他的臉跟著消失（除了偏僻的鄉下有幾間倉庫還多貼了一個多月才撕掉），他也不會忐忑不安。

當然，問題人物很多，好比洛威爾、哈洛威、艾略特、齊佛、考德曼、英格利胥，但今天我們要談的人是卡伯特。阿莫斯．卡伯特來次南岸，他或許從來也沒聽說過北岸那邊的旁系家族。他的父親是叫賣哥，在那個年代這個行業就跟雜耍丑角，馬販子，甚至騙子差不多。阿莫斯擁有房地產、五金行、公共事業，另外還是銀行的董事。他在卡特萊街有一間辦公室，位在公共綠地的對面。他的老婆來自康乃狄克州，在當時，對我們來說，那是一個遙遠的荒野，東邊聳立著的就是紐約大城。當時的紐約擠滿了躁動、焦慮、貪婪的外國人，他們沒有早上六點洗冷水澡的概念，也不肯安穩地過平常無聊的日子。卡伯特太太，我認識她的時候，她大概四十剛出頭。很矮小，臉紅得像酒糟，雖然她是個滴酒不沾的勞動分子。她的頭髮雪白。她的背脊和前胸異常突出，她的脊椎弧度驚人，也許是束身衣穿得過緊，要不就是脊椎側彎的關係。誰也不知道卡伯特先生為什麼會遠從康乃狄克州娶回這麼個怪人。反正，這是他家的事。不過赫德遜河東岸的廉價住宅絕大部分都歸她所有，那裡面住的全是銀器餐具工廠裡的勞工。她的租金收益很豐厚，因此也難免扯出一些毫無根據的閒話，他是為那些房地產結的婚。房租是她親自去收。我估計家務事應該也是她親力親為，她的穿著十分儉樸，但是她的右手卻戴了七枚很大的鑽石戒指。顯然她不知道從哪裡讀到鑽石是一項極好的投資，這些亮晶晶的石頭就像銀行存摺，魅力無限。有圓形的，有方形的，長方形的，還有一些是鑲崁在戒指座上的。每個星期四早上，她會把這些鑽石放在珠寶清潔液裡清洗，然後掛在院子裡曬乾。她從不對這事做任何解釋，由於她的怪異行徑發生頻率太高，村子裡對她的作為早已見怪不怪。

卡伯特太太每年在聖波多夫學院演講一、兩次，我們很多人都念過這所學校。她的演講有三個

60　Carlehs Bullfinch，一七六三—一八四四，美國第一位本土出生的建築師。

主題：我的阿拉斯加之旅（幻燈片）、喝酒的害處、菸草的害處。喝酒對她來說幾乎是一種難以想像也無計可施的罪行，但是一想到香菸，她就怒火中燒。你能想像耶穌釘在十字架上抽著香菸的樣子嗎？她會問我們。你能想像聖母瑪莉亞抽香菸的樣子嗎？實驗室裡的專業技師拿一滴尼古丁餵給一頭豬，就把這畜生給殺死了。等等等等，諸如此類。她使得抽菸變得更加難以抗拒，以後我要是死於肺癌，我一定怪罪卡伯特太太。演講是在我們所謂的大禮堂裡舉行。這個大廳位在二樓，容納得下我們所有的人。這所學院建於一八五〇年代，有著那個時期美國建築設計上高而闊的窗子，很漂亮。在春秋兩季，這棟建築顯得超凡脫俗，但是到了冬天，那徹骨的寒意就順著這些大窗戶的光線闖了進來。我們被允許在大禮堂裡穿戴大衣，帽子和手套。但這股寒意在我安娜姑婆從雅典買了一堆石膏像回來之後更加嚴重，因為我們就得在十幾個赤身露體的男神女神陪伴下，抖索索地記住那些情態動詞。所以我們對荷姆斯和維娜斯的感覺就跟不斷痛斥香菸有毒的卡伯特太太是一樣的。她是一個偏見到了可怕程度的女人，我猜想她肯定很想把黑人和猶太人也算在內，可惜村子裡黑人家庭只有一戶，猶太人家庭也只有一戶，而且都是模範家庭。我真正覺得忍無可忍是在很久以後，是在我母親來韋斯切斯特我們家過感恩節的時候。

這是好些年前的事，當時新英格蘭公路還沒竣工，從紐約或是韋斯切斯特跑一趟要花四個小時。我一早出門，先開車到黑佛西爾，順便到孔雀小姐小學接我的姪子。然後再到聖波多夫，我看見母親坐在門廳的牧師椅上。這椅子有個尖塔形狀的椅背，尖頂上是一朵木頭鳶尾花飾。不知道是不是從哪個破教堂裡偷來的？她穿著大衣，包包擱在腳邊。「我準備好了。」她說。她八成已經準備好一星期了。她看起來非常孤單。「你想不想喝一杯？」我當然知道我不該中這個圈套。如果我說想，她就會進去膳房然後走出來苦笑著說：「你哥哥把威士忌喝光了。」所以，我們直接前往韋斯切斯特。天氣陰冷，我開車開得很疲累，我覺得我的疲累似乎跟這些沒什麼關係。我先把姪子送去康乃狄克州的我哥哥家再繼續上路。行程結束時天已經黑了。我太太為著我老媽的到來做足了準備。爐火很旺，鋼琴上有玫瑰花，還有魚醬三明治茶點。「花真好看，」母親說。「我好愛花。我不能沒有花。如果我手頭很緊，只能在花和食物中間選一樣，我相信我會選花……」

我不想她給人家留下一個優雅老太太的印象，因為她的行為確實有瑕疵。我並不太願意說出口，可這是事實，這是母親過世後她妹妹親口告訴我的。她曾經到波士頓警署應徵過。當時她很有錢，我不懂她為什麼會這麼做。我猜想她很想當女警察。我不知道她打算加入哪個支局，我倒是想像過她穿著深藍色的警察制服，腰上一大串鑰匙，右手拿著警棍的模樣。是我祖母勸阻了她。看她坐在爐火邊喝茶，那女警的形象依然存在。她認為這樣的夜晚就是她所謂的貴族派頭。在這一點上她經常說：「這個家族肯定還是有那麼一小滴平常老百姓的血液吧。否則怎麼解釋你們既寒酸又毫無品味的穿著呢？明明有那麼多好衣服，偏偏老是在穿這些破爛。」

我一面調酒，一面聊我的姪子，我說看到他真是令人高興。

「孔雀小姐小學變了。」母親傷感地說。

「有嗎，」我說。「你指的是什麼？」

「他們解禁了。」

「我聽不懂。」

「他們放猶太人進去了。」她說。猶太人這幾個字說得特別重。

「我們可不可以換個話題？」我問。

「為什麼？」她說。「是你提起來的。」

「我太太是猶太人，媽。」我說。我太太在廚房裡。

「不可能，」我母親說。「她父親是義大利人。」

「她父親，」我說。「是波蘭裔的猶太人。」

「呃，」母親說，「我老家是麻省，我從來也不覺得丟臉，儘管我很不喜歡被人家叫做北佬。」

「這不一樣。」

「你父親說過，唯一好的猶太人就是死掉的那一個，雖然我從來不覺得布蘭迪斯大法官[61]有多好。」

「好像要下雨了。」我說。這是我們轉換重要話題的方法之一，通常都在表示生氣、飢餓、愛情和對死亡的恐懼。我太太過來加入我們，母親開始話家常。「冷得可以下雪了，」她說。「你小時候總是愛禱告下雪或是結冰，全看你是想去溜冰還是滑雪來決定。你真的非常特別。你會跪在床邊，大聲的求上帝改變天氣。你從來不祈禱別的事。我一次也沒聽你祈求過保佑你的父母親。夏天的時候你乾脆不禱告了。」

卡伯特夫婦有兩個女兒，珍妮花和茉莉。珍妮花是大女兒，公認長得比較漂亮。茉莉是我的女友，交往大約有一年的時間。她是個很可愛的女人，平常似乎沒精打采，一笑起來亮麗無比。淡褐色的頭髮，柔亮亮的。她在疲累或是興奮的時候，上嘴唇靠近人中的地方就冒汗。每晚我都會去他們家，跟她坐在客廳裡，受到嚴格的監控。卡伯特太太對於性當然抱持著高度的惶恐。她在餐廳監視我們。樓上更是乒乒砰砰的聲音不斷。聲音的來源是阿莫斯·卡伯特的划船健身器。偶爾他們准許我們外出散步，但只能在大街上溜達，到了我可以開車的年紀，曾帶她去俱樂部跳舞。我的醋勁很大，大到有點變態，只要看到她跟別人開心樂和的樣子，我就會站在角落氣到想要自殺。記得有一晚我開車送她回濱海路的家。

在世紀更迭的當下，有人認為聖波多夫很可能成為度假勝地，在濱海路的盡頭一共起了五棟大廈，或者說莊園。卡伯特家是其中一戶。這五棟大廈有塔樓。有圓錐形的屋頂，比屋子其餘部分高出一層樓左右。塔樓完全不合乎軍事防禦功能，我猜想它們的目的只在表現浪漫。塔樓裡有什麼？我猜想有小洞窟，有傭人房，有破舊的家具和箱子，這些東西想必是大黃蜂群的最愛。我把車停在卡伯特家門前，關掉車頭大燈。矗立在我們面前的房子一片漆黑。

那是非常古早的一個年代，久到在那時榆樹是夏夜裡不可或缺的一部分。（真的是非常古早的一個年代，在那個時候，開車向左轉，你得搖下車窗，用手指著那個方向。除此以外的時間一概不准指指點點。人家會告誡你，不許用手亂指。我想不出這是什麼道理，除非這手勢給人很色情的感覺。）那時候跳舞、大型的舞會也很盛行，我會穿上從父親傳到我哥哥，再從我哥哥傳給我的燕尾服，這件禮服就像名牌，也像節約禁奢的典範。我把茉莉擁在懷裡。她緊緊地貼著我。我個子不算很高（又總是喜歡彎腰駝背），但是被愛的感覺使我士氣大振。我的頭抬起來了。我的背也挺得筆

---

61 Louis D, Brandeis，一八五六—一九四一，美國第一位猶太裔的最高法

直。我六呎七吋，常時會被情緒性的噪音吵得不得安寧。因為我會耳鳴，在任何地方都會發作。譬如，在首爾的人參展覽館。而那天晚上就在濱海路卡伯特的家門前發作了。當時茉莉說她必須得走了。她母親會在窗口監看，她叫我別跟上來。我肯定是沒聽見。我跟著她走上門廊的臺階，她推了推門，發現上鎖了。她再次叫我趕緊走，我哪能把她一個人丟在那兒呢？這時燈亮了，開門的是個侏儒。他的模樣畸形怪異到了極點。他的腦袋嚴重積水，五官全部腫脹，兩條腿又粗又彎。我立刻想到馬戲團。年輕可愛的茉莉哭了起來。她走進屋子，關上門，把我和夏夜、榆樹，還有暖熱的東風通通關在了門外。那次之後她一個多星期不見我，實情後來是由我們家的老廚子，美琪告訴我的。

先來說實情吧。先說夏天，夏天裡我們都會到海角參加由聖波多夫學院的校長主辦的露營活動。暑假的那幾個月人懶懶的，天藍藍的，我哪會記得每天的日子是怎麼過的。我只記得當時睡在我旁邊的男孩是戴瓦安，這人我從小認識。我們經常玩在一起。一起打彈珠，一起睡覺，一起擔任外野手，有一回我們兩個參加十天的輕艇之旅，還差點一起淹死。我哥哥說我們倆連長相都愈來愈像了。我認為這是最不虛偽最難能可貴的友情。（到現在他每年還會從舊金山打一、兩次電話給我，他和他老婆還有三個未出嫁的女兒住在一起，過得並不快樂。他的聲音聽起來總是醉醺醺的。「我們以前好快樂，是吧？」他問我。）一天有個名叫華勒斯的男孩，我並不認識他，問我想不想游泳渡湖。我確實不認識華勒斯，對他十分的陌生，但我知道，或者說我感覺得到他很孤單。因為太明顯了，就像他的臉，他的五官，甚至比他的五官還要明顯。凡是該做能做的他都做了。打球、鋪床、上航海課、取得救生員執照，這些作為很像是精心的設計，而不是真心的參與。他很不快樂，很孤單，遲早，總有這麼一天，他會義無反顧的坦白招認，別人也都看在眼裡，只是不拆穿罷了。我們得到了輔導老師的首肯，一路游到湖對岸。我們採取很拙的側泳方式，因為我覺得側泳要比最近很夯的自由式來得實際，我在游泳池大部分時間練習的就是自由式。側泳屬於比較低階的游法。有一次我在游泳池看見有人在側泳，我問那人是誰，他們說他是管家。碰上沈船，或是飛機在海上迫降的時候，我要是用自由式划向救生筏，那肯定會時髦而優雅的淹死，要是我採用低階的側泳，那肯定長命百歲。

我們在湖裡游泳，在陽光下歇息，不說話不交心，然後游回家。我回到小木屋，戴瓦安把我拉到一旁。「別再讓我瞧見你跟華勒斯在一起。」他說。我問為什麼。他告訴我說，「華勒斯是阿莫斯．卡伯特的私生子。他母親是個妓女。他們住在大河對岸的廉價公寓裡。」

第二天豔陽高照，華勒斯問我要不要再游湖。我說好啊，沒問題，我們又游到了對岸。我們回到營地，戴瓦安不跟我說話了。那晚颳起東北風，一連下了三天的雨。戴瓦安似乎原諒了我，記憶中我後來好像沒再和華勒斯游過泳渡過湖了。至於那個侏儒，美琪告訴我他是卡伯特太太前一次婚姻生的兒子。他在銀器餐具工廠上班，一早出門，天黑回家。他們刻意隱瞞他的存在。這很不尋常，不過，在我寫這篇東西的那個年代，倒也不是絕無僅有。就像特倫卜他們把特倫卜太太發瘋的妹妹藏在閣樓上，愛尿尿的棉花糖叔叔，一個暴露狂，經常被關起來，一關就是好幾個月。

一個冬日的下午，初冬。卡伯特太太把洗好的鑽石晾在外面，就上樓睡午覺了。她說她這輩子從來不睡午覺，她午睡睡得愈熟，她的大話也說得愈有勁。這在她的怪異行徑上算不得什麼大事，在那個時代說反話也是一種流行病。她四點睡醒，下樓收鑽石。鑽石全數不見了。她打電話給珍妮花，沒人接聽。她拿耙子耙曬衣繩底下的草梗。什麼也沒有。她打電話報警。

如我所說，那是冬日的下午，那邊的冬天非常冷。為了取暖，有時候也為了活命，我們得燒柴火，太大的煤炭爐子容易失控。冬天的夜晚更是凶險，其中一部分也有傷感的成分在，當我們，在這十一月底十二月初交接的時候，看著天光在西方消逝殆盡。（舉個例子，我父親的日記上就充滿了對於寒冬暮色的描述，那不是因為他愛黃昏，絕對不是，而是因為即將來臨的夜晚意味著可能的危險和痛苦。）珍妮花收拾好包裹，帶著那些鑽石，搭最後一班火車：四點三十七分，出城。這是多麼的刺激啊。鑽石本來就該被偷。它們太張揚，是明目張膽的誘餌，她拿走也只是剛好而已。當晚她搭火車去了紐約，三天後坐上冠達航運——賽拉皮斯號，前往埃及的亞歷山大港。再從亞歷山大港乘小船到古都路克索，就在這兩個月的空檔，她成為穆斯林的信徒，嫁給了一位埃及貴族。

我在第二天的晚報上看到這樁竊案。我送報。剛開始送報的路線全靠兩腳走，後來改騎腳踏車，到十六歲那年，他們派給我一輛老爺福特卡車。我成了卡車司機啦！我總是待在排字房等著報紙出爐，然後開車到鄰近的四個村子，把整捆整捆的報紙扔在糖果鋪和文具店門口。世界職棒開賽的時候，會增加第二版，登載賽事的各項統計數字，入夜之後我就會沿著特拉佛丁和岸邊的幾個地方再跑一趟。道路很黑暗，路上車子很少，當時沒有禁止焚燒枯葉，空氣裡總是飄著單寧味，苦澀，回甘。一段簡單的旅程竟然有著如此神祕的重要性，這第二趟送報的行程令我開心至極。我希望職棒賽不要結束，就如同人們希望歡樂時光不要結束，假如我現在是個小孩子，我早就要禱告了。報紙的大標題是卡伯特珠寶遭竊，但事件的細節隻字未提。我們家裡也沒人再提起過，這也沒什麼奇怪。艾波先生在隔壁梨樹上吊那件事，之後也沒人再提起過。

那個星期六下午，我和茉莉在特拉佛丁的海灘散步。我心煩，茉莉比我更心煩。困擾她的不是珍妮花偷走鑽石的事。她只想要知道她姐姐現在怎樣了，事發到現在又已經過了六個星期，她姊姊一點消息也沒有。問題是，那天晚上她家還出了一件大事。她的父母吵架，她父親離家出走了。她把事情詳實地說給我聽。我們倆赤腳走著。她不停地哭。等她一說完我就恨不得把那些畫面全部忘掉。

孩童溺水，美女被車子輾過，郵輪沉沒，男人死於礦坑和潛艇，這些都會發生，但都不會出現在我的報導裡。說到底，希望出事的郵輪平安返回港口，溺水的孩子們獲救，礦工們逃過一劫。這是不是自命清高斯文者的弱點，或者是對道德真理的一份固執？X先生在他老婆最上層的抽屜裡大便。這是事實，但我認為這很沒品。在描述聖波多夫的時候，我寧願著墨在大河的西岸，那兒的房子是白色的，那兒的教堂鐘聲很響亮，但是過了橋，就是另一番風景，銀器餐具工廠、廉價公寓（全部歸卡伯特太太所有的），和商務旅館。在退潮時，特拉佛丁的河口聞得到嗆人的海水味。晚報頭條報導的是箱屍案的主嫌。街上的女人都很難看。甚至連櫥窗裡的那些假人也是彎腰駝背，悶悶不樂，穿在他們身上衣服既不合身又不合適。甚至連那裝扮得光鮮亮麗的新娘子也好像很有事。政見宣揚的是新法西斯主義，工廠已不再屬於工會，食物難吃，晚風淒冷。這是個很傳統的鄉下地方，固守著所剩無幾的舊傳統，但凡我說的這些地方指的全都是西岸。商務旅館在東岸，桃樂絲的地盤，一個白天在工廠當班，晚上在酒吧拉客的男妓，這要拜此地特出的道德冷漠之賜。人人都認識桃樂絲，很多客戶都用過他。這裡面沒有牽涉到任何醜聞，也無所謂快不快樂。桃樂絲對於旅行推銷業務的人會漫天開價，對於正規的上班族幾乎分文不收。這並不是冷漠、短視、道德勇氣，或是愛情至上的想法在作祟，而是有些許包容的成分。晚上開戰時刻一到，桃樂絲就在酒吧打轉。請他喝一杯，他就會一手搭上你的手臂，你的肩膀，你的腰，得寸進尺地搆向目標。鍋爐裝配工會請他喝過，被退學的高中生，修手錶的師傅也請過。（有一回一個陌生人對著酒保大吼，「叫這個渾蛋別把舌頭伸進我耳朵裡」——但他只是個陌生人。）這兒不是候鳥的世界，這些人也不是遊民，這兒的人大半都老死住在這裡，哪都不會去，然而這兒卻是流浪心靈的寄託之地。電話鈴響，酒保向桃樂絲示意。八號房有客人了。我為什麼情願回西岸呢，回到我爸媽和艾略特．平克漢夫婦在金光閃亮的吊燈下打橋牌的地方呢？

這都要怪那烤肉，就是那烤肉，準備在星期天烤的肉是從一個頭戴插著野雞毛草帽的屠夫那兒買來的。我猜想這包肉大概是在星期四或星期五的時候，用腳踏車載過來，包肉的紙上還沾著血。如果說這塊肉有地雷的爆炸威力，能夠炸瞎你的眼睛和生殖器，那未免太誇張，不過它的威力著實厲害。我們上完教堂坐下來吃晚餐。（我哥哥住在內布拉斯加的奧瑪哈，所以就我們三個人。）我父親負責磨刀，切羊肉。我父親很會使斧頭和鋸子，三兩下就能把一棵大樹撂倒，可是星期天的烤肉就另當別論。他才切下第一刀，我母親就嘆氣。這個特別的表現，那麼強烈，那麼的意味深長，彷彿危及到了她的性命。彷彿她的靈魂發狂了，直接從她張開的嘴巴飄了出來。「你怎麼永遠學不會，里安德？這羊肉是要按紋理切的。」她開始興師問罪。烤肉的戰爭一旦開始，這一來一往的唇槍舌劍可以想見，又激烈又無趣，實在不值一提。吃了五六回合的敗仗之後，我父親揮舞著切肉刀咆哮，「你別管這麼多閒事行嗎？請你閉上你的嘴行嗎？」她再次嘆氣，一手摀著心臟。顯然這是她的最後一口氣了。然後，她仔細研究起餐桌上方的空氣，說：「感覺到了嗎，有微風欸。」

事實上當然沒有微風。現在根本不通風，現在是隆冬，有雨倒是真的。這句話什麼含意都有。希望的隱喻，寧馨的愛情（我認為她從來沒體驗過），或者，興許是懷舊吧，懷念起某個夏日的夜晚，我們相親相愛的坐在河畔的草坪上？但這和一個向著星星微笑，徹底絕望的男人有什麼兩樣呢？這是不是一種預言，預言未來的一代因為迴避而永遠否定了去真情對峙的可貴？

場景換到了羅馬。春天，機靈的燕子為了避開奧斯提亞獵鳥的人，成群結隊的飛入了這座城市。鳥群嘈雜的鳴叫聲就像光，就像失去了亮度的天光。這時忽然聽見院子那邊，有一個美國女人的聲音。她在尖吼。「你這個一無是處的混帳東西。不會賺錢，又沒半個朋友，在床上像條臭……」沒有一點回應，難免會讓人以為她在對著黑暗叫罵。這時聽見了一個男人的咳嗽聲。也就只有咳嗽的聲音而已。「是啊，我知道我跟著你過日子已經八年了，你要是以為我愛過這樣的日子，你要是真以為這樣，那只是因為你白癡，你根本弄不清楚狀況。我是真的過不下去了。跟你在一起等於一直在演戲……」這時候羅馬市高高低低上起下落的鐘聲開始大作。我對這聲音發出會心的微笑，雖然它跟我的人生，跟我的信仰沒啥關係，既不是真和諧，也不像院子那邊的叫罵聲那樣的具有啟發性。我幹嘛忽然說起教堂的鐘聲和成群的燕子呢？是太幼稚，是一種報喜的心態，是柔弱、任性，拒絕面對事實？她繼續不斷地叫嚣，我不再理會，不再隨她起舞了。她攻擊他的頭髮，他的腦子，他的靈魂，這時我發現下起了小雨，大街上車子的音量也變大了。現在她已經歇斯底里，她吼得都破音了，我想等她的發作到了最高點她就會開始痛哭，開始向他求饒。當然，並沒有。她會拿著切肉刀追殺他，最終他會被送進醫院的急診室，他會說是自己不小心割傷的，不過我走我的，我出去吃晚餐，我微笑，對著街邊的乞丐、噴泉、小孩、第一批出現在夜空的星星，我篤定的認為一切的一切都會順心如意。感受這清新的微風吧。

我寫卡伯特家的事只是我主題中的一個附註，最近，冬天，這段時間我一早就起來寫作。天還沒亮。站在街邊拐角等候巴士的都是些穿著白衣服的女人。她們穿著白鞋、白襪，在冬天的厚大衣底下還露出一截白色的制服。她們是護士，是美容院的服務員，還是牙醫的助手？我永遠不會知道。她們通常都會拎著一隻褐色的紙袋，我猜，袋子裡裝的是夾火腿的吐司和一瓶優格。這時候車子很少。有一輛是專門送制服去炸雞客的洗衣店卡車，另外是阿斯本小區送牛奶的車子，碩果僅存的一輛。再過半小時，黃色的校車就要開始它日常的任務了。

我的工作地點是一棟叫做普萊斯威克的公寓。有七層樓高，屋齡大概算是二十世紀後期的建築。有一點都鐸式的風格。磚頭不規則，屋頂有女兒牆，那塊招租的廣告牌其實就是一塊板子掛在鐵鍊上，隨風浪漫的吱吱嘎嘎。門的右手邊是一張列著大約有二十五個醫生名字的名單，不過這些醫生不是溫文有禮、拿著聽筒和橡皮垂子的治療師，而是精神病醫生，那是一個擺著塑膠椅子，菸灰缸滿到要溢出來的國度。我不知道他們為什麼全都選上這個地方，只知道他們的數量比這兒的住戶多。有時候你會看見，一個推著雜貨車，帶著孩子的女人在等電梯，但是絕大部分看到的是一些神色異常的男女。他們有時候會一個人發笑；有時候會自言自語。這段時間生意很清淡，我隔壁房的醫生經常站在走廊，望著窗外。一個精神科醫生在想什麼呢？他是不是在想那些放棄治療、拒絕團體療法，不聽醫生勸告的病人現在怎樣了？他們的祕密只有他最清楚。我想謀殺我老公。我想謀殺我老婆。三年前我吃了過量的安眠藥。前年我割腕。我媽要我做個乖女孩。我媽要我做個乖男孩。我媽要我成為同性戀。他們都去哪了？他們都在幹什麼？他們是不是還沒離婚，還在飯桌上吵架，還在裝飾聖誕樹？還是，他們離婚了，再婚了，跳河了，吃安眠藥，休戰了，轉變成同性戀了，或是搬到佛蒙特的農家，打算種草莓，過簡單的生活了？醫生站在窗口有時候一站就是一個小時。

最近這段時間我真正的工作是為《紐約時報》撰稿，這是真心令男人開心的工作。我有多用心？如果我的文章不有趣的話，《紐時》可是會批評的；不過最近這幾年它的資訊的確愈來愈枯燥。愛放話的人都沒戲唱了。現在只能撿拾一些零碎的東西。大頭條寫的是：總統心臟移植手術成功。左下方的邊欄：胡佛紀念大樓經費短缺。「紀念文物小組委員會揚言裁減胡佛紀念大樓七百萬美元的經費移作最高法院……」專欄三：具爭議性法案遭參議院撤除。「最近一項關於詆毀行政部門視為重罪的法案，今天下午以起立投票的方式，以四十三比七的票數遭到否決。」諸如此類。都是一些正向的，激勵人心的社論，興奮刺激的體育新聞，還有氣象，當然天氣也總是風和日麗，除非我們需要雨水。於是我們就下雨。空氣污染度是零，甚至連東京戴醫療口罩的人也愈來愈少。所有的公路、快速道路、四線高速公路在週末假期全部管制。舉世歡騰啊！

該回到卡伯特的主題了。珍妮花偷了鑽石之後，我不太願意再去追究或者說根本很想忘掉那天晚上的情形。這牽扯到水管的問題。村子裡大多數的房子都有一些水管的問題。地下室通常有一間專門給廚子和清潔工上的洗手間，二樓有家人使用的盥洗室。這些盥洗室有的相當大，安迪考特他們家的盥洗室裡還裝了壁爐。不知從哪時候起，卡伯特太太認定盥洗室是她的領地。她找了鎖匠來配上鎖。她准許卡伯特先生每天早上洗澡，之後浴室的門就鎖起來，鑰匙都收在卡伯特太太的口袋裡。卡伯特先生只得用尿壺，好在他來自南岸，這事對他還不算太為難，甚至還有些懷舊的意味。那天夜裡他正在用尿壺，卡伯特太太走到他的房門口。（他們分房睡。）「你可以關門嗎？」她尖著聲音吼。「你可以關門嗎？我這下半輩子都得聽這種可怕的怪聲音嗎？」他們倆都穿著睡衣，她把雪白的頭髮綁成辮子。她拎起尿壺就往他砸過去。他踢開上了鎖的浴室門，洗澡，更衣，收拾包包，走路過橋，直接去了東灘華勒斯太太家裡。

他在華勒斯太太那兒住了三天才回家。他放心不下茉莉，在這麼一個小地方，面子還是要顧的，華勒斯太太也一樣。他把時間平均分配給大河的東西兩岸，直到最近這一兩個星期，他病了。他覺得沒精神沒力氣。他在床上躺到近中午。穿好衣服到辦公室待了一個多小時就回家。醫生檢查過，說他沒什麼問題。

有一天晚上華勒斯太太看見卡伯特太太從東岸的藥房走出來。她看著她的情敵過了橋，她走進藥店問店員卡伯特太太是不是這兒的常客。「我也覺得奇怪呢，」店員說。「當然她來是為了收房租，可是我總以為她習慣去另外一家藥房。她來我們店裡買除蟻藥——就是砒霜啦。她說他們海岸路的屋子裡螞蟻多得可怕，只有用砒霜才除得乾淨。以她買砒霜的程度，這螞蟻肯定是真的多到可怕。」華勒斯太太應該有提醒過卡伯特先生，只是她從此再看不到他了。

喪禮之後她去見西蒙士法官，她說她要告卡伯特太太謀殺罪。藥店店員有她購買砒霜的紀錄為證。「記錄也許在他手上，」法官說，「可是他不見得會給你。你這一告等於是要求開棺驗屍和到巴恩斯塔布縣城出庭的長期訴訟，你既沒有這麼多錢，而且有損名聲。你是他的朋友，這我知道，一個十六年的朋友。他是個很不錯的人，你為什麼不安慰自己說有幸認識了他這麼多年呢？另外，他留給你和華勒斯相當可觀的遺產。如果把卡伯特太太惹火了，追究遺囑起來，你就什麼也沒了。」

我到路克索去看珍妮花。我搭波音七四七飛到倫敦。機上只有三名乘客；我還是那句老話，愛唱衰的人靠邊站吧。我乘坐低空飛行的雙引擎螺旋槳小飛機從開羅飛到尼羅河。一成不變的風化水蝕使得整個撒哈拉像是被洪水、大江、航道、小河、溪流給開膛破肚了，大自然的狠勁。所有的刻痕鬆軟潮溼，有樹的樣子，彷彿是一條以樹的形狀伸展開來的假河床，拚了命地搆向陽光。黎明前我們飛離開羅的時候，好冷。到了路克索，珍妮花在機場接我，這裡好熱。

見到她我非常高興，高興到其他什麼也沒注意到，不過我確實注意到她變胖了。我不是說她有身孕；我說的是她起碼有三百磅。她變成一個大胖子。她的頭髮本來是枯黃色，現在變成金色，她的麻省口音倒是比以前更重了。這在上尼羅區聽起來令我覺得簡直像音樂般的美妙。她的丈夫，官拜上校，一個清瘦的中年人，是前任國王的親戚。他在城市的邊緣開了一間餐館，夫妻倆就住在餐館附近一棟很舒適的公寓裡。上校很幽默，很有腦子，算是個玩家吧，我猜，酒喝得很兇。去卡奈克神廟的時候，我們的翻譯員帶了冰塊、通寧水，和琴酒。我跟他們過了一個星期，多半在看神廟和古墓。晚上都是待在他的酒吧裡。戰爭迫在眉睫，俄國的飛機滿天飛，唯一另外的觀光客是一個英國人，他坐在酒吧看著他的護照。最後一天我在尼羅河裡游泳，手舉過頭的自由式。之後他們開車送我去機場，我吻別了珍妮花，同時也吻別了卡伯特這一家。

木馬文學 150

游泳者

約翰・齊佛短篇小說自選集 3

The Swimmer

國家圖書館出版品預行編目（CIP）資料

游泳者／約翰・齊佛（John Cheever）作；余國芳譯. -- 初版. -- 新北市：木馬文化事業股份有限公司出版：遠足文化事業股份有限公司發行，2021. 1
320面；14.8×21公分. --（木馬文學；150）（約翰・齊佛短篇小說自選集；3）
譯自：The Swimmer
ISBN 978-986-359-851-0（平裝）
874.57　　109019734

作　　者：約翰・齊佛（John Cheever）
譯　　者：余國芳
社　　長：陳蕙慧
副總編輯：戴偉傑
責任編輯：鄭琬融
行銷企劃：陳雅雯、洪啟軒、尹子麟
電腦排版：中原造像股份有限公司

讀書共和國集團社長：郭重興
發行人兼出版總監：曾大福
印　　務：黃禮賢、李孟儒
出　　版：木馬文化事業股份有限公司
發　　行：遠足文化事業股份有限公司
地　　址：231 新北市新店區民權路 108-3 號 8 樓
電　　話：02-2218-1417
傳　　真：02-2218-0727
E m a i l：service@bookrep.com.tw

郵撥帳號：19588272 木馬文化事業股份有限公司
客服專線：0800221029
法律顧問：華洋國際專利商標事務所 蘇文生 律師

印　　刷：前進彩藝股份有限公司
初版一刷：2021 年 1 月
初版二刷：2021 年 3 月
定　　價：新臺幣 380 元
I S B N：978-986-359-851-0

歡迎團體訂購，另有優惠，請洽業務部（02）2218-1417 分機 1124、1135